丛书主编　朱立元　曾繁仁
执行主编　李　钧

钱中文　著

理论的时空

Selected Essays on Literary and Artistic Theory

復旦大學 出版社

总　序

　　受复旦大学出版社的委托,我们着手组织"当代中国文艺学研究文库"的编辑出版工作。一开始,我们就想起了十多年前由钱中文、童庆炳两位先生主编的"新时期文艺学建设丛书"。那套大型丛书先后出版了三十余位当代中国著名文艺理论家自选的论文集,可以说是对新时期以来中国文艺理论建设和发展的一次比较全面的总结和检阅。"丛书"从2000年第一辑(六本)出版起,已经过去了十五年。进入新世纪以来,中国社会的现代性转型又有了巨大的进展,文艺理论的建设也继续经历了激荡起伏的进程。现在再编辑一套文艺学研究丛书,可能历史和现实的语境已经有了相当大的变化。考虑到出版周期的原因,"文库"计划先期出版十二本。当前中国文艺理论界有成就、有影响的知名学者远超这个数字,所以我们只能优先考虑"三〇后""四〇后"学者加盟这套"文库",但即便如此,目前只能有十二位学者入选,还是难免挂一漏万,这是我们十分遗憾的,也期待在以后的时间里再能陆续出版。

　　入选"文库"的这十二位学者,基本上都是新时期三十多年来中国文艺理论、批评的全程参与者和见证者。他们的理论文集,记录着每一位作者所经历的风风雨雨,所走过的曲折道路,所感受到的深切体验,所获得的宝贵感悟,所留下的坚实脚印,以及靠着艰辛耕耘所取得的学术成就。虽然无法全面反映当代中国文艺学建设和发展的整体成果,但至少也可以折射出它的部分光影,勾勒出它的大致轨迹,对今后文艺学的建设和发展或有些许参照价值,这就是我们编辑、出版"当代中国文艺学研究文库"的缘由。

　　如果对新时期以来中国文艺学的发展作一个大致分期的话,我们认为,可以分为20世纪80年代、90年代和21世纪以来三个阶段。

　　20世纪80年代是令后来者怀想的年代。启蒙的激浪,保守的潮汐,新生的欢欣,怀旧的惆怅,都错综复杂地交织于"文革"结束、拨乱反正后我们这一代学人的心灵。70年代末、80年代初"为文学正名""回归文学自身"的呼吁,冲破了长期以来文艺为政治服务、充当政治工具的禁锢,重新发现和肯定了文学的审美本性；学界学习马克思《巴黎手稿》引发的人道主义、人性和异化问题的大讨论，进一步解放了人们的思想，"文学是人学"的观念得以确立；声势浩大的"方法论热"和稍后的"文学主体性"问题全国大讨论，在文艺理论界产生了重大影响；对文学本质的重新思考先后形成了"审美反映论"和"审美意识形态论"的初步框架，为学科在90年代的发展完善奠定了基础。而贯穿上述种种理论探讨、展示时代气象的主线，则是传统文论与西方文论之间充满了争议的碰撞和交融。这一时期，文艺理论界的思想解放集中体现为观念方法的更新和思维空间的拓展。虽然当时及以后批评嘲讽之声不绝，但作为不可改变的事实和一代学人的亲身经历，它实际上塑造了文艺理论家们不同于以往的文化心理结构，这是较之于他们的具体理论成果更为重要的。

经过新时期前十年的理论积淀后，90年代的中国文艺理论界进入了一个多元发展的新阶段。随着西方现当代文论思想被积极引介到中国，一种迫切想与西方学界平等对话的现代性冲动也成为国内文艺理论家们挥之不去的情结。90年代初期，后现代主义同时以哲学和文论的名义登陆国内理论界，就是一个富于意味的信号。由此带来的研究格局也显得流派纷呈，思潮更迭，这是转型期中国在学术文化领域内的必然表征。90年代最值得关注的是1994年前后国内掀起的人文精神大讨论，其主阵地尽管不在文学理论领域，但最初发动是在文学界。由于当时商品经济大潮勃兴后通俗文化、大众文化对高雅文化、精英文化形成巨大冲击，造成文学创作中"人文精神失落"的现实危机，引发了理论界（包括文艺理论界）的广泛反思，由此才催生出新形势下知识分子的人文使命等一系列话题。经过这场大讨论，文艺理论界的研究探索在多个向度上向纵深发展：对文学本质的探讨有了新的进展，"审美意识形态论"获得了较为广泛的认同；现代性与后现代性的争论成为文学理论建构中深层次的思考；对当代西方文论的译介、研究以及批判性的吸纳始终在争议中前行；与此相关，当代中国文论"失语症"以及"中国古代文论的现代转换"的话题引起了广泛的讨论，产生了相当深远的影响，一直延伸到当今；90年代末，文艺理论界站在世纪之交的制高点上，对整个20世纪特别是新中国五十年文艺学的流变历史和经验得失进行了认真的总结和历史的反思，寻找继续前进的正确路径……整个90年代，中国文艺学在新的经济社会语境中闯出了多元发展的可喜局面，如心理学、生态学、接受理论、诸种现代语言学、人类学、比较文化学、精神分析学、结构主义和解构主义、哲学解释学、女性主义、新历史主义等理论学说和研究方法，特别是西方马克思主义文论和批评方法不断涌入，并与中国文学理论传统既相冲突又相融合，进而广泛应用于文学批评的实践，有力地促进了中国文论的多元化展开，有些研究方法还推动了文艺学新学科或学科新分支的建立，如文艺心理学、生态文艺学、文学修辞学、文学人类学、文学解释学、文学叙事学等，极大地丰富了文艺学理论话语和学科形态的建设，使之逐步走向成熟和完善。

时代终于进入21世纪。全球化进程在加快，现代性焦虑在趋深，中国文学理论又迎来一个充满生机的新发展阶段。文化研究蓬勃兴起，冲击着传统文学理论研究格局；全媒体时代的到来，视像文化的异军突起，"日常生活审美化"和"文艺学的文化研究转向"主张的提出，在短短几年里迅速转移着学界的注意力，成为新一轮文艺学关注和争鸣的兴奋点；与此相关，在后现代主义文论积极与消极的双重影响下，围绕文学本质问题，本质主义与反本质主义之争掀起新的波澜；在研究方法上，突破二元对立尤其是主客二分的思维方式成为越来越多的文艺理论家的自觉追求；对西方文论借鉴的态度比过去更加冷静和辩证，盲目崇拜、亦步亦趋的现象明显减少；"中国古代文论的现代转换"从90年代偏重于理论的探讨转向了务实的尝试和实践，在古代文论与基础理论研究者的共同努力下，做出了可喜的实绩；文学基本理论的创新建构和文艺学教材的建设取得了重要进展，标志着文艺理论界多数学者在一系列基本问题上达成了重要共识；网络文学的迅猛崛起，打破了原有的文学作品生成和传播的格局，向传统文学理论发起了挑战，成为当代文艺学无法回避的重要研究课题……比起20世纪90年代，21世纪的文艺学发展显得更加沉稳，更加深入，更加扎实。

需要特别指出的是，新时期以来中国文艺学的创新发展，始终是在马克思主义文艺理论的指导下进行的，突出表现为马克思主义文艺理论中国化的自觉努力贯穿于这三个时期的始终。我国当代文艺理论批评的标准，从美学的和史学的，到人民的、美学的、历史的和艺术的，体现着马克思主义文艺理论中国化的新进展和最高成就。由此可见，新时期三十多年来中国文艺学的建设和发展，方向是正确的，主流是健康的。那种把当代文艺理论要么看得危机重重、漆黑一团，要么说成完全是始终跟在西方文论后面亦步亦趋、搞全盘西化那一套的观点，是以偏概全、不符合历史事实的。我们所编辑的这套"文库"中的十二本论文集完全可以证明这一点，当然，还远远不够充分。钱中文、童庆炳两位先生在其主编的"新时期文艺学建设丛书"的总序中曾经预言,"一个理论创新的新世纪已经来临",收入丛书的众多论文集,"作为丰富的思想资料,它们无疑将汇入新世纪的新的理论创造之中",21世纪的前十五年已经充分证实了这一点。我们编辑的"文库",同样希望能够作为当代文艺学的一部分思想资料,"汇入新世纪的新的理论创造之中",为后来者提供一些参照、启示和借鉴。

"当代中国文艺学研究文库"能够在我国人文学术著作出版困难重重的今天推出,实在是极为难得的。这里,我们必须专门介绍复旦大学出版社的总编辑孙晶博士。是她首先主动向我们提出建议,出一套文艺学研究丛书。她的远见、魄力和眼光令人敬佩。在此,我们代表"文库"的十二位作者,向孙晶总编及复旦大学出版社有关编辑们对中国文艺学建设的鼎力支持表示衷心的感谢!

最后,我们不能不为"文库"的作者之一、我们敬爱的童庆炳先生的猝然去世表示最深切的哀悼,并以他今年4月亲自编辑的论文集《文学:精神之鼎与诗意家园》的出版作为我们对他的纪念,以寄托我们的哀思。

朱立元　曾繁仁
2015年国庆节

目 录

自序 　　　　　　　　　　　　　　　　　　　　　　　　　001

辑一　全球化语境下的理论研究

文学理论:走向交往与对话　　　　　　　　　　　　　　　002
全球化语境与文学理论的前景
　　——文学理论中的现代性诉求与后现代性特征　　　　013
美学:面向原创精神,面向现实与人　　　　　　　　　　　030
文化"一体化"、民族文学与世界文学问题　　　　　　　　037
让东方文化重铸辉煌
　　——关于东方文化与比较研究的断想　　　　　　　　068

辑二　理论研究热点

当前文学理论中的几个问题:文学的终结与消亡、理论的边界与扩容　　078
文化与文论
　　——文学理论的反思与问题　　　　　　　　　　　　095

论文学审美意识形态的逻辑起点及其历史生成　　　　　121

三十年间　　　　　140

辑三　理论研究生长点

文学理论提供知识，也创造思想
　　——钱中文先生访谈　　　　　158
理解的欣悦
　　——论巴赫金的诠释学思想　　　　　169

辑四　从作品到理论

历史题材创作，史识与史观
　　——文学理论中的现代性诉求与后现代性特征　　　　　190
文学的乡愁
　　——谈文学与人的精神生态　　　　　196
"芳草何其芳"
　　——何其芳文艺典型理论的创新意义　　　　　208
真正的先锋性
　　——袁可嘉先生现代派文学研究的贡献　　　　　218

自 序

一

收选在这个集子里的论文,都写于新世纪。新世纪的十多年间,文学理论较之上世纪八九十年代,又发生了剧烈的变化,转入了新的理论时空。

一进入新世纪,迎面而来的是一大批新问题。由于当今进入了信息时代,网络文化时代,高科技层出不穷的时代,文学创作确实在不断改变自己的形式,转向图像化、网络化、娱乐化的潮流相当突出。文字书写方式、承载的载体发生了革命性的变化,于是不少外国学者认为,传统的、书写的文学已经走向了终结,昔日文学自身的内涵已经不复再现,但是文学虽然走向了绝路,所幸它没有"绝后",它还剩下文学性。最明显不过的是今天日常生活审美化了,文学性已渗入了社会生活的各个领域,甚至在社会科学各个方面,而保存了文学的苗裔,或是说凤凰涅槃了。外国的著名哲学家说,文学作品可以当做哲学、政治学著作来读,同样,哲学、政治学等门类的学术著作,可以当文学作品欣赏,而且宣布,由于文学性统制了社会科学,所以文学、文学理论的方法可以成为社会科学研究的方法论。文学性既然无处不在,日常生活现象审美化了,那些物质现象当然得了"文学性"之灵气,就理应进入原有的文学概念。

这类新论一出,不少中国学者做了积极的响应。文学虽然终结了,但通过社会科学、日常物质现象竟是浴火重生。所以当今文学是什么?现在还没有定论。这样看来,原有的文学理论自然滞后,与现实的需求和教育严重脱节,原有的基础理论完全失效。本来文学理论自身自有其不断修正、更新与创新的问题,它比形式不断翻新的文学创作大大地落后,也比文学批评落后了。出路何在?在于文学理论需要改变对于文学的理解,必须打破原有文学的界限,拓展它的边界,必须就文学进行扩容,把已经审美化了的日常生活现象扩入文学中去,以文学批评或是文化批评来代替文学理论。并且,今后后现代文学研究的任务已经不是去研究文学本身,而是文学性。

我对后现代文化思潮传入中国发生影响的时候,就有所评述,分析不很全面,但我大体理解它的可接受性的一面:它在反中心、反思想绝对化、反思想霸权、反学术思想大一统、反理论僵化等方面,表现了强大的活力与生机,它主张文化的多元化等等,这些方面的思想,大大活跃了我国的思想界,同时在思想解放方面,也使人们获益良多。但我又不同意它的藐视一切、真理全在我手上的势利俗气和新的庸俗化倾向,那种宣扬新的二元对立,消解一切的虚无主义倾向,以及一味利用逻各斯中心主义的消极方面,对人类历史积累起来的文化价值实行消解,对过去的文化积累不予认账(他们后来的一些著作有所变化),重复那种非此即彼的思想倾向。它把别人贬得一无是处,以图打倒别人的霸权,但却又树立了一种新的自己的理论霸权。

看来要建设现代文学理论新概念,诸多问题需要研究,克服理论上的障碍。

比如,我们的文化、文论建设,我以为都要适合当今的需求,即现代化的需求,并以现代性为指导。我们的社会毕竟处在还未完全实现现代化的阶段,而且还有相当长的过渡时期,今天仍是如此。在我们社会,前现代现象仍然存在,封建制度残余与极端贫困的现象并未彻底清除。面对整个世界,一面是战乱频仍,文化冲突在血肉飞溅中大行其道,大量的贫困与死亡又使未来弥漫着不确定性,生存艰辛;一面是科技的迅猛发展,财富获得大力增长,而物质生活的改善,又不断促进物欲的追求,金钱成了理想与信仰,而感性肉欲的膨胀,醉生梦死的文化演出,常常上演到娱乐至死的地步。后现代性是适应后现代文化的需求而形成的一种社会思想,它的特征一如它的主张,主要是表白自身,描述自身,而不做规范,它也不准备规范什么。在这种情况下,我提出了文化、文论建设可以吸取后现代文化中的有用成分,但应是现代化的文化、文论建设,而不是后现代文化、文论的建设,所以还是要以现代性为指导。比如,反对思想霸权、绝对化、大一统、僵化,主张多元,也是现代性的反思与自我批判的应有之义,把它们完全归为后现代主义的范畴,并不合乎事实。几位马列文论专家一听要以现代性为主导,立刻冲了上来,声讨我又犯了错误,申明要以马列主义、历史唯物主义为指导,云云。但是这些"文艺哨兵"如果真的读了我的关于现代性的几篇文章如在《文学理论现代性问题》《新理性精神与文学理论研究》中一些文字,就不至于这么"放空"了。

又如，后现代主义主张的"反本质主义"，把事物的本质探讨与本质主义研究，看作是在欧洲统治千年之久的逻各斯中心主义的传统，是阻碍文化创新的理论桎梏，而统统被称作"本质主义"加以批判。就我所知，所谓本质主义就是从既定或是给定的先验概念出发，把自己所界定的那个理论尊为一成不变的绝对真理，奉为一套宗教信仰，是人人都须遵守的教条。本质主义这种思想确实严重地影响过我们，包括我自己在内。但在遭到生存的重大挫折之后，在对文学理论中有关文学本质特性的探讨时，也不时警惕自己，努力不要重犯。不久前，本人在上世纪提出的文学审美意识形态的文学观念就被当作本质主义加以批判。但是如果批判者读一下我探讨文学审美意识形态的文章，就会明白或把文学的本质界定为一个多层次、多本质的现象，有一级本质、二级本质……文学观念多样性的那些文字，就可能得不出那种信手拈来的结论了！其实，有些本质主义的批判者与他们提供的文学现象的描述，如极力标榜"碎片化"，"不确定性"，排除深度，主张平面化，"知识化"，看似离开了他们否定的本质主义，可实际上也是一种贯穿了不确定性的、知识化的、平面化的文学本质的表述，或是没有本质的本质主义。所以我以为不能把问题绝对化了。

创新问题一直是新时期以来的文学理论建设中的主导思想。有人说后现代主义思想不是一味的解构，也讲建构，有后现代主义的建构，这种说法我是同意的。后现代主义文化思想，破除了原有的一切文化、观念、理论、方法的规则与秩序，促使人们重新思考原有的文化积淀。它在触及当代文化现象、文学理论现象方面的视角，确实宏阔多了，新颖多了，贴近现实多了，实用多了，给文学理论以众多的启迪。它来势迅猛，突发性与应对性强，所以界定对象时不免草草从事，而有时缺乏科学性；它论说新颖、种类众多，各种论说杂然共存于同一平面，因而随机性、不确定性突出；由于否定了大叙事，所以缺乏历史整体性与历史性，而倚重现时性。这种创新能否说是文化横向面上的创新？现代性的建构总是审时度势，根据现实的需要，不断变更自身的理论，以适应时代的需要，在批判与承认前人研究，获得成绩的基础上有所出新。现代性的创新总是在继承传统基础上的创新，并且有所超越，实现突破；它多半置身于历史语境，承前继后，历史的整体性强烈，这是一种历史纵向发展中的创新，所谓守正创新，理论正道。这是我所理解的两种文化思想的建构与创新。

二

收入这本文集中的有篇关于文学审美意识形态的文章,是篇论辩性的东西,在这次论辩中我就写了这篇文章,一些问题还没有回应,只好以后有机会再说。在这里,我想简要地说说一些所谓"辩论"以外的东西。

1982年,我在《论人性共同形态描写及其评价问题》(刊于《文学评论》第6期)一文中,提出"文艺是一种具有审美特性的意识形态,评价文艺自然应该进行美学分析,这是过去做得很不够的。但是加强美学分析,并不是否定与美学分析密切相关的历史、社会分析"。我这样提,其实是很不自觉的,那时我虽然参与《文学原理》一书写作,但要写什么,怎么写,还在酝酿之中,文学观念不在我专门考虑的视野之内。但是后来分给我《文学发展论》部分,就使我慢慢留意,要确立什么样的文学观念了,当然20世纪80年代初,各种文学观念说法很多,甚至乱说一通也是有的,后来我渐渐地形成了自己的看法。1984年,我在《文学评论》发表过三篇文章,其中两篇都提到文学是审美的意识形态,文学创作是审美的反映。但是在文学是审美的意识形态与文学创作是审美的反映两个概念之前,我用的是"有的人认为",而未用"我们认为",更未敢使用"我认为",什么原因呢?一,谁都清楚,过去文学的观念是官方定的,一般学者哪有什么权利对文学下个新的定义?你说"文学是人学"?就批判你,直到20世纪80年代初才获得平反。二,1983、1984年间在文化界有个清污运动,清除有关方面认为是资产阶级的东西,这一运动虽然只搞了81天,但知识界心中余悸犹存,所以我这时用了"有的人认为",一旦追查起来,随时好开脱走人!当时像我这样的所谓知识分子就是这种卑微的心态!1984、1985年间,我的有关文学发展的写作酝酿成熟,将审美反映与审美意识形态定为《文学发展论》的两个基本概念,并获得写作小组的同意。于是在1986年发表的《最具体的和最主观的是最丰富的》(《文艺理论研究》第4期)一文中,大力阐释了"审美反映"的概念,而在1987年发表的《论文学观念的系统性特征》(《文艺研究》第6期)与1988年发表的《文学形式的发生》(《文艺研究》第4期)两文中,专门探讨了文学观念问题:文学是审美意识形态,以及这一观念形态的历史生成。后来将这些论文连接起来,写进了《文学原理——发展论》一书,1989年出版。提出这些概念,意在批判"左"的文学思潮与庸俗社会学,让文学回到自身。

1990年,由于"审美反映"与"审美意识形态"两个概念,触动了"左"的教条主义与庸俗社会学,碰痛了一些人,于是就被当成"资产阶级自由化"的产物,折腾了一番。有人主编了两大卷《文艺思想论争汇集》,说是论争,其实已经给你定了性。这些人多年以来对马恩有关文艺的论述,注释来注释去,但缺少新意,即使拿出几条新的材料也好,那也是没有的,当然客观上也很困难。可他们唯我独"马",把审美反映与审美意识形态两个概念,列入了资产阶级自由化的栏目之中,并在杂志上刊文批判:反映论就是反映论,哪有什么审美反映论,意识形态就是意识形态,哪有什么审美意识形态?告诫我已经滑到资产阶级自由化深渊的边缘,回头是岸,否则掉下去就粉身碎骨了!但是过不几天,当有的大领导说了声当前反"左"是主要的,于是大约他们自认为是"左"的,就不做声地偃旗息鼓了。自此以后,我就和他们疏远了,想不到平时还有来往的人,等到形势一有变化,马上就给我戴上"资产阶级自由化"的帽子,太可怕了。中外文艺理论学会成立后,我不敢邀请这些人士莅会指导,尤其不敢邀请有的教授参加学会的文论活动、丛书活动,主要是害怕动不动就把会议上的、交往中的一些不合他意思的说法转给有关部门,让有关部门转到基层组织进行批判。在恶俗的社会气氛中,有的学者在会议上难免会说话走题,出现句把题外的话。不邀请有的教授,主要是想保护自己,并使与会人员有安全感。这样好像安静了十几年,但在新世纪第一个十年的中期,这一原本缩了回去的批判,终于找到机会爆发了。批判的主要问题是审美意识形态,同时兼及审美意识、审美反映与新理性精神。批判的组织者曾经向一位赞同文学审美意识形态说并写入其《文学概论》的教授写信,叫他赶快否定此说,还来得及,否则是会倒霉的。可见批判早有准备,2005年后全面开花。我想,平常我们对某个观点真有什么不同意见,一般写个一两篇文章,也就无话可说了。但是这次仅批判的组织者与批判者一人,从中央刊物到偏远地区师专的学报,都刊有他的批判文章,达十五篇之多(截止2007年)。我们可以进行一下心理分析,一个人要积聚多大的特殊高涨的热情,才会乐此不疲地写出那么多的、大同小异的文章来?发表文章完全是为了宣传与拓展阵地的需要,其团队的批判文章当然更多。同时两校又在北京大学组织大会批判,大喊要阻止、清除"谬种流传"。

2006年上海《学术月刊》主编就传出话来,该杂志不拟再发有关审美意识形态的批判文章,因为"高层领导有明确指示,审美意识形态不用了",问题已经解决。这一"明确指示"很快就成为上海系统某校教授请客会餐时酒酣耳热之际的助兴谈笑资料,所以这个所谓"指示"传到我这里,恐怕已经流传一段时间了。我想我在"文革"十年中遭遇不幸,生死两难,上世纪70年代后期恢复工作后,心想探讨文学理论问题要力避政治话题,但这次就因提了一个小小的文学观念,政治还是找上门来,而且竟是"高层领导"出动,敲上门来了,这怎么不让人联想纷呈!我把这一重要信息报告了童庆炳教授,他向权威部门请示,得到的回答是,他们从来没有听到过这样的指示和看到过这样的文件。2007年,我向上海社科院的那位传达这一"指示"的朋友了解到,原来这是他在北京时一位教授亲自对他说的。至此,这个"高层领导有明确指示"的谜底终于解开!我想,原来还可以用这种办法来影响舆论,左右批判的!

关于文学审美意识形态的争论,表面很是热闹,在一般读者看来,自20世纪80年代中期批判"文学主体性"以后,好久没有见到过这样大规模的没有运动的运动了,煞是好看,而且都说这是"争论",这里当然有着争论的成分。但是对于被批判者的我们来说,这场批判后面又分明闪动着刀光剑影,这是善良的读者所看不到的。参与这场争论的还有一些原本就反对意识形态与文学有着紧密关系的老师,这类批判属于正常的质疑与商榷,也是可以理解的。当然,文学审美意识形态的论题本身,理论上也确实可以进一步完善与批判的。

回顾六十多年来我国文艺思想的各种批判,清理各种批判的来龙去脉,看看从20世纪50年代初开始的,经过20世纪60年代、70年代和80年代中期,20世纪90年代初,直到这次被批判的各种问题,把它们排列起来,将会是一个很有现实意义的文学理论史课题。

文集最后收有关于何其芳的典型"共名说"与袁可嘉关于现代派文学研究的论文,虽为纪念文章,但作者都是当作问题来写的,尚可一读。

新世纪以来,文学与文学理论的变化是如此之大,它们的时空不断地在拓展,真是使人奋力追踪也犹恐不及。当我校订完《文学的乡愁》一文时,我立时想到,这个文集里的文章不都是我的乡愁的表达吗,那深深的文学的乡愁!

辑一　全球化语境下的理论研究

◎ 文学理论：走向交往与对话
◎ 全球化语境与文学理论的前景
　　——文学理论中的现代性诉求与后现代性特征
◎ 美学：面向原创精神，面向现实与人
◎ 文化"一体化"、民族文学与世界文学问题
◎ 让东方文化重铸辉煌
　　——关于东方文化与比较研究的断想

文学理论:走向交往与对话

20世纪中外文学理论发展中的两次错位问题

20世纪初到70年代末,中外(主要指西方)文学理论都面临着确立与充分实现自身的主体性问题。一个十分有意思的现象是,这一阶段的西方文学理论批评,与这时期的中国文学理论批评相比,在理论倾向上恰恰形成了一个"错位"。所谓错位,主要指双方探讨的问题与兴趣方面,走着正好相反的方向而形成鲜明对照。我们知道,当双方在文学理论问题上认识各异,兴趣各别,缺乏必要的共同性时,是难以进行交流与对话的。

19世纪中叶开始,中国就受到东西方帝国主义的侵略与压迫。中国人需要启蒙,也要救亡。近百年的中国文学理论,就是在启蒙与救亡的双重任务下,不断寻求自身现代化,确立自身主体性的过程。

20世纪之初,王国维与梁启超开创了20世纪我国的两条文学理论路线。王国维在19世纪德国美学的思想影响下,突破了中国文学历来所奉行的"文以载道"的传统,主张文学回归自身。他认为文学、哲学应与政治分开,过去文学家常以兼做政治家为荣,所以总要使其创作依附于政治,结果使文学"忘其神圣之位置与独立之价值"[①]。文学描写人生,而人生乃欲望与痛苦,三者互通,无从超越。可以说,这是中国文学理论引入西方美学思想,与中国文学现象结合起来加以评论,实现中国古代文论最初的现代转化,体现了文学理论的现代精神。这是文学转向自身,力图确立文学理论主体性的一次尝试,并且又充溢着人文精神的关怀。

和王国维几乎同时,梁启超提出了另一种文学主张。戊戌政变(1898年政治改良运动)失败后,康有为、梁启超等人都转向文学,认为小说可以移人

---

① 王国维:《论哲学家与美术家之天职》,见周锡山编校《王国维文学美学论著集》,北岳出版社1987年版,第35页。

心,改风俗,强国民,救国家,在儒家"文以载道""经世致用"思想的基础上,把小说的地位与作用提到救国救民的高度。① 这虽然同样符合现代性的需要,但于小说来说,实在是一种超负荷的"光荣",埋下了后来文学理论失去自主性、主体性的伏线;极端政治化的主张,终于到了70年代末走到了自己的终点。

这样看来,原本是文学理论的人文精神的启蒙与探索,却在相当长的过程中,受到严重的歪曲,并且最后走向反人文精神的绝境;原本在中国社会现代性策动下进行的理论探求,却使其本身成为反现代性的理论酸果,从而暴露现代性本身的悖论。

西方学者曾把20世纪称做批评的世纪,其意思是文学批评繁荣,学派众多,力图使文学理论成为一门独立自主的学科。20世纪初,西方文学理论随着实证科学的飞速发展,随着对文学研究中使用的社会学的、印象主义的、心理主义的方法日益反感,在文学理论批评中出现了转向内在研究的潮流。一个又一个的形式主义学派不断更新,对文学作品本体进行了多种有益的探讨,到20年代后,形成了形式学派的主流,并同样延续到70年代末。

我在这里想要通过回忆来说明的是,如果双方都从20世纪初算起,到70年代末为止,那么双方在相反方向上的探索,十分巧合地经历了同样长久的时间。在这段时间里,中外文学理论在很长的时间里互不了解,自然也谈不上相互的交往与对话。

可是有趣的是,从70年代末到80年代末大约十来年间,在中国与外国特别在与西方文学理论批评之间,又发生了戏剧性的第二次"错位"。

我注意到希利斯·米勒与写于80年代中期的《文学理论在今天的功能》一文,他说:"自1979年以来,文学研究的兴趣中心已发生大规模的转移:从对文学作修辞学式的'内部'研究,转为研究文学的'外部'联系,确定它在心理学,历史或社会学背景中的位置。换言之,文学研究的兴趣已由解读(即集中注意研究语言本身及其性质和能力)转移到各种形式的阐释学上(即注意语言同上帝,自然,社会,历史等被看作是语言之外的事物的关系)……随之而来的,是一次普遍的回归。"②"普遍的回归"当然表现为以往的不少学派,方法又活跃起来了,好像是复旧了,不过,其实原来的多种方法,本来就

---

① 梁启超:《论小说与群治之关系》,见《梁启超文选》下,中国广播电视出版社1992年版,第67页。
② 希利斯·米勒:《文学理论在今天的功能》,见拉尔夫·科恩主编《文学理论的未来》,中国社会科学出版社1993年版,第121、122页。

没有被废弃,只不过失宠于一时罢了。就像结构主义 80 年代后虽然运用的人不多了,但作为人类积累起来的一种思维方式,依旧保留了下来。这使我想起 1985 年茨维坦·托多罗夫讲过的话。在谈起结构、解构主义等思潮在 80 年代的欧洲已不很时髦时,他说:"现在是综合使用各种方法的时代,新的方法已不占统治地位,各种旧的方法也并未被否定,原因是各种方法的好的方面,都已被普遍接受,学校课堂上都介绍它们,并被文学研究者所使用。"[①] 但是一旦摆脱对于语言的过分依赖,新的学说如新历史主义、女权主义、后殖民主义、后现代主义、文学人类学等学派就纷纷行时起来,于是发生了文学研究向"外部"的急剧倾斜。我曾著文谈到发生变化的动因时说:一是几十年来西方社会、历史运动、现实斗争发展的结果。二是为西方文学实践发展所促成,原有的文学内在研究的理论批评,已无法满足新的文学实践了。三是文学理论自身发展的趋势与自觉使然。[②]正是这种理论的自觉,使得西方文学理论开始较为充分地体现了其自身的主体性与自主性。

在这段时间里,在中国文学理论中却发生了一个相反方向的变化,这就是文学理论批评走向由外向内的转折。从 1979 年开始,在改革开放的形势下,人们相当普遍地厌弃了旧有的理论与研究方法,而转向刚刚被西方文学理论批评界不断诟病的内在研究方法。这一时期的中国文学理论批评中确实存在着比较严重的西化倾向,以为西方的文学理论批评,诸般都好,可以替代我们自己的文学理论批评。紧接着,对西方传过来的现代主义,结构主义,叙事学还未完全弄清楚是怎么回事,可一下又出现了对后现代主义、后殖民主义的热情关注了。有些论文里面到处都是西方文学理论批评中或自然科学中的术语,作者自己并不真正懂得,读者读后自然也感到茫然。所以双方虽有交往,但难以对话却是自然的事。

这第二次的理论"错位",对于中国文学理论来说,固然满足了求新、求知的欲望,但留下的则是沉重的思考:一方面,学习西方文学理论批评中的有用成分是必要的,没有它们,就难以激活我国的文学理论批评,新的术语,也往往是表现新思想的。但是如果认为,可以把任何西方文学理论批评,或是任何新名词搬到中国,我们的文学理论批评从此就走向正路,这实际上必

---

① 见拙文:《法国文学理论流派》,见《文学理论:走向交往对话的时代》,北京大学出版社 1999 年版,第 54、55 页。
② 见拙文:《面向新世纪:八九十年代中外文学理论新变》,见《文学理论:走向交往对话的时代》,北京大学出版社 1999 年版,第 256、257、258 页。

然要走向盲目,就会再度失去理论的自主性,影响主体性的建立。小亨利·路易司·盖茨关于要建立黑人文学理论批评话语,以取代白人话语对黑人文化教育的鄙视与贬抑,态度不免激烈了些,但确是包含了一些真理在内的①。话语确实是一种权力的表现,对于中国文学理论批评来说何尝不是如此?所以必须建立中国自己的具有自主精神的理论话语,确立文学理论的自主性。

在两次"错位"之后,我们必须真正面对现实,进行自我反思、自我批判与自我选择,寻找学术上的整体的自我,发扬文学理论批评的原创性与独创性精神,改造并提升我们自己的文学观念。不这样,中国文学理论批评就无以自立。

交往、对话的主体性以及理论批评话语的共同性因素

80年代中期开始,特别是80年末以后到现在,是我国文学理论批评界进行反思、自我批判的时代,解构旧有的不适应于文学发展的理论思维模式,建构新的文学界理论的雏形;同时这也是与外国文学界理论批评逐步进入交往、对话的时代。

我所说的文学理论批评的交往与对话,表层的意义当然在于双方互通有无、相互学习,但是其深层意义,则是为了我们自己的复苏与生存。当艾略特谈到不同国家文学的交流时就说到:"……在一定时代时,它们当中每一种都依次在外来的影响下重新复苏。在文化领域里专横的法则是行不通的;如果希望使某一文化成为不朽的,那就必须促使这一文化去同其他国家的文化进行交流。"②这对于文学理论批评来说,也是适用的。80年代的西方各种文学理论批评的输入,对我们起到振聋发聩的作用,破除了滞后的思维定势,激活了我国文学理论批评的主体性,使其复苏过来。但是被输入的各种外国文学理论,即使它们再好,也难以把它们认作我们自身的文学理论。道理很简单,这只是借用与参考,而借用与参考并非自己创造。因此,在这

---

① 小亨利·路易斯·盖茨:《权威,(白人)权利(黑人),批评家;或者,我完全不懂》,见拉尔夫·科恩主编《文学理论的未来》,中国社会科学出版社1993年版。
② 托马斯·艾略特:《诗歌的社会功能》,见《美国作家论文学》,三联书店1984年版,第193页。

种情况下,我国文学理论还不是思考"不朽"的问题,而是如何恢复生机和生存的问题,80年代后半期,中国文学理论同样存在复苏、生存的问题,否则会停滞不前了,而且只有在此基础上,才会获得进一步理论创新的可能。如今,不少西方学者也已意识到了这一点。

在中外文学理论批评的交往探索中,把文学理论批评视为人文科学的思想,是十分重要的。文学理论批评具有科学哲学的一面,文学作品的内在研究,使有关作品的理论系统化了,精细化了,促进了文学理论的进步。但是文学理论批评又是人文性的科学,过分倚重科学主义,文学科学的人文精神就被排斥了,其主体性成分就被忽视了,各种形式学派批评就有这种缺陷。80年代西方文学理论批评转向外在研究,也即挣脱了语言研究的束缚,转向文化研究之后,不仅极大地扩大了自己的研究领域,而且使文学理论批评更加人文化起来,充分显示了文学理论批评的主体性。由于80年代我国的文学理论批评准则已经失衡,因此在求新的时尚中,不少中国学者实际上是跟随西方学者之后"跟着说",缺乏理论的主体性与自主性;情况好一些的是"接着说",即接过西方学者提出的论题,谈谈自己的意见;自然还谈不上"对着说",也即在真正的交往与对话中,理解对方与自己,创建自己的思想。90年代后期情况有所好转。女权主义,性别写作,文化批评,后现代主义,后殖民主义,大众传媒问题,不仅成为西方文化界的热门话题,而且也影响了中国文学理论批评,从而使得中西双方在理解文学研究方面,获得了较为完整的认识,大体也平息了文学研究中的内外之争,结束了中西方文学理论批评中曾经出现过的两次"错位"现象。

巴赫金以为,人文科学是研究人及其特性的科学:"人带着他做人的特性,总是在表现自己(在说话)亦即创造文本(哪怕是潜在的文本)。"[①]文本在人文科学领域,具体表现为"表述",表达某个人的不可重复的思想;表述具有个人性,意向性,对话性,应答性。因此人文思想总是指向他人的思想,他人的意义,他人的涵义的;在这里,总是存在两个主体,即说话人与应答者,同时又显示他们相互之间的评价,应答和反驳,两个平等的主体的交锋,"文本的生活事件,即它的真正本质,总是在两个意识,两个主体的交界线上展开"[②]。文本作为表述,显示了其潜在的双声性,对话性。不同国家的文学理论批评的交往,无疑是不同的独立主体之间的对话,不同美学思想的对话。

---

① 巴赫金:《文本问题》,见《巴赫金全集》中译第4卷,河北教育出版社1998年版,第306页。
② 同上书,第305页。

其次,不同国家之间的文学主体,理论批评主体之间进行交往与对话,以达到双方的各自理解。理解通过表述达到,理解意味着看到他人,在交往中使他人成为对话者。对话产生理解,在对话的理解中,不同的主体互为表述,各自建立自身,同时又使事物获得新意。理解在于意义的增值,不断揭示对象的新意,创立新说。"理解不是重复说者,理解要建立自己的想法,自己的内容。"作品的理解"能充实文本,因为理解是能动的,带有创造性质的理解者参与共同的创造"①。由于对话的普遍存在,所以意义是不断生成的。但是意义具有成为涵义的潜能,而涵义就其潜能来说,又是无穷的。那么涵义是什么呢,巴赫金说:"我把问题的回答称做涵义。不能回答任何问题的东西对我们来说就没有涵义。"在意义向涵义的转化与实现中,"涵义每次都应与别的涵义相接触,才能在自己的无尽性中揭示出新的因素"②。至于解释,它只具一个主体,是一种独白,它不能构成对话。解释只是揭示了已经熟悉的东西,可以重复的东西,解释者在其解释中个性已荡然无存,他的活动未有增值。人文科学如果只有解释,只有独白,很难获得发展,甚至走向绝境,这是一种独白式的思维方式,也即非此即彼的思维方式。我国80年代前的文学理论批评,就是这种独白思维的产物,到70年代末,它果然走上了绝路。在理解与解释的观念上,如果把伽达默尔与巴赫金相比较,我宁取后者,前者认为"所有的理解都是解释"③。当然,在我看来,理解是人文科学活动的主要方式,但有时也需要进行解释的,虽然这是一种重复的,但有助于原义的敞亮,因而也有助于理解,所以完全排斥解释,也有其实践上的难处。哈贝马斯就曾经讲到"合理解释的不可避免性"④。当然,我们这里不可能充分地来讨论这个话题。

再次,不同国家之间的文学理论批评进行交往与对话,利用交往、对话中的"外位性"使自己融入他者的文化,进而使用他者的目光来反观自身,可以观照自身的不足;可以从他者获取新的知识,吸收新的有用成分,从而在一些问题上,修正失误,达到共同的理解。这有如哈贝马斯说的:"只要我们凭借对话,即完全依靠交往行为,那么我们就具有确定无疑的前提,这样就可以产生从来未有的一致,至少可以产生内在的一致;能够摒弃错误的主

---

① 巴赫金:《1970—1971年笔记》,见《巴赫金全集》中译第4卷,河北教育出版社1998年版,第405页。
② 同上书,第411页。
③ 伽达默尔:《真理与方法》,转引自严平:《走向阐释学的真理》,东方出版社1998年版,第178页。
④ 哈贝马斯:《交往行为理论》第1卷,重庆出版社1994年版,第162—165页。

张,获得正确的规范。"①自然,这个过程不会是一蹴而就的,"未有的一致""内在的一致"是要通过不断的交往与对话逐步实现的。有时,"未有的一致"很可能难以实现,在这种情况下,"求同存异"就完全必要了。

中外文学理论批评的交往与对话,有着广泛的共同基础。如前所说,文化理论研究极大地扩大了自己的领域,伸入到不少过去不熟悉的场地。无疑,文学理论批评研究,除了探讨精英文化、文学,现在面对我们的还有大众文化、影视文化、网络文化、多媒体传播,等等,虽然对这些问题的探讨在西方文学理论界早已展开,但是现在它们开始进入了我们的理论研究视野,成为热门话题。这里面临着挑战与机遇,即我们今天面对着各种学科,挑战着我们的知识能力,同时逼得我们去扩大自己的知识领域,改变我们的思维方式,思考新的问题。又如种族问题、民族问题、性别、地域问题、后殖民主义问题、大众文化问题、民间文化问题、全球化等文化问题的讨论与争论,在这几年也是方兴未艾,看来它们还将进一步被探讨下去,中西方学者在这些问题上有着公共的领域。现今,文学理论跨学科的研究,不仅在人文科学之间进行,而且已渗入社会科学、科学技术中去,这是一个更为广大的公共领域。在争论中有认同,在认同中有争论,把这些文化研究引向文学理论批评,极有可能结束文学理论单一的构架,进行多极化的理论建构。

我国文学理论批评转向文化研究,其实早已开始,这是借用文化研究的多种方法,扩大文学理论研究的领域,主线仍是文学理论,这自然会促使文学理论研究出现新的变化,作为一个学科还会长期保留下去,发展下去。例如,我国古代文学研究中,一些学者通过文学的文化研究,取得了令人耳目一新的成绩。毫无疑问,文化研究中的多样方法,又会以各种方式渗入文学理论研究领域,形成真正意义上的方法的多样化,把文学理论批评研究推向新的境界。

但是也正在这里,使我产生一种疑虑,即文学理论批评与文化研究的界限问题。我看到一些材料,觉得在当代的美国文化问题探讨中似乎有所不同,那里一些部门,几乎已经不能分清文学理论研究与文化研究的界限了。解构主义传入美国之后,文学自身的准则逐渐被解体,文学的"真实",已经从多义变为完全不定形的东西,价值似乎已被"掏空"。我早就注意到理查德·罗蒂说的话,他说:在英语国家,文学理论一词,现今与"'对尼采、弗洛

---

① 哈贝马斯:《论历史唯物主义的重建》,转引自《交往行动理论》第1卷《中译本序》,重庆出版社1994年版,中译本序第3页。

伊德、海德格尔、德里达、拉康、福科、德·曼、利奥塔德等人的讨论'基本上是同义词。在英语国家的大学中,开设较多有关近来法国和德国哲学课程的不是哲学系而是英语系"①。我相信这一描述的情况是真实的。而现代美国语文学会会长爱德华·赛义德的话也是令人同情的,他说:"现在,文学本身已经从……课程设置中消失。"取而代之的是些"残缺破碎,充满行话俚语的科目"②。对于消弭文学理论批评与文化研究界限做法,我持保留态度,我以为知识的不确定性的理论与教学,可能与当前的文化、文学艺术的形式发生激变、科技文化迅猛发展有关,也可能是出于教学的外在的需求有关,也可能与学生有权改变课程的设置有关。但是零碎化、残片化的过程是会带来苦果的,接受者可能只能获得一些肤浅的知识,学到一些皮毛。

在今天全球化愈益成为一种社会发展趋势的环境中,在文化、文学和人的关系之中,却愈益笼罩着一种令人不安的气氛,这就是人的生存、人的存在及其命运问题。人陷入了危机之中。后殖民主义、女权主义、民族主义、经济等问题的探讨,如果直接地描绘了人的物质的、制度的、性别的不平等的令人忧虑的生存处境,那么,审美科学、大众文化、影视艺术、网络艺术、文学艺术及其理论批评,虽然也在层出不穷地制造着问题,但应当排除自身的消极面,来探讨人的真正的精神需求和如何维护人的精神家园,这是中西文学理论批评中的一个说不完的话题。

人的危机实际上就是文化危机的表现,这既是物质的,又是精神的。物质的大幅度增加和科技的迅猛发展,社会灾祸连连,促进了人际关系的急遽变化,伦理消解,信仰失落,人文价值贬抑,行为规范失衡,使整个文化领域出现了溃烂的趋势,而且几乎是弥漫性的,这在不同国家,不同程度上都是存在的。文学艺术及其研究无疑可以增强这一危机,也可以缓解、弱化这一危机,在我看来,我们的工作应是对之进行缓解与弱化。需要对人的存在、人的生存的个人性的、公共性的空间,进行文化研究与文化阐释。80年代以来,西方文学理论与文化理论的一个重要特色,就是十分关怀人的现实的处境,就是人文精神的强化。至于对于我们来说,由于处在社会文化的转型期中,人与人的关系发生迅速的变化,同样感到必须呼吁人文精神。我在《文学艺术价值、精神的重建:新理性精神》一文中说到:"人生来就是为了生存与创造,生存的创造与精神的创造。在科技如此发展时代,不少人仍在生存

---

① 理查德·罗蒂:《后哲学文化》,上海译文出版社1992年版,第98页。
② 见《外国文学评论》2000年第1期动态栏,第150页。

的艰辛中挣扎,特别在精神上感到孤独与失望。可一些人却说生存本身就是虚无,这一切岂非都是荒诞!文化艺术果真失去了'是什么''为什么'的追问,它们本身还有什么意义?人的生存本身还有什么意义?他还能寄希望于明天么?"①我至今仍坚持这种观点。废除什么,是容易的,但在废除与解构之后,我们还要什么?文学理论的人文精神的弘扬,无疑多少会给这个非理性的世界,增加几分希望的亮色,自然,这不是粉饰,而是对人的人道精神的关怀。

文学理论批评的本土化问题

中国文学理论在中外文化的交往与对话中,摆脱了政治的束缚,批判了过去文学理论在观念、功能上的僭越与反科学,并终于使自己初步建立了自身的学理性、主体性。理论的自主性、主体性的确立,必然要求逐渐建构具有中国特色的、本土化特征的文学理论。不同国家的文学理论问题中的共同性是存在的,这有如上述。但是如果设想不同国家只有一种相同的文学理论,那也是不切实际的,要不,近百年来中国的文学理论,在追求理论自主性的过程中,就不会经历如此多的艰难了。中国的文学理论批评,一直受到西方国家的文学理论的影响,一会儿是欧美的,一会儿是苏联的,后来又是欧美的。但是全盘西化,或是全盘苏化,都是短期的,即使苏化的影响时间比较长久一些,但最终还是免不了遭到清算。

中国文学理论所以要强调理论的主体性与自主性,期望新的重建,就在于它与西方文学理论比较,确有自己的特征。中国古代文学理论是个宝库,就其丰富与独特性来说,它与西方古代文学理论相比较,可说是二美俱,两难并,各领风骚,如何最大限度地利用中国古代文学理论的丰富资源,使中外文学理论共享,这至今仍是一个值得费时费力的重大课题。就以文学理论与传统的关系来说,比如西方文学理论几千年来未曾中断过传统,从古希腊到现代,虽然屡经变迁,甚至今天被当作"宏大叙事"而遭到否定,但仍是一脉相承的,它没有中断传统的那种重负。中国文学理论就不是如此。20世纪初的新文化运动,指向社会的改革,文化的现代化,大张旗鼓地批判旧

---

① 见拙文:《文学艺术价值、精神的重建:新理性精神》,载《文学评论》1995 年第 5 期。

文化,其势锐不可当。在文学理论方面,除了自觉不自觉地接受传统文学理论中的"文以载道"的思想外,其他文学观念都受到了排斥。于是几十年来,中国文学理论不时产生着一种失去自身、无所依附的飘零感。

但是,传统无疑是个十分坚硬的东西,它是我们当今的文化之根。割断传统,过了几年,甚至几十年,仍要回到传统,这正是我们今天面临的课题。中国文学理论的建设,面对着三种文化资源,或者说三种传统的定位与选择。在我看来,要以现代文学理论中经受住反思、批判的部分为基础,否则,我们抛弃现代的传统,又会让我们失去我们自身生于斯、长于斯的文化土壤,割断与我们最为密切的传统关系,以致失去交流的现代话语。要广泛吸收西方文学理论批评中的长处,它的某些科学精神、原创性与独创精神,同时还要促进中国古代文学理论的现代转化,以当代意识,最大限度地激活其中最具生命力,可与当代审美意识融为一体的精华部分,结合当代文化的巨变,沟通中外古今、严肃文学与大众文学,文学与影视、网络文学,在跨学科的多种方法的运用中的,建构中国当代文学理论批评话语。

建构中国当代文学理论批评话语,也必须和创作结合起来。中西文学创作中存在许多共同性,但文学创作毕竟是在不同的文化土壤里成长起来的,即使大众文学、影视艺术,也是如此。不大可能存在一种叫做不同文学融而为一的"世界文学"的东西。我理解的"世界文学",是在积极的、频繁的相互交往中的各国民族文学汇合的总称,而并非某个统一体。那些真正优秀的文学作品,既是民族的也是世界的,进而也是人类共同的精神财富。只要民族、国家还存在着,那么这些民族、国家的文化和文学也会存在下去。全球化的经济正在形成之中,物质文化的某些部分依赖电子技术,部分地全球化了,但是精神文化中的真正的精华部分,仍然是最具民族特色的。正像我们去外国旅游,最想看的不是我在国内看到的东西,千篇一律的东西,而是那些最具有异国情调、奇风异俗的东西。文学中的"异国情调""奇风异俗"就是那种最具民族文化特色的审美风尚。由于中西文化内涵、环境的区别,文学作品的审美品格自然会多姿多彩、形态各异,因而阐释不同文学现象的中西文学理论批评,也就不可能表现为整齐划一的理论形态。

自然,要建立具有中国的民族特色的文学理论批评,与维护狭隘的民族主义文化主张是毫无共同之处的。承认文化的差异,不同特征与文化的多元主义是十分必要的,它们与文化分离主义也全然无关。几十年里,中国文学理论既受到不同形式的文化霸权主义的统治,同时又曾有过文化孤立主义的肆虐。我们亲身经历过这两种倾向所带给我们的痛苦,那些总是以"普遍价值"自诩的霸权主义文化,曾使我们的文学理论成为附庸;而文化孤立主义又使我们故步自封,与世隔绝,拒绝了有着真正普遍意义的东西。所以我们现在总是以严峻的批判的目光审视自己的理论,同时也以同样的目光审视着西方文化理论与文学批评。广采博取、多方吸纳、融合同化、综合创新,我想这是文化民族主义赖以生存的支撑点。文学理论的主体性,对我们来讲是弥足珍贵的。如果我们不具备理论的主体性,在国际文化来往中,我们以什么资格来进行交流呢?我们仍只能跟着说,而不能接着说,更遑论对着说的对话了。

在这里,世界性、国际性与民族性是相辅相成,和谐一致的。我注意到有的学者提出"新世界主义""世界公民"[①]等说法,对于他们所作的解释我表示理解。但这些思想恐怕也只能在知识分子中间讨论讨论,而且即使在我们之间,那也是不一样的。就拿"世界公民"来说,与会的外国学者在某种程度上可以说是"世界公民"了,比如可以自由地出入我国。但是我们可没有那样进入他国的充分自由,即他国并不认为我们是"世界公民",有时还会被无缘无故、不由分说地被拒绝于他国国门之外!这也就是为什么会存在文化民族主义的原因之一了。

新世纪的文学理论批评,将会在未来的真正的交往与对话中,获得更新与重建。

(原载于《中国社会科学》2001年第1期)

---

① 杜威·佛克马:《走向新世界主义》,见王宁、薛晓源主编:《全球化与后殖民批评》,中央编译出版社1999年版,第247—266页。

全球化语境与文学理论的前景
—— 文学理论中的现代性诉求与后现代性特征

> 90年代的文学理论既有解构，也有建构，
> 是现代性的新的理性表现；当前"文化
> 研究"的兴起与意义及其后现代性特征；
> 整体意义上的文化研究与现代性诉求

20世纪90年代，是我国文学理论日益受到全球化影响的时代。其实，早在80年代的最初几年，外国文论不断被介绍到我国，那时我们讨论问题，总要把它们放到更为宽阔的文化背景中去探讨，自觉不自觉地汇入世界文艺思想的潮流，从而使我们的意识逐渐趋向一种全球化的倾向。

90年代，是我们深深感到经济观念、生活观念、文化观念进一步发生重大变革的时代，从国内到国外，似乎到处都在发生着文化争论、爆发着冲突的时代。在我们自身周围的生活中，到处迷漫着不安与焦虑，好像一切都翻了一个身，一切都在迅速地流动与转变之中；所有事物似乎都失去了原有的规范，显得不很确定，难以定形。颠覆、解构、反中心、反权威、边缘化等体现了现代性与后现代性的种种思潮大为流行，似乎所有现象都受到它们的浸淫，这使得那些竭力要保持中心、权威的人们，一听到这些具有挑战性的名词就心惊发憷。同时，这个时代也是兴起流行文化、大众文化的时代，一些知识分子通过对它们的研究，能够表达一定的思想，有限地表述自己的意见，整理并批判各种文化思想，企图参与现实、历史的进程，期望着发生某些相互的影响。无疑，这些文化行为正使我们渐渐融入一种全球化的意识之中。

至于在文学艺术、文学理论、文学批评方面，90年代正是它们获得自主性同时又是走向边缘化的时代。在经历了近百年的风风雨雨之后，文学艺术、文学理论与批评终于回归自身，同时也就失去了人为的轰动效应，而逐

步趋向正常状态。80年代下半期和整个90年代,市场经济的影响与信息技术的直接介入,使得大众文艺、影视艺术以及传媒工具,对原有的文学艺术发生了重大的冲击,这导致文学观念又一次发生了重大的变化,趋向多样与宽宏。人们的文艺思想进一步分化甚至相互对立,文艺界实际上派别林立(正常意义上的)而又相互共处。多种文学话语与理论话语,可以相对自由地喧哗,以至达到前所未有的思想、话语狂欢的地步,自然,其中既有严肃的文学的探索,也有颓唐的文字经营与媒体的无休止的营利炒作。开头我们对于这种复杂的文化现象不甚了了,随后意识到,不少人正被不依其意志为转移的经济势力,投入了商业化的操作之中。这是难以抵御的经济全球化和由此而形成的全球化语境所必然产生的现象,我们看到了一个现代性的消极因素与种种后现代性因素杂然并陈的局面。

在这种多变的、不确定的似乎是非理性的语境中,作为人文知识分子,我们还是应当采取一种新的理性精神的立场,一定的价值判断的立场,来理解90年代文化现象。我们所持的价值立场,可能会大体一致,或者有很大出入,甚至相互对立,这是完全可以理解的。但是只要不是那种故意引起"轰动效应"的、横扫一切的、红卫兵式的批评,或是乱打棍子的痞子式的批评,大家就完全存在着求同存异的对话的可能。

我国80年代后半期以来的文学理论,是一个解构同时也是建构的过程,解构与建构是共存一体的。解构什么?解构那些严重束缚、阻碍文学艺术发展,无法对文学艺术进行科学解释的教条规定。这在早期当然是行政力量起了作用,但是我们看到,行政方面后来再行设置任何新的条条框框、清规戒律,已无济于事,文学艺术与文学理论批评,在市场经济的影响下,已按着自身的生存方式与自身的规律办事,远离行政的号召与指令。这一趋势的进展,在90年代中后期尤甚。促进这一趋势的出现,现实生活的需求当然是最为根本的原因。只要是不符现实生活发展趋势的各种号召与指令,即使看来应时顺势,也再难以发挥它的影响力。

在这种情况下,我以为文学艺术、文学理论获得自己应有的独立自主性,确立了自己的主体性,是这一时期的最为激动人心的、最为重要的成果之一。

所谓文学理论的自主性,主要是指文学理论不依附于政治,使文学理论回归自身。几十年来的沉重的政治管制,使文学理论完全成了一些政治家手里的、不断朝令夕改的某些政治行为的等价物,文学理论完全失去了自身存在的尊严与价值。如今,文学理论分清了与政治的界限,作为一门独立的学问,开始建立起自身的学理。自然,政治作为一种行政的意识与手段,仍有可能来干预文艺现象,但已不易收到实际的效果,这就是所谓解构了。解构还表现在过去不少被奉为重要的、神圣的理论原则,如今已退出文学理论,也是事实,这是一方面。

另一方面,文学理论的自主性,自然还在于理论自身的学理建设。80年代下半期和整个90年代,是我国文学理论比较全面地建立自身学理的时期,确立自身主体性的时期。在文学理论学理的探索、建构中,无疑,西方文学理论发生过重要影响;80年代初期,在西方文学理论思潮如潮水般涌入我国的时候,我国文学理论中的西化倾向十分流行。但是西方文学理论中的审美研究、作品形式、结构等因素的内在研究,和那时我国美学问题的大讨论,都对我国文学理论改造起到良好的作用。同时在讨论中,不少学者对现代文论传统进行了有批判的吸收,并且力图打通古今中外。所以到了80年代后期和90年代,我国的文学理论研究就出现了前所未有的生动景象,新说屡起,佳作迭现。文学理论中的新作,都是在解构旧说的基础上出现的,同时又是新的建构。因此,在我看来,这十多年的文学理论,不是一味的解构,不是一味地听从外国人说话,不是把外国人的文学理论进行简单的移植,而是在批判、借鉴的基础上,对文学理论既有改造,又力图有所创新,并且卓有成效地创立了一些新的文学理论范畴。在商品经济的大潮下,文学理论在不断地走向边缘化,不被人们重视,但是应当承认,文学理论是个有成绩的部门,真正的理论创新,自会留下印痕。自然,我们不能把成绩估计过高,当今一切都处在过渡状态之中,但也没有理由妄自菲薄。新的理性精神的解构与建构,正是文学理论现代性的体现。

正是本着这一认识,我和童庆炳先生编辑出版了"新时期文艺学建设丛书",广收我国在新时期文学理论方面有创建的著作,以记录学者们所作出的努力与文学理论的更新,为新世纪文学理论的进一步建设,留下一份思想资料。

在这套丛书里,有探讨文学审美特征的著作和审美价值结构与感情逻辑的著作;有研究文学艺术精神与艺术的生存意蕴的著作;有阐释艺术与人和文艺学的人文视野的著作;有文学艺术本体反思、文化批评、汉语形象和现代性与文学理论现代性问题的理论思考;有文艺学的民族特色、比较诗学、宗教文艺审美创造探索;有新意识形态批评、圆形批评与圆形思维主张的张扬;有诗学研究、创作心理、文化诗学、文本生产、原型的理论与实践的细致剖析和审美实践文学论;有新理性精神文学论等文学理论主张的标举等。此外还将收入一些著名学者的论著。从上面涉及的不少论题来看,它们触及了文学理论的各个方面,这是过去的文学理论所没有过的现象。这些论著阐发问题的深度可能不会令人完全满意,但重要的是其中一些著述,并非泛泛之论,它们并非食古不化,更非盲目崇洋,而是针对文学、理论的现实,提出了新的见解,或是新说;出现了一些新的核心概念,并已在理论实践中发生作用,初步形成了我们自己的文学理论的视界。上面提及的一些问题,也可以作为重要课题而继续深入,同时新的理论问题还会不断出现。丛书的出版,显示了新时期以来文学理论进展的实绩的一个侧面。自然,此外还有一些学者的重要的文艺论著,由于出版条件关系,未能列入,使我们深以为憾,这是需要说明的。

在全球化语境中,当鸟瞰20世纪中外文论的发展时,我曾指出两者之间曾经发生过两次错位。一次是80年代前,西方文学理论的主导研究是一种内在研究,而我们则把文学理论的外在研究发展到了极致。结果是两者都走入绝境,难以为继。另一次是80年代开始,当全球化语境正在逐渐形成之中,西方文学理论的主导倾向,由内在研究而走向外在研究,而且声势越来越大。而我国文学理论,则由外在研究而走向内在研究,大力探讨文学理论自身的问题、规律等等。从目前的双方文学理论情况来看,说不定可能是第三次错位了。

在70年代末、80年代初欧美文论研究向外转的潮流中,我觉得一些学者的取向是不尽一致的。像法国的某些结构主义者,发觉了文学内在研究的局限性之后,要求将文学研究与文学所包含的其他文化因素结合起来,努力发掘文学本身固有的文化涵义,以充实文学研究,这大体是属于文化诗学的研究范围,如托多罗夫。另一些学者特别是后来的美国学者,实际上一开始就转向了所谓"文化研究"。欧美的这种文化研究,其实早在几十年前,在德国、英国就开始了,80年代初,不过是完成了一个巨大的转变而已,并且由于时代的变化,文化研究相应地改变了自身的涵义与主题。关于这点,我国一些学者已有介绍。我们看到,在当今这种文化研究思潮的高涨中,欧美国家的文化研究,发挥了解构主义、后现代主义的精义,不仅把文艺研究视为文化研究的一个组成部分,而且实际上以文化研究取代了文学理论的研究,渐渐消解了文学理论研究,趋向后现代文化思想。

欧美的"文化研究",贯穿了后现代主义文化思想,体现了后现代性的诉求,解构了以往的学说。诚如美国学者哈桑所指出的那样,后现代主义主要表现为如下特征,即它的"不确定性"与"内在性"。所谓不确定性,即含混、不连续性、异端、多元性、随意性、变态、变形、反创造、分裂、解构、离心移位、差异、分离、分解、解定义、解秘、解合法化,等等。所谓内在性,即强调人的心灵的能力,通过符号来概括他自身,通过抽象对自身产生作用,通过散布、传播、交流,来表现他的智性倾向。[①]于是历史与虚构可以混同,历史的真实可以被创造,而具有一定偶然性因素的真正的历史真实,则完全成了偶然事件。文化研究通过文学艺术、大众文化、城市文化、影视艺术、广告动画、音乐演唱、甚至建筑这类文化现象的风格与思潮,探讨政治、种族压迫、新的殖民现象、妇女权利与文艺、文化新潮现象,以切入当今社会、政治、文化状况等,展现了后现代性的文化特征。

后现代主义文化思潮,表现了全球化语境中人的思维方式、人们的社会心理发生了重大的变化。在当今全球化的语境中,我们看到,各种社会的、文化的矛盾,正在酝酿、冲突之中,文化研究正好适应了这一情况,从而表现了这一研究的广泛的社会性、政治性特征,使社会、政治问题学术化。这种体现了多元化精神的文化研究,表现了对当前政治、社会、制度、文化霸权、经济、民族问题、种族压迫、新老殖民主义的反思与批判,显示了人文科学、社会科学的某种批判性的一面。几乎与此同时,几百年来科学分析方法受到了怀疑,学科愈分愈细的做法受到抨击,呼吁人文科学与社会科学以至自然科学之间的综合研究的呼声,时有发生;但是由于缺乏真正的理论建树,所以又立即拆散、解体了这一趋势。这种种矛盾的文化思想与心态,成了催生当今五花八门的、颇有声势的文化研究的内因,展现了后现代主义的文化景象。

80年代中期,美国学者曾经来我国介绍欧美流行起来的文化研究。接着后现代主义、新历史主义、后殖民主义、东方主义、女权主义、种族理论等又是风靡我国文论界,并且扩大到社会科学、人文科学的各个领域。80年代下半期,文化研究在我国还未流行开来,那时我们还把这种研究视为文学理论的一种跨学科研究。90年代初以后,人们经过了一段时间沉静的反思,发现了后现代主义思潮并初步了解了其妙处和特点,于是迅速在文艺界广为

---

① 见伊哈布·哈桑:《后现代的转向》,时报文化出版企业有限公司1993年版,第155—156页。

传播，并且形成了一股争说后现代的热潮。稍后我们看到，一些原来的文学研究者，转向了经济、政治、思想的评论研究，出现了文学理论、批评队伍跨向其他学科的现象。这一现象，与我们在80年代上半期见到的情况决然相反，那时讨论文学问题，指责过去忽视审美，同时对文艺与政治、伦理、历史、社会等联系，避之犹恐不及；或是对这些方面形成的干扰，与文学审美应有的文化选择捆绑在一起，进行挞伐，要使文学变得纯而又纯。现在正好相反，一些原来的文学研究者，致力于译介外国那些探讨社会、思想、经济、科技的学术著作，进行经济、政治、制度、思想的评论，力图介入政治、社会、思想批判，既有指点江山式的激扬文字，又有随意套用西方术语的现象发生，又一次出现西方术语的大移植，产生了极为复杂的影响。

这自然是，一，在我们的社会生活中，作为多种思想原则诉求的现代性、前现代性与后现代性相互影响而又杂然并陈。后现代主义文化的一些特征、风尚，已经存在于我国的社会生活之中，所以一些学者的学术思想与之一拍即合。二，我国学术界向来有向西方学术前沿迅速靠拢、及时学习甚至移植的风尚，把握前沿性问题，以扩大学术探讨的领域，进而掌握这一话语赋予的话语权力。所以不久之后，媒体就册封了我国的"后现代大师"。有趣的是，一些中外学者原本竭力反对要有什么中心，倡导颠覆、解构。现在通过后现代话语权力的占有，赢得了声誉，自己就成了中心，却从来没有听说对自己的地位与宣扬的学说，需要进行颠覆与解构的。三是我们发现，后现代研究形形色色，它们把政治、历史、社会、文学等问题搅在一起，结合起来，介入现实、社会、历史、政治生活，批判现行制度以及体制的不合理的地方，既可使学术政治化，又可把政治问题学术化，起到知识分子与社会、历史、现实相互交流、相互影响的作用，争取到了以往只为少数人把持的部分政治话语权力，力图负起知识分子的使命，这无疑是学术的也是社会的一个小小的进步。四，这种文化研究，大大推动了对大众文化、城市文化、影视文化以及后殖民主义、女权主义、女性写作、建筑艺术倾向的探讨，而这些部门，也正是文化研究的主要领域，进而形成了一种新的研究热潮。但是由于种种客观原因，这种研究与我国实际存在的重大问题还有不小的距离。五是这种文化研究对于文学研究，毫无疑问，具有方法上的借鉴意义，确实，文学研究完全可以从文化研究中引进多种方法，以充实自己。比如，重读中外文学，我们完全可以借用后殖民主义、女权主义等视角，来开掘作品的新意，扩大文学研究领域，但这不是解构主义的研究，这是借用后现代主义的某些方法,以丰富现代学术的研究。

现在,"文化研究"在我国方兴未艾,一些中外文学研究者,得风气之先,率先进入这一领域,随后不少从事政治、经济、哲学、社会学的学者,也卷了进去,显示了我国当代文化研究中对后现代性的热切诉求,期望能够争取到更多的学术权利与扩大社会科学、人文科学的学术空间。但是,我们也知道,作为当今文化研究思潮的思想导师如福柯、德里达,在今天中国虽然声誉正盛,不过他们的祖国,他们的理论不断在受到质疑与批判;而风行一时的文化研究,由于自身理论上、方法上、实践上存在着不少问题,在今天的美国研究界也颇受诟病,我们在后面还将涉及。

我在上面讲的文化研究,主要是指近几十年来流行于欧美的文化研究,这是一种相对意义上的狭义性的文化研究,新起的理论思潮的研究。其实,文化研究在各国文化活动中早就存在,有着多种文化观,实际上就有多种派别存在,只是没有像当前的"文化研究"那么炫耀而已。比如,我国有历代经济、政治、体制的大型文化课题研究,有当今经济、政治各个方面的大型课题研究,有考古、语言、哲学、伦理道德、文学、艺术以及当代文化风尚等方面的大型文化课题研究,等等,它们是我们文化研究的真正主体。在我国文化研究中,作为后现代主义思潮的文化研究,只占整个文化研究的一小部分。我国整体上的文化研究,就其主导倾向来说,当是诉诸现代性的。现代性意味着使社会不断走向进步的新理性精神,这是一种不断进行反思的、批判的、建设的科学精神与人文精神,它是不断变化创新、具有无限丰富资源的未竟事业。后现代主义文化研究提出的种种问题,丰富了文化的研究,但对于文化整体研究来说,除了吸取后现代性中的某些合理因素,则更应倾向现代性的诉求。

文学理论研究还能继续存在、发展吗?
会被"文化研究"替代吗?现代性与后现代性问题

美国解构主义学者希利斯·米勒,在我国刊物上发表了多篇文章与座谈会上的谈话,他多次谈到文学、文学研究问题,认为在当今电信时代,文学是个幸存者,文学艺术从来就是生不逢时的;而"文学研究的时代已经过去了。再也不会出现一个时代——为了文学自身的目的,撇开理论的或者政治方面的思考而单纯地去研究文学。那样做不合时宜。我非常怀疑文学研究是否还会逢时,或者还会不会有繁荣的时期"①。另一位美国学者加布里尔·施瓦布教授认为,"美国批评界有一个十分明显的转向,即转向历史的和政治的批评。具体说来,理论家们更多关注的是种族、性别、阶级、身份等等问题,很多批评家的出发点正是从这类历史化和政治化问题着手,从而展开他们的论述的,一些传统的文本因这些新的理论视角而得到重新阐发"②。当他们在学术交流中,发现中国学者所选择的题目单纯地倾向于"审美诉求",探讨诗学、诗性文化、神话美学、中西文论比较等,就觉得这类问题大而无当,说在美国三四十年前就不做了。同时,他们很想了解中国一些重要理论批评家的文风,忠告中国学者的研究能够具体、细致一些,等等。

在这里,美国学者的一些意见,确实是切中肯綮的,比如我们有些会议上的个人论题,相对都比较大,较抽象,个人力有不逮,但还是要做,结果是大题小做,空有架子,缺少血肉,学术质量受到影响;而且确定某个选题,往往不管前人有没有做过研究,解决到了什么程度,却是一切由他重新开始,还自以为是创新,实际上这是重复劳动,这自然不符学术规范。不少外国学者的著作、论文,就不是这样,一般论题小而具体,论述方式是先从某部作品引出一段文字,或一个细节,作为一个引子,然后围绕引文中的思想,旁征博引,展开阐释,以说明某个问题,这叫小题大做,做得好,十分讨好。我国一些精通英美文学的老专家,多数受过这类训练,就是这么做文章的。但也有这种现象,即有些外国学者这类文章有时做的过于琐碎,难以卒读。这种学风,从新近的传统来看,无疑受到新批评、作品细读方式的影响。同时这种写作方式,在我国学术研究中其实也是一种基本方式,稍远一些看,可以说是乾嘉学派的余绪,近一些说,无疑受到实证主义思想的影响。

对于米勒等学者所作的表述,如果我理解得不错的话,还有另一方面的一些问题,那就是认为,一,当今文学理论不可能再去探讨文学自身的问题,这样做已不合时宜。二是不可能再形成一个文学研究的繁荣期、一个文学研究的时代;当然,文学研究还会存在。三是文学研究在美国已转向文化研究,文化研究的某些方法,可以为文学研究提供一些视角,丰富文学研究。但不管怎么说,文学研究和文学理论研究,已退居到次要地位。美国学者的

---

① [美]希利斯·米勒:《全球化和新的电信时代文学研究的未来》,载《文艺报》2000年8月29日;《全球化时代文学研究还会继续存在吗?》,载《文学评论》2001年第1期。

② [美]加布里尔·施瓦布:《理论旅行(的交流):对话录》,载《中华读书报》2000年10月25日。

上述意见,透露了一个重要的信息,这就是在全球化语境的文化氛围中,文学理论能否继续存在并获得发展。

从美国学者的意见来看,为了文学自身的目的,而不顾理论、政治方面的因素,单纯地讨论文学问题,将是不合时宜的,而且看来在他们那里,这种意见已经存在一段时间了。这就让我明白了过去极感疑惑、十分不解的下面这些现象:譬如美国哲学家理查德·罗蒂在《后哲学文化》中谈到,在英美的文学教学课堂上,讲讲诸如弗洛伊德、德里达、萨特、伽达默尔就算是讲文学理论课了。大学英语系的哲学课,不是由哲学系的老师讲授,而是代之以英语系的老师来操作。① 再譬如有关全球化文化的讨论中,有的学者认为,要把文学作品当作哲学著作来读,或是相反,要把哲学著作当成文学著作来读,并要求把文学研究的方法,引入其他学科的研究,如此等等。纯粹的文学理论研究受到"文化研究"的冲击而呈现解体现象,这可能就是我们已经好久没有读到当代欧美学者那种精深的文学理论著作的原因了。人们常说,20世纪是批评的世纪,这对于欧美文论来说确是如此。从世纪之初到80年代,欧美文论经历了它的繁荣期。内在研究方式排除文学与外在因素的联系,使得在分解文学作品各个因素的探讨方面,曲尽其妙。各种学派一个接着一个,把文学作品的存在方式的探讨,发挥到了极致,以致觉得再往下去,已经难以有新的作为。这些研究自然都以"审美诉求"为其基础的。所以研究文学性、审美现象、审美之维、细读、象征、神话、修辞、叙事方式等等这类诗学著作,已经出版很多很多,再探讨下去,一时也难有突破。如果我们留心一下,不少被我国译者翻译过来的这类著作,确实大半是外国几十年前的东西,近期这类论著已是不很多见。像20世纪欧美文艺批评那样群星灿烂的繁荣的时代,可能在未来很难重现。后现代主义文化思潮,正在抹平原来的人文科学中的不同学科之间的界限,代之以泛文化、泛审美化趋向的研究。

可是,中国学者为什么仍然要以"审美诉求"为基础,来探讨文学理论问题呢?在我看来,在当前全球化的语境中,这种倾向正好显示了中外文论相互之间的差异所在。这就是由于社会、文学艺术发展的不同,中外学者在文学艺术研究上所持的不同观点,正好在于中国学者主要是从现代性的诉求出发,而外国学者的着眼点则是后现代性,这就是我在前面所说文学理论研

---

① 见理查德·罗蒂:《后哲学文化》,黄勇编译,上海译文出版社1992年版,第98页。

究上可能发生的第三次错位的原因了。如果说外国文论确是美妙无比,即使全部翻译过来,也仍然替代不了我们自己的文论;我们还得建设自己的文论,这就是我国当代文论的现代性诉求。这可否说明,在当前全球化的语境中,实际上存在现代性与后现代性两种思想的不同诉求,以何者为主,则要看那个国家的文化发展的具体情况。

我国文论滞后,其原因在于在一个相当长的时期里,政治阉割了文学艺术的本质特性,即最根本的审美特征,进而完全遏制了文学艺术的审美的自由想象力。摆脱了这种不幸境遇,文学艺术要成为文学艺术,自然首先要恢复其原有本性,即审美特性。于是在80年代初期,美学、文学理论中就出现了有关"审美"的大讨论,使文学艺术恢复其自身特征,以回到自身,建立自己的学理,确立自身的独立自主性。但是,我们随后又看到,由于对文学艺术的审美特性压制既久,所以反抗也烈,以致在一些学者的著述中,认为审美就是审美,审美与其他文化因素无关,排除了审美本身的文化选择与其所具有的文化内涵的现象。

这样,在我国所谓对文学艺术的"审美诉求",至今尚在清理与探讨过程之中。我国文学艺术所经历的这种艰辛,可能外国同行是难以想象的。我们今天面临的不少文学理论问题,对于他们来说,似乎已成过去;从他们后现代性的角度来看,好像已不成问题。但是正好是他们不成问题的问题,对于我们来说,还正是些重大课题,需要深入探讨进行理论的重构。同时在我看来,即使在他们的文论里,也是还有一些重要课题要做,如对文学艺术本质的探讨,恐怕也并未完成。在这方面,外国学者也只是各说各的,也并无统一定论和现成答案。而且近几十年由于反本质主义思潮与后现代主义思潮的流行,不少人宁愿多研究具体问题,而少谈或不谈主义即理论,这种思潮在我国文学理论界也有反映。

比如,如前所说,各类文化的冲突与矛盾,引发了"文化研究"的兴起,而且大有涵盖其他学科的势头。90年代下半期之后,在感受到全球化氛围、体现了后现代性的外国文化研究的影响下,我国一些学者,特别是不断出国考察外国文化、文学的学者,以为现在我们再来探讨文学艺术的审美特性、文艺诗学、文化诗学已经不合时宜、过时了,外国早就不这么研究了;只有通过几个文学的例子,引申开去,探讨社会、经济、政治、种族、阶级、公共空间、后殖民主义、女权主义、后现代与后后现代,才能赶上外国学术的脚步。这恐怕未必尽然。自然,外国人说得在理的地方,我们需要听取、学习,从中得到启发,获取灵感;但是,请不要用外国人这么说了、那么做了,来规范我们的行动,或是作为我们的学术规范。这种一反不久前的唯审美诉求的做法,又使我们感到困惑,文学艺术怎么了,怎么把虚拟的文学现象与经济、史实、社会调查,一视同仁、等量齐观了呢?它怎么又成了别种意识形态的附庸,文学还能成为一种独立的审美意识形态吗?

退一步说,外国人的理论的确高明,搬用外国理论,以替代我们自己的理论,在文学理论方面,这在过去就出现过,而且在80年代又发生过一次,但是这种搬用的办法未能奏效。对于我们来说,今天文学理论的深入探讨恐怕只是开了个头,我不相信我们的研究开头就成了终结,我倒更相信现代性是个"未竟的事业"。比如,我国古代文论并没有一种特定的形态,更不具现代意义上的文学理论形式。一些专家对极其丰富的著述在清理、整合,力图理出古代文论的核心观念,进行阐释,建构它的体系,并且已经取得了重大成绩,多种论著各有千秋,但它们分歧也很大,一时难有定论。古代文论的研究,无疑还应寻求新路,进行下去。当然,更为重要的是,我们还要建立我们自己的当代文论形态。

现代性重在精神与价值的重建。近百年来西方文论的简单移植的倾向,或是替代,固然使我们了解到不少东西,但也留给我们不少的教训。原因在于我国作为一个文化大国,在众多的国家文化中,地位确是太特殊了,它几乎在各个方面都有着自己独特的悠久的文化传统。传统悠久,内涵深厚,可能成为财富,也可能变为包袱。如果因为自己的文化制度、文化传统存在问题,就企图跨越它们,弃置不顾,而把他人的文化思想、原则搬过来就用,这在现实中往往寸步难行,弊端丛生。主要原因在于移植的东西,并不完全适用于我们特定的文化环境与精神的需求。我国毕竟不同于欧美诸国,后者不仅有着共同的文化源流,而且由于地域关系,在进入商业资本时代之后,交流方便,虽然一些国家仍然保留着不同的民族的文化风尚、传统与习惯,但无疑有着几乎大体一致的文化大背景,有着更多沟通的机会,存在着文化上的更多的相似性乃至一致性。世界各国的文学与文学理论,确有它们的相通之处,否则就难以相互交往与沟通。但是一个民族,它所赖以生存的地域的特殊性、它所特有的政治文化制度以及文化传统的悠久性,在新的文化的建设中,起着极为重大的作用。所以要想更新、要想前进,就必须以现代性而不是后现代性来观照传统,既尊重传统,又批判传统、融会传统。不是简单地采用他人的文化替代自己的文化,而是吸取他人文化中的长处，融会自己文化传统中的精华，创造新的理论，指导新的文化的创造，进而更新传统，又形成新的文化传统。这就是文学理论简单的搬用总是不能成功的原因，这也就是为什么要把现代性诉求，视为我国文学理论建设的主导思想。

20世纪的我国文学理论走过了极为曲折的道路，经验与教训并存，清理与重新评价正在进行。虽然已有一些批评史、理论史著作，但不少著作由于尚缺乏自己的理论立足点，或带有方法论上的缺陷，如仍然承袭了非此即彼的思维方式，所以往往把探讨变成就事论事；或是只重视某些表面性的文艺论争，以此代替理论自身的探索，结果现代文论自身的形态不见了，这种趋势还会持续一个时期。看来需要把种种问题与论争，置于国际文化、文学思潮与国内社会、文化、文学语境中加以探讨，并应用多种方法，努力阐明我国文学理论的现代性与民族性在不同时期的自身要求、差异与内涵，揭示文学理论现代形态的不断生成与变化。以现代性、交往对话精神、人文诉求，进行学理性的探索；以真正历史主义的态度，来处理历史理论现象，对存在于一些人中间的非历史主义观点与态度，进行适当的辨析。如果不承认20世纪我国现代文论的多种形态，并把它们看成传统自身，只用后现代主义的思想进行片面的描述、解构与否定，那么，我们就很难找到新的文论建设的起点。因此我国文论的建设与创新，还有一段很长的道路要走。这又是文学理论研究自身问题的一个重要方面。

这里附带说一下文学史的研究。我们还将在适应现代性的要求、"审美诉求"的基础上，运用多种方法，对我国几千年来的文学遗产，进行新的整合，尽管现在古代文学遗产研究中有"危机"说，如缺少"兴奋点"，甚至可能不会出现"文学研究"的时代。但对经典仍然需要重新进行阐释，同时新的文学材料还会被不断发现，新的文学经典还会被不断界定，作为文化遗产的继承与发扬，还会重新进行下去的。我国古代文学的研究，素有与多种文化因素结合一起进行阐发的传统，这一传统看来将会获得丰富与发扬。又如有关近百年来的中国文学史的研究，著述不少，但有新意的不多，即使是些富有探索精神的著作，也是言人人殊，纷争不休，而且出现了极端虚无的百年中国文学"新空白论"的调子，还有一些问题，如"十七年文学""文革时期文学"，都是问题，但讨论起来，也是观点各异。有的著作自称"文学史"，编排有如教程，但很有新意；有的文学史称作"教程"，但提出的新说，学术个性太强，公认的程度不够高，仍需讨论下去。

在当今来势凶猛的主要是体现后现代性的文化研究的潮流中，作为一门独立的学科的文学理论，如上所述，恐怕还会按着自身的规律运作下去的，而不会被文化研究所吞噬。同时，文学理论不会被文化研究所吞噬的另一个重要原因，即我们还不能不考虑到今后文学存在的形式与文学艺术创造的思维方式。

把文学视作文化的组成部分，自然是不错的。几千年来，文学除了大部分以独立的艺术形式出现之外，相当部分一直混迹于其他学科之中，人们不断认识这些现象，了解它们的特征，直到近百年来，才把文学现象从其他文化形式中分离出来；同时也产生了现代意义上的较为科学的观念。在高科技带来的物质生活的巨大转折的全面影响下，人的思维方式也会随之变化，与此相应，一切意识形式自然会在其本身发生变异，文学艺术存在的形式也正在变化之中。但是文学艺术的形式无论如何多种多样，它只能是艺术思维的产物。比如小说，虚构的也好，标榜非虚构的也好，网络小说也好，影视小说也好，写实的也好，玩玩叙事策略的也好，即使是那些不断出现的艺术新形式，它们都只能是艺术思维的产物。艺术意识、审美思维，是人在千百年的自身形成过程中所形成的本质特征，是对人的自身本质的确证。在当今文化手段的多姿多彩的变化中，文艺创作会增加自身文化选择的可能，从而使自身变得更加丰富起来，通过科技手段，使其存在的形式发生激变，但它恐怕不会被文化阉割掉自身千百年来已经形成的特征，而被一般意义上的文化所兼并。就是说，人的审美思维将会继续存在和得到丰富，那些引不起审美感受的文字，是难以成为文学艺术的。

文学理论也是如此，19世纪外国的文学理论批评家提出了建立文艺科学的初步设想，但只是在20世纪，文学理论才形成了自己的独立形态，用以较为科学地阐释文艺现象。文艺作品自然可以被文化研究视为研究对象，但真正能够全面说明它们的特性的，恐怕还是文艺批评、文学理论。文学研究与文化研究相比较，在思维方式上是同又不同的。两者都是综合性理论思维，但各有专职。文学研究通过审美感受和接受，探讨文艺作品自身存在的艺术思想、叙事方法、技巧使用等问题，即使涉及多种文化因素等方面，如政治、社会、伦理、哲学、殖民主义、女权主义等，仍以作品的审美特征、审美观念、审美变异、审美思潮、审美传统等方面为其主线，意在阐明作品自身的问题。审美意识中的文化的选择与阐释，丰富了诸种审美因素的阐明，所以它仍是文学的研究。这种审美的文化选择的探讨，大体属于文化诗学的研究范围。

当前流行的文化研究同样是一种混合型思维的研究，但不同于文学研究之处，在于它实际上是一种社会、经济、政治、思想的综合研究，它一开始可能从某部文艺作品出发，某个作品的细节作为例子，但其目的不在于说明文艺作品本身的问题。从目前我们见到的文化研究主要表现形式来看，它着重探讨的是全球化经济问题、社会或社会思想问题、政治或政治思想包括诸如后殖民主义、女权主义、身份、阶级等问题。这种研究大多数情况下是政治、经济、社会、文学问题相互混合在一起的，文学艺术在这种研究中的地位，主要只是被用来论证、说明其他学科思想的例子或工具，审美因素实际上被排除、榨干了。我们看到一些外国文艺学家所做的这种研究及其著作，主要在于阐明，文学艺术的现状在何种明显的或隐蔽的程度上成为反映了经济、政治状况的手段，这里也涉及大众文学、艺术趣味、艺术形式如何变为一种风靡一时的时尚，时尚又如何变为群体的一种追求，但主要在说明社会、政治、经济等状况与问题，群众的文化趣味的流向。这里文学研究与文化研究往往相互交织，这一方式的确扩大了我们对文学艺术的认识，但大多数情况下，涉及的文学艺术作品，实际上往往被看成了某种意义上的政治、经济、社会思想的风向标，或是它们的附属物。

在当今的全球化语境中，思维的综合是一种趋势，以致会导致某些学科的合并。但是人类思维方式是否会急剧向混合型思维方式转向，并完全支配社会科学、人文科学，我看这可能是一个相对缓慢的过程。过去各种学科由于分工过细，妨碍了对事物的整体的理解，而今必须走向综合，一些学者包括我在内，在大力倡导综合，也赞成一些课程的综合与兼并；但相当部分的学科看来还会长期存在下去，各种专门性的探讨仍然需要，因为它们自身还有许多问题需要阐明，而且问题又在不断发展。在这方面，具有综合性的理论、主义要研究，专门的、局部的问题也要探讨；综合性的本质论要深入，单一的现象学问题也不可偏废。避谈主义而专注于现象问题，现象可能会被阐发清楚而成为一种发现，但也有可能使问题研究局限于就事论事，限于事实的罗列；专注于主义即理论，在充分使用史料的基础上，可能在理论阐发上有所进步，而不重视文学史实，必定会使主义抽象而空洞。所以现象问题与主义的研究是相辅相成的，倾向哪一种选择，全在于学者自身的功力的深浅，文学理论就是如此。同时文学艺术创作中的新问题又层出不穷，文学理论批评的探讨也无止境，所以这一过程可能会较长，此其一。其二，后现代主义文化思潮作为一种综合型思维形式，它的特征显然不同于文学理论思维，它确是力图发现现实中的新现象，但这是一种重在描述、报告、趋向彻底解构以至否定的思维方式。凡是新的就是好的，主要是对以往一切文化只提质疑，或进行颠覆，而不顾其历史、人文等方面的价值。经典经过几下贬抑批判，就算被解构了，就宣布它为死猫、死狗，被抛弃了，但是没有什么新的可以替代，也不想用什么替代。

自然，文化研究大大拓宽了社会科学、人文科学探讨问题的范围，它把一些学科打通起来了，使得不少文艺批评、理论研究者可以两栖于文化研究与文学批评研究之间，由文艺而进入经济、政治、社会问题研究的层次，从而也拓宽了个人研究的领域，这可能正是对我们原有发展得过于精细的学科思维的一种反拨。而在这些方面，很可能正是中外学者有着更多的共同语言、可以进行对话的公共活动的领域与舞台，体现了现代性与后现代性在某种程度上的协调、交叉与结合。至于这类文化研究课题，原先都是外国人根据他们文化发展现状提出来的，是否都适合中国，适合到什么程度，在何种意义上可以发挥它的作用，也是一个值得观察的问题。其实，中外学者的文化研究的现实作用，恐怕也是不尽一致的。

文学理论批评有其自身范围的综合性研究，它可以从文化研究的方法中吸取教益。如前所说，学者可以一身兼作几种研究，或以文化研究为主导，使文学艺术种种材料为我所用；或主要探讨文学艺术问题，兼用其他学科与方法。但是以文化研究的那种综合性研究来取代文学理论、批评研究，是很困难的；抹去文化研究与文学理论研究的界限，效果未必会是积极的。

比如，在我看来，在大学文科教学中设置文学理论批评这类课程是相当重要的。因为文学理论、批评与文化研究的目的不尽一致。文学理论、批评课程，不是满足于对文化现象的描述，对时尚的追踪和报道，它探讨以及提供的是有关文学艺术的风尚、审美标准、审美的文化选择等问题的基本知识，辨明作品的艺术思想质量的高低上下，多样中的优劣良莠，乃至是非曲直，这对于形成人的健康的审美趣味、鉴赏能力至为重要。这是一门人文性的、具有一定价值判断的学科。缺少文学理论批评的基础知识，人们自然也能写作，并且生活得很好，但是也是使一些人在艺术上不能分清高低上下的一个原因，以为好作品、富有思想容量的作品，与那些并无多大价值的东西，是可以一视同仁的。同时，文学理论批评的审美标准，不是一成不变的，而是趋向多样，需要不断发展的。当然，有的人即使有了一定的理论知识，但在当今一切都成了商品和消解的时代,也会对它嗤之以鼻,弃之如敝屣,因为有时理论与卖个好价钱是矛盾的。而且有的人也以无知为荣,声称对理论、批评不屑一顾,泼皮式的骂街,肤浅的断语,在媒体的哄抬、营利炒作中,也颇有听众,但也就是这么一种文化品位了。至于文化研究的注意力,文化研究学者的真正兴趣,恐怕也不在于文学艺术自身的问题,而主要是研究经济、社会、政治、人的活动的公共空间的状况,人群、阶级、妇女权力的变化上,两种知识不好互相替代。

一般来说,在欧美国家的大学教学的课程设置中,并无文学理论一说,有的只是作品分析,现今似乎也为文化研究或文化批评所替代。前面提及,在课堂上,除了谈谈德里达、弗洛伊德等人就算是讨论文学理论了。有一则消息说到,美国一些大学课堂上的内容设置主要是大众文化、影视艺术、行为艺术、春宫画片、广告动画等。美国现代语文学会主席爱德华·萨义德说:"现在,文学本身已经从课程设置中消失,取而代之的是残缺破碎、充满行话俚语的科目。"同时由于解构主义思潮的影响,过去的经典著作渐渐被否定;文学教学为了不断求得新奇,以引起听者兴趣,课程就得不断花样翻新,于是争先恐后地引进那些品位不高的、冷僻的文学文本,以替代原有的文学经典。解构主义的影响还表现在对文学意义的消解上,在语言多义、语言能指无限膨胀的思想指导下,以为人们讨论文学作品的价值是徒劳的,论者充其量不过是在"表态"而已。当文学的意义、价值、感情被消解干净,突然,相反方向的潮流,如国家、民族、阶级、等级、殖民主义、权力解构、文化冲突等问题又滚滚而来,让人应接不暇[①]。这实际上是一种泛文化教学了,它提供了不少知识,但缺乏了真正的人文的关怀。我以为,这些信息不一定反映了全部的情况,但我想也并非空穴来风。本文作者也曾就此问题向一些外籍学者做过了解,情况大体如此,这是很值得我们思考的。

最近在《文艺报》上见到一文,该文作者有一段时间曾经亲临美国的文化研究领域,并做了考察,用不少见闻说明美国文化研究的情况。他说到美国的文化研究,原本盛极一时,但是近十年来,已渐渐走入尴尬的处境。主要是文化理论批评脱离实际,始于词语,终于词语,看上去提的问题十分尖锐,实际上只是一些拆了引信的炸弹,并没有什么危险。同时,文化理论批评不断更新,十分时髦,但没有系统理论。一些保守的名牌大学虽然并不公

---

① 见《外国文学评论》2000年第1期动态《美国大学英文系的衰落和人文教育的滑坡》。

开反对,但把它们视为左道旁门,在课程中不予认可,以致使得那些原本站在潮头的理论家们的理论难以进入现实。像德里达、克里斯蒂娃、萨义德等人,后来都写起小说来了。也有像斯坦利·费什这样从事理论研究的理论家,公开宣布理论与实践无关,理论与理论之间也无联系,主张"理论无用论"。倒是萨义德对文化批评理论的遭遇十分痛心,并追悔莫及,他"指责当代批评理论的泛文化趋势,痛感当今人文传统消失,人文精神淡薄,人文责任丧失,称之为'人文的堕落'",呼吁去掉浮躁,回归旧时细读传统,从文化回归文本[①]。说得很是实在,他抓住了文化研究的重要问题方面。至于理论家写写小说,我以为是一种好现象;不过上面这幅图景真有些使人心惊,也逼迫我们思考一些问题。

文化研究其实是门相当困难的学科,比较文学研究也是如此。从事这方面研究的学者恐怕得在学养上大下工夫。单凭懂得一些外文,搬用一些外国词汇,对问题并不内行,就拉开架势大谈文化问题,好像天下大事尽在自己掌握之中,但令人读后或是觉得整篇文章好像是篇翻译文章,或是尚缺乏可信性,有些隔靴抓痒。文化研究既然是门综合的学问,研究者恐怕得精通几门专门知识,对一些问题确是做过认真的研究,发表过些独到的见解,才有发言权。当然,由于我国情况特殊,有时这类文章不免要使用伊索式的语言,从而增加人们理解的难度,这也在情理之中。

文学理论的建设,是新的文化建设的需求。在当今全球化的氛围中,它无疑应当面向现代性的诉求,面向创新,面向人文价值的追求,面向重构,面向建设,面向新理性精神;可以适当地吸取某些后现代性因素,如反对文化霸权主义、文化的唯中心论、僵死教条等等,但不是后现代式的满足于反对事态的宏伟描述与消解。

这就是我理解的文学理论在当今全球化语境中的主体性表现。

(原载《文学评论》2001年第3期)

---

① 转述与引文均见朱刚:《世纪之交的美国文学批评理论的尴尬!》,载《文艺报》2000年11月21日。

美学:面向原创精神,面向现实与人

一、学术思想的原创性问题

20年来,我国美学界取得了不少重大成果,可以说,这短短20年的成果,胜于以往80年的积累,形成了我国美学发展中的一个飞跃时期。

在这一时期里,一些专门研究马克思主义美学的学者,走出了长期对马克思主义美学文献的注释的状态,在探讨马克思主义美学的体系中,开始有了自己的独立意识,并且力图更新、完善这一体系,拓展了美学研究的领域。不少学者进一步探讨了20世纪50、60年代美学辩论遗留下来的遗产,推动了美学研究的热潮。90年代后,美学的热情虽然有所减弱,但是随之而来的是美学必要的反思与沉寂。一些学者仍然坚持美的本质的研究,提出了自己的美学见解,写出了优秀的美学著作,在这方面,蒋孔阳先生的《美学新论》是不可多得的佳作。作者将复杂的美学问题,写得深入浅出,这就十分难得;而在一系列的问题上,又能完整、全面地把握了马克思、恩格斯的思想,把问题论说得充满辩证气息而令人信服。蒋先生没有以马克思主义的代言人自居,更没有那种以代言人自居的霸气。他认为美学应是一个开放的体系,所以他善于吸收诸家之长,融会成自己的东西,而自成体系。他不像一些美学家,孜孜以求,在追求个人体系的建构时,只顾己说,不及其余。同时更有不少学者清理了中国、外国几千年的美学思想,编写了一批多卷本的美学史著作等。各种专题性的美学论著也出版了不少。应当说,我国的美学研究空前繁荣,学术气氛相当活跃。

但是,如果看一看外国学者对我国美学研究成绩的反应,就不免令人感到气馁了。我注意到郑元者先生一篇文章所提供的信息,其中讲到,美国分析哲学美学家简·布洛克在为收录了中国美学20余篇论文的《当代中国美学》英译本撰写的《导言》中,提出疑问:"中国美学真的是'美学'吗?""中国美学真的是'中国的'吗?"布洛克认为中国美学家写的东西,不过是中国传统美学、马克思主义美学和欧洲美学的混合物,百年来的中国美学,主要在讨论美是主观的还是客观的、美和崇高的区分、模仿与表现等问题,以及中国古代文人与某些欧美美学家的比较研究,他认为,这是些"令西方读者感到奇怪和陌生"的老问题。又如前苏联美学家莫伊塞依·卡冈在上海与中国学者有过会见,当中国同行问及他主编的《世界美学史》有没有介绍当代中国美学研究的业绩时,卡冈直截了当地回答"没有"。①

这是令中国学者们极为尴尬的事。近百年来中外美学研究,实际上和文学理论领域里的情况一样,同样发生了"错位",但这是"滞后"的错位,即长时间地跟在别人讨论过的问题后面,介绍、解释别人的话题,做着别人做过的学问。在时间上跟在他人后边说,在话题上重复他人的话题,甚至在话语上使用他人的话语。在别人看来,特别是在处于新说不断、学派林立的西方学者看来,这样的研究自然少了新意。两位外国人的质疑与断言,对于中国学者来说,无疑是一瓢冷水。值得我们反思的是,以为做学问就是跟着外国人跑,外国一有什么新鲜说法,就赶快搬弄过来,算是跟上了潮流,把外国人的东西说得好得不得了,结果连外国人也是不承认的。自然,更不要说那种在排他性的、西方中心论思想统制之下培养出来的、对汉语和中华文化一窍不通的外国人了,上面提及的两位学者,大概属于此类人物。但是我们扪心自问,缺乏学术研究的原创性或原创精神,却是问题的实质所在。

这种状况的出现,并不是偶然的。这是近百年来中国社会、文化的复杂因素影响的结果,同时,美学对于中国文化来说,也确实还是一门全新学科,这恐怕也是原因之一,这里有个掌握的过程,这是问题的一个方面。另一方面,由于在相当长的时间里,整个学术界处于文化专制主义肆虐之下,受到不正常的、不民主的独断论学风的影响,使得哲学研究在很长时期里,总是陷于唯心、唯物之争,极大地阻碍了人们思维的多向性发展,所以使得美学也自然离不开客观、主观之分了。固然,美的主客观之说,对于欧美美学来说是老问题了,但是即使对于前苏联美学来说,美是主观的还是客观的,以及审美等问题,也还在20世纪50、60年代进行过广泛的讨论。至于对于中国来说,50、60年代没有了结的讨论,到了80年代自然会被重新提出,缺了的课总得补上。比如,美学中的"共同美"问题,50年代以来,都会被当作资产阶级人性论批判的,只是到了80年代初,何其芳的一篇回忆文章谈及毛泽

---

① 郑元者:《20世纪中国美学:边际化及发展策略漫议》,见《美学与艺术评论》(5),复旦大学出版社2000年版,第269、268页。

东曾经说过,"各个阶级也有共同的美。'口之于味,有同嗜焉'",这样,"共同美"的讨论才算获得解禁。但是从总体上说,我们除了少数优秀的美学著作之外,不少著作确是缺乏人文科学的原创性、原创意识。如果学术著作缺乏这一特性,那如何能够获得较为久长的学术生命、受到人们的重视呢?

我所说的学术思想的原创性,原创精神,自然是指学术领域里的标新立异。标新立异,就是提出新说,就是有真知灼见,就是在前人已经获得的学术探讨的成果的基础上,有所发现,有所出新;就是在这一学术问题的学理探讨中,有所增值,使之成为一种有价值的东西,从而扩大了对这一问题的认识,深化了对这一问题的积累,作为一个真正有价值的环节,丰富了这一知识的体系。这是真正的标新立异。

但学术界常有为标新立异而标新立异的现象发生,这是可以理解的。但是这样的标新立异,自然不是真正的标新立异,这是学术上的浮夸、浮躁学风的表现。这是炒作出来的标新立异,一种虚假的学术现象,是学术上的泡沫现象,它往往会轰动一时,声势很大,但经不起时间、实践的检验,过不了多久,它就可能销声匿迹、烟消云散了。还有一种标新立异,就是作者受到一种新的学说、思潮的启发,灵机一动,提出新说,这可能成功,也不一定成功。说可能成功,是说它可以说明某些现象,但过后不久,人们在应用中就会发现它的漏洞多多,从而感觉到它的作用被夸大了,而实际上价值有限。最近20年来,这些现象,我们可以说见得多了。

与学术研究的原创性相关,我想提出大家也是极为关心的问题,这就是学术规范的问题。这一问题,不仅其他领域存在,美学界也是存在的。

都说艺术贵在创新。学术研究是一种积累的工作与学问,又何尝不要出新?学术研究是以前人已有的发现、成就为起点的,所以在提出问题的时候,就要尽力全面把握前人已有的成绩和达到的水平,并做出客观、真实的说明。自己在把握这些材料时,或有所感悟、有所发现而纠正旧说,说明它失误在哪里;或是融会新知,提出新说,说明自己的说法又新在哪里,都得有个明白交代。现在时有失范的现象发生,这主要表现在有的学者提出新说,却对在他之前的这一问题的已有成绩罔无所知,对有关这方面的资料根本没有读过,还自以为有了新的发现,殊不知这一问题早在几十年前就被解决了。还有一种情况是,他早已了解别的学者在这一问题上的观点,但他还是把这一观点当作自己的发现,不作任何说明,一路写作下去。这些失范现象,只能说明这是一些重复性的劳动,同时也表现了不尊重他人劳动的态度。这是极不利于原创性思维的发展的,这只会使自己满足于重复他人的学术成果,并使自己失去一个创新的起点。

二、面向全球化语境中的现实与人

今天,我们正处于世纪之交、千年之交。这个新的千年之交的特点是,通过高新科技、信息技术、网络公路、垄断资本的兼并、跨国公司的到处开张营业,使得经济全球化的氛围愈来愈浓。

不同国家经济上的大联合,将成为事实,经济全球化的出现,必将使得一些国家要求不同形式的政治联合,乃至军事、文化的联合。一些发达国家的理论家们在制造舆论,席卷全球的全球化趋势,将使世界进入一个新时代,据说国家所处的地域与边缘,已模糊不清,国与国的距离已经缩短,国家的主权应当服从于他们提出的人权,等等;或是说,要建立、推行一种"主流文化",哪个国家的文化在世界范围内取得主流地位,也即取得主导地位,那个国家就可能在国际权力的斗争中稳操胜券,取得支配的领导地位,所以一再强调文化全球化、同一化、一体化。可以说,世界并不平静,在各个方面都充满着凶险与斗争。

在这股全球化的大潮中,现实、人、文化、文学艺术都在发生变化,而且是激烈的变化。差不多15年前,当弗·詹姆逊给我们介绍西方的后工业社会、比之垄断资本更巨大的商业企业形式即"多国化"的资本主义的出现时,中国学者还觉得这离我们大概还很远吧。然而没过多久,就有一些中国的年轻学者加入到后现代主义的讨论中去了。随后,我们发觉,中国在多国资本主义的关系中并不是吃素的,它也加入了这一跨国资本主义的行列,在不少国家已投入了资本。看来在加入WTO之后,它更将会自觉地、主动地以巨大的资本进入到他国市场,同时也会想方设法吸引他国资本,更加广泛、深入地进入自己的市场。过去被诅咒的资本主义、垄断资本主义已被改变了性质,并且中国也不得不投入到多国家资本主义的游戏中去,否则就难以推进自己的经济改革,使自己在世界上丧失立足之地。

20世纪后半期,也许是世界经济、政治、文化体制酝酿着大变动的几十年,而且这一进程正在发生、演变之中。我们从西方学者的著作中,了解到了西方文化的巨大演变,这就是后现代文化的出现及其特征的描写。后工业社会依靠先进的信息技术以及由此而带动的各种科学技术,创造了极为丰富的物质文明,大众文化、音响图像艺术、各种传播媒介、广告宣传,相当大程度地满足了广大人群的文化需求,同时也显然通过这种高科技与资本,在塑造着那种"主流文化"的形象,并将其推销向其他国家,改造着人们的生活方式。后现代文化与艺术,一反传统,宣扬一切文化的不确定性,颂扬含混、不连续性、多元性、随意性、异端、叛逆、变态、变形、反创造、分裂、解构、离心、移位、差异、分离、消失、分解、解定义、解秘、解总体化、解合法化,此外还有破坏、颠倒、颠覆[①],等等。确实,光这些名词,就使得一些掌握了权力话语、力图保护超级稳定的人,一听起来就为之心惊胆战。当我们正在阅读西方学者关于后现代主义文化、文学艺术特征的描写时,其实我们的生活与文学艺术的某些方面,也正在悄悄地发生着这些现象,这也就是美学所面对的问题。

后现代主义文化是西方社会历史进程发展的必然结果。它显示了西方文化强大实力的一面,特别是20世纪西方物质文明的创造,同时也表现了西方精神文明的深刻危机。战争灾祸、法西斯统治、反理性主义的胜利,摧毁了人类社会的理性精神与理想,使得文化领域如哲学、文学艺术、大众文学、影视传媒,一面满足着广大人群的需要,一面又弥漫着各种各样的危机感。特别在后现代文化、文学艺术中间,文化精神的危机感,有如我们在上述的摘录里所描述的那些特征,得到了充分的体现。

文化的危机,实际上正是人的危机的表现。人遭受到了战争、暴政的摧残,由此失去了理性与信仰,变成空虚的人。经济的高速发展,物质生活丰富了,但是失去了理想的人,转向物欲的追求,结果遭到物的挤兑,被物化了,异化了,成了扁平的人。信息科技显示了人的无限的创造力,在"以人为本"的口号下,关心人的享受与舒适的一面,而其非人性的一面,又在大规模地虐杀人类,使人非人化,使人成为渺小的人。人的危机,表现为对社会价值的漠不关心,在满目疮痍的人世间,理想使人感到极度陌生,他好像已无求于社会。价值观念的失范,表现为信仰、规范的失效,行为模式的反常、乖戾。不少人在精神上患着慢性的自杀行为,他们渐渐地失去了自身的特征,失去了人的血性与良心、怜悯与同情。

文化与人的危机,并非始于今日,早在19世纪末、20世纪初,不少哲学

[①] 伊哈布·哈桑:《后现代的转向》,台湾时报文化出版企业有限公司1993年版,第155页。

家就预见到了。比如巴赫金在20世纪20年代初,就提出过"现代危机","现代危机从根本上说就是现代行为的危机。行为动机与行为产品之间形成了一条鸿沟。……负责行为所拥有的全部力量,都转入了自主的文化领域;而放弃了这力量的行为,则降低到了起码的生物动因和经济动因的水平,失掉了自己所有的理想因素,而这正是文明所处的状况:全部文化财富被用来为生物行为服务。理论把行为丢到了愚钝的存在之中,从中榨取所有的理想成分,纳入了自己的独立而封闭的领域,导致了行为的贫困"。巴赫金看到的是文化与生活的互不融合,解决的道路是,应将行为的责任与内容统一起来,克服这恼人的脱节。俄国的另一位哲学家别尔嘉耶夫从美学的角度看到,认为20世纪初"俄罗斯文学所特有的真实性和纯朴性消失了"。"在我们的复兴中以前受压抑的美学因素实际上比原来很虚弱的伦理学因素更强有力。然而这意味着意志薄弱与消极性"[1]。这样的批评也是切中文学艺术的弊端的。但是发展到了当代,文化、人的危机只是有增无减,而且表现得更加赤裸与变本加厉。后来欧美的各种美学派别,特别是文化研究,及时地探讨了现实生活发生的变迁,其批判的广泛性令我们惊奇。

现在这些文化危机的因素,或多或少地终于出现在我们的生活里了,这给了我们的美学一个机会,即和西方探讨同一话题,从而使"滞后"的距离大大地缩短,慢慢地消除了"错位"现象,这是一个重大的变化。但是这不是简单地合流于西方,处处跟随西方的理论,而应探讨自己的切身问题。美学当然仍然可以探讨它自身的问题,即那种纯理论的探索,但是它也理应关怀当今的人:人在当今全球化氛围中的生存状态,特别是人的精神的生存状态,人的思维状态的变化,审美趣味的激变,新的审美观念的产生,审美风尚的更迭。不是有哲学家提出,人应诗意地栖居于大地之上吗?当今天恶俗横行,人与人之间充满了极端世俗化的气息时,那健康的人在哪儿?当大地上灾难、瘟疫不断在肆虐时,那诗意的栖居安在?

就是对于马克思主义美学来说,也是如此。我国的美学受到马克思主义美学思想的影响极大,不同派别几乎都声明是从马克思主义出发的。有的派别有所前进,有的派别故步自封,不愿吸收新鲜的东西,体系严密了,但也封死了自己,失去了生气。有些现在出版的美学史,指导思想、体系思想、材料收集,还停留在20世纪60年代的水平上,没有进步。可见,马克思主

---

[1] 别尔嘉耶夫:《俄罗斯思想》中译本,三联书店1995年版,第215页。

美学同样必须自我更新。全球化的语境,迅速地改变着人的物质生活、精神生活、审美心理等各个方面。不探讨新问题,不对当今的现实与人的生存状态进行审美阐释,却是不断重复现成的观点,离生活愈来愈远,到那时,原有的美学理论就失去自己的生命了。

美学不仅在理论上要关心什么是美,丑自然也可以成为审美对象,同时还应将自己的理论应用于实际,加强对现实的批判力,守护人的精神家园,用新的人文精神,充实人的精神。

确实,在当今全球化的氛围中,美学理论在今天受到严重的挑战,但也有无限的机遇。

(原载《马克思主义美学研究》第 4 期,广西师范大学出版社 2001 年版)

文化"一体化"、民族文学与世界文学问题

80、90年代,当闭塞既久,外来文学与文学理论的介绍如潮水般涌来时,不少学者强调向外国学习,一时成为潮流。当比较文学研究再度兴起的时候,一些学者认为,将会出现各族文学融合的"一体化世界文学"①。他们纷纷摘引名人的话,兴奋地预言,一个统一的、共同的、一体化的"世界文学"的时代即将来临。于是未来文学是世界的,还是民族的问题,就在一些文章、著作中不断提及,进行着论辩。

但是80年代,文学创作中出现的先是描写改革的文学,接着是所谓反思、"寻根"文学,继而是只为少数评论家津津乐道的"先锋文学",和获得不少读者喜爱的中国的"魔幻现实主义"小说,有较大现实容量的现实主义作品,以及大量属于大众文学一类的作品。同时,煽情、滥情的所谓文学作品充斥市场。

90年代中期以后,以及当新的千年来临之际,经济全球化的趋势日益明显,我国加入世界贸易组织的呼声持续高涨,在文化界愈益显出外来文化、文学与文学理论的影响时,文化、文学全球化、一体化的争论又随之而起。有的学者指出,文化全球化在目前已成为一个带有普遍性的现象,跨国资金的运作,全球性的资本化,以及信息时代的到来,导致了文化全球化的强大推力②。有的学者则认为:"在经济全球化的条件下,各国文化中尽管有些民族性的东西在弱化,共同性和世界性的东西在日益增长,但这并没有导致各国文化的一体化、全球化。"③未来文学是"世界的",还是"民族的"争论的声音,也愈来愈高;双方的论争实际上变成了两句简单的而意思相反的口号。看重本土特色的一方强调:"只有民族的才是世界的";而一些研究外国文学的学者则持相反观点:"只有世界的才是民族的。"

在2001年《中国文化研究》冬之卷上发表了几位学者的《聚谈》,提出了

---

① 曾逸主编:《走向世界文学》《导言》,湖南文艺出版社1986年版,第37页。
② 王宁、薛晓源主编:《全球化与后殖民批评》,中央编译出版社1998年版,第130、131页。
③ 《中国艺术报》2001年12月21日。

文化建设中许多问题。有的学者提出,经济全球化的兴起,必然影响到文化;当今兴起的一股"民族主义"思潮不容忽视,批评一些人把全球化和民族化对立起来,认为当今世界只有民族化,不可能有全球化;同时提出21世纪不可能仅仅是以某种文化为核心,而是各种文化融合、并存的新世纪;针对《聚谈》中提出"文化一体化"的观点,有的学者表示不能同意,认为文化"全球化"的概念不是"一体化"或"一致化",认为文化全球化首先是思维模式的现代化。指出把全球化与民族化、中国和西方、传统和现代加以对立是不对的,是二元对立思维模式;歌德提出的"世界文学"观念就是文化全球化的最早预言,等等。这些意见是很中肯的,有的可以深入讨论的。同时,在这篇《聚谈》里,又存在着一些值得商榷的问题,例如,批评者说:一些人"把民族化与全球化对立起来……所谓全球化不过是'帝国主义的强权政治和经济侵略、扩张妄图称霸全球的一种手段而已'"。有的学者提出,"现在还有一种主流思想,认为'全球化'是'经济一体化',而漠视政治、文化的一体化,这是非常要不得的……不存在所谓单独的'经济一体化'"。有的学者说"民族国家的差异,不在于文化思想和生活习惯和经济,而只在于政治"。涉及我国现在的民族主义思潮,有的学者认为,"我们的一些观念都后退了,孙中山曾说:'联合世界上平等待我之民族',现在我们不但要求别人平等待我,而且我们自己也不平等对待别人";认为新儒家"就是强调以儒家文化为本位,要建立大中华文化圈……其实,中国就是想建立自己的文化霸权,来抗衡别人的文化霸权";"在近代以来所谓中学和西学的较量中,对方始终处于攻势,而我们则始终处于守势"。"我们的民族文化心态整个地讲是防守型的,这显然是我们长期以筑墙为能事造成的,现在这墙甚至筑到每个家庭:请看防盗门……"从长远观点看,"关于文化全球化我们完全应该以乐观的心态对待之"。中国的老庄哲学、写意绘画、表意戏剧对西方现代主义文学艺术发生过积极作用,被西方艺术家接受了,所以"这说明,绝大多数'老外'作为老百姓对中国并没有天生的偏见"[①],等等。

就在同期杂志上,刊有《"全球化"语境下的文化命运》一文。该文作者认为:"任何形式的经济和文化上的'中心主义''沙文主义'都会损害'全球化'的利益。经济'全球化'不会带来文化'全球化'";又说:"有人主张文化也要'全球化'甚至'一体化',甚至主张'地球村'要有一样的货币、政治、语

---

① 叶适芳、陈晓明、韩小蕙、陈洁:《关于文化"全球化"的聚谈》,载《中国文化研究》2001年冬之卷。

言、文化法律等等,这种一体化令人不寒而栗,因为它太像'新殖民主义'了"①。同时,伴随着文化、文学全球化的问题,在文学理论、比较文学研究中,也不断讨论着文化、文学全球化与本土化的问题。

经济全球化引起文化"全球化""一体化"的争论,必然引向文学观念、世界文学的观念思考与论争,而且它们是相当对立,贯穿于我国20世纪文化与文学的发展、演变的不同阶段与过程之中,其中包含了极其丰富的文学经验,并在最近一个时期由于形势的变化而高涨起来。

文化全球化、一体化之辩,现实性与不可能性

如今谈论世界文学,如果避开"全球化"问题的探讨,看来是不大容易的,因为全球化的氛围正在形成之中。

文化全球化、一体化的说法是由经济全球化、一体化引发开来的。上面提及的有的学者认为,文化全球化已是一种现实;一种主流思想既然承认了经济全球化、一体化,却漠视政治、文化的全球化与一体化,这是非常要不得的,不可能存在单一的"经济一体化"。其所以非常的要不得,就在于一些人想以"文化民族主义",来抵制文化、政治的全球化、一体化。再具体一些,就是有的学者指出,某些人想以儒家思想为本位,形成大中华文化圈,建立自己的文化霸权,来对抗别人的文化霸权,比如"中国就想建立自己的文化霸权",云云。这类论点与判断,情绪化得有失分寸了。但是现实生活要复杂得多。

全球化的迹象的萌发,早在资本主义开辟了世界市场之后就出现了。当资本主义发展到垄断阶段,全球性的景象便日益明显。垄断资本主义弱肉强食,为了再次瓜分世界市场,攫取殖民地,进行世界市场、权力再分配,竟连续发动了两次世界大战,把各族人民投入侵略的战争的血与火之中。战后出现了两个阵营,它们各自要达到的"全球性"的目的是十分明显的,都认为自己具有普遍意义,一个要在全球实行无产阶级专政的社会主义,最终走向共产主义;一个要在全球推行资本主义,维护资本主义的霸权,于是全球就进入了冷战期。战后发达国家之间的贸易往来加强,相互投资增多,形

---

① 阎纯德:《"全球化"语境下的文化命运》,载《中国文化研究》2001年冬之卷。

成了跨国资本主义的经济体系。它们相互渗透,又互为依存,出现了经济上的一体化现象。同时,信息技术的飞速发展,交通工具的极大改进,更其加快了多国资本的流转与运作,以及自由贸易的拓展。上世纪80年代上半期,学术界还并不认为全球化是一个重要概念。只是到了冷战结束前几年,即80年代下半期,全球化的话题才日益增多。等到苏联解体,社会主义一时陷入低潮,西方的理论家们赶忙宣布历史已经"终结",资本主义已经"凯旋",这时全球化的话语宣传急剧高涨起来,以至到了90年代末,全球化成了政治、文化理论界的一个普遍用语。

对于"全球化",确实要问问它的由来,是谁提出的全球化。对全球化不加分析,欣喜地把它说得一片风光,实在是缺乏具体分析的。

阿里夫·德里克说:"对于全球化的异常欣喜却掩盖了社会和经济的实际上的不平等","对于全球化是否反映了一种欧洲中心主义现代化的目的或完成形式,仍可以讨论。全球化作为一种话语似乎变得越来越普遍,但是对它的热情宣传来自旧的权力中心,尤其是来自美国,因此更其加剧了对霸权企图的怀疑……如果不考虑到资本主义在全球范围的胜利,就无法理解全球化"①。看来,"全球化"是欧洲中心主义现代化的结果,它的倡导与宣传,来自主要的资本主义国家,是与20世纪八九十年代资本主义的一次全球范围的胜利分不开的,其目的是指向世界霸权的实现。当社会主义经济体系在世界范围内遭到遏制甚至解体,这时美国所说的经济全球化,自然是由它和发达国家领导的资本主义经济的全球化。世界资本主义经济已经发展到全面控制世界的地步,它通过跨国金融资本、信息技术的联合与组合,在全球的国与国之间形成了一种紧密的联系,组成了一种相互制约的机制,在形式上乃至实质上走向经济全球化、一体化的关系。

标榜第三条路线的英国社会学家吉登斯说到:"全球化可以被定义为:世界范围内的社会关系的强化,这种关系以这样一种方式将彼此距离遥远的地域连接起来,即此地所发生的事件可能是由许多英里之外的异地事件所引起,反之亦然。"②他运用沃勒斯坦的话:"从一开始,资本主义就是一种世界性经济而非民族国家的内部经济……资本决不会让民族国家的边界来

---

① 阿里夫·德里克:《全球化的形成与激进政见》,见《全球化与后殖民批评》,中央编译出版社1998年版,第2页。
② 安东尼·吉登斯:《现代性的后果》,田禾译,译林出版社2000年版,第60页。

限定自己的扩张欲望。"①他说:"在20世纪后期,原初形式的殖民主义几乎都销声匿迹了,但是世界资本主义却继续在核心、半边缘和边缘地区制造着大量的不平等。"②吉登斯的关于全球化的"定义"常被引用,它的意思是全球化使国与国之间原有的距离消失了,彼此相互紧密联系,此处发生的事,和彼处都有关系,社会关系在世界范围内得到强化,世界资本主义的扩张欲望,越过了原始形式的积累,而到处制造大量的不平等。

这种不平等现象,我们可以从经济全球化趋势下出现的经济组织形式来说。比如世贸组织(WTO),这是适应经济全球化而产生的一个机构,它的领导力量主要是那些西方发达国家。经济全球化就是发达国家所造成的经济发展趋势,使得所有国家不得不加入其中的一种关系,因为它们别无选择,因为它们无法置身于这一关系之外,以致一个国家不加入这一联系与组织,在经济上就无法展开经济生产,建立市场,就可能会陷于孤立,而导致经济的不景气,对于大国说来尤其如此。但是那些经济极端脆弱的国家,加入之后的前景是否就一定光昌流丽?那也未必。为了跨国资本在全世界范围内的自由流动、技术的转移与控制、高密度生产、赢利和发展,世贸组织,作为实施经济全球化的机构,制定了一系列的法规、准则与制裁措施的,这个制定人自然是西方发达国家。你既然需要加入,或是不得不加入,那么你加入后就得遵守我们订下的游戏规则。这里有国与国的相互靠拢,也有激烈的竞争与冲突;有共同的获益,同时也显示着发达国家对不发达国家在全球化、一体化中的控制与同化。经济全球化使得不少不发达国家处于这种前所未有的两难处境。这就是为什么中国加入世贸组织的谈判,竟花了14年之久。我们也知道,每逢世贸组织开会,总要引来那么多的抗议。抗议有来自发达国家的,也有发展中国家与不发达国家的各种人群,最后往往导致流血冲突。1999年年底,在美国西雅图召开世贸会议时,会议厅被抗议的群众团团围住,进入会场的多国首脑,竟要凭借"左道旁门"夺路而走。进入会议大厅后,先由少数几个发达国家首脑召开秘密的核心会议,然后把他们达成的协议,公布于众,要其他国家照办,否则就高喊"制裁"!

在这种大趋势下,我国只有因势利导,在计划经济失败的教训中,积极转轨,参与世界资本主义的运作与竞争,广泛吸收国内外资本,扩大生产,积累财富,汇入经济全球化进程,以利国家的生存。

---

① 安东尼·吉登斯:《现代性的后果》,田禾译,译林出版社2000年版,第61页。
② 同上。

再看所谓政治一体化,它的某种形式,确是存在的,比如欧洲共同体,现在还在加强这种形式。它的出现,就是基于欧洲诸多发达国家,企图在国际上增加自己的经济的和政治的分量的愿望而组成的;有类似的北约这样的军事共同体。还有美国与欧洲共同体、北约之间的实行全球化愿望与协议。但不能说这是政治上的全球一体化,这是一些地域的政治体制类似国家组成的政治共同体。同时我们看到,这些国家还在组织"世界共同体"式的东西,以维护自己的利益。"西方正在、并将继续试图通过将自己的利益定为'世界共同体'的利益,来保持其主导地位和维护自己的利益。这个词已成为一个委婉的集合名词(代替了'自由世界'),它赋予美国和其他西方国家为维护其利益而采取的行动以全球合法性。例如,西方正试图把非西方国家的经济纳入一个由自己主导的全球经济体系。西方通过国际货币基金组织和其他国际经济机构来扩大自己的经济利益,并将自己认为恰当的经济政策强加给其他国家。"①

如果以为这是第三世界的哪位学者在揭露美国在全球化中的意图,那就错了。这位论者恰恰是为美国政府提出未来文化战略思想的亨廷顿先生。他所说的这个全球经济体系以及其他国际组织所促成的全球化思想的本意就是如此:凭着它们强势的地位,就是要把认为对自己有利的经济政策、行动,赋予"全球合法性"地位,然后"强加给其他国家"。说得毫无掩饰,全不含糊。20世纪末最后10年,美国通过经济全球化,进一步积聚了巨大的经济实力,并且足以称霸全球,通过经济来建立一个所谓"地球村"的"世界新秩序"。新世纪第一年所发生的巨大恐怖事件,使得美国军事霸权、帝国威力终于爆发,它的独来独往、我行我素的"单边主义",终于表现了帝国主义的常态,并且要以武力一个一个地"修理"它所不顺眼的国家。它的航母、飞机导弹,不是裹胁着强势文明,正在把别的国家卷入全球化游戏的吗?说有些人只看到全球化是帝国主义强权政治与经济侵略、扩张称霸的一面,事实难道不正是如此吗,有什么可以责备他们的呢!我国有过政治上所谓一体化的结盟经历,但是那时除了形式上的一体化,并无实质性的一体化,倒是在这个结盟之中,相互争斗居多,最后兵戎相见了事。因为别人处于强势地位,你处于弱势地位,你就得交出主权,甚至领土,在经济上心甘情愿地让人盘剥。这不是我们前几十年的经历吗?

---

① 塞缪尔·亨廷顿:《文明的冲突与世界秩序的重建》,周琪等译,新华出版社1999年版,第200页。

在各自怀着不同利益而充满矛盾、冲突的经济全球化与一体化的环境下,所谓政治上的一体化就是如此。这里存在谁"化"谁的问题,又"化"到哪里去?于是出现了超越民族国家的理论,即国家主权有限论等说法。哈贝马斯说:"要在下述对世界经济秩序的设想上达成一致就更为艰难:这种世界经济秩序不仅要像世界银行和国际货币基金组织那样补充跨国性的市场流通,而且要引进世界范围的政治意志构成因素,并保证政治决策的约束力。"①这是说,世界经济秩序不仅要有经济方面的机构使之实施,而且还要引入政治决策的约束力,做到这点其实是十分困难的。但是一些国家自认他们的价值观是普遍主义的,于是不断要把它们强加给其他国家,制造矛盾与冲突。

确实,我还未听到过我国"一种主流思想",在经济全球化的情势下,发出政治全球化、一体化的吁求。因为十分明显,如果一个国家要进入这种政治的全球化与一体化,那就得遵守那些发达国家制定的政治一体化的规则、制度,作为弱势国家,就得准备拱手交出国家的主权与经济命脉,或是甘心被限制自己的主权,把自己"化"得和西方发达国家在政治上成为一体,实际上成为西方大国的附庸。可是,仰人鼻息的附庸的地位,就是现代化的国家地位吗?在政治上理念不同、传统各异的国家,可以通过对话与沟通而共存共荣,但是在政治上却要融和而成一体,我表示怀疑。不知道上面所提到的几位学者,为什么对政治全球化、一体化的前景如此乐观,而且还认为,如果漠视这种政治、文化上的全球化、一体化,还是非常要不得的!

再说文化的全球化、一体化吧,这同样需要进行具体分析。文化全球化实际上可以分成两个层次的问题来理解。一是从全球化的浅层次的一般意义上说,在当今经济全球化的环境下,各国的文化更其进入了交往、互相吸收,以致达到不断地融合、创新的过程。比如,文化的载体手段扩大了,文化的创造机制扩展了,信息共享的机会加大了,本土与外国的距离缩短了,于是文化的接受更为广泛了。在文化的交流中,对于和经济联系较为紧密的物质文化现象,各个国家的人们是比较容易接受的。大概西服、皮鞋穿戴方便,接受的程度极为普遍;又如中学生从西方电影、地摊文化时尚里学来的在公共场所无所顾忌地接吻拥抱,如今在中国也很平常。在科学技术方面,标准大体都是一致的,所以你做的电视机可以卖给我,我做的计算机可以销

---

① 哈贝马斯:《超越民族国家?——论经济全球化的后果问题》,见《全球化与政治》,中央编译出版社1998年版,第80页。

售给你;你生产的先进交通工具、信息技术、图像艺术,我可以引进,我制作的大量廉价的日用品,可以向你推销,国际分工,互通有无。网络化提供的种种知识,不分国别,交上费用,大家即可享用。在这种意义上,我们可以说出现了文化全球化或全球性、一体化的现象。在这里,采用各自独立、尊重对方、相互对话、共同协商、求同存异、取长补短、互惠互利、和平共存、共同繁荣的立场与手段,是可行的。在这种全球化的模糊意义上,可以称做文化全球化、一体化,估计在这一点上分歧不大。

可是,这并不表明各国文化的重要方面,都会全球化、一体化的。因此在第二个层次上,在文化的深层意义上,说各国的文化会趋于一体化,那是十分盲目的。比如说,一些不发达国家,对发达国家早就心仪已久,它们向往发达国家的生活方式,以致亦步亦趋,认为人们一旦穿上了发达国家人们穿的西装革履,改换成与西方一样的政治制度,说上了西方的话语,上了信息高速公路,就可以和西方国家同步发展了,但是这种美好的希望并未如愿。何故? 不是政治制度问题,政治上已经有点一体化了;不是住房、生活设施、交通工具的趋同;不是物质、科技、信息方面的表层的文化;不是穿着吃喝的时尚。这里涉及一个国家、民族赖以生存的长久的、历史的文化传承、文化传统、文化底蕴与文化积累,一个民族的文化心理、文化素质、文化习俗与风尚等等,综括起来,就是一个国家、民族文化的价值与精神,涉及各个国家、民族的深层的精神文化了。

文化的价值与精神,也即深层的精神文化的特征,规定了一个国家、一个民族的特征,在国家与国家、民族与民族的共同的交往方式或是仪式中,在高级的精神产品中,凸现出各自的特征来,显示不同国家、民族文化风采的多样性。世界文化是多种多样的,它们自有价值,各有存在的权利。自然,就是深层文化的特征,也不是一成不变的,而是历史地发展的。关于这点,我们后面还要谈及。有人就对文化能不能被标准化提出怀疑:"究竟是文化及所有的社会活动形式都变得标准化了呢,还是由多元文化的交往与接触导致了日益增多的形形色色的新的文化形式?"[①]"世界体系的经济和政治意义上的扩张,并没有使世界文化的扩张成为一种对称的关系",文化的"全球场是高度多元主义的"[②]。但是,即使是不同的深层文化,由于交往的

---

① 马丁·阿尔布劳:《全球时代》,高湘泽等译,商务印书馆2001年版,第144页。
② 罗兰·罗伯森:《全球化:社会理论与全球文化》,梁光严译,上海人民出版社2000年版,第99—100页。

频繁和相互发生作用,会在全球化的语境中进行讨论与整合,并在沟通中导致文化的互补。

在世界文化的多元格局中,实际上文化有强势文化与弱势文化之分,强弱相遇,自然会发生冲突,以致融合,但是也会发生这样的情况,弱者不是受到销蚀,就是走向溃灭。一般说来,强势文化历史悠久,积淀深厚。如我国的文化,虽然曾经有过强势,但它积弱日久,很难影响别人。近代以来,发达国家裹挟其强大的跨国资本、金融势力,凭借高度发展的信息技术,形成文化工业,制作大量文化产品,宣传其文化、物质生活方式,在现代性的名义下,向外倾销与扩张,形成一股不断冲击其他国家政治、文化、思想、艺术的势力,在国际上形成一种强势文化。

吉登斯关于全球化所说的话,比起我国的一些学者来要诚实得多。他不仅讲了我们在前面引用的有关"全球化"的表述,而且认为,全球化是西方现代性的根本性的后果之一,"它不仅仅只是西方制度向全世界的蔓延,在这种蔓延过程中,其他的文化遭到了毁灭性的破坏;全球化是一个发展不平衡的过程,它既在碎化也在整合,它引入了世界互相依赖的新形式,在这些新形式中,'他人'又一次不存在了"①。以西方为主导的全球化,毁灭性地破坏了那些不发达国家的文化,本应是对话中的"他人"形象被清除得干干净净,不复存在了。历史难道不是记录了许多这类现象!当这个"他人"已不复存在,只留下的强势文化,自然可以乐观其自身的成功了。吉登斯可没有像我们有的学者那样,让我们以乐观的心态坐等文化全球化的到来。当然,担心也是无济于事的,问题在于我们如何在全球化的浪潮中,做到扬其长,避其短。

其实,触及一个国家、民族的深层文化,即使在单个的发达国家,也是很难达到全球化、一体化的。比如,公制度量衡方面,早在1960年联合国就通过各国使用国际单位制,在全球推广,不少国家都签了字,但在一些发达国家就是签了字也行不通。上世纪90年代下半期,美国向火星发射了一枚探测卫星,几年时间过去,当快到目的地时,卫星却爆炸了。一查原因,原来科学家们在设计卫星时实行了"一国两制",即在科学研究中,一些科学家计算时采用的是公制,但在工程技术中(包括日常生活中)一些科学家却使用了英制。由于卫星的部分信息未将英制转成公制,到时两制不能自动转换与

---

① 安东尼·吉登斯:《现代性的后果》,田禾译,译林出版社2000年版,第152页。

兼容,指令发不出去,卫星只好自行爆炸了。公里、公斤在中国实行了那么多年,可在一些发达国家至今仍在用英镑、英里计算重量与长度。何故?文化素质、文化传承、文化心理、文化荣誉感使然。我富有,我强大,你能把我怎么样?我自有一套计量名称,你要和我打交道,如果涉及长度、重量与体积,你自己折算去,这就是他们的文化心态。至于物质生活设施、科学技术不是全球化、一体化了吗?但是一旦涉及国与国的关系,麻烦就来了。日本就公开表示,在高科技方面,要让中国永远落后于它15年。为了阻止中国经济的发展,美国一直在给我国制造麻烦,在政治、经济、文化、军事方面,多方进行围堵,制造摩擦,至于在国防尖端技术方面自然更是如此,在这里哪有什么真正的文化全球化、一体化可言!

即使在发达国家之间,文化上实际上也有强势和弱势之分,很难做到一体化的。身处弱势的发达国家的学者与政治家,就深刻地感受到另一些发达国家强势文化的威慑力,他们提出在全球化的境遇中,面对强势国家的强势文化的压力,要保护自己文化的特征。不久前(2002年5月),德国发生了几千人上街反美示威(现在已发展到几万人上街),这在近50多年里是不可想象的事。何故?英国首相布莱尔出来解说:"现在总有一些美国人看不上欧洲,而一些欧洲人现出反美的情绪。"他又说,欧洲的反美情绪的生成,是"由于猜忌美国的立场和担心美国文化凌驾于欧洲文化之上"[①];英国希望继续充当欧洲与美国之间的桥梁,化解欧美间的分歧。其实,今天的美国文化就是凌驾于欧洲文化之上,它有如出鞘之剑,锋芒毕露,咄咄逼人。德国政治家赫尔穆特·施密特的《全球化与道德重建》是本很有意思的著作。他在书中说:"事实上,我们应当在全球泛滥的伪文化的压力面前捍卫自己的文化特征。法国历届政府保护电影和电视观众,尽力使他们免受泛滥成灾的外国枪杀、汽车追逐、强奸、谋杀和各种各样的暴力镜头的影响。"他又说:"美国的戏剧、小说、爵士乐和其他音乐,的确丰富了世界文化,但是,性和犯罪场面却是美国娱乐工业所提供的不良的、有些甚至是十分危险的内容。目前,娱乐工业所向披靡,不仅席卷德国,而且席卷全球,冲击世界的任何地方,直到中国、日本和印度尼西亚的边远城市……极其廉价的乃至十分不良的节目全球化正在危害各国的文化传统。"[②]这是施密特在1998年出版的新书里讲的,应该不能算是"老调"重弹!遗憾的是我们被这种文化工业冲击

---

① 《文汇报》2002年5月22日。
② 赫尔穆特·施密特:《全球化与道德重建》,柴方国译,社会科学文献出版社2001年版,第62页。

了还不觉得,只要有钱赚到手就可以了!

在强势文化、娱乐工业的冲击下,施密特深感德国文化的传统逐渐在丢失,以致今天竟有不少德国人不知亨利希·海涅为何许人了。他说:"如果我们不把从先辈那里继承来的东西传递下去,我们所能传给后代的东西就所剩不多了;而一旦全球化腐蚀掉我们传递传统价值的能力或意愿,我们将坐吃山空,变得退化,成为那种面向收视率、广告收入和销售指标并追求大众化效应的低水准伪文化的牺牲品。"这种情况,在相对的弱势文化的国家里是一种相当普遍的现象。在法国,的确不乏有关抵制美国大片的报道。法国不断抵制美国大片,当然是想减弱性、暴力的那些镜头的影响。但是这类电影的制作在法国本身也很普遍,以致最近法国不少有识之士对这类电影的制作与传播"喊停"!自然,实行抵制,这里还有一些更为复杂的原因,即恐怕主要是防止美国电影对法国电影造成的冲击,影响法国电影工业的发展与生存。同时,美国的娱乐工业又冲击着法国的传统文化,特别是消解传统文化的价值与精神,使广大观众成为伪文化的牺牲品。对于德国来说,恐怕也是如此。这种娱乐工业的大量输出所卷起的时髦热,这种伪文化的长时间的潜移默化的影响,正在改变人们的意识、生活习惯与风尚,建立起霸权国家所需要的价值观与人生观。

十分可贵的是,这位政治家表现了德国文化特有的反省精神。他又说:"由于我们所有欧洲人都接受了一种排他性的、欧洲中心主义教育——北美人的情况也差不多——因此,我们通常对中国和印度的宗教、哲学几乎一无所知。我们几乎不了解儒家思想及其影响力。""遗憾的是许多西方人却对此毫不在乎。"①

《聚谈》的几位论者,看来对儒学所知不多,一谈起新儒学,就往"文化保守主义"方面拉去,说新儒学以儒学为本,企图建立大中华文化圈,要人家说,中国文化好呀;然后话锋一转,说"中国就是想建立自己的文化霸权,来抗衡别人的文化霸权!"这种观点,对儒学、新儒学实在是缺乏分析的。

首先,儒学并不是全无价值的东西,七八十年来,由于我国一些文化精英从现代化的角度,很大程度上是西化的角度,对儒学抱了绝对否定的态度,甚至到了70年代中期还有"孔学名高实秕糠"的虚无主义之说,对儒学肆意贬低。所以多年来中国的传统文化不分青红皂白地被打倒了,也中断了

---

① 赫尔穆特·施密特:《全球化与道德重建》,柴方国译,社会科学文献出版社2001年版,第66页。

儒学传统。结果在几十年的文化建设中不是西化,就是俄化,可以说走尽了弯路。其次,对新儒学的全面评价,不是本文的任务。但是应当承认,新儒学是对传统儒学的一种继承,其中不乏真知灼见。比如,它重视、认同传统文化,力图开发其中的积极因素,提出"返本开新,守常应变"的文化纲领。"所谓返本、守常,就是返儒家传统之本,守儒家人伦道德之常;所谓开新、应变,就是适应现代化之变,开民主、科学之新。"新儒学的代表人物对民族文化具有强烈的自我意识,他们力图发扬和复兴民族文化,并对传统文化进行疏导、发掘,而具有一种复兴民族文化的责任感。新儒家的"基本价值取向,不在'复古',而是企图广畅民族文化洪流,护卫民族文化的主体性,接纳西方的民主与科学,使传统儒家文化现代化,发展现实和未来的民族文化"。[①]再次,新儒学自然不能从整体上代表中国当代文化,它在思维方式上、在以儒家学说来涵盖中华文化整体方面、在倡导泛道德主义方面、在狭隘的民族主义方面,是存在着许多弱点的,也难以为我们接受的。但是,新儒学作为文化保守主义,是我国近代文化发展中的一个重要的派别,在整理国故方面,成绩斐然。其实,现在我们对"文化保守主义"的理解,早已与过去的政治划线分割开来了。其中的有益部分,实践证明,对于我们当今文化建设是极为有用的。所以对它一笔抹杀,是否可以说这是七八十年来一种西化激进余绪的继续?正如施密特说的,是一种典型的欧洲中心主义教育的果实?要是他知道一些并不年轻的中国知识分子,"几乎不了解儒家思想及其影响力",并对此非但"毫不在乎",却如此毫不费力地否定儒家学说,会不会感到双倍的遗憾呢!

  如果我们的一些学者在倡导文化全球化与一体化,而并不清楚如何全球"化"、一体"化",那么,美国学者塞缪尔·亨廷顿则倡导一种相反的理论:文化多元论、文明冲突论。关于他的理论,由于学界介绍已多,因此我们这里只能就部分有关问题进行讨论。他认为,当今文化不可能是全球化、一体化的。在冷战结束后,他说意识形态的冲突不再重要,而转向文明的冲突了。首先,"在未来的岁月里,世界上将不会出现一个单一的普世文化,而是将有许多不同的文化和文明相互并存。那些最大的文明也拥有世界上的主要权力"。"在人类历史上,全球政治首次成了多极的和多文化的。"[②]其次,

---

  ① 宋仲福等:《儒学在现代中国》,中州古籍出版社1991年版,第457、456页。
  ② 塞缪尔·亨廷顿:《文明的冲突与世界秩序的重建》的《中文版前言》,新华出版社1999年版,第2页。

文化的积累与传承，形成文明。他认为，世界上存在多种文明，但势力最大的有基督教文明、伊斯兰文明和儒教（我只是在儒学意义上理解所谓"儒教"）文明。各种文明之间存在着差异，而"冲突的根源是社会和文化方面的根本差异"①。所以冷战结束以后，社会和文化的冲突提上了日程，成为主导，并进而会引发战争，这就是文明冲突论。再次，他提出存在"大中华及其共荣圈""中华文明""大中华""文化中国"，认为中国把自己看成中华文明的核心，企图成为"中华文明的倡导者，即吸引其他所有华人社会的文明的核心国家；以恢复它在19世纪丧失的作为东亚霸权国家的历史地位"。他又说，"两千年来，中国曾一直是东亚的杰出大国。现在，中国人越来越明确地表示，他们想恢复这个历史地位，结束屈辱与从属于西方和日本的漫长世纪，这个世纪是以1842年英国强加给中国的南京条约为开端的"②。在他看来，中国要建设自己的文明，必然和其他文明如基督教文明发生冲突，特别是会和美国文明发生冲突，并设想了一场未来的"中美之战"，那时世界完全变了样子。宣扬不同文明会引起冲突，以致引爆战争，这是一个极有争议的问题。

亨廷顿说未来世界是个多元文化的世界，多种文明并存的世界，不会出现一种单一的普世文化，我想这是很有见识的，也是可信的。因为多种文化的存在，是几千年来的文明的产物，这是公认的历史事实。对于历史传承下来的某种有影响的文化，不是今天那些自认为自己的文化是一种普遍主义的文化，对不符合他们的文化原则、价值观念的他国文化，实行强行的替代就可以替代得了的。强行替代，这是由于历史太短而缺乏历史感与历史主义的霸权主义。文明与文明，确实具有极大的共同之处，所以人们可以相互交流感情、思想，共创共享人类文明果实，促进人类文化进一步接近与融合。但文化与文化又相互不同，它们各有特点，这是在长期的历史形成中的民族特性、群体智慧、地理环境、政治、经济、信仰、宗教、生活风尚、习俗等因素综合而成的现象。文明之间如果发生冲突，其实不在文明自身，真正的原因只在于经济与政治，这是最根本的。政治上要控制他国，经济上要掠夺他国的财富，这才是问题的实质所在。一切形式的恐怖主义和活动应当受到谴责。当今大规模的恐怖活动，好像是在不同文明之间发生的，其实不然，这恰恰是由国际的政

---

① 塞缪尔·亨廷顿：《文明的冲突与世界秩序的重建》，新华出版社1999年版，第250页。
② 同上书，第255页。

治上的极权主义与霸权主义、经济上的残酷盘剥而引起的,是有的国家为了把自己的经济命脉建立到他国的主权之上、把贪得无厌的吸管强行插入他国油井而引发的。

亨廷顿说,中国在倡导中华文明、中华文化,要恢复过去的历史地位,又说要恢复东亚霸权的历史地位。在这里,他把历史地位与霸权等量齐观了。中华文化是我们的传统文明,恢复这种传统文化中的优秀成分,以作为建设我们的新文化的承续与借鉴,这是十分自然的。过去几十年,西化的激进主义情绪,曾经使我国传统文化的继承遭到严重的损失,一度使民族文化的更新与发展,失去依附。现在恢复这种文明应有的历史地位,这怎么就是企图建立霸权地位呢?

所谓霸权,就是把自己的种种文化价值观念,自封为普世文化、普世价值,唯我至高至尊,企图越俎代庖,把它们强加于别人,实际上却是暴力替代,实行侵略,进行掠夺,控制别国。中华文明的传播不是强加,不是强迫接受,不是掠夺,而是交往。例如中华文明中的四大发明,引发了欧洲的现代革命,但这是传播的结果,而不是强加、霸权、侵略的行为。明朝的郑和,七下西洋,发现了许多的"新大陆",但只是进行文明的交往与传播,并未一发现城市与土地,就攻城略地,像稍后的西方殖民主义者那样,马上就宣布占为己有。这就是中国与西方不同的思维方式:一个倡导交往,互通有无,和而不同;一个力主占有,弱肉强食。

一百多年来,中华民族饱受西方帝国列强的侵略和割地赔款之苦,难道这个伟大的民族应该永远沉沦下去,而不应藉着新的千年的经济腾飞,在振兴中华民族的同时,复兴伟大的中华文化,结束如亨廷顿所说的从1840年开始的"屈辱与从属"?按照一些人的说法,新儒家就是以儒家为本,就是要建立大中华文化圈,语调突然一转说,就是"中国想建立自己的文化霸权,来抗衡别人的文化霸权",再下去,可能就是中国制造文明冲突了。请问这是什么逻辑?有什么根据?这是不是很像亨廷顿式的思维方式,有力量就必然要称霸?像不像按照西方人的思维逻辑,来看待中国的复苏与兴盛?而亨廷顿后来还承认,要"唤起人们对文明冲突的危险性的注意,将有助于促进整个世界上'文明的对话'"①。

同时,我们知道,西方文明未必就那么健全,中华文明却也自有价值,两

---

① 塞缪尔·亨廷顿:《文明的冲突与世界秩序的重建》的《中文版前言》,新华出版社1999年版,第3页。

者在对话中进行互补,自在情理之中,没有必要妄自菲薄。如果有人自发地认同中华文明,在平等、对话的交流中形成一个大中华文化圈,使中华文化广为发扬,这损害了谁呢?难道我国在强迫别国接受中华文化、掠夺他国文化、侵略他国文化、消灭他国文化,谋求建立文化霸权吗?弘扬中华文化,在传播与交往中扩大中华文化的影响,难道这就是去和别人的文化霸权对抗吗?一些人如果在所谓的学术交流中,抱着这种心态,在欧洲中心论和他人文化霸权面前,对弘扬中华文化的自主要求、宣扬儒家学说中的优秀思想的国人,就像发出断喝:"中国就是想搞文化霸权",这让人觉得就有点恐吓国人的味道了!无怪有的学者对于这种政治与文化的全球化、一体化的理论、措施与前景,会感到不寒而栗,因为它真有一点像另类的"新殖民主义"了!

这样看来,文化全球化、一体化是具有现实性的,因为已经存在这类现象,而且可能还会扩大范围。但是深层意义上的文化全球化与一体化,又具有难以实现的不可能性。只能各国文化相互接近,取长补短,互为丰富与交融,实行更新与创造,这大概是不同的、多元的文化互为依存的和发展的方式。

多种"世界文学"观念,趋同而并非一体,文化认同,全球化与本土化,民族主义的两重品格,民族文学与世界文学关系辨析

如果对于文化的全球化与一体化有一个比较实事求是的了解,那么对于文学的一体化这类观点,就比较容易解释了。

几乎没有人怀疑,歌德是第一个提出"世界文学"的人。18世纪、19世纪初,西欧曾有过一阵所谓"中华风",通过传教士介绍东方文化,特别是中国的文化,一时东方文化情调使得许多西欧国家的权贵为之倾倒,竞相装点,视为时髦。歌德从这股时风中,了解到了一些儒家典籍,并几度接触过中国文学作品。但由于当时文化交流的水平有限,歌德接触到的文学作品,只有《好逑传》《玉娇梨》《花笺记》、收有10多个短篇的《中国短篇小说集》;《赵氏孤儿》《老生儿》等剧作;以及《百美新咏》之类的诗歌等[①]。至于那些真

---

① 卫茂平:《中国对德国影响史述》,上海外语教育出版社1996年版,第105、107、109页。著者认为,其时歌德见到的作品,也可能是《花笺记》。

正能够代表中国文学的一流作品,十分可惜,那时歌德还无缘见到。

1827年初,歌德在与爱克曼的谈话中,就对他所读过的中国文学作品做了评价。大致有这么几个意思。一,他说中国的《好逑传》①这部传奇,"并不像人们所猜想的那样奇怪。中国人在思想、行为和情感方面几乎和我们一样,使我们很快就感到他们是我们的同类人,只是在他们那里一切比我们这里更明朗,更纯洁,也更合乎道德"。接着歌德谈到了这些作品,"没有强烈的情欲和飞腾动荡的诗兴",另一个引人注目的特点是,"人和大自然是生活在一起的"②,因此他认为,这些作品和他的《赫尔曼与窦绿台》与英国小说家理查生的作品有许多类似之处。二,歌德接着说,这部传奇绝对算不上是中国最好的作品,"中国人有成千上万这类作品,而且在我们的远祖还生活在森林的时代就有这类作品了"。又说,"不过我们一方面这样重视外国文学,另一方面也不应拘守某一种特殊的文学,奉它为模范。我们不应该认为中国人或塞尔维亚人、卡尔德隆或尼伯龙根就可以作为模范,如果需要模范,我们就要经常回到古希腊人那里去找,他们的作品所描绘的总是美好的人"。三,"我愈来愈深信,诗是人类的共同财产","我喜欢环视四周的外国民族情况,……民族文学现在算不了很大的一回事,世界文学的时代已快来临。现在每个人都应该出力促使它早日来临"③。同年他又说:"一种普遍的世界文学正在形成,其中替我们德国人保留着一个光荣的角色。"又说:"现在一种世界文学正在形成,德国人会蒙受最大的损失,德国人考虑一下这个警告会是有益的。""问题不在于各民族都应按照一个方式去思想,而在他们应该互相认识,互相了解;假如他们不肯互相喜爱至少也应学会互相宽容。"④

那些预言会出现一体化的世界文学的文章,一般都会引用马克思和恩格斯在《共产党宣言》里的话。马克思、恩格斯说:"资产阶级,由于开拓了世界市场,使一切国家的生产和消费都成为世界性的了。""旧的、靠国产品来满足的需要,被新的、要靠极其遥远的国家和地带的产品来满足的需要所替代了。过去那种地方的和民族的闭关自守状态,被各民族的各方面的互相往来和各方面的互相依赖所替代了。物质的生产是如此,精神的生产也是

---

① 朱光潜在《歌德谈话录》中译本111页就《好逑传》作注说,据法译本注,即《两姊妹》。朱按,可能指《风月好逑传》。歌德在这部传奇的法译本上,写了许多评论。
② 爱克曼辑录:《歌德谈话录》,朱光潜译,人民文学出版社1978年版,第112页。
③ 同上书,第113页。
④ 转引自《朱光潜美学文集》第4卷,上海文艺出版社1984年版,第458页。

如此。各民族的精神产品成了公共的财产。民族的片面性和局限性日益成为不可能,于是由许多种民族的地方的文学形成了一种世界的文学。"①

现在我们来对歌德与马克思关于"世界文学"的观念作些辨析。朱光潜先生作为美学家与《歌德谈话录》的译者,在这里做注时指出,歌德的这一观点是从"唯心论的普遍人性论"②出发的。这一评价自然带着时代的痕迹,不可苛求。看来,唯心论倒未必,而"普遍人性"说得倒是有道理的。歌德从不同的民族文学中,看到了人类感情的共同性,不同的民族通过文学是可以互相了解的。他固然认为要从他民族的文学作品中吸取长处,但他也明白表示,不能把中国文学奉为模范,模范还应到古希腊人那里去找。这里的问题在于歌德要人们来促进什么样的"世界文学"的形成,这种"世界文学"是一种什么样的形态。

从上面歌德的文字来看,对于什么是"世界文学"的形态、内涵,语焉不详,看来可以有两层意思。第一层意思是,歌德说的"世界文学",一,是一种不同于原有民族文学的"世界文学",民族文学已经存在了,现在"正在形成"一种新的文学形态,他要求人们促进这种文学的早日来临。二,这是一种"普遍的世界文学"。这里所说的"普遍",大概就文学所表现的意义而言,如人类共有的感情、思想等等,比如,他说过,诗是人类共有的财产。三,他又说,这种具有普遍意义的世界文学的出现,会使德国人蒙受损失,也即会使德国的民族文学遭受损失。这大概是说,德国文学难以摆脱本民族的特征,创作出更具人类意义的作品。但是从歌德说过之后的一百多年的历史来看,德国并未出现过一种可以叫做"世界文学"的文学形态。19世纪下半期与20世纪,德国文学实际上是一种具有强烈的德意志民族特色的文学。即使20世纪的欧洲跨国家的文学流派不断更迭,影响着德国文学的发展,但德国文学仍然保持了其民族的特征,而著称于世。如表现主义作家格·凯塞、卡·埃德施米特、阿·杜布林;现实主义作家托马斯·曼与亨利希·曼、雷马克、孚希特万格、茨威格以及叙事剧倡导者布莱希特等人的作品,虽属不同流派,但都表现了德国民族的特征与标志。第二层意思是,歌德实际上所说的"世界文学",也可这样理解,即这是一种进入世界范围的多民族的文学。他说,环顾周围,不同的民族文学看得多了。现在则有不同,古老的东方文学、中国文学的传入,使得文学的范围更加扩大,变成世界的了,这样原

---

① 《马克思恩格斯选集》第1卷,人民出版社1973年版,第255页。
② 朱光潜先生作的注,见《歌德谈话录》,人民文学出版社1978年版,第113页。

来周边的民族文学已算不上一回事。他还说到,如果德国文学要获得发展的话,看来还是应该以古希腊人为范本的,而不是以东方文学为典范。世界文学是各族优秀文学的结合体,是文化交流中出现的各民族文学的一种相互关系的表述。

英国学者柏拉威尔写过一本《马克思和世界文学》的著作。此书极为详细地描述了马克思对古希腊、罗马、欧洲中世纪、文艺复兴时期、启蒙时期、18、19世纪欧洲作家以及他们作品的爱好与了解。在谈及"世界文学"时,柏拉威尔说到,歌德虽然多次谈到世界文学,但"对歌德来说,这种'世界文学'并不意味着放弃民族的特点。恰恰相反,每个民族的文学都因为它的特殊性与差别,因为它加之于世界文学交响乐之中的特殊音色,而受到国外学者的珍视"。"由于意识到其他民族的特殊贡献以及懂得珍视它们,我们也就懂得我们自己的贡献。确实,我们自己的文学在某种程度上也会由于这样的接触而改变它的性质,但这只会是一种丰富,而由此产生共生现象,诸如歌德自己的《西方与东方的合集》和《中德四季晨昏杂咏》,仍然会继续带有独特的民族文化的印记和这些作品的作者的天才和个人性格的印记,通常人们是在本国文化范围之内接受外国的作品的。"[①]我以为柏拉威尔在这里表述的观点是十分精彩的,各民族因交往日益增多,促使文学相互影响而发生变化,获得新质,这是一方面。但是另一方面,民族文学又仍然不会失去本民族的特征及其天才作家的个性特色。诚然,在这种情况下,民族的片面性、局限性日益减弱,但即使如此,看来各国文学也不会完全失去民族性特征的。

美国学者詹姆逊关于歌德的"世界文学"的说法,提出了一种见解。他说到在当今世界各地不同国家里的思想文化活动背景上,出现了某种跨国文学作品,人们以为,"这种活动似乎是人们以前称之为'世界文学'的那种文学样式的新形态。人们通常认为'世界文学'应是由一些经典作品组成,它们能超越直接的国家、民族语境而打动形形色色的读者。然而实际上歌德和其他人倡导'世界文学'时的用意并不是这样。要是我们细读歌德在这方面留下的零散文字,我们会发现他心目中的'世界文学'指的是知识界网络本身,指的是思想、理论的相互关联的新的模式"。詹姆逊谈到,当时歌德阅读的一些欧洲杂志,大体上都在鼓吹不同语境间的思想、文化的联系。

---

① 柏拉威尔:《马克思和世界文学》,梅绍武等译,三联书店1980年版,第192页。

"在歌德看来,真正新颖的有历史意义的事件,乃是人们如今有机会有条件接触到他国异地的思想环境并与之沟通,为此,他创造了'世界文学'这个概念。但这个概念在目前的新语境下似乎已不那么恰当了。"詹姆逊认为,某种类似的事物,正在一个更为巨大的规模上出现,但我们对它要持谨慎小心的态度。如在现今文化交往频繁的背景上,似乎出现了某种跨国文学作品,有人以为就是世界文学的新形态了。詹姆逊认为,没有必要就此匆忙地作出肯定。他说"就文学而言,这并不意味着创作某种立即具有普遍意义的作品,从而跨越民族环境去诉之所有的人。相反,我认为'世界文学'的含义是积极地介入和贯穿每一个民族语境,它意味着当我们和别国知识分子交谈时,本地知识分子和国外知识分子不过是不同的民族环境或民族文化之间接触和交流的媒介"。① 这里大致是说:通常人们把歌德所说的"世界文学"视为一种经典性的作品,由于它们表现了普遍的人性,人类共同的问题而超越了民族与国界,受到不同的人们普遍欢迎。但是詹姆逊认为,这种看法有违歌德初衷,歌德说的实际上不是一种文学形态,而是思想、理论相互关联的新模式。真正的新事件,在于使不同语境中的人们有了联系与沟通。因此,"世界文学"的含义,在于不同国家、民族的知识分子积极地介入文学、文化的交流。但是在我看来,歌德所说的"世界文学"实际上包含了上面两层意思,并不矛盾。当然,我更倾向于我在上面谈及歌德关于"世界文学"时的第二层意思,亦即詹姆逊所说的各族人民的思想、感情相互联系的模式。因为第一层意义上的"世界文学",虽经歌德倡导,但一时无法实现的东西,是一个抽象的观念。

马克思、恩格斯在谈及"世界的文学"的形成时,其出发点是资本主义生产、世界市场形成。而资本主义市场的形成,则是一种不可抗拒的世界经济现象。"世界文学"就是在这种资本主义经济的所向无敌的情况下形成的。

在这里,我们要了解一下《马克思恩格斯选集》中文版编者对"文学"一词所做的注,编者认为,这里的所谓文学,指的是"科学、艺术、哲学等等方面的书面著作"②,这是十分重要的。马克思恩格斯在这里谈的是整个资本主义的生产、消费以及世界市场的开拓等,至于涉及精神生产,则指的是文化的各个方面,自然就不是单指我们通常所了解的文学,这是符合原意的。这

---

① 詹姆逊:《晚期资本主义的文化逻辑》,张旭东编,陈清桥等译,三联书店、牛津大学出版社1997年版,第192页。

② 见《马克思恩格斯选集》第1卷,人民出版社1973年版,第255页注(1)。

里所说的"文学"一词,包括了文学艺术以及科学、哲学等等书面著作,由于世界市场的形成,同时也就形成了世界文化。他们认为,这显然不是指出现了一种统一性的世界文化,而是说众多民族、国家的文化走出了原来的孤立、隔离状态,进入一种相互交往的状态,以致成了一种世界范围的文化现象。在这种情况下,民族的片面性与局限性日益减弱,并且已日益成为不可能的事,后面这句话是经常被引用的。

柏拉威尔的《马克思和世界文学》对马克思、恩格斯在《共产党宣言》一书中使用的 Literatur,Literature 和 Literarisch 做了辨析,认为 Literatur"论述某一科学的一批专门的书籍与小册子等等和写作这些作品的作者",Literature 则指"诗歌、剧本和小说,如果它们带有一点政治色彩或'信息'的话,就都有资格包括在这一词之内",后者则指文献一类的一大堆轻飘飘的词,同现实、社会脱节的东西[1]。从这里可以看出,《马克思恩格斯选集》中文版的注释经综合而表述的意思,基本上是可以接受的。

马克思、恩格斯说:"随着资产阶级的发展,随着贸易自由的实现和世界市场的建立,随着工业生产以及与之相适应的生活条件的趋于一致,各国民族之间的民族隔绝和对立,日益消失了。无产阶级的统治将使它们更快地消失。"[2]这段话说得未免乐观了些,民族、国家的局限性并未很快消失。正如柏拉威尔所说:"《共产党宣言》并没有充分估计到对它所发觉的这种倾向的反抗:民族的对立和分歧并没有像生产和商业的逻辑似乎暗示的那样迅速而普遍地消灭。实际上,马克思已开始认识到了这一点,并且在他的晚年,对于过低估计民族感情威力的所谓追随者,始终抱着敬而远之的态度。"[3]确实,马克思后来意识到了这点,所以在 1866 年,就嘲笑过那些把民族、国家视为早已"过时的偏见"的第一国际总委员会的法国代表。现在我们的一些学者,为了标举"世界文学",只提马克思早期的言论,而不顾其后来转变了的观点,这往往不符被引者的观点的整体性。

19 世纪末、20 世纪初,我国社会正处于剧烈动荡的时期,文化、制度的求新求变,成为国家、民族的命脉所系。进步的知识分子纷纷冲破藩篱,早在 19 世纪下半期开始,就译介西方文学,面向世界。他们在与西方文学、日本文学接触后,认识到了外国文学的优点,于是大力宣传,进行移译,并将本

---

[1] 柏拉威尔:《马克思和世界文学》,梅绍武等译,三联书店 1980 年版,第 188、189 页。
[2] 《马克思恩格斯选集》第 1 卷,人民出版社 1973 年版,第 270 页。
[3] 柏拉威尔:《马克思和世界文学》,梅绍武等译,三联书店 1980 年版,第 194 页。

国文学与之比较研究,一时蔚然成风。外国文学在我国的传播,深刻地改变了我国固有的文学观念。可以说,对于外国文学在某种意义上也即对于世界文学的不断介绍,一直影响着我国文学的演变与发展。19世纪末,有的学者、诗人,由于其条件的独特,通晓多种外语,进入了法国文学的殿堂,如陈季同。他用法语写作,撰写了《中国人自画像》《中国戏剧》等著作,同时也把《聊斋志异》部分作品译成了法语。对法国文学的深刻了解,使他形成了一个极为前卫性的"世界的文学"的观念。在谈及中国文学时,他深感其不足,何以促进?他说:"第一不要局于一国的文学,嚣然自足,该推广而参加世界的文学,既要参加世界的文学,入手方法,先要去隔膜,免误会。要去隔膜,非提倡大规模的翻译不可,不但他们的名作要多译进来,我们的重要作品也需全译出去。要免误会,非把我们文学上相传的习惯改革不可,不但成见要破除,连方式都要变换,以求一致。然要实现这两种主意的总关键,却全在乎多读他们的书。"①这里无疑是指,一,不要局限于一国的文学、本民族的文学,以为文学唯有我国的好,外国文学不值一哂。二,要了解外国文学,那里有许多值得我们学习的东西,所以要大力译介。三,也要把我们的好作品介绍出去,参与各国文学相互交流融合的过程。这些主意即使对于我们当今的文学的发展与译介工作来说,也是十分中肯的。陈季同在19世纪末就提出了"世界的文学"的观念,对于当时我国学界来说,是"相当超前"的,自然也是"和者寥寥"②。

"五四"前后,我国许多著名作家、学者都就外国文学的介绍、接受,发表过大量的意见,外国文学的输入,酝酿了我国文学观念的更新,并由于我国文学发展的内在需要,终于促进了"五四"新文学运动的发生。

其后,我国著名学者闻一多先生曾经谈到世界文化发展成一体的思想。在目睹各国的文化交流日见增多的情况下,他提出过未来的文化将会发展成"一个世界的文化"的论点。他说,世界上有四大古国的文化,将来"互相吸收、融合,以至总有那么一天,四个的个别性渐渐消失,于是文化只有一个世界的文化"③。如前所说,有的论者把这一观点延伸到文学之中,认为将会出现一种一体化的总体文学④。

---

① 转引自李华川:《"世界文学"观念在中国的发轫》,《光明日报》2002年8月22日。
② 同上。
③ 闻一多:《神话与诗》,见《闻一多全集》第1卷,开明书店1948年版,第201页。
④ 见曾逸:《走向世界文学》,湖南文艺出版社1986年版,第37页。

文化、文学全球化、一体化问题，涉及许多方面，是可以深入探讨的。

前面谈及，经济一体化现今实际上正在实现。我们看到，经济一体化要求有一定的权力机构，即使是松散的也罢，有企业行为准则，繁多的规章制度，商品的测定标准，各种制裁手段，定期的首脑会议，自然这些会议都为发达国家、集团所把持。一些国家可能存在多种经济成分，但一旦加入世贸组织，它的主导经济的发展，可能会受制于整个世界跨国市场经济的需求，它的物质产品，不得不接受这个国际市场所要求的统一的标准。在物质文化方面，可能比较容易有个趋于共同承认的标准。

那么在精神文化方面呢？精神文化的生产必须现代化与面向世界。第一，先从不同文化、文学的趋同性来说。国家、民族虽然不同，文化、文学艺术虽然各异，但从人类普遍愿望、人性的角度来说，应当说是存在着一种共同的趋向的。比如，不同国家的民族、人民，在历史的发展中获得共同的人性，具有追求美好生活的向往，都面临着诸多共同的问题，如现实与理想，物质与精神，生存与困境，战争与和平，幸福与灾难，理性与反理性，孤独、焦虑与交往，绝望与希望，富有与贫困，生与死，爱与恨，男女老幼等等，并反映到文化、文学艺术中去。在这些方面，自然有着许多共同的语言，一致的观点，形成一种趋同倾向。文化、文学艺术本身的趋同性，可以使得不同国家的民族、人民的精神产品，相互获得接受与认可，而且可以成为人类共同的精神财富。可以确定地说，正是这些方面，使得人类可以在文化、文学艺术的交往中，相互了解、接近，变得亲近、合作、和谐、互相影响，避免生存中的消极面，争取人类正常发展的生活权利。18世纪和19世纪初欧洲的中国文化、文学热，20世纪中国的欧洲文化、文学热都是实例。文化、文学艺术的趋同性，可以导致融合与同化。在今天信息化的时代，由于文化交流的加速，人类的隔阂进一步淡化，地域的差别不断在缩小，各民族的文化显示一种融化的趋势，而且还会得到进一步的加强。我国文学今后的发展，通过中外文化文学的交往，受到现代性的指向的影响，将会进一步地显示自己面向世界的开放性品格，积极吸取他人文化、文学艺术的长处，由趋同、融合而走向创新，进而出现一种与各民族都较接近、都能欣赏、认同的文化现象与文学艺术。

但是，第二，在很长的时期内，我们还见不到形成一种一体化的文化、文学艺术的必然的决定性因素。

首先，我们在前面谈及的人类面对的共同的问题上，具有趋同的倾向，但是各个国家、民族的文化、文学艺术的共同性、趋同性,却并不能导致其自身的必然的一体化。正是在上述诸多看来是共同的问题上,不同的国家、民族、人民之间的理解上,存在着同中有异的情况,不同民族对于它们的理解不尽一致,甚至存在着严重的分歧。究其原因,这是不同国家、民族、人民的自身特征,在长期的历史发展中不断生成的结果。人性是共同的、趋同的,但是它是在不同历史、地域、人文环境中形成的,所以各具特色,它反映了人们自身的本质在历史发展过程中的不同特点。就以人们当前所关怀的生存与困境、物质与精神来说,在这些问题上人们面对着共同的境遇,存在着许多共同的语言,但是深入下去,分歧就出现了。因为各个国家、各个民族生存的条件不一,困境的程度各异,特征就不一样。就说物质与精神,你吃得很好,认为需要提升精神,免得被物的包围所困扰,从而忽视生存的更高意义;他则还食不果腹,主要关心的是如何生活下去。因此在生理上、心理上,以致道德原则等方面就会出现差别。在长长的历史进展中,加上新出现的问题的多方面的影响,于是各族人民各自形成着不同特色的文化积淀,渗透于各自的哲学、政治、宗教、信仰、道德、人伦、风尚、习俗之中,成为不同民族和人的自身的本质特征,进而反映到他们的文化与文学艺术之中。像这类既具有人类共同趋向,而又显示着不同民族文化精神特征的文化与文学艺术,可以相互接近、靠拢,乃至部分的融合,但如何做到一体化呢!

其次,文化、文学艺术的发展,自然与经济的发展以及经济一体化是有密切关系的,并会受到巨大影响。但说由此会出现经济一体化式的文化、文学艺术的一体化,这是不大可能的,也是难以想象的。从浅层次来说,几个具有强势文化的国家,能够成立一个或几个跨国集团与组织,来对其他国家的文化、文学创作发号施令吗?能够订出一个文化、文学艺术的标准,来让不同国家的人们共同遵守吗?你遵命了,未必就能保证别人一定会去照办。一体化会把具有多样性特征的文化与文学艺术置于死地。我国有过这种教训,一体化的结果,是文化与文学艺术的枯萎,世界范围的一体化,未必就会例外。

再次,一个十分重要的问题是语言文字问题。既然提出文化、文学的一体化,那么,文化创造与文学艺术创造所使用的语言文字也应该是一体化的了,可是如何一体化呢?希望创造一种世界性的语言,使之流行全球,有人这样做了,如世界语,但近百年来通行的地域并不理想。倒是英语实为美式英语目前大为流行,这是美国的经济大大领先于其他国家,科技发达,文化工业产品倾销全球使然,所以在网络上英语占的比重极大,在文化交流中简直有些畅行无阻的气势。但各个国家是否会用它来创造自己的文化与文学艺术呢？对于一个具有悠久的历史与文化传统的民族来说,语言文字是他们千百年来形成的思维、心理的积淀物,是人们交流思想、记载感情的工具,是一个国家、民族的历史、文化传统的承载物。特别是我国的单音节语言与象形文字,与拼音的语言文字不同,一旦把它们废除了,它们所承载的文化涵义就被阉割或消失了,几千年来形成的中华民族的人文思维,就会面临一场难以预见的成败得失的灾变。独特的语言与文字是一个民族的文化的根本特征,所以不少国家,即使人口不多,也把它视为本民族文化的瑰宝。它们顽强地保护本民族的文字,纯洁本民族的语言,并且十分重视把本民族的文化与文学艺术介绍出去,使之传播光大。因此对于那些热情介绍他们国家文化、译介他们国家优秀的文学艺术作品有成就的外国译者,会给以崇高的奖励。如法国、意大利、西班牙、俄罗斯、德国等国家政府,都把我国一些著名的翻译家,视为传播他们国家的文化使者,而屡屡给以高额奖赏,给以种种崇高的称号,各类勋章,并非偶然。十分明显,这些译者不仅传播、保存了这些国家的文化、文学艺术,而且也在世界范围内保护、扩大、巩固了这些国家、民族的语言的影响。这是他们花大价钱也买不到的呀！

在当今全球化的语境中,交往日益频繁,弱势语言的命运实堪忧虑。据有关组织统计,世界上几千种语言正在不断减少,每年大约以20种的速度在消失中。处于文化弱势的国家,是应该给以切实关怀的,而那些处于强势文化的国家应该帮助它们生存下去,否则,这些语言将逐渐湮没在人类文化中而致永远消失。自然,人类会不会经过几百几千年的融合,到头来汇集了各种语言的长处,逐渐创造出一种统一的语言,一体化的语言,也未可知。但是,象形文字与拼音文字是难以融合的,如果不能一体化,那就是只有共存。

当今情况的复杂性还在于,不是像一些朋友说的,如果不提文化、文学艺术全球化、一体化就是要不得的,等等。经济全球化、一体化由于自身的矛盾,却是不断地衍生着新问题。上世纪80年代特别是90年代以来,由于经济全球化趋向的日益明显,文化的趋同性得到空前的强化,这是事实,而且呈现出上升的趋势。但是也正是经济全球化带来的另一方面的影响,即国与国之间、地域与地域之间的人们,在精神文化方面的分歧又进一步加深了,这也是事实,出现了"本土化"的思潮,非西方文化的复兴。

现代化发轫于西方,随着世界市场的开辟,它影响了其他国家,使世界面貌发生了重大的变化。一些国家在现代化的冲击下,因为传统的因袭重负、旧式信仰的根深蒂固,经济起色不大;而另一些国家,同样具有自己的深厚传统,但在自有规范的现代化的指引下,果断地抓住了机遇,进行市场经济的转轨,使自己的经济飞速发展起来,综合国力加强了,在国际上建立了声誉与赢得了尊严,民族的伟大复兴提到了今天的日程之上。亨廷顿说:"现代化所带来的非西方社会权力的日益增长,正导致非西方文化在全世界的复兴。"又说:几个世纪以来,非西方民族一直很羡慕西方社会的繁荣的经济,先进的技术,而认同西方的价值观。但是随着经济的起飞,却逐渐地转向了自己国家的文化与价值观,也即转向了本土文化。"80年代和90年代,本土化已成为整个非西方国家的发展日程。"①而本土化的文化的勃起,必然使那些植根于历史的习俗、语言、信仰以及体制,得到自我的舒展与伸张。也就是说,现代化增强了过去被侮辱、被屈辱国家的民族自信,在我国也是如此。

现代化的悖论是,对于强势国家来说,它以现代化推动了经济的全球化;现代化的流行,原是对西方中心论的西方文明的传播。但在不少不发达国家传播的结果是,使其落后的经济发展起来了。经济发展起来后,为其自身文化的复苏提供了机会,于是它们就有能力反顾自身,看到自己的传统文化并非一无是处,而是十分丰富;进而发现本土文化、标榜本土文化、弘扬本土文化的价值观等等。民族自信的增强,使得文学艺术本土化的问题随之而起,在后殖民主义文化思潮的推动下,酿成一股宏大的潮流。这使得非西方文化在世界范围内走上了伟大复兴的道路,这是一个方面。

另一方面,全球化趋向的发展,又要求所有国家转到一体化的轨道上来,一些强势国家不仅要求所有国家的经济纳入它们打造的全球一体化,而且在文化方面极力推销它们全球化的计划,这种文化输出,大有吞噬其他文化的势头,这使得其他弱势国家的文化进入了生死存亡的时代。到了90年代,不少弱势国家都积极地参与讨论后殖民主义与文化本土化问题,民族的文学艺术的处境,于是在世界各地随着民族认同热,也兴起了所谓的"文化认同"热。这种认同热,对于西方霸权政治来说,实际上是政治离心力,对于文化上的欧洲中心主义来说,这是顽强地展现多元文化存在的文化离心力。霸权与控制,多元、离心与反控制,这就是当前所有国际重大分歧、矛盾的原

---

① 塞缪尔·亨廷顿:《文明的冲突与世界秩序的重建》,周琪等译,新华出版社1999年版,第88、91页。

因所在。这些矛盾的内在的、深层因素自然是经济的、政治的,但也在文化思想领域以十分激烈的形式表现出来。比如针对人的存在处境,存在主义哲学与现代主义艺术提出过"我是谁"的问题,那么现在这种提问已变成集体的了。亨廷顿说:"90年代爆发了全球的认同危机。人们看到,几乎在每一个地方,人们都在问'我们是谁?''我们属于哪儿?'以及'谁跟我们不是一伙儿?'这些问题不仅对那些努力创建新的民族国家的人民来说是中心问题……对更一般的国家来说也是中心问题。"①比如,他谈到90年代中期,激烈讨论民族认同问题的国家,不仅有发达国家,如美国、日本、德国、英国、加拿大、俄罗斯,而且还有发展中国家如中国、印度、伊朗,至于其他不少不发达国家也是如此。这就是说,经济上的全球化和文化上的全球化企图,以不同角度、多种层次与深度,引发了本土化问题,引发了民族认同、文化认同热,并且几乎触及了所有的国家。自然,它们面临的问题是各不相同的。在强势国家中,舆论偏重于对主流思潮的殖民主义及其历史的反思与批判,对于弱势国家来说,则引发了对民族主义的再认识,民族主义正是这样再度引起重视的。

强势文化对于民族主义采取批判态度,认为民族主义妨害了全球化的进程,有违它们的文化原则与价值观。但是,我们对于民族主义需要进行分析,不能盲从别人对于民族主义的不分青红皂白的指摘。民族主义实际上具有两面性。一方面,首先,民族主义是民族主体性的表现,是对本土、本民族的历史发展的认同。上世纪80、90年代,在全球化的大潮的冲击下,一时使不少人失去了民族主体性而产生了迷失感:"我们是谁?"由此而引发了本土化与寻根热,民族认同和回归热,不少弱势民族从中找到了民族自新的契机,民族主义成了民族复兴的精神支柱与民族的凝聚力。其次,民族主义是对本民族文化的认同。强势文化的流行,压抑了弱势文化的生存与发展,贬低了它们的价值。对于我国来说,一百多年来由于积弱太久,一些人求新心切,所以往往把自己的文化视为落后的文化,弃之如敝屣,而大力搬进外国文化。但是终究未能建成自己的新文化。80年代,在新文化的建设中,原有的文化资源有如幽灵一般,形影相随,忽近忽远地挥之不去。90年代的反思,使大批人士逐渐认识了我们民族文化固有的价值,力图恢复其应有的地位,由此激起我们对于我国灿烂文化的自豪感,一种民族主义的文化自豪

---

① 塞缪尔·亨廷顿:《文明的冲突与世界秩序的重建》,周琪等译,新华出版社1999年版,第129、130页。

感,这是完全正常的。一些人缺乏这种自豪感,主要由于他们只认同于西方文化,而对自己原有的民族文化,不屑一顾,或罔无所知。再次,民族主义也是抵制强势国家工业文化垃圾的有效手段,要是没有这种措施,民族文化的发展将会受到阻碍,法国、德国都在这样做。

但是,另一方面,民族主义是不能滥用的,如果使其盲目化,则会变成狭隘的民族主义,变成排外主义,变成盲目的文化自大狂,坐井观天的井蛙,从而失去自我更新的活力和反思能力。所以,文化民族主义是一把双刃剑。确实,"文化大革命"所反映的那种救世主式的民族自大狂,在一些狂人身上表现得淋漓尽致,狭隘的民族主义使我们吃尽了苦头。今天,没有人说我们整个的中国传统文化好得很,但是其中的精华部分,不仅需要发扬与继承,而且作为全人类的文化财富,是当之无愧的。其实,我国广大知识分子都有上世纪几十年的西化、俄化的经历,今天除极少数外,绝大多数已失去那种自高自大、认为自己不需了解世界、不肯学习外国、一切都是自己的好的"天朝心态",而更多的倒是由于长期自卑,滋长了那种倾向西方一切都好的西化心态。一些学者认为,中国的民族主义已发展到这等地步,"我们的一些观念都后退了,孙中山曾说:要'联合世界上平等待我之民族',现在我们不但无法要求别人平等待我,而且我们自己也不能平等对待别人"。① 如果情况真是如此,那么对于这种极端幼稚和狂妄确实需要反省与批评,对于这种狭隘的民族主义需要进行批判与纠正。不过,最好能够就现在有些人如何不平等地对待别人,举出一些实例,进行分析。

和民族主义相对的是强势国家推行的普世主义或普遍主义。普遍主义的原则与内涵,自然有其普遍的特性与价值,但是在不同的国家,普遍主义未必都能实现,或是马上实现。这里必须考虑到不同国家不同民族的不同历史与制度,不同的文化传统,不同的思维方式,不同的文化素养,不同的宗教观与风尚习俗,等等。这些因素都是不同国家在几千年的过程中形成的,不是你设计一个方案,就可以让别人马上跟上、效法的。有的强势国家,认为自己的文明原则,放之四海而皆准,但是由于自己历史太短,极端缺乏历史感与历史主义,并出于极端自私的目的,根本不考虑别国的历史与文化传统,却要求别国同它

---

① 其实,一百多年来,有哪个强势的民族平等地对待过我们?一个时期,我们受到教育,说只有苏联在"十月革命"后废除了对我们的不平等条约,云云,我们在很长时期里也信以为真。"十月革命"后,苏联确有废除不平等条约之举,但那是废除1917年"二月革命"至"十月革命"之间的条约。1917年2月至11月之间,俄国和我国订了不平等条约吗?1917年前强加于我国的不平等条约废除了吗,能废除吗?

一样,实行它所主张的所谓普遍的价值观,在政治、文化上企图立刻推行普遍主义。不按它的原则办事,就挑起争端,或凭借自己的军事霸权,诉诸武力。结果,使普遍主义变为世界普遍的不公平与不安定,一些国家就把它看成十足的帝国主义。这才是典型的21世纪的新的"天朝心态"[①]!

当今,整个世界的组成,是个不同民族国家的联合体,民族国家、多民族国家的形式是难以废弃的,而且在今天全球化的声浪中,一个突出的国际现象是,如前所说,不少弱势国家纷纷加强了自身本土化的定位与认同的舆论,这是始料未及的。至于民族,它们是长期历史发展中形成的产物,是受到种族、血缘、共同地域、语言、心理以及经济生活等条件制约的不同的人类群体。在经济全球化趋势还未形成的时候,一些人数极少的民族以及它们的语言,已经被强势民族所同化,而在全球化的趋势中,不同民族的共同性会更多地融合,但是那些具有悠久的历史、文化传统的民族,仍会长期存在下去,而且无可替代,并且更加珍贵、更将突出其本土化的根本特征,加强其定位与认同。这种描写在马克思、恩格斯著作中是见不到的。

在全球化与本土化这种两种相反趋向相互交叉的氛围中,一些人主张文化、文学艺术一体化,因此也就有文学艺术"只有世界的才是民族的",或者"越是世界的就越是民族的","只有民族的才是世界的"和"越是民族的就越是世界的"之说。

先说越是世界的就越是民族的,或者只有世界的才是民族的。这里的"世界的"是什么意思呢? 一,如前所说,大概是指人类共同关心的东西,人类共通的感情,普遍的人性,高超的表现技巧,现代技术等运用。我们在上面提到的人类面临的共同的方面,如现实与理想,生存与困境,生死爱恨、忧患焦虑等,这是文学所关怀的东西,是文学应予伸张的对人的终极关怀。文学作品可以不具这种要求,但优秀的文学必具这种品格,而当今我国的文学,恰恰缺少这种强烈的人文吁求。同时,这大概也是指对其他民族优秀文学经验包括文学艺术的表现技巧要有深切的了解,把握当今世界各国文学艺术发展的高度水平。在文学艺术交流如此繁荣的今天,作家、艺术家必须

[①] 在学术界早就有这样的说法,我们了解欧美要比欧美了解我们多得多,这大概缘于我们积弱太久,总有一种了解外国、学习外国的强烈愿望。2002年8月4日出版的《世界周刊》(旧金山),载有自大陆远嫁美国、署名草原的文章《文化舞台剪不断理还乱》,文中称:"来美虽然不长,但我发现大多数美国人对中国的不了解,超出了人们的想象。究其原因,一是也许大多数普通的美国人根本缺乏了解中国的渠道。其次在于生活得太老大、太现实的美国人,也许根本就没有想去了解其他国家的想法。"

具有敏锐而前卫的目光,宏放大度的气魄,及时把握与接受世界文学艺术演变中新颖而有价值的方面,缺乏这种前沿性的文学艺术知识、识别能力与高起点的艺术感悟,就难以创造出和其他民族优秀文学艺术比肩而立的作品来。这也是文学的现代性所要求的。二,可能是指西方人的所谓"普遍价值",对于强势国家所倡导的"普遍价值",我们自应分析对待,吸收它的合理成分。但是我们不能不看到强势国家极力要其他国家奉行其"普遍原则"的用心。其实,这种极端自私、霸道的国家,为了霸占他国资源,对于别的国家与民族,是从来不讲什么自由、民主、人权的,否则,世界就不至于那么不安定了。自然,这不等于我们不要认真对待这些东西,因为这正是我们自身所不足的。但是如果以为根据人类的一些共同"世界的"一般体验,去演绎成文字,就能做到文学艺术的"越是民族化"了,恐怕是要落空的。

文学艺术对于人类共同共通的东西,还得通过具体的作家、艺术家,通过作品的人物,通过他们所表述的感悟、感情、思想,所掌握的技巧来表现的,一个作家、艺术家必然是一定民族国家的成员。荒诞剧使用一种抽象的符号,表达了人类的一种相当普遍的生存处境的荒诞感,震撼着人心。但是即使这样的艺术,读者仍然从中体味到一种法国的或是英国民族文学的韵味,因为别的国家没有这样的哲学文化与这种如此深刻的文化生存的体验。别的国家的作家如果也来这样写,实际上就重复了它们,成为仿作。作家可以自称是"世界公民",是在全人类的意义上来写作的,那也是指其创作中的思想的普遍性,关心世间共同面临的问题。他可以采用多国的人物、故事,表现多国文化的冲突,等等。不过迄今为止,也只有一些按照概念进行演绎的东西。作家进行真正的创作,其实总是以其"民族文化精神"为指导的,即使他要描写外国现象,为此他也应该了解其他国家的民族文化精神,但具体的写作却摆不脱其所属民族的文化精神。民族文化精神,是民族国家的文化价值观与文化价值体系,它体现着一个民族的理性精神,诗性智慧,道德品格,思想风貌,进取求新的愿望。它在不同的人群身上表现各异,但综合起来却是整体精神的体现,显示了民族精神的气度、面貌,而民族性正是民族文化精神的体现。

其实,世界性、全人类性、普遍人性都是概括出来的东西,它们的真正的物化表现则是民族性。也就是说,全人类性、世界性是通过民族性凸现出来的,全人类性、世界性、普遍人性必须附丽于民族性。如果没有了民族性,到哪里去寻找全人类性、普遍人性与世界性呢?人类通过无数的国家的民族群体（自然也包括各个社会集团、阶级）而存在，不同民族的共同特性与价值，十分自然地汇入了全人类性、世界性、普遍人性之中。可否这样表述，全人类性、世界性、普遍人性是共性，而民族性是体现共性的个性。如果一种文学艺术没有一个具体的民族立足点，不去描写具体的民族的人的生存处境，民族的人的有价值的东西，那么，全人类性、世界性以及那种具有普遍意义的东西，也是无从得以体现的。因为，我们还不知道今天有哪个人，既不属于哪个国家，也不属于哪个民族。

另一些学者提出，"只有民族的才是世界的"，或者"越是民族的就越是世界的"这类口号，在我看来，恐怕他们并不是说只要是民族的就一切都好。小脚、辫子是我国过去特有的，但它们代表的落后的民族文化，与世界性毫无关系。拿这种例子来反驳上述说法，这是实证错位，毫无意义。再说京剧，也是我国民族特有的一种文化，这是一种传统的、有价值的文化，一种高度程式化的艺术。由于它的民族的独特性十分强烈，不做介绍甚至难为他民族所了解，所以作为具有强烈民族特色的艺术，是否能获得世界性，就难说了，虽说现在受到不少外国朋友的喜爱。拿这些特殊的例子来反驳"越是民族的就越是世界的"，也是毫无针对性的。

"只有民族的才是世界的"，或者"越是民族的就越是世界的"这类口号，意在强调文学的民族性的一面。当然还应看到问题的另一面，即民族性的现代化，对于任何民族文学来说，民族性并不是一成不变、固定僵化的东西，民族性是不断演变、生成的东西，在其保持自身基本特征的情况下，其内涵是不断被改造与丰富的。每一时期的民族性会被各种内外文化因素所浸润，进而获得丰富与新生。因此可以说，民族性是开放的、不断生成的民族性。汉唐时期的汉族的民族性，不同于春秋战国时期的民族性，当商业与资本主义萌芽发展起来，宋明时期的汉族的民族性大概不同于汉唐时期的民族性，清末民初时期的民族性大概不同于宋明时期的民族性，当代我们的民族性不同于"五四"时期与其后50、60年代的民族性。当今我国人民的民族性，已不是封闭的民族性。在我国当今现代化与面向世界的进程中，我国人民与他国人民有着极其广泛的交往，频繁的接触，从中了解并吸取他国人民的文化长处，倡导健康的个人的自由进取精神，积极地改变着自己的文化素质以至民族特性，这是不能不看到的变化。民族性受到现代性的制约，一旦在长时间内无有变化，凝固不变，墨守成规，就反映这个民族停滞不前、保守落后了。民族性的细微的或是重大的变迁，大概正是文学创作的重要课题。

文学按其自身的内在逻辑而发展，文化交流与外来影响往往是促成本土文学发生重大变革的动因，激活本土文学的动力。外国文学的形式、思想倾向，它的独创与新颖之处，都会被本土文化、文学所吸收，进行消化与改造，与原有的民族文学特性相结合，从而使民族文学艺术不断更新自己，丰富自己的独创与新颖，而更具活力。罗素说："不同文明之间的接触在过去常被证明是人类进步的里程碑。希腊向埃及学习，罗马向希腊学习，阿拉伯向罗马帝国学习。中世纪的欧洲向阿拉伯学习，文艺复兴的欧洲向拜占庭学习。在许多这种例子中，常常是青出于蓝而胜于蓝的。"①

20世纪中国文学所经历的也是这样一个过程。这是现代化的过程，也是面向世界的过程，这是一个冲突过程，也是一个整合、融合过程；是一个比较过程，也是一个吸收、借鉴、创新的过程。在今天全球化的语境中，由于文化、文学交流空前繁荣，民族的狭隘性将会进一步受到冲击，文学的发展，将面临一个千载难逢的伟大的变更、创新时期，成为新文化的组成部分，形成我国民族文化、文学的伟大复兴，而民族性中最为严整的部分将得以保存并获得发扬。民族文化、文学的伟大复兴，不是复旧，而是在激活原有民族文化、文学的基础上，进行新文化、新文学的建设，并使其走向繁荣！

看来，文学的巨大的生命力，存在于民族性与世界性之间，而不在于越是民族的就越好，或是越是世界的就越高，而是民族性的与世界性的完美的结合。这样，上面两个争论的口号，就需要做些修正："文学既是开放的民族的，又是世界的；既是世界的，又是开放的民族的"，可能更合乎其自身发展的情况。

（原载中国语言大学《中国文化研究》2003年第1期，原名为《论民族文学与世界文学》）

---

① 罗素：《中西文明的对比》下册，见何兆武等主编《中国印象——世界名人论中国文化》，广西师范大学出版社2001年版，第89页。

让东方文化重铸辉煌
——关于东方文化与比较研究的断想

一

20世纪是欧美强势文化的世纪,在欧美强势文化的冲击下,不少东方国家发生了急剧的变化,东方文化成了一种弱势文化,一种边缘化的文化。在近百年来我国社会生活、社会制度发生的激剧变动中,作为东方文化的组成部分的我国文化遗产的继承,始终是个不断引起争论的问题,直到今天还是如此。在很长一段时间里,文化遗产几乎遭到了灭顶之灾的命运。我不知道有哪个国家,围绕文化遗产的论争以及文化的命运,有如在我国那样,达到如此惨烈的地步。

那时认为,精华与糟粕,并存于我们的文化遗产之中,要摒弃糟粕,吸取精华。但是正要明白精华,吸取精华,清理糟粕,可全部文化遗产却一下全都成了糟粕。现实中的错误的政治理念和主义,宣传封建主义思想的口号、感想、颂歌,倒成了文化的精华,而几千年来的文化精华的积淀,倒是消失不见了。所以几十年来,有不少人对我国几千年来先人所创造的文明及其精神,始终是若明若暗,没能弄个明白。这是因为,他们与源远流长的文化之根若即若离,缺少了对民族文化的学习把握与深层体验。

一个伟大的民族,生存、发展了几千年,这是被他的民族文化与民族文化精神所维系着的、支撑着的。充溢着人文精神的优秀的文化遗产,代代相传,使我们这个伟大民族生生不息,而拥有无限伟力自立于世界民族之林。

1924年4—5月,离今已是将近80年了,印度的诺贝尔文学奖得主诗人泰戈尔应邀来华访问,曾经宣传东方文化,以抵制西方文化。他一到上海就说:"余此次来华,……大旨在提倡东洋思想亚西亚固有文化复活……亚西亚洲一部分青年,有抹杀亚洲古来之文明,而追随于泰西文化之思想,努力吸收之者,是实太误……泰西文化单趋于物质,而于心灵一方缺陷殊多,此观于西洋文化渊薮,而日以相杀反目为事……导人类于此残破之局面,而非赋予人类平和永远之光明者,反之东洋文明则较为健全。"①

与泰戈尔持有类似观点的中国学人当时有梁启超、梁漱溟等人。梁启超欧游归来,认为西欧在经历了大战之后,物质文明已经破产,应用东方的精神文明去进行修补。梁漱溟比较东西文明,认为前者是礼让、仁爱、持中、满足安度、禁欲、舍己等;后者则是竞争、算账、危机、动乱等,预料"世界未来文化就是中国文化的复兴"②。我们在这里无法对这些观点细加评说。不过从当时的东方来说,那沉寂的、充满腐朽气味的东方制度文化,实在使得广大人民难以再生存下去。丧权辱国,老百姓食不果腹,那么礼让仁爱、满足安度何在?那生活的"'圆满'和'美'"③何在?难道这人类的不幸仅是西方物质文明破坏的结果吗?求取民族的生存、国家富强的愿望,使得大批青年转向西方,寻求民主与科学,这是顺理成章、十分自然的事。所以,泰戈尔的几次讲话出来后,就受到陈独秀、瞿秋白、沈雁冰、闻一多的批评与抵制,也在情理之中。自然,从现代的观点来看,先贤们的对东方文化的认识与期望,不能说没有一点道理,而且是值得我们深思的。比如说,世界未来文化就是中国文化的复兴。如果把中国文化看成是未来的世界文化,这我们是不会赞成的,但是说中国文化要复兴,是世界文化的一部分,不仅是复兴,而且还应创新,则是天经地义的事。今天,高度发达的西方物质文明、高科技在获得飞速发展的时候,确实进一步暴露了它的掠夺性、破坏性,使得人们合理的生存愈来愈为艰难;而对唯理性、唯科学、唯技术的崇尚,使理性变为反理性与反动,以致战祸频仍,使科学显示了其非人性、反人性的一面。

七八十年过去了。20世纪的历史进程以及发生的种种事件沉淀下来了,我们的思想经过种种理论的风风雨雨,以及生存的无情拷问,也进入了一个新的境地,终于可以在比较自由、理性的认识基础上,来谈论东方文化,学习东方文化,整理东方文化。

当然,我们不能像先贤那样,把物质文明建设与精神文明建设对立起来,来谈论东方文化。对于今天的我们来说,物质文明需要大力建设,而精神文明的建设同样重要。我们自身的经历告诉我们,舍物质而进行精神文明建设,只会制造迷信与愚昧,制造普遍贫困的乌托邦;同样,舍精神而只进

---

① 《泰戈尔与中国新闻社记者谈话》,载《申报》1924年4月14日。
② 梁漱溟:《东西文化及其哲学》,商务印书馆1922年初版,1987年2月影印第1版,第199页。
③ 《泰戈尔清华演讲》,载《小说月报》1924年15卷第10号。

行物质文明建设,也会使社会各种有效的规范和文化价值走向解体。我们需要了解东方文化与我们的传统文化的长处与局限。

东方文化是我们东方民族的瑰宝。在新的文化的建设中,我们直面着优秀的传统文化。过去我们曾经在不同程度上割裂了自己的传统文化,甚至有个时期弃绝自己的传统文化。但是传统是不能被割断的,否则,新的文化的建设就难以为继。割裂可以得逞于一时,但过后问题就会层出不穷。比如,我们在建设新文化的过程中,绕了不少圈子,漠视过传统,但今天我们仍然要回到传统文化上来。其实,文化传统中有的已成为过去,但也存在具有无限生命力的东西,属于未来的、全人类的东西,我们需要继承的正是这些方面。我们可以通过我们的自省、现代文化批判,来进一步认识我们传统文化的价值,但是更好的方式,则是通过与他民族文化的交流与比较而使其得到彰显。通过他者的目光,我们可以发现自己,更清楚地认识自己。他者的目光、他者的观点,是我们民族传统文化最好的评价人、发现人。

不久前去世的德国哲学家迦达默尔谈及东方文化时说:"中国人今天不能没有数学、物理学和化学这些发端于希腊的科学而存在于世界。但是这个根源的承载力在今天已枯萎了。科学今后将从其他根源寻找养料,特别从远东寻找养料。"他又说:"200年内人们确实必须学习中国语言以便全面掌握或共同享受一切。"①他在这里所说的"人们",我想就是西欧的人们了,西欧文化的根源正在萎缩,逐渐失去活力,要激活欧洲的文化进一步的创造力,必须要到东方文明中去寻找养料,就像我们要用外国的新思想,来激活我们古老文化的有用的成分一样。作为一位卓有建树、贡献甚多的哲学家,对东方文化的认识,也许比我们有些人要深刻得多。

学习、研究、理解东方文化,弘扬东方文化传统,更为重要的是赓续东方文化传统,建立新的东方文化传统。传统不是凝固僵死、一成不变的东西,传统是不断为不同时代的新的因素所充实,是不断被丰富的,是一种动态的、发展着的东西。传统需要我们参与创造,进而形成新的文化传统。所以,迦达默尔说,传统是先于我们的东西,"我们其实是经常地处于传统之中","传统按其本质就是保存"。但是,"即使在生活受到猛烈改变的地方,如在革命的时代,远比任何人所知道的多得多的古老东西,在所谓改革一切的浪潮中仍保存了下来,并且与新的东西一起构成新的价值"。他又说:"甚

---

① 转引自洪汉鼎:《百岁西哲寄望东方》,载《中华读书报》2001年7月25日。

至最真实最坚固的传统也并不因为以前存在的东西的惰性就自然而然地实现自身,而是需要肯定、掌握和培养。"①大概就是这个意思。

在当今全球化的语境中,强势文化加强了向弱势文化的进逼。所幸,我们现在不会再像过去那样盲从,缺乏毫无独立自主精神的主体性意识。我们能够识别西方文化的长处与弱点,了解东方文化以及我们自己文化中的有价值部分与不足所在,吸收它们的各自的有用部分,用以建设我们的新文化,以便和欧美文化和其他文化形成互补,建构一个多姿多彩多元的文化世界。

其实,东方文化本身就是一个多元的有着不同源流的文化的共存体,互为补充的共同体,中华文化、伊斯兰文化都有着源远流长的历史。欧美主流文化总想在全球占有文化的话语霸权,但在当今的文化交往中已不容易做到这点了。中华文化应该以自己固有的中和、进取的品格,去消解那种文化霸权。

在这种文化交往中,自然我们不是用几十年来并未定型的传统文化,来和有着强大物质力量作为后盾的西方文化进行比较,仅有几十年的文化积累是不够的,而是要在东方文化的传播中,以现代意识精神为主导,通过对几千年来根深叶茂、蕴涵深厚的中华传统文化的批判与分析,保留其精华部分,同时吸收外来文化的有用成分,重新冶铸我们民族的新的哲学、新的文化思想,创造那种具有真正深厚的人文内涵与科学理性相结合的新的中华文化。这才是真正的文化比较研究。

二

图像时代的来临,使得文化的领域急速扩大,不断膨胀。以言语文字为中介的文学艺术,正在缩小着自己的阵地,新的文学体裁正在出现,网络文学、摄影文学正在扩大自己的地盘。随着时代的变迁,人们对文学现象的审美趣味发生变化和对文学现象不断深入的了解,使得原有的一些经典作品被淘汰出局或被搁置起来,甚至遭到否定,一些原来不被人道及的文学作品,由于被发现了其潜在的价值,而被提升到了经典的行列,新的经典正在被重构。在这一意义上,经典是动态性的。

由于上述情况和如今生活中的方方面面似乎都处在不很稳定的状态

---

① 迦达默尔:《真理与方法》上卷,上海译文出版社1999年版,第361页。

中,不少事物都在无声无息的解体之中,因此,就有了这样的说法,文学这种独特的艺术现象可能会改变其原有面貌,而同文化中的其他部门如广告艺术一致起来,或是也可能与具有一定审美性的装饰艺术不相上下,变为一种既是广告又是装饰,或者纯粹是一种图像、声像艺术。加上一些人的暗示或是预言,对于文学将会演变成什么样子,确是使人疑窦暗生。

文学确是在发生变化,但是这一过程是十分缓慢的。一些艺术的门类的界限可能会各有交叉、慢慢模糊起来,但不能想象各类艺术会合并成一种一体化的东西,所有的文学经典会被全部颠覆,文学会被消弭于无形。其实,一个国家文学、文化的传承,总是依靠原有的文学、文化的经典作品的;一个民族的精神发展,都是以文学、文化的经典、精品所表现的价值与精神为依托的。现实生活里尽管存在着多种多样的文学样式,甚至拥有相当广泛的读者、观众的多种文化产品,但是只有那些能够关怀民族生存处境、提升民族精神的文学、文化产品,才能作为精品与经典而传之久远。

文学、文化现象的变化,自然导致文学研究的对象、教学内容的自我调整与必要的更新,以适应现实生活的需要。在这里,我们自然要十分重视当今迅速产生、令人眼花缭乱的文化现象的探讨,但是文学、文化经典的教学与研究也是无可怀疑可以被替代的。而比较研究,无论是对于新出现的文学、文化现象抑或经典作品,仍然是我们工作的主要方式之一。

在这里,我无意来给比较研究寻找各种解释与定义。但是我想说的是,比较研究应是一种对话的研究,理解的研究,融合、吸纳、创新的研究,因此也是一种高层次的、十分困难的研究。

一般是把不同民族、国家的文学作品、文化现象放在一起进行研究,找出它们的共同点,提出共同规律性的东西,就算是在进行比较文学研究了。但是这种研究的方式与目的并不完整,从一个多世纪的比较文学研究的发展来看,比较文学界也并未做到这点。在很长的时间里,欧洲中心论妨害着比较研究的科学性。文学、文化研究中的欧洲中心论,就是欧洲文化的大我论及其所谓的普世主义,其他文学、文化不过是这个大我的附属品,等而下之的东西,或是几乎被排斥在比较研究之外,真正了解东方文学、文化的西方学者,实在少而又少。

把我自己视为中心,则我就不会给予他者以独立性,他者必须依附于我。我就不会通过他者来反观自己,发现他者的文化价值,进而在比较中发现自己和自己的特征,达到对自己的真正理解。这种比较是独白,而独白往往不可避免地要走向片面与谬误。这种思维方式流行已久。今天,西方学术界的有识之士正在对它进行着批判,但是由于这种教学体制已成为一种传统,所以成了一种根深蒂固的文化、心理现象。一位具有反思精神的德国政治家最近还在说:"由于我们所有欧洲人都接受了一种排他性的、欧洲中心主义教育——北美人的情况也差不多——因此我们通常对中国和印度的宗教、哲学几乎一无所知"[1],而毫不在乎。人们常说对于东西方文学、文化,需要相互平等对待,这当然是一种良好的愿望。在当今全球化的文化语境中,要改变文化中心主义现象,在我看来,要在双方或多方的学者中间,确立一种新的哲学观、文化观、言语观,否则平等关系犹如海市蜃楼。这新的哲学观就是哲学人类学思想;这种文化观,就是多元文化主义而非一体化的文化观,不是所谓一统天下的什么文化普世主义。

以历史唯物主义为基础的哲学人类学思想,确认人与人是各自独立而又互为依存的,人的存在是我和他者或"他者的你"共存为前提的,人的存在是一种交往对话的存在。人的思想有高低上下之分,但各自独立,自有价值,特别是人文思想是不能被替代的。思想与思想相互接触,进行交往,形成一种对话关系。但是交往双方只有承认自我与他者自有价值,各自独立,愿意沟通,相互吸取,才能使对话成为可能。对话中的理解是十分重要的。理解的浅层次意义是要充分了解他者的思想,甚至可以完整地"复制"或是"复述"他者的思想,这是进入交往、对话入口处的最起码的条件。但是在现实生活里,这点就往往难以办到,人们总喜欢用简单的如此这般的概念,不容分辩地置对方于他规定的坚硬的套轭之中,这时对方的陈诉已无济于事。第二,要达到理解,不能停留在了解对方,还要有自己的见解和观点,在同中突现自己的异。巴赫金说:"理解不是重复说者,不是复制说者,理解要建立自己的想法、自己的内容。"第三,理解的接受及其程度,促使双方发生变化,使双方各自的理解在接受中达到新的境地、新的高度。"说者和理解者又绝非停留在各自的世界中,他们相逢于新的第三世界,相互交谈,进入积极的对话关系。理解始终孕育着回答。"理解是对话性的,表现为相互的表述、应答、诘问、交锋与斗争。理解可能会停留在各自的世界中,但是对话性的理解的真正意义,在于双方"相逢于新的第三世界",也即在对话理解的基础上,共同找到新东西,使对话性理解成为双方的真正的创新。当然,在我看

---

[1] 赫穆尔特·施密特:《全球化与道德重建》,社会科学文献出版社2001年版,第66页。

来,说是共同找到的新东西,这个共同的新东西可能是一致的,但也可以是同又不同,因此这个"第三世界"不是单数的,而是双数的或是复数的。

理解在相互比较中,促使各自坚持的异质性东西,发生变化,形成文学、文化比较中同质与异质的相互对话,双方不仅需要从同质中各自观照,并且要从异质的对比中彰显自己,要从各自的异质中相互接受、吸纳新的成分,使之融会而成为自己的新东西,否则如何会有文学与文化的创新与进步?这是对话的理解的最高境界了。由此,"理解的深度是人文认识的最高标准之一"①。

在当今全球化的趋势中,一股文化普世主义的思潮具有极其严重的危害性,它冲击、破坏对话与理解。要在对话主义的基础上,确立一种文化多元化的思想。对话即承认我和他者,我和他人既然是各自独立又互为依存,他们的思想自有价值,那么他们创造的文学、文化同样是各有特征、自有传统与价值,而显示出同又不同的精神因素来。同时从文学、文化的发生的角度来看,由于民族、国别、地域、语言、风尚习俗的不同,它们的产生与发展从来就是一种多元化现象,而且至今未改变其趋势,这一道理是十分浅显的。资本主义的市场经济的发展与今天经济全球化的情势,固然早就在流通中改变了文学、文化地域性的束缚,限制了民族性的内涵,但是我们还看不出文学、文化会以一种普世主义来指导,而走向全球的一体化。

有的学者却认为,既然在经济上全球化了,而没有政治、文化上的全球化与一体化,那是很难想象的。我以为,文化的一体化是可能的,也是现实的,但又是不可能的。说是可能的、现实的,比如物质文明、科学、技术成果,可以共享,但是这是浅层次的说法,而且即使这些物质文化、科学、技术文化,如果涉及政治、集团利益,也是不可能一体化的、共享的。说它是不可能的,在于除上述原因之外,还有显示着一个国家、民族精神的深层意义上的文化,它们是千百年来在不同国家、地区、历史演变中形成的理性思维、诗性智能、文化特征、风尚习俗,已成了一种集体无意识的文化积淀,民族的文化价值与精神,它们随着时代的变动,不能不发生变化,但变得极为缓慢,而且其根本特征则会长远地保留下去。文化历来是历史地形成的、多元的。

当今受人批评的民族主义思潮,其实我们要对它进行具体分析的。第一,这是西方的现代性发展的必然产物。一些国家在西方现代性的影响下,从各个方面跟随西方,当在经济上获得了一些发展之后,就有时间反顾自身的文化

---

① 《巴赫金全集》,中译第 4 卷,河北教育出版社 1998 年版,第 190、191、337 页。

了。反思的结果是,发现自己的文化并非如过去评价的那样认为它一无是处,随之逐渐张扬自己的民族文化,出现了文化认同热与文化本土化思潮,这大大冲击了西方中心论,趋向多元化。其次,当上世纪的两个对立的阵营力量的对比发生消长,特别是苏联的解体,资本主义被西方学者宣布为"历史的终结",随之而起的普世主义之风大为流行,一时竟使得许多民族国家无所依附了。于是从1980年代下半期开始,可以说在各种类型的国家掀起了"寻根热",寻找民族之根,从而促使了民族主义的高涨。文化认同、本土化、民族主义是联结在一起的,成为对单边主义的反弹。亨廷顿说:"90年代爆发了全球的认同危机。人们看到,几乎在每一个地方,人们都在问'我们是谁?'以及'谁跟我们不是一伙儿'?这些问题不仅对那些努力创建新的民族国家的人民来说是中心问题,对更一般的国家来说也是中心问题。"①我曾说过,如果过去存在主义思潮及其文学作品,提出过"我是谁"以表现当今社会里人与人的相互隔膜与异化,那么现在问题则是以复数出现了:"我们是谁?"可以说,这显示了整体的迷惘。其结果则是民族主义的激发与再度普遍化起来。

民族主义在今天不断受到批判,这种批判主要来自普世主义,说它是妨害现代化、全球化、一体化的思潮。民族主义实际上是一把双刃剑。如上所说,它有利于一个民族的自我发现与兴起,所以不能粗暴地否定。民族主义与真正的狭隘的民族主义是不同的,不能把二者混为一谈,我们必须反对狭隘的民族主义,它制造妄自尊大、自我封闭、盲目排外、愚昧落后。而同时,我们对普世主义的手段与策略也应有足够的了解,可惜我国有的学者,常常使用外国学者的普世主义语调、话语来"启蒙"读者的。

今天,我国比较文学研究、跨文化的比较文化研究,是很有成绩的,不少同行在比较文学、比较文化的理论建树方面,充满活力,已大大不同于1980年代。从世纪末与世纪初这近几年的成绩来看,比较文学研究的水平普遍提高,学科理论的探讨,大大加强。据手边材料,比如杨乃乔主编的《比较文学概论》(2002年),作为读本,篇幅太大,但作为著作,理论上有进步,虽然由于作者众多而显得参差不齐,但整体水平上超过了以往的同类著作。方汉文的《比较文化学》(2003年),适应了当前跨文化比较研究的思潮,作为一门学科的理论阐释,在我国有首创意义。曹顺庆在比较文学学科建设方面,用力甚勤,2000年由其主编的《比较文学论》,2001年,由其主编的《比较文学

---

① 塞缪尔·亨廷顿:《文明冲突论与世界秩序的重建》,新华出版社1999年版,第129、130页。

学科理论研究》相继出版,它们主张的三阶段说,既是总结过去,又力图开拓未来,只是行文上自我主观性太强。他的《中外比较文论史》(上古时期,1998年)从原有的范畴研究转向了总体文学理论的比较研究,有理论气度,这是一件十分艰巨的工作。

中外文学、文化比较研究方面,近年还出现了曹顺庆主编的《世界文学发展比较史》这样的首创性尝试,勾勒、综合了多国文学纵向、横向发展的概貌。有郭延礼的《中西文学碰撞与近代文学》(1999年)、《近代西学与中国文学》(2000年),这些著作条分缕析,十分清晰地阐述了近代中国文学接受以及所受影响的来龙去脉。周发祥、李岫主编的《中外文学交流史》(1999年)、王晓平、周发祥等人的《国外中国古典文论研究》(1998年),简要地阐释了从古至今中外文化、文学的交流与外国学人对中国古典文论的接受。近年钱林森主编的跨文化丛书"外国作家与中国文化",就手头有的王晓平的《梅红樱粉》与孟昭毅的《丝路驿花》两书来看,会使读者惊异于原来中国文化与文学,对于外国文化与文学有如此的魅力,读来令人饶有兴味,它们与过去出版的外国文化与文学如何对中国文化与文学发生影响的著述,相互映照,拓展读者的思索。至于外国大家接受中国文化的影响的个案研究,吴泽林的《托尔斯泰和中国古典文化思想》(2000年)精细地探讨了托尔斯泰和中国古代文化的关系,这位大作家和西方的不少哲人一样,看到东方文化中某种价值与精神,可能正是西方文化所欠缺的。特别令人高兴的是季羡林主编的"东方文化集成",虽然至今已出40来种(只是集成的一小部分),但以其前所未有的多种论题以及各个课题的精深的研究,而显示了东西文化交流的宏大魄力与实绩,是值得庆贺的,但愿它能继续顺利出版下去。

比较文学、比较文化的研究,在一个时候曾经受到诟病,就目前情况来看,这门学科的理论探索也正在进行之中,并显得很有力度。看到现在有如许多的佳作出现,可以说,正是它渐入佳境的时期。

(本文原标题为《关于东方文化与比较研究断想》,原载《诗学新探》第1辑,百花文艺出版社2004年版)

辑二 理论研究热点

◎ 当前文学理论中的几个问题：文学的终结与消亡、理论的边界与扩容
◎ 文化与文论
　——文学理论的反思与问题
◎ 论文学审美意识形态的逻辑起点及其历史生成
◎ 三十年间

当前文学理论中的几个问题：文学的
终结与消亡、理论的边界与扩容

在"当前文学理论的几个问题"这个题目之下，今天我主要围绕两个问题来谈，第一是文学的终结问题，有人提出了"文学已经终结"，与消亡相提并论，认为可以抛弃文学了；第二是文学理论的合法性危机问题，有人认为文学理论没有意义了，设想要以其他的知识系统来替代它。先讲第一个问题。

文学终结了吗？

如果文学真的终结了或者消亡了，怎么办呢？或许我们只能阅读过去的文学著作了？其实从19世纪黑格尔提出艺术（文学）的消亡以来，这个问题就经常被重新提起。一般而言，往往文学思潮发生变化的时候，就有作家或者理论家以不同的方式宣称"文学要终结了"、"消亡了"，这里"终结"与"消亡"往往是同义语。比如上世纪50年代，西方的一些名流、作家和理论家，曾聚集在巴黎、爱丁堡、斯特拉斯堡、维也纳、列宁格勒等地专门讨论长篇小说的前途问题，他们的分歧主要在于，一类是现代派作家的观点，他们认为长篇小说"死"了，或者将要"死"了；另一类是理论家的观点，认为文学遭遇的危机并不具有普遍性，而是现代派自己比如现代派小说遇到了问题，写不下去了，所以指的是这个"死"，双方争论得非常激烈。后来出了个俄文本的集子《长篇小说的命运》，收入了各派的意见。但小说到底"死"了没有呢？事实上是没有"死"，因为自上世纪50年代以后，到了70、80年代，出现了拉丁美洲的魔幻现实主义，证明小说不停地发展着，小说又平平安安地发展下去了。倒是之后的后现代小说，因为它把自己解构了，出现过一些"新小说"、"新新小说"，还有一种所谓"活页小说"，就是随便翻开某一页，看完了翻过几页，照样可以看得下去的"活页小说"，但最后这种小说也写不下去了。这也说明了小说虽然不断地玩着一种写作的策略、写作的手段,即语言游戏,然而都写不下去了。就像我们的实验小说一样,在80年代后半期,一些作家也是这样做的,当翻新的花样弄完了之后就难以为继了,这说明了小说对所谓的叙事策略的倚重,是难以持久的,不过这不失是一种可以使小说产生新鲜感的写作手段。

但争论一直都存在着。最近就出现了"文学终结了"、"文学死了"的说法。这个观点在前些年的西方就已出现,最近我国学者把它介绍了来,并写了文章附和。文章认为,文学终结了,或是现在无人在光顾文学了,但文学性——文学之所以成为文学的"文学性",还存在、还活着。活在什么地方呢?活在其他社会科学、人文科学、广告、社会生活中间。比如社会科学中的哲学,采用了叙事的手法。"叙事"一般是小说的写作方式或手法,而有些哲学著作不用陈述、不表现语言的所指而用能指来写,即使用描述、叙事的方法来写,这或许是有的。还有一些小说,表现的是哲学、高度的哲理思想,如存在主义文学。我们阅读一些著名作家的代表作,如加缪的《局外人》那样的小说,通过小说的样式,深刻地表现了一种存在主义的哲学思想。然而,如果我们阅读伽达默尔的关于诠释学的著作,能够当作文学作品来读吗?相反,它是一些极为艰涩的哲学著作,比如《真理与方法》,我们很难当作文学作品来读的,而且哲学中绝大部分著作,至今都依赖逻辑推演的方法,尽管它们在某些地方或者个别部分可能使用了文学的叙事笔调,但无论如何,它们仍旧还是哲学,而不是文学。

让我们回到"文学死了"的观点。文学是怎么死的呢?我们看到,"后现代"文化思潮登陆美国之后,如德里达的解构主义,美国学者一方面把它作为一种方法来用,解构了原有的思维方法,破除了对以往思想、教条的迷信,不断地推翻原有的结论,不承认有什么预设的、永恒的真理的存在。这种方法其实我们也可以学习,也可以提倡这种精神的,这可以帮助我们打破常规,用自己的话语去表述自己的思想,把过去那些并不合乎发展的、并不合乎现状的东西进行解构。但是,另一方面,如果把这一思想简单化,如果对一切东西都使用解构、颠覆的方法来阐释的话,那无异于否定一切,过去被创造出来的东西就没有存身之地了。出现在美国的"文学终结",就反映了这样的问题,理论家们使用"差异"等这类方法,认为任何文本都会自行解构的,有人从文学作品自身存在的问题即从文学的虚构的不真实性来否定文学,进而就宣布了文学是欺骗人的,都是谎言。其实,文学的"真实"本来就不是现实的真实,是艺术的假定,是艺术的虚构,现在却用这个办法来颠覆文学写作的前提,来掏空文学,那文学还能存在吗!文学的"真实"是一种艺术的真实,其中包含了一个社会的文化精神和价值,尽管它是虚构的,但却是虚构的"真实",表现了一定社会的、人群的思想感情。所以说,如果把文学虚构的艺术"真实"也否定了,那文学就真的不存在了,那文学还有什么意义呢!当然,科技、声光艺术、图像艺术的广泛普及,也在占领着文学的市场,阅读文学著作的人数减少了。这种种原因,就使一些人认为"文学终结了"、"消亡了"。

在上世纪的最后几十年的时期内,在美国的一些大学里,出现了一个贬抑文学教学的过程。这个过程是与文化批评日渐高涨的形势相伴发生,在这个过程中,文学的威信、文学经典的权威被渐渐消解,文学变成了一钱不值的东西,因此一些教师不愿讲授文学课,研究生也害怕写作有关文学作品的论文,在一些学校文学研究被"文化批评"取代了,出现了文学的大逃亡,人们都远离文学,而且是避之犹恐不及。既然文学的真实是"假"的无用的东西,似乎人们理所当然地可以抛弃它,这在文化界引起了非常大的震动,也在文学界引起了不断的争论,并且一直延续到现在[①]。而一些倾向较为保守的美国名牌大学,对于这类泛文化的时尚研究,则不予理会,也无博士学位的设置与授予。

在文化研究流行的一些美国大学里,课堂上的讲课内容发生了重大的变化,过去讲解文学经典,进行文学的文本研究,而现在普遍打破了文学、文化、理论的界限,"电影、电视、音乐映画,以及广告、动画、春宫图和行为艺术……都成了今日英文系的课程设置内容"。同时,为了激起学生的新奇感,不得不把那些非经典的、冷僻的、品位不高的作品拿到课堂上"表态"。后来,作为美国现代语文学会主席的爱德华·赛义德,对这一过程进行了沉痛的反思。他说,在盛极一时的文化批评中,我们把什么东西都解构掉了,文学本身已经从英文系课程设置中消失,拿些残缺破碎、充满行话、俚语的东西,在课堂上大讲特讲,唯独不研究文学自身。重要的是他认为,这类研究把一个国家文化、文学的价值和精神解构掉了,因而造成了今日美国大学人文科学的滑坡与堕落,他提出还是要回到文本阅读和研究中去,当然那已不

[①] 这一现象,可见盛宁:《对"理论热"消退后美国文学研究的思考》和余虹:《文学的终结与文学性蔓延——兼谈后现代文学研究的任务》,两文均刊于《文艺研究》2002年第6期。

是原来的文本研究①。不过,在美国的这场"文学终结"的风波之后,现在文学研究、文化批评都仍在进行着。

现在我们要谈的是国内文学研究中的一些取向。把西方提出的诸如"文学终结"这样一种比较宏大的结论性的判断移植到国内来,我觉得是要谨慎的。落实到现实的情况中来看问题——文学能不能"终结"、会不会"终结"、是不是"死"了呢?一些学者强调"文学的终结",是当今后现代的大势所趋,有多种因素,如文学是虚假的思想的传播,如人们更为倾向于感性的阅读,因此图像艺术、网络文学占用了人们的阅读时间,等等。但目前来说我们还看不到文学就此就终结了,人们还在创造大量文学作品、阅读各种文学作品、颁发各类文学奖。

从实践的方面来看,图像艺术的发展,吸引了相当部分的原先那些属于文学的读者,使文学的读者圈缩小了。但是我们也看到,由于信息技术的发展,例如电脑这样一些工具的发展,书籍的印数不是少了,而是大量增加了,当然,读者的兴趣也变了。最近我看到一个报道,在桂林的一个全国性书市上,读者对传统的文学作品显得比较冷淡,倒是对那些实用性的东西感兴趣。这篇报道举例说,原来有一本书叫《伤寒学导论》,销量平平,但再版时将书名改为《关注中医》之后,订数一下子上升到 10 万册。这种诱导的确是存在的。但是,我们也要面对这样的现实,即处于后现代社会的广大作家还在继续写作文学作品,世界范围内还设立了各种各样的奖项,文学奖也在继续颁发,至于我们的社会是不是后现代,这本身就是个要引起争论的问题,怎么能说和西方一样,文学终结了呢?从人的艺术思维的发展来看,也不能说艺术思维已经走到了终结的地步。人的艺术思维是和人一同诞生的,与生俱来的,同时通过后天的培植,不断地发展、丰富着。艺术思维和其他思维一样,是人的本质的确证,或者说它是人的思维本质的一个方面的表现。例如可以改变一个人的姓氏,但这改变不了思维的本质,因为它是跟人一同发展着的。再一个方面是,从语言的角度来看,语言是一个民族语音的记录,比如典籍就是用语言来记录一个民族的文化、民族的记忆,文学作品同样也是通过语言记录下来,民族的文化、价值和精神都包含在里面。具体到文学,如果没有过去的那些经典作品,可以肯定的是,我们的人文知识、人文精神、人的健康的发展,就要大大地受到打击。而这一二十年来我们的人文

---

① 见拙文:《全球化语境和文学理论的前景》,载《文学评论》2001 年第 3 期。

觉悟其实大大地滑坡了,我想这是有原因的。过去的社会科学、人文科学中的一些做法,曾经把国家搞到濒临崩溃的边缘,这是有目共睹的,因此到了80年代就没有人相信这个东西了,一直到90年代都在不断地恢复社会科学和人文科学的价值。然而在实践上,学校培养的人却主要是向理工科发展的。人们很少意识到,一个国家缺乏社会科学精神和人文精神是会堕落下去的。当然,经济发展和社会稳定的确要依靠自然科学的进步。相应地,人文科学、社会科学很长时间里被摆到很不重要的地位。所幸的是,现在从上到下终于逐渐意识到了这是个大问题了,因此又开始抓青少年的德育问题了,我觉得这是非常必要的。比如像我这一代人,我以为知识分子的精神状态和责任感,都是从小教育出来的。如果没有这些教育和熏陶,那么在那残酷的年代,真不知何以为生!

谈到社会科学、人文科学的重要性,这里还有一个例子。我最近看到一份材料,其中谈到美国的名校如哈佛大学、耶鲁大学,它们之所以著名,不但在于理工科管理得好,有尖端的科学家,而且在人文方面有着自己的传统,一流的传统,并且这些大学把人文传统始终地保持、传承下来,我看了很有感触。就是像这样一些一流的大学,它们的自然科学和社会科学是并驾齐驱的。李政道说,科学和艺术是一辆车的两个轮子,不可偏废,既要用科学的智慧激发艺术的感情,又要用艺术的感情深化科学知识。我觉得这位科学家讲得非常到位。谈到大学的自然科学与社会科学并重,就是为了强调人文的重要性。我们实在没有必要用国外已经过时的理论,比如"文学的终结",来作为抛弃文学教学、文学理论的口实,以致认为只剩下还漂浮在其他学科里边的"文学性"。如果缺少了文学对精神的滋养,人的精神和心灵必将变得非常的荒芜。我们现今看到的一些文学作品,和《红楼梦》比较一下,当代哪一部流行的作品有《红楼梦》给我们的东西多?它给了你什么?像《红楼梦》这样的小说,阅读可能是要花时间的,但它会丰富你的精神,让人们知道人的情感是怎样发展而来的,人的过去的感情形态是什么样子的,为什么那么苦苦追求又追求不到?人的命运为什么要描写成为一种悲剧的命运?在现在流行的小说里,你就看不到这些东西了,尽是一些躯体写作、美女写作之类。当然,休闲时看看这些我也不反对。但我们要清楚的是,那些古典作品用的是艺术的语言和结构承载了我们民族的文化精神的理念,而我们这个民族所以获得发展,就是依靠这些东西,就是为这些东西维系着的。因此,既然文学作品和其他的典籍中包含了这些东西,那么,学校就更应该予以疏导和提倡,否则我们的精神状态、我们的心灵就会慢慢地荒芜下来。我觉得师范大学,更有弘扬这份精神的责任,应该像哈佛大学那样,树立那种走进来是求取知识的,走出去是报效祖国和为同胞服务的信念。阅读、学习文学经典,就能帮助我们获得这种信念。人们必须有这种精神需要。在一次会议上,童庆炳先生就讲到,人的审美,作为一种精神需要,在任何时候都是必需的。他举例说,"文化大革命"的后期,朝鲜影片《卖花姑娘》在湖南某地放映的时候,去观看的人成千上万,不少人爬到篮球架上、树上和屋顶上看,结果发生了压死不少人的悲剧,这是精神荒芜、精神极度饥渴的结果。因此文学不会"终结",无论从哪个方面来看,还看不到这个迹象。尽管它可能在变化,比如受到图像艺术不断扩张带来的压力等等,但是,文学作为一种人类的审美意识形态,它是不会死亡的,因为我们需要它,我们的精神成长需要它。

外国学者说,文学终结了,但"文学性"还存在,而且变得无处不在,它衍生于其他的人文科学、社会科学、社会生活之中,因此我们今后的后现代文学研究的任务,就是去研究"文学性"了。不过要说明的是,我们是否都要来进行后现代研究?来解构、颠覆原有的文化与文学?同时"文学的终结"终结后出现的"文学性",即衍生于其他学科所表现出来的"文学性",到底有些什么内容?"文学性"首先是在"形式主义"的理论中提出来的,是要使作品成为真正的文学作品的那个东西。那么这是什么东西呢?就是"艺术手法"。什克洛夫斯基有一篇非常有名的文章,叫《艺术即手法》,他认为艺术的发展、文学的发展就是手法的发展。后来到了雅柯布逊就提出了"文学性"。要使作品真正成为文学作品,需要有手法,即艺术的手法,所以他说,手法在这里就成了"主人公",这是比较狭义的理解,也可以说是"形式主义"的理解。

我们讲的"文学性",比形式主义的"文学性"的涵盖面要宽阔得多,这是导致文学作品内容的形式性与形式的内容性完美结合的那些因素,是使作品成为有意味的形式的那些因素。比如通过语言、结构、体裁、隐喻、象征、感情、思想等多种因素共同构建作品意味的东西。而其他学科比如社会科学、人文科学中表现的"文学性",只是文学描写的某些修辞特征,即采取了文学描写的一些手段而已,或是局部生动的举例说明,在整体上它不是文学。例如哲学著作中的特征是陈述而不是叙述,从语言的角度说是所指而不是能指。尽管有时能指的成分的挥发可能多一些,"征用"了一些能指的手段,即便如此,也不足以使它们成为文学。这在我们过去的作品中也是存在的,比如《左传》《史记》这样的著作,某种意义上可以当作文学作品来阅读,它们描写人物非常生动,用了一些被后人称之为文学的手法,但它主要写的是历史,是历史著作。在此,我当然赞成我们应当进行文化研究,因为它确实扩大了文学研究的视野,它的一些方法也的确可以应用到文学研究中来,但是我以为不能用文化研究替代文学研究、文学理论研究。

文学理论的合法性危机

第二个问题,我想谈谈文学理论的"危机"。如我们所看到的,文学理论出现了一些危机,但我把它称作"合法性危机"。80年代出现了一次危机,但那是教条式的、庸俗社会学的危机。很长一段时间,文学理论和政治意识形态一个调子,这扼杀了文学的发展。直到70年代末80年代初进行了一次大批判之后,剥离了庸俗社会学的、阶级斗争的口号、教条,文学才慢慢恢复生机。这个时期开始大量引进西方的文学理论。我也是见证者之一,比如韦勒克、沃伦的《文学理论》,就是我找了出来,请人把它翻译过来的;同时,我与同行组织翻译了一批外国的文学理论著作。从理论形态来说,80年代是西方的"新批评"派,统治了我们大概有十多年,这是我没有料及的。又如强调文学要建立自己的自主性,要回到文学自身,要回到文本,这也可以看作是这些年来文学对自身的调整。

1985年,美国学者杰姆逊在北大作报告,介绍了后现代主义文化理论,当时没有什么反应,人们似乎还不太清楚这个理论到底有什么用。直到90年代,一些年轻的学者才从这个理论中间发现了"好处",这好处是什么呢?原来有好些政治话语过去只能由政治家来讲的,例如体制问题、政治问题、殖民主义问题都是政治家的话语,现在通过文化批评,评论家也可以讲了,扩大了自由,发现了它的好处。当后殖民主义、女权主义、新历史主义等等理论也介绍进来以后,又扩大了文学研究的视野,不再局限在过去的文学概念中间。文化研究扩大了我们的研究领域,这的确是有好处的。90年代初已有学者提出,要用大众文化、大众文学来解构与消解主流意识形态。然而,这主流意识形态的构成却是很复杂的,相当部分是官方意识、官方话语,但主要成分则是广大学者在文学研究中所取得的学术成果与积累,如果对这些东西也要解构、进行颠覆,那我就要起来反抗了。到了90年代末,生活泛审美化、泛审美现象生活化这样一些观点就不断地从外国介绍了过来。

现在就出现了两个方面的问题,一个方面是,认为在文学研究中,要清除文学理论,保留文学批评和文学史就可以了,不要文学理论的理由是什么呢?表现在课堂上,文学理论学生不爱听,这个现象是存在的。八九十年代,我和高校的老师联系比较多,他们经常谈到文学理论在教学上的难处,学生爱听的少,如何有效地组织教学是很困难的事情,因为教学大纲的规定摆在那里,教师不便在课堂上随便发挥,我自然体谅文学理论老师的苦衷。当然也不排除学生不爱听是因为教师没讲好。我就老师讲授文学理论课学生爱听不爱听做过一个小小的调查,举个例子,童庆炳教授讲文学理论课,学生都爱听,甚至他在新加坡、在鲁迅文学院的讲课效果也非常好。他讲得比较灵活,比较实在,跟大量作品结合起来讲,讲一些理论问题,最后归纳起来,大家都爱听呀。我知道还有好些学校的老师,讲的同学都很爱听,为什么有些学校的文学理论课学生就不爱听呢?因此有一次我还建议童教授跟讲授文学理论课的老师们介绍一下经验。

另一个方面是,文学理论课程中的一些内容的确跟不上现实的发展和文学的实践,这也是存在的。当然这有它的难处,因为文学理论需要的一般是那些公共认可的东西,比较稳定的东西,恐怕不宜随时变动。而文学实践的发展却是不断更新的,今天出现一种形式,明天出现另外一种,后天又把这些都否定掉了,再来一种,花样不断翻新。倒是文学批评可能跟得上这种变化,文学批评比起文学理论来,能够及时地跟踪、评论新的文学作品的出现。文学理论不大可能把随时发生着变化的文学现象,进行概括、总结,写进教科书中去。但是这样,文学理论就与文学现状之间存在有一定的距离。而现在是个实用的时代,什么都讲功利,要求学了就用,立竿见影。经济知识比起文学知识实用得多,所以人们选听经济科学讲座,据说往往是宏观经济方面的讲座选择少,微观经济讲座的多,原因就在于大概微观方面的经济知识,马上可以在自己的生活里发挥增值的作用,宏观的经济知识就不那么得心应手了,至于文学知识就更加难以发挥这种效益。

有的学者把我们现在的文学理论,说成仍旧是前苏联体系。但是我知道,现在的文学理论从经济基础和上层建筑这类概念,来探讨文学问题,已经不是很常见了。十多年来,这一直是被定为经济决定论,经济决定论就是庸俗社会学。但是,正是这些反经济决定论的朋友认为,我们现在已经进入经济全球化时代了，我们的社会也是后现代社会了，因此，我们社会的意识形态应和美国的一致了，那么，这是不是新的经济决定论呢，算不算是新的庸俗社会学呢！在文学理论书籍中，的确有着存在与意识，思想性、典型、形象等等的论述，这在过去苏联教科书中是有的。但有目共睹的是，80年代中期之后，我们的文学理论教科书已经"改头换面"了，里面吸收了大量的西方文学理论概念，如果其中仍有"思想性""典型""形象"这类术语，那么怎能说这就是苏联体系呢？如果有人还说整个文学理论都是苏联体系，我只能说持这种观点的人没有认真看过近几十年来我国学者自己撰写的文学理论方面的著作。我和童庆炳教授从2000年至2003年合作主编了"新时期文艺学建设丛书"，出版了36种。其中有的著作是研究马克思主义文论的，但我觉得这些著作提出的命题和概念，已经和80年代很不一样了，更不用提60、70年代了。其他的著作同样跟苏联体系毫无关系，它们借鉴了西方的各种思想成果与方法，怎么能说我们的文学理论就是苏联体系呢！从文章中看到，有的学者认为，我们的文艺学的概念都来自前苏联，现在前苏联既然已经解体，真如福山说的历史已经终结，所以这类文学理论理所当然可以不要，因此干脆也把文学理论教学、文学理论一并取消算了，最多也只能靠边，这样的观点是极为片面的。

  事实上，文学概论的概念不是从俄国来的。早在1914年北京大学就设置了文学研究法课程。1917年蔡元培开始主持北京大学的时候，教学课程里明确设置了"文学概论"，但还没有实际内容。1920年南京高等师范学校暑期学校的课程中有梅光迪（他被称作所谓的文化保守派的代表人物之一）的"文学概论"课。1921年，梅光迪在东南大学任教，开设了"文学概论"课，课程内容主要依据美国温采司特的一书，叫《文学评论之原理》，当然，他是把它当成"文学概论"来讲的（可见旷新年：《中国20世纪文艺学学术史》第2部下卷，上海文艺出版社2001年版，第67、68页）。20年代我国学者翻译过一些外国的文学理论这类著述，30年代初几年，老舍先生在齐鲁大学开设过"文学概论"课（舒舍予：《文学概论讲义》，北京出版社1981年版），而苏联的极为简要的文学概论在30年代曾在我国出现过。40年代末50年代初我国翻译工作者把苏联的文学概论、文学理论大力翻译过来，并仿照编写，才开始成为我们的一个体系。这跟我们当时的政治取向有关，因为当时西方国家联合起来封锁我们，我们和西方的交流中断了，只能一边倒，倒到苏联那边去了，也可以说这是西方的封锁逼着我们这么做的。始料不及的是，后来却证明在这种被称做马克思主义文学理论的著述中,有很多是庸俗社会学的东西。到了"文化大革命"时期,文学理论、文学批评"中国化"的结果,终于使自身发展到了极端庸俗化的地步,扼杀了整个文艺创作的生机。因此,不能说文学概论是苏联来的,我们在20世纪之初就有了。如今人们说到理论体系,认为不是西方的就是苏联的,一个是西化,一个是俄化。当然我们的确经历了西化——俄化——西化的过程。我还想说的是,我们在很长时间内失去了传统(这一问题有争议),在对待传统的问题上我们是非常痛苦的,可能没有一个民族像我们这样痛苦过。在各种文化的交流之间,在复杂的文化传统面前,我们有如随风的浪潮,卷过来卷过去,甚至现在还是这样。

有些学者批评文学理论有着这样那样的"不是",目的何在呢?目的就是要我们把后现代文化思潮当作"后现代真经"来替代我们原有的文学课程。唐僧到西方取的是佛祖的真经,现在我们向西方取经则应取"后现代真经"了,甚至认为在今后的几十年之内,鉴于西方的学术思想继续会占有主导地位,我们就有必要在几十年里,把"后现代真经"学深、学透,等到"修炼"好了之后再来建设中国的文学理论也不迟,这时新的文学理论就自然形成了。但在我看来,这是在创造神话了,如果我们真的这么做了,我们就不用操心中国文学理论的建设,只需做些翻译工作就可以了。但这样做的结果,我们只能在中国开了一个西方"后现代真经"的分店而已,我们除了学样、照搬,还去谈什么新的文化的创造呢!或许有人认为,只有这样才能跟西方接轨,所以也就用不着担心断裂、传统等一揽子问题,这可能是省力的一厢情愿呢。关于传统的思考,我比较赞成全面地看问题,比如我曾提出,要把古代文论的现代转化作为建设中国当代文论的一种策略,目的在于把古代文论中有用的思想吸收到我们当今的理论中来,重新阐述和"发现"传统,以求解决与传统之间的断裂或裂痕。一些学者正在这么做着,而且做得很有成绩。但我的这种倡导,遭到两个方面的嘲弄与批评。一种是古是古、今是今、中是中、西是西,不可通约;另一种是所以提出这类主张,是出于对苏联体系的留恋,而且还是"终南捷径",这真使我一时不知从何说起了。

另有一种是认为当前"文学理论死了",要以"文化研究"来替代文艺学的倾向,应该扩充文艺学的内容,超越文艺学的边界。文学理论死了没有,这一问题见仁见智,但不是因为你现在主张要以文化研究替代文学理论研究,就可以做出这种充满非此即彼思维观念的结论的。如前面所说,文学理论在现实生活中发生了许多问题,需要进行内容的扩充与理念的更新,在面向现实这点上大家是没有分歧的。但是把什么东西扩充进文学理论？一些朋友认为，如今艺术的美、文学性已经不在艺术和文学本身了，而是表现在别的地方，认为日常生活审美化了，认为审美活动在别墅里边，"诗意"在售房广告中。美在哪里呢？在汽车博览会、时装展览、商场购物、主题公园、度假胜地、美容院、城市广场、城市规划、女人线条、减肥等等，所谓扩容就是把这些东西都扩到文学理论中间来，文学理论研究生的论文要做健身房、香车美女的汽车文化了，等等。如果这种做法也算是文学理论的"扩容"的话，美国早已经做过了。如前所说，他们课堂上讲一些文学的片断、新奇俚语，展览一些春宫图片、美女写真、行为艺术、人体艺术、自拍电视片断，等等。但把这些东西的讲解当作文学理论来讲，文学理论本身就给掏空了，它原有的那些价值，都被转换了，被诸如时装设计、时尚、服装展览、模特美女所替代了。这些东西当然可以讲，但它们不是文学理论课程的内容，因为它们不是文学现象。或许有的人要反驳说，为什么它们不能叫做文学呢？人们不应该先给文学规定一个定义，进行本质主义的预设：这个是文学，那个不是文学。像以前的长篇小说，它本来也不叫文学，只是一些闲谈、闲聊，一些茶余饭后的谈资，但后来也成了文学。所以人们现在也就不能规定这些"新的内容"不是文学，它们以后可能也会进入文学。然而，文学的概念是经过很长的一个时期甚至几千年的演变，逐步确立起来的。原来是一种"杂"文学，慢慢蜕化出来，通过文字、语言的审美结构形成的一种体裁形式，慢慢把它称作文学，这是一个历史演变，不是随便就可以转换的。至于那些服装时尚、建筑物、度假村、城市规划、健身房、汽车展览，都是物质性的东西，都有专门的部门、专门的人才在管理，把它们都称为文学，或将来可以变为文学，实在太牵强了，实在是对文学知识的挑战，知识门类的再划分，恐怕不是这么进行的。至于在课堂上进行这种研究是可行的，比如设立审美文化课程，把上述文化现象的讲述作为文学课程的补充，但仍然不是文学理论。甚至广告，尽管现在很多广告的确借用了文学的语言来"说话"，可能有几句话还有些像诗，但它们整体上毕竟不是诗。它们面向的是物质的销售，不断刺激你的无法满足的消费欲望，背后潜藏的是商业运作的规则，是机械复制的而非精神的精美创造，你不想观看它们，可它们可以利用金权，通过被收买的媒体，不断强加给你，不断强迫你看。

文学艺术记载的则是精神的东西。我们不能因为进入了一个物质化的时代，就把精神美学抛弃了。这主要在于，一个人除了满足正常的、物质的需要之外，还有精神上的需要与满足，人需要提升、建设自己的精神。如果把精神的需求完全排斥了，那人就被完全物化了，与动物没什么两样了。文学理论扩容或者说越界的问题确是存在的，但是"扩"什么东西，"越"过什么界限，应该扩入那些接近文学的东西。正在产生中的新的文学体裁，比如摄影文学，这在过去是没有的，它是一种新体裁，如果将它置于文学理论进行讨论，我觉得是合乎常识的。摄影文学实际上是摄影与文学的一种具有二重审美维度的融合。还有影视文学、大众文学、网络文学等等，都可以成为文学理论讨论的问题，所以我也不是绝对地不赞成扩容，问题是扩进什么。很可能学科之间的相互交叉之处是一片模糊地带，但每一种学科都有一定的规定性，如果越过了这个规定性，把一些文化现象特别是物质文化现象扩大到文学理论中来，这就成了泛文化理论。我在 2001 年的《文学评论》上发表了《全球化语境和文学理论的前景》一文，其中提到，美国以及其他一些西方国家的文化理论就朝着这个方面发展，它们的文化理论和日常生活审美化这些东西，在课堂上带来一些负面的后果；我还提到，美国的学者是如何争论的，赛义德又是如何痛心地检讨这些问题的。所以，当有人把这些理论照搬过来时，我就看到了这种迹象，表达了我的忧虑，现在这个忧虑已经成了事实。当然，关于这种理论的争论，可能要好几年的时间。现在一些学者为了提倡文化批评，把过去的文学理论观点全盘推翻，过去那样说，现在这样讲，唯一的理由就是现在变化了，日常生活审美化了，这实在是言过其实了。怎么能够把日常生活审美化现象当作文学了呢？生活跟文学艺术是有紧密的关系，但生活本身不是什么文学。生活水平提高了，人的审美趣味扩大了，可以表现到日常生活中去，可以美化建筑、美化住房、美化环境、美化自然，使生活多些情趣，但这不是文学或文学现象，而是具有不同程度审美特色的文化现象。

今年 5 月 16 日在北京师范大学召开了"文学理论的边界问题"的研讨会。会上的观点是有分歧和冲突的。诚然，各种观点的确需要切磋和对话，如果人们都抱着求真的信心和探讨的态度，经过一段时间，这些甚至互相歧异的观点将会逐渐形成比较一致的共识，当然也可以继续坚持各自的观点。这些问题，可能在今后还会讨论一个时期。有人提出把流行歌曲、性别、身体等等都放到文学理论中来研究，这些想法当然是值得肯定的，歌曲的歌词应是文学创造，文学理论自应研究，同时音乐理论也在探讨。又如有关身体的问题，在几千年的文学艺术中间就有着各种各样的表现。西方学术界有关身体的著述十分丰富，看来这一潮流也在我们这里热闹起来。身体的问题涉及肉体的需求与精神的需求，它们的可能与不可能，过程十分曲折，文学作品也主要在于怎么表现两者的关系。

进行日常生活审美化的研究，我以为应保持反思和批判的精神。作为一个传授知识的学者，同时应该是一个具有人文精神的学者，刚才讲到一个学校要发展成名牌大学，它应该是既提倡科学，又提倡人文这样的双结合。人文的主要方面就是对人的关怀，对于问题的阐释应是反思的、分析的、批判的。并非"凡是存在的都是合理的"，我们的研究应该秉有基本的反思和批判的能力，至于一些低俗的文学现象、文艺作品之所以会出现，首先应该反思的是它们存在的原因，而不是贸然地以"凡是存在的都是合理的"作为前提。实际上我以为还存在一个反命题："凡是存在的并不都是合理的"，存在大量的物质和精神的东西就其产生的原因来说，有其必然的因素，但就其作用、功能来说，并不都是合理的，而对于不合理的东西应该站在现代性的立场进行反思、分析、批判，起到一个人文学者的应有作用，否则还要人文学者干什么呢？人文学者不应满足传授一些知识，他还应对于知识进行分析，作出判断，做出导向，给学生以引导。如果没有导向，那么现在的网络就可以大大地满足学生的知识需求了。所谓"学为人师，行为世范"就是。人文学者更应该是思想的创造者，他的创造在满足人们的精神需求方面，在创造文明的水平上，并不亚于自然科学家的创造。我们的文学理论原创性的东西太少了，或者说没有多少自己的东西。当然，人文科学和社会科学，尤其是人文科学要创造一些新东西、提出一些新观点，由于种种社会原因以及思维惯性，又是非常困难的，同时它需要大量的积累，这样才能比较准确、深入地提出一些观点来。我在80年代初给研究生上课时就说到，当人文学者提出了一个有价值的新观点，就是向前走了一小步，这是非常不容易的。现在我们看到的一些学者在大力地搬用人家的东西，还以为就是"后现代真经"，既不考虑人家用得怎么样，也不顾及在我们这里将会发生的后果。

我觉得通过反思、分析、批判之后，就可能使整个文学理论活跃起来，同时也激发了这门学科自己的生命力，而有所进步。我想我自己也应这样做。

思想互动

问：钱先生您好，我知道您有一个非常优秀的学生叫陈晓明，是研究后现代主义的,不知您有何评价?

答:我们曾经师生过几年,现在他是后现代研究权威,很有锐气,青出于蓝而胜于蓝,在这方面我的确是大大落后了。我注意到他在2004年第1期《文艺研究》的一篇文章,谈"文艺学的反思",我以为它相当武断地否定、嘲弄了文学理论学科,说除了文学史,文艺批评早就与文学理论不辞而别了,其实事情并非如此。我平时也阅读文学批评,发现他在探讨后现代文学现象时确很在行,在颠覆文学理论方面也很在行,但这正是我所害怕的文风,因为在上世纪60年代我写的文章中,我自己也有过这种使我懊悔一辈子的文风。我和他理论上有不同观点,但在个人关系上我们相当融洽,相互尊重。在当代文学的探讨中,不用后现代那套概念、方法而使用其他话语、观念的也大有人在,其中有年长的,中年的,也有年轻一些的,这些人的评论也非常出色。他批评我们现在的文学理论仍然是苏联体系,没有离经叛道。以我和童庆炳教授合编的"新时期文艺学建设丛书"为例,包括许多未包括在丛书的其他学者的著作在内,这苏联体系究竟表现在什么地方呢?我认为,在今天不应该再将80年代初的观点重复地套在当今文学理论的身上,不能因为有的文学教科书提到意识形态,就武断地认为这是苏联体系,就要废除它。有目共睹的是,20世纪很多文学观念、思想已经成了我们现代文学传统的组成部分。当然,现代文学传统中有消极的东西,我们要克服它,而积极的因素我们应该给以保留,作为建设新的文学理论形态的必要的组成部分。并且,新的文学理论形态也不是某一年某一天从某一本书里"横空出世"地宣告被它完成了的,肯定地说,这不是一部"后现代真经"。我们只能说,现在进行着改造、充实、更新的文学理论就是发展中的当代文学理论形态,因为不可能在10年或20年之后突然出现一个当代文艺形态,这是一个积累过程,尽管现在它可能还很不成熟,但它必然是当代文学理论形态的表现。

问:现今的文学理论中间似乎总有许多花样翻新的东西,看起来更多的是同国外的东西有更多的关联,相反,对中国古代文论却注意得很不够。事实上,从曹丕而至王国维,中国古代文论展现出了一个有着自身的阐释范畴与方法的理论形态。现在的情形是,中国古代文论看起来已经不再能够进入或者很少进入到当代的文学理论中间了,您能否就此谈谈自己的看法?

答:的确,中国古代有着非常丰富的文学理论。有的学者认为,传统的文学理论到了现在已经过时或者不太适用了。当然,对传统的"偏见"有着非常复杂的原因,比如由于"五四"新文学的产生,原有的文学理论的确难以阐明新的文学现象了,加上激进主义的影响,新的文学理论似乎执意要显示出和之前的文学理论的"断裂",尽管当时不同的声音此起彼伏,但总体的取向却是,在引进西方文学理论的同时,就把自己的传统文学理论放到一边去了,几乎没能冷静地思考传统与现代的关系。实际上,这个问题非常值得深思。中国古代文论,都是建立在文学创作经验之上的,使用了灵感式的、领悟式的方式进行写作,而不像西方使用逻辑的、理性的方法进行分析、推理。或许单篇的古代文论不像西方文学理论那样"系统化",但从总体上看,不能说中国古代没有文学理论的体系,其中一些著作也是体大思精之作。从复旦大学编撰的《中国文学批评通史》7卷本就可以看出,我们有着非常深刻、丰富的一套文学理论思想。当然,中国文论发展到了20世纪初时,被认真清理了一下。像王国维、梁启超,他们一方面使用了过去的古代文学理论中的话语,但同时他们也输进了大量的国外的文学、美学话语。特别是王国维,他论述"境界"和"悲剧",引进了二十几个关键词,这些术语至今我们还在使用,如"自律""他律"。我们在80年代讲文学的"自律"与"他律"时,大概还是从康德那里来的,而1904年王国维在《红楼梦评论》中就已经使用了。这一方面说明了王国维沟通中西的努力,另一方面也的确说明了中国与西方的资源应该在对话中相互释放活力。"五四"前后,中国古典文献中和新文学不适应的成分被极端夸大了,做了非常情绪化的理解,西化的倡导和偏激的打倒,几乎是同时进行的,这是一股不加区分的西化浪潮。到了20年代中期,俄国的、日本的又引进来了,比如"左联"时期,使用的是苏联的一套,包括社会主义现实主义等等;40年代的"延安讲话"又是在"左联"基础上的一次总结,同时又做了本土化的努力,成为催生我国新文学的理论经典;50年代大量引进的东西又是苏联的。现在的任务是要冷静地分辨出哪些是合理的,可以继续利用的,而哪些是需要反思,予以剔除的,在这方面我们仍然还得花不少气力来做这项工作。

古代文论的研究,到80年代真正兴盛起来。90年代初我和一些学者提倡"中国古代文论的现代转换(化)",并不是说把古代文论变为古为今用的东西,而是经过深入的研讨、鉴别,吸收里面有用的东西,作为当代文论建设的有机组成部分,进而沟通古今。当然,有一些古代文论的学者并不完全同意古代文论的现代转化的,2002年初,有几位研究古代文学的学者,写了几篇文章批判这种转化,认为这是个伪命题。他们认为,中是中,西是西,古是古,今是今,不可通约。情况要真是这样,那问题敢情简单得多了。可是实际上,20世纪很多大学者都在那里进行中外古今的沟通,比如在王国维、梁启超那里,中西横向、古今总揽,努力进行沟通。到后来的宗白华、朱光潜、钱锺书、郭绍虞、王元化、蒋孔阳,包括现在的胡经之、童庆炳、陈良运都在做这种转化工作,还有一些年轻的学者也在做。可以说我们的转化工作做得是有成绩的。中外古今的沟通和融会,是当代文论建设的大问题。上世纪40年代初,朱光潜先生讲过:"一是固有的传统究竟有几分可以沿袭,一是外来的影响究竟有几分可以接收。"这个策略到现在还是适用的,但它是1942年提出来的,正值抗战的高潮期间,没有引起多少注意。这是朱光潜写在《诗论》序文中的几句话,他的目的就是要把中外古今沟通起来的。朱光潜先生自己很重视《诗论》这本著作,甚至强调他毕生的著述仅此一本,其他都是别人的东西,可见他的重视程度。比如王元化的《文心雕龙疏证》,也是在吸收中外学人成果的基础上,进行自己的创造,目的也是中外古今的沟通。胡经之的《文艺美学》,这在国外也是没有的,他是借用西方的一些观念与中国美学思想进行沟通。因而,人们不能说古代文论的现代转化没有成效。还有一些年轻的学者在这方面也是出手不凡。所以,我们不能在古今中外之间进行二元对立的划分,否则,古代文论只能成为老古董,永远不可能进入当代文论中间,也就没有传统可言了。传统是活的传统,传统是不断继承与发展的,如果把当代与传统截然对立起来,我们就会又一次中断传统,继承传统就成了一句空话了。古代文论思想,局部性地已进入我们当代的文论话语,但是作为一个漫长时代的种种范式、范畴,与当代文论整体性的融合,则是需要长期的探讨与极大的努力的。

问:您刚才提到文艺学的问题,我想问的是,文艺学是指文学学,还是大于文学的范围,比如包括其他艺术门类,如果包括艺术这个学科的话,那么广告、装饰等等属于艺术的范畴吗?

答:"文艺学"是从苏联翻译过来的,但苏联又是从德国"引进"的,在俄文里其实应该叫作"文学学",只是我们把它翻译成了"文艺学"而已。文学学就是关于文学研究的学科,它包括三个方面,由文学理论、文学批评、文学史组成。韦勒克也是这么看的。由于人们不断地把文艺学、文学学与文学理论混用,2000年在山东开会的时候,我曾经在会上提出动议,希望将文艺学改称"文学学"或者"文学理论"。但文艺学的名称与文学理论现在还在继续混用。教育部有关学科的设置中有文艺学,内容包括文学理论、文学批评和批评史，文学史则包括在各类文学研究中。在学校里，文艺学与文学理论是互用的。至于其他门类艺术的研究，应属艺术学；广告有广告美学，装饰大体属工艺美学、实用美学，建筑、园林有建筑美学、园林美学等。在西方即使现在也还是讲文学理论。最近中国社会科学院的文学理论研究中心主持了一套丛书的翻译，是近年来西方文学理论方面的教科书，有美国的、英国的、俄国的。俄国的书名叫《文学理论》，英国的书名干脆就叫《文学》，而美国的书名叫《文学理论实用导读》。我想说的是，这几本著作都是围绕着文学理论的一系列基本问题进行结构和撰写的，尽管它们的内容、章节设置并不完全一样，这几本书将在北京大学出版社出版，它们或许可以让我们更进一步地了解外国文学理论的教育情况。

(这是2004年5月26日在首都师范大学文学院的演讲，原载王光明主编：《我们时代的文化症候》，社会科学文献出版社2005年版)

文化与文论
—— 文学理论的反思与问题

上世纪80年代至今，我国的文学理论经历三次冲击与第三次冲击的成因

当今文学理论所引起的争论，已大大超出文学理论本身的范围。在全球化的语境中，发达国家的"历史的终结"、"意识形态的终结"、"艺术的终结"、"文学的终结"，以及经济、文化全球化、一体化的理论著述和思想观点，对我们学术界产生了相当大的影响。这些问题涉及对现实社会生活的定位，对社会文化的定性。文学终结的含义到底是什么，文学与文化的关系到底如何，文学研究是否应为文化研究替代，科技信息、媒体中介、资本市场对文化、文学的影响，是否由于出现了物的、身体享受的快感美学，美学的精神提升，一定会被替代等等。在对待这些问题上，国内知识界是存在着分歧的。文学理论上的不同观点的争论，正是这些分歧的反映。由于涉及的问题都很大，本文作者自知力有未逮，所以只能就事论事，讨论文学理论问题。

上世纪80年代以来，我国文学理论经历了三次冲击，性质各自不同。

第一次是80年代。先是从庸俗社会学的文学理论与批评开始，批判它几十年里把文学变成了政治，文学评论总与政治挂上钩，不探讨文学自身的问题，否定了文学自身，成为一种政治意识的先锋，结果文学成了极左政治的工具。随后改革开放，各种外国文学理论思潮涌向我国，其中文学内在研究论的影响极大，它促使我国文学研究者在深入的反思中，强烈地要求文学回归自身，主张文学的自主性。这种局面一直维持到90年代初。主张文学的自主性实际上有两种思路，一种思路探讨文学自主性只求封闭于文学自身；一种思路则将文学视为文化的组成部分，与其他文化形态密不可分，因此有关文学自主性的内涵是不同的。第一次冲击的结果，使我国文学理论初步回归自身，虽然就文学的认识来说，不断引起争论。

第二次冲击是 90 年代初到本世纪初 10 年左右时间。这一时期是我国市场经济最终确立时期,它带来了整个社会价值观念体系的迅速失范与崩溃,也包括审美价值的多样、变态与混乱。文学从个性化变得私人化了、娱乐化了,审美欢愉被追求感官欲望与粗俗的刺激、享乐所替代,媒体与一些写作者合谋,制造、引领粗俗的文学时尚。文学淡化并失却了其社会的价值与功能,自然就走向了边缘。于是人们发现,文学批评出现了"失语"现象,随之人们发现,支持着批评话语的理论规范,对于新出现的一些文学现象基本失效。在这里,我只是指评价当代一些文学现象的理论规范,而不是像一些学者说的整个理论规范。

西方后现代主义各种文化研究与批评对我国发生了重要的影响。这一思潮于 80 年代中期进入我国,其后于 90 年代得到广泛介绍,一些原来从事文学理论、批评的学者,有的忙着进行操演,有的进行深入研究。后现代文化批评触动并进一步推进了我们原有的思维方式的更新,使我们在现代性的反思中获得活力。它挑战话语权力,消解话语的僵化与垄断,张扬到处存在的差异,展示事物的丰富多彩与多方面性,并以无处不在的不确定性反对事物恒常不变的僵化的本质主义。它审视以往的文化经典,对启蒙、宏大叙事、元话语、人文精神进行质疑或消解,主张要用大众文化与大众文学,来消解主流意识形态。它使用西方各种后现代主义的话语与探讨的问题,一反 80 年代那种躲避政治犹恐不及的做法,轻易地挤入政治话语领域,就像外国的多种流派的文化批评一样,对中外政治、经济、社会、体制、科技、历史、文化、女权、性、图像、影视、殖民主义等问题进行评论,四处通达。虽然由于社会条件的限制,在那些政治性问题的探讨方面,常常不能直达原本设置的论题本意而显得隔靴抓痒,但在政治话语权力上开始获得共享却是一大突破,再度使文学研究与政治等方面紧密地挂上了钩,以各种方式凸显论者内心储存已久的强烈的政治情愫,扩大了学术、政治的自由度,在多种学科的研究中,率先垂范走向后现代主义文化研究。

对于外国的后现代主义文化研究与批评是必须进行介绍与评述的。后现代文化批评思潮是西方资本主义后期政治、社会、经济、文化的理论上的产物,是这一时期西方所探讨的种种文化现象的思想表述。到了 90 年代,后现代主义文化思潮在西方特别在美国,已经经过一番操演,实际上已到强弩之末。后现代主义文化思潮进入我国,一开始就显示了极为复杂的情况。从 80 年代开始,我国在大力扶持、发展市场经济与资本主义,极力引进跨国资本,融入国际资本潮流,创造和扩展我国的资本与财富,而跻身于全球化的经济之中。这时外国资本主义的后一阶段的物质、文化现象,急速地移入或介绍进了我国,而媒体的长期引领和社会普遍奔向欲望的情绪,在我们的物质生活、文化教育与文化生活中,形成了对于美国标准的追求,逐渐形成着后现代文化在中国本土的基地。出现了现代文化、前现代文化与后现代文化相互交织、纠缠在一起的十分复杂的局面。这前现代文化及其意识形态,在我国虽然不断受到质疑与批判,但由于其长期性并受权力的影响,所以具有极强的韧性与超稳定性。而建设现代化社会的社会结构中,现今出现了"十个阶层",可以说"现代化社会阶层的基本构成部分都已具备,现代化的社会阶层位序已经确立",但是这仅是一个"雏形","还不是一个公平、开放、合理的现代社会阶层结构",如果调整不好,还会给现代化造成倒退。这些不同阶层,占有着不同的资源的分配,如"组织资源""经济资源"与"文化资源"[①]。一些人在圈地运动、外贸垄断、项目审批、变相占有国有资产、钱性权的交易中而暴发;科技知识分子、学校知识分子在90年代之后,由于科教兴国、教育市场化而纷纷获益;而社会弱势群体,旧工业基地职工,特别是边远地区的广大农村居民,生存艰辛,甚至家徒四壁。社会贫富悬殊相当突出,两极分化也呈扩大趋势。如果不能不断地调整这个社会结构,改变经济收益上的巨大差异,必然会影响人们的政治态度及行为取向,要实现社会现代化也是十分困难的。

同时从全球化的语境考察,我国虽然进入了全球化的经济时代,但在体制与各种社会机制上,在价值创造与分配上,与发达资本主义国家相比差距极大,要达到它们的水平,还相当遥远。因此虽然处于同一世界、一个经济体系之中,但我国在经济上显然属于发展中的国家。在未来的50年,从科技、信息、物质方面来说,我国正在建立的是发达国家早已完成的现代化社会,而我国现代化的社会的整体建设,是否会转向现在西方社会模式和所谓后现代社会及其文化体制,恐怕难以逆料。在这种情况下,建设现代物质文明与现代精神文明,自应成为主导潮流与主流意识。在这一意义上,现代性所面临的问题是面对我国现实,面对当今文明社会建设的需求,不断进行自身的反思、批判,在批判中进行更新与创新,这是一个发展的过程,一个多阶段过程。现代性在其过去的历史进程中,往往走向绝对理性而酿成灾难,

---

[①] 陆学艺主编:《当代中国社会流动》,社会科学文献出版社2004年版,序言第5页、正文第3页。

但它毕竟是个未竟的事业。在历史、现实形态相互交织的复杂情况下,我们必须对前现代的封建落后的物质、精神形态,进行不断的剖析与批判,同时对后现代文化也必须抱有分析、鉴别的态度,吸收其积极的、有用成分,排斥其盲目的解构一切价值、精神的虚无主义与极力建立自身的话语霸权的趋向。

外国学者对于中国现代性与后现代性的关系的表述,影响着中国的学界。比如詹姆逊认为,"中国的某些部分——城市部分——正处于迅速变成后现代的过程,尤其在后现代性意味着历史或历史感或历史性消失的那种意义上"①。对于这一观点,其实并不完全符合中国城市的实际情况,他说的后现代性,后面还会论及。外国朋友看到我国的一些大城市和贵人们出入的高级宾馆,后现代主义文化因素可能多些,比如网络文化、媒介文化、时尚表演、跨国资本的操作、金融贸易,等等,这些现象实际上正是我国现代文化的组成部分,虽然具有一定的后现代因素,并且也正是我国出现后现代文化的思想基础。至于大量中小城市与农村就完全不是如此,它们是否能够快速脱离前现代、超越现代阶段,或使这几个阶段合而为一,直接进入后现代,可以这样期望,但实际如何就很难说了。这样从整体来说我们建设现阶段的主导思想主要是现代文化思想原则,而不是西方后现代主义社会、文化所奉行的各种思想原则。虽然,不同的阶段相互交织,思想无声渗透,也很难把一条界线划在哪里。在历史上,我们曾经多次企图跨过经济基础而进行什么经济文化的超越,结果都以失败告终,徒然暴露了乌托邦幼稚病情绪,那时反对超阶段跨越的论者,无一不受到残酷的政治批判。所以对于我国现状来说,尽管后现代的因素不断掺和进来,包括人民大会堂西边由于中国建筑设计的整体无能、要靠外国人来设计不伦不类的、大恐龙蛋式的后现代文化样品的国家大剧院,但着重处理的恐怕还是现代化的文化任务。当然,需要开放地、有鉴别地吸收多种有利于我们发展的后现代文化因素,也是建设现代文化的应有之义。

后现代主义文化批评并不是一个严密的思想系统,而是开放的、主义多样的、内涵复杂的文化现象,它自称包括文学理论研究在内。但文学理论有寻求现代性、科学化的文学理论,也有把种种社会文化现象的探讨,视为文学理论研究的,这在国外流行过一时。这后一种研究,在我国很难说是文学

---

① 谢少波、王逢振编:《文化研究访谈录》,中国社会科学出版社 2003 年版,第 104、105 页。

理论研究，它们进行观察与做出的评论，**不是有关文学作品的探讨，文学细节和现象在它们那里，不是文学批评的对象，而是一种对于社会泛文化现象**的评说。它们通过某个文学作品的细节，或某**个文学现象，表述作者的一种**对于当今政治、经济、体制、权力与权力分配、革命、**民主、公民社会、女权、性别**、文化制度、商业现象、消费制度、大众时尚、模特表演**、科技、影视、信息、**公共知识分子、某段思想史、甚至建筑设施的各种明白的或是隐晦的政治文化的判断与批判。这是文化现象的罗列，而不是文学现象的研究。同时也不能因为这类研究，出自几位文学批评家或是文学理论家之手，就可以以作者身份来认定这类研究就是文学理论与文学批评研究。这类文章，社会学家、政论家、思想史家、文学史家、历史学家、性学家、女权主义者、哲学家、影评家、广告专业人员、时尚杂志编辑都在写，他们写他们研究的专业问题，要比那些样样在行、什么都写的文学批评家、文学理论家内行得多，专门化和深入得多。自然，这样说并不是否定文化研究。文化研究正在开辟着自己的场地，对现代社会迅速出现的多种文化现象的及时研究，作出回应，是十分必要的，也是很迫切的事。

在对待后现代主义文化思想方面，我国文学理论、批评界不同学者的立足点与态度不尽相同。一些学者积极探讨后现代主义文化诸多现象，梳理后现代主义文化、后殖民主义文化现象，态度比较实事求是，分析、批判了其复杂、积极的一面，于我们有用的一面，可以借鉴、吸收的一面，同时也不讳言后现代主义文化思潮的消极面，不利于我们文化建设的极端虚无主义的一面。另一些学者对后现代主义文化思潮宠爱有加，一轮又一轮地追新逐后，一面大力介绍，同时全身心地融入其中，大体持有一种全盘接受、拥抱的态度，不仅接受了其积极的一面，同时也大力张扬其消极的一面，在自己著述中积极地进行操演，并且以自己的论述，提供了这类实例。除此而外，现今对后现代主义文化思潮视而不见，或持全盘否定态度的人恐怕已为数不多了。当然，我们也看到，在对后现代主义文化思潮进行的简单肯定与否定中，也都不乏情绪化的表现①。

自然，文化研究与批评对于建立话语的多元性，健康的意见的自由表述，是完全必要的。不能否认，我国文学理论界与批评界由于后现代文化批评思潮的输入而受到积极的影响。这自然是一种文化的冲击，表现在文学

---

① 可见王岳川主编：《中国后现代话语》一书序，中山大学出版社2004年版，第3页，我赞同该文作者对我国当今后现代文化状态的描述。

理论在不断进行现代性反思的过程中,更加意识到必须克服自身原有的单向性,面向多向性的发展,也即保持自身的主体性同时,吸收文化批评的多向性因素。必须面向实际,探索文学理论新问题、前沿问题,而在这方面显得相当软弱无力,主要是对于今天的一部分令人眼花缭乱的文学实践,不易辨认,失却了理论上的锋芒。另一方面,文学理论自有其相对的独立性,它一直不断在寻找理论的自我完善。它以原有的文化研究为基础,通过传入的文化批评的影响,特别是在方法上扩大了自己的视域,使自身在总结近20年来走向的基础上,自然地归向文化诗学,即以文化为基础,面向文化的多方面性,同时又和文学学理紧相结合。90年代的我国的文学理论也是这么过来的,关于这点我在后面还将谈及。

在这一时期,文化研究与文学理论研究大致是和平共处的。

20世纪末,西方的文化研究与批评理论移入日多。人们对文化研究、批评理论在国外特别在美国流行、实践的真实情况,也开始有所了解和介绍。在美国批评界与一些高校的英语系,自移植进了文化批评之后,就开始出现所谓逃避文学、取消文学课程的现象,文学理论自然更是不值一提了,课堂上大谈某些社会文化现象,就算是讨论了文学理论,这显然把文学研究、文学理论,泛化为各种文化现象的教学了。关于这点,本文作者、盛宁先生与余虹先生的文章都有介绍①。世纪之交,在我国举办的文学理论国际学术研讨会上,美国学者就我国文学理论研究中的问题、西方社会信息科技、图像艺术的兴起,以及美国学界出现文学的终结理论与美国文学理论、文学研究的衰落情况,做了一些评述与讨论,表示了一些不同意见。根据这一情况,我国一些学者就上述问题对照文学、文学理论发展现状,委婉地提出了不同的看法②。但是有的学者几次提出,这类争论,是由于中国学者错误地理解了外国学者的观点所致,所以对话"并没有在同一个层面上进行"③。其实,中国学者并未错误理解外国同行,米勒先生研究文学有几十年时间,中国学者是清楚的,但他的文章常有相反的意思与暧昧之处,这种情况也是存在

---

① 见拙文《全球化语境和文学理论的前景》,载《文学评论》2001年第3期;盛宁:《对"理论热"消退后美国文学研究的思考》;余虹:《文学的终结与文学性的蔓延——兼谈后现代文学研究的任务》,载《文艺研究》2002年第6期。

② 见拙文《全球化语境和文学理论的前景》;童庆炳:《全球化时代文学和文学批评会消亡吗?》,载《文艺报》2001年9月25日;李衍柱:《文学理论:面对信息时代的幽灵——与希利斯·米勒商榷》,载《文学评论》2002年第1期。

③ 《中国社会科学报》2004年6月17日。

的。他近期的演说与文章,确是传达出了图像时代文学研究难以为继的信息[1],而且是文章的主调,接着又说可能还会继续下去,所以才有中国学者的不同意见的反应。最近米勒先生又说:"我对文学的未来是有安全感的"[2],音调又有些不同了,而且安全感又成了主调。由此看来,我们要对外国学者的话题随时跟着说,才有可能站到"同一层面上"进行对话,但这样做,确实让一些中国学者太忙活了!

这几年来,我国的文化批评、研究有了进一步的发展,有了专门刊物《文化研究》,也有了网络版的《文化研究》,一些很有实力的原来的中年文学理论家、批评家,纷纷转向了文化批评与研究。目前来说,我国文学理论界的队伍太大了,这和学科的设置有关,实际上可以分出很大部分的学者,去开辟宽阔的文化研究的领域。但是对文学理论发生影响,最终要以泛文化批评、"后现代真经"来替代文学理论的研究,却是暴露了文学理论自身潜在的深刻矛盾,酿成了对文学理论的第三次冲击和危机,则是近两年内的事。

这是从对文学理论这一学科的反思开始的。文学理论的现代性的反思,其实一直在进行着,并且不断在扩大自己的视野。但到本世纪初,有的学者指出了当今大学文学理论课程的种种弊端,并就文学理论学科的合法性、本质主义等问题进行论争[3]。2002年《文艺研究》发表了《对"理论热"消退后美国文学研究的思考》和《文学的终结与文学性的蔓延——兼谈后现代文学研究的任务》两文。这两篇文章,其实虽然说的是同一件事,即文化研究在美国学界发生的过程与命运。但两位作者的出发点、想要说明的问题、要我们从美国的文化研究中接受一些什么、借鉴一些什么,意图是完全不一样的。2003年末,《文艺争鸣》连刊8篇文章[4],都是讨论文化研究和文学理

---

[1] 希利斯·米勒:《全球化时代文学研究还会存在吗》,载《文学评论》2001年第1期。
[2] 见《文艺报》2004年6月24日。
[3] 陶东风:《大学文艺学的学科反思》,载《文学评论》2001年第1期;同类文章还有李春青:《对文学理论学科性的反思》,载《文艺争鸣》2001年第3期;曾庆元:《也谈文学理论学科性的"合法依据"》,载《文艺争鸣》2001年第6期;王志耕:《文学理论:走在路上》、田忠辉:《文学理论反思与文化诗学走向》,载《文艺争鸣》2002年第4期;曾庆元:《再论文学理论学科的合法性依据——兼答王志耕的〈文学理论:走在路上〉》,载《文艺争鸣》2002年第6期。
[4] 这组文章有王德胜的《视像与快感——我们时代日常生活的美学现实》,陶东风的《日常生活审美化与新文化媒介人的兴起》,金元浦的《别了,蛋糕上的酥皮——寻找当下审美性、文学性变革问题的答案》,朱国华的《中国人也在诗意地栖居吗——略论日常生活审美化的语境条件》,魏家川的《有关身体的日常语汇的审美生活分析》,阎景娟的《从日常生活的文艺化到文化研究——论文艺学的"划界"、"扩界"与"越界"》,黄应全的《日常生活审美化与中西不同的"美学泛化"》等,载《文艺争鸣》2003年第6期。

论的关系的,除了存在少量不同意见外,文章大都认为,大学文学理论课程已经不适应当前文化发展的需求,文学理论必须迅速越界、扩容,原因在于当今我国的社会"与西方社会相似,当今中国的社会正在经历着一场深刻的生活革命:日常生活的审美化以及审美活动的日常生活化",导致各种学科的边界正在发生变化以至消失。文学理论的越界与扩容,就是要把所谓"日常生活审美化"所包含的种种文化生活现象甚至包括物质文化的设施,都扩入文学理论研究,并且改变了文学理论原有的一些专门术语的内涵。提出了一些文学理论的新命题,宣告了要以物的、身体的享受快感高潮的美学,来替代精神美学的美学新原则,等等,找到了以泛文化、泛审美生活现象为对象,替代文学理论研究对象,从而完成改造文学理论的一个实实在在的切入口。紧接着2004年第1期《文艺研究》在"当代文艺学学科反思"的栏目下,又刊出了一组论文①,其中有的论文重申了上述观点,有的提出改造文学理论的新方案,有的则对近20年的我国文艺学或文学理论进行了全面批判,提出了由于我们已经有了"从文化研究那里取得后现代真经的文艺学",所以目前已是一派光昌流丽的景象。网络版的"文化研究"同时刊出了一些文章,继续发表相同的观点。

2004年5月,北京师范大学文艺学研究中心和中国中外文艺理论学会共同组织"文学理论边界问题研讨会",不同意见的学者在会上互有交锋。6月中旬,中国中外文艺理论学会与一些大学联合举办的文学理论国际研讨会,就多元对话语境中的文学理论建构、特别就文学理论的边界问题进行了广泛的讨论,会上不同观点纷呈,意见分歧突出。6月24日和7月1日,上海《社会科学报》和《文艺报》刊出有关会议报道。报道说,会上大多数学者主张文学理论应该积极回应当下现实,拓展边界,这是真实的;但说中外学者多次指出文学"理论死了",大多数学者同意文学理论应"向具有'文学性'因素或以文字符号为载体的文化现象和作品开放,应将大众文化纳入文学研究的范围,但不能对其作纯粹的审美和道德判断,而要对其进行历史的、文化的批判,进行价值干预",等等,这里说的大多数,其实只是主张将泛文化批评替代文学理论的部分学者。而有的对此持有不同意见的学者则反应十分强烈:认为将泛文化研究替代文学理论、批评研究,这是文学理论的内爆与分裂,文学理论在自己打倒自己,自己否定自己,像美国有的大学将文

---

① 陶东风:《日常生活审美化与文艺社会学的重建》,陈晓明:《历史断裂与接轨之后:对当代文艺学的反思》,载《文艺研究》2004年第1期。

化研究引入课堂后,使文学课程与文学理论走向了自身的消解。

接着不久,《文艺争鸣》刊出争鸣文章①,《河北学刊》发表了4篇文章②,进行论辩;随后《江西社会科学》也刊出了一组文章③,就文学理论的边界问题进行商榷与探讨。此外这时期的《文艺报》也发表了这类争论文章。

文学理论就学科本身来说,在内容上具有较大的包容性,在理论范畴上具有较大的伸缩性,在其内容上具有相当的不确定性,在其资源支持上不如文学史、文学批评有坚实的史料可以依循,而具有不稳定性。所以,在文化思想发生变革、追问学科设置而形成压力时,文学理论便处于首当其冲的位置了。

原本相互依存、互为支持而并不矛盾的文学理论与文化研究,由于后现代文化批评的固有的包容式的替代性而引起的一场争论,就此展开。可以讨论的问题很多,下面主要讨论当今文学理论性质和"后现代真经"问题。

当今文学理论已不是"前苏联体系"

批评文章说,现在"面对着文学创作实践,面对着当代五花八门的新理论新术语,还有更为咄咄逼人的各色媒体,文艺学已是六神无主,无所适从",几乎无人理睬了。原因是"当今的文艺学体系来自前苏联,文艺学学科所以具有基础性理论的地位,就在于它是马克思主义经典理论提炼的结果。""当年从前苏联那里获得的体系带有强烈的意识形态色彩,诸如文艺的本质、经济基础与上层建筑的关系、文艺与政治、文艺的民族性及历史发展规律、文艺本身的艺术形式及规律等等命题无疑都是十分重要,迄今为止还都在以各种方式支配着文学艺术的阐释",但这些命题、术语在今天看来,已经疲惫不堪,了无新意,必须反思它的"真理性与作为前提的权威性"(引文

---

① 鲁枢元:《拒绝妥协——论"审美的日常生活化"的价值判断》,载《文艺争鸣》2004年第4期,并见网络版《文化研究》。

② 童庆炳:《文学理论的"越界"问题》(主持人话),金元浦:《当代文学艺术的边界的移动》,童庆炳:《文艺学边界应当如何移动》,陈太胜:《文学理论:不断扩展的边界及其界限》,陈雪虎:《文学性:现代内涵及其当代限度》,《河北学刊》2004年第4期。

③ 童庆炳:《文学理论的边界——从当前文学图书引数谈起》,赵勇:《"文化诗学"的两个轮子——论童庆炳的"文化诗学"构思》,陈太胜:《文学文本与非文学文本的关联与界限——重识文化诗学》,陈雪虎:《自主性和现实性的兼顾与共存——文化研究作为文学理论生长点的再思考》,载《江西社会科学》2004年第6期。

及以下引文,均见《历史断裂与接轨之后——当代文艺学的反思》一文)等。

文章进一步说,即使文艺学由老马转向西马,但西马文论与后结构主义的文学理论与批评,"同样没有逃脱'马克思主义的幽灵'。就这点而言,当代中国的文艺学沉浸于其中的西方理论与批评,并没有离开马克思主义半步,只换了个角度,它偏离了文艺学的根基,也不过是偏离了前苏联的传统。现另辟蹊径接上了欧美马克思主义的源流,如此看来,文艺学也没有离经叛道,更没有走火入魔,而柏林墙的倒塌,竟也未能使我国的"文艺学"走入"历史的终结"的轨道,只是不得不重振旗鼓而已。文章也涉及古代文论的现代转化问题,因此这一评论不仅是对大学课堂文学理论而言,而且也是针对一般文学理论而说的。

那么,近20年来我国大学教学方面的文艺学即文学理论,一般的文学理论研究,是否还是"前苏联体系"?

对于教学方面的文学理论课的责难,在一定程度上我是同意的。80年代前,由于马克思主义被庸俗化并占有统治地位,所以那时的文学评论霸气十足,这一学风一直延续到80年代少数人那里。它以不容争辩的绝对真理的预设性、不可动摇的话语的独断性、先验假设的绝对正确性,来界定有关文学的基本观念,显示了极强的本质主义倾向,和由于过分强调阶级性而具有强烈的宗派性和排他性。80年代初的文学理论教本,受到当时两种编写于60年代的《文学概论》或《文学基本原理》的影响,是留有旧有的痕迹的。而后来二十年间,凡有能力编写文学理论教材的大学老师,都出版了这类著作。于是出现了这样一个景观:同一个学科、同一个论题,有几十乃至上百的人在编写、出书。编写者的知识结构、背景又大致相同,这就导致编写出来的文学理论教材,在理论上极少创意,出现了由不同理论板块的排列组合而呈现出整体的大同小异的情况。从这个意义上说,一些命题、几个核心观点,由于相互重复、缺乏原创精神而表现得疲惫不堪,这种情况,确是存在的。而且文学理论作为大学一年级的课程,要让学生接受这些概念体系也多有难处,主要是学生刚从中学进入大学,阅读文学作品不多,文学感性知识积累甚少,审美体悟能力不强,而在课堂上却是一堆一堆概念,这自然会使他们兴趣索然。还有一个更为直接的原因,在今天实利主义盛行的年代,学生听讲课程,最好在他们一出校门,就能给他们带来实惠,使课程直接转化为经济效益,因此即使听讲经济学这样的课程,据报道也是听微观经济学的为多。而人文科学很难直接转化为财富,理论课程更其如此。因此即使作为局外人，也是可以想象得到，这类课程教学是何等艰辛。当然这类课程成功教学的例子也是不少的，那多半是从具体作品出发，从学生感性体验的积累入手，老师倾心投入，对教本内容有所取舍所致。

如果说，在文学理论中存在一个"前苏联体系"，那么我认为，主要是上世纪50年代以后的事。当然在此之前，比如20年代中期开始，我国一些学者、作家不断介绍苏联的和日本的新兴的无产阶级的艺术理论、文学理论，其中特别是日本学者的著述翻译成中文的很多。1930年出版的顾凤城的《新兴文学概论》相当集中地体现了无产阶级文学观，此书就相当系统地论及了文学的阶级性、唯物史观、社会的基础与上层建筑、社会心理与意识形态、文艺大众化、无产阶级文学批评标准等，但当时马克思主义文学理论只是一个很有朝气、潜力的派别，此外还有其他文学理论、批评派别存在。1937年，以群翻译出版了前苏联学者维诺格拉多夫的《新文学教程》，此书把社会主义现实主义称做新现实主义，也没有什么发挥。只是到了50年代，特别是50年代中后期，我国邀请苏联文学理论学者来华讲课，出版了他们的几部讲稿和著作译本，我国学者也自行编写了一批文学理论教材，之后，一个文学理论的"前苏联体系"才在我国流行[①]。至于在文学批评界，我国的文学思想较之前苏联体系，更为"激进"、"革命"得多。

这种"前苏联体系"文学理论的核心问题，主要体现在文学本质的阐释上，阐释的出发点是哲学认识论，即把文学视为一种认识、意识形态，把文学的根本功能首先界定为认识作用，依次推下去为教育作用，由教育作用转而引申为阶级斗争教育、阶级斗争工具，为政治服务，把文学自身最具有本质性的审美特性，反而视为从属性的东西。这一理论体系的关键词主要为：认识、形象、典型、意识形态、基础与上层建筑、阶级斗争与阶级性、党性、人民性、社会主义现实主义创作方法。80年代以后，我国文学理论在各种论争中一直在批判、清算教条主义、庸俗社会学，自然也包括这种"前苏联体系"。不少学者对马克思主义观念进行了反思，摆脱了教条主义的束缚，采取了较为实事求是的科学分析态度，强调了文学现象的丰富性、具体性、多样性、开放性，公认文学不仅是认识，虽然其认识作用不能否定。因此那些原来不适合于阐明文学普遍性的观点，一些教科书早就不提了，对于一些可以接受、

---

① 这时期出版的有季摩菲耶夫的《文学原理 文学科学基础》(1948年版)查良铮译，平明出版社1955年版；毕达可夫：《文艺学引论》，高等教育出版社1958年版；谢皮洛娃：《文艺学引论》，人民文学出版社1958年版；柯尔尊：《文艺学概论》，高等教育出版社1959年版。

继续使用的观点,则进行了合理的界说与必要的肯定,而不是笼统地全部否定。这些年来,我国文学理论界广纳百家,大量引进了西方的各种哲学、文化、文学理论思潮,并在介绍西方众多的学派的理论中,加深了对于文学理论自身的认识,多方面地吸收了其中有价值的东西,改造了文学理论,在观念体系上、方法上、结构上,已经大大不同于过去,逐渐形成了开放的理论构架,出现了从主体论、心理学、语言论、象征论、生产论、活动论、现象学、甚至控制论、信息论、系统论等理论来界说文学本质的著作,在重大问题的阐释上,它们与前苏联学者的意见完全是不同的,这大体适应了当前文学科学发展的水平。

20世纪西方兴起的反本质主义哲学思想,现今在我国相当流行,并把对事物的本质研究与本质主义混在一起,在文论界纷纷指责对文学本质的研究。但是探讨问题本质,与具体的文学现象的研究,并不一定就是矛盾的,宏观的本质需要研究,具体的现象也要微观的深入。总体的把握可以了解事物的根本特征,具体的问题探讨,探幽发微,可以深入现象的理路,两者互为补充,相得益彰。就拿文学的本质研究来说,只要收敛一些偏见,了解一下我们现今文学理论中所阐释的文学观念,以及对多种文学观念的多种介绍与评价,对西方文学理论中各种有价值的成分的吸收消化与运用,然后拿出50年代出版的苏联文学理论译本,或是在苏联文学理论严重影响下编写的文学概论这类著作,做个简单的比较,那么,怎么能够说现今的文学理论还是什么"前苏联体系"呢?这种评价在80年代初是符合实际的,移到21世纪,就形成时空的错位了。因此,不能不加分辨,以为只要贴上"前苏联体系",一箭封喉,就可以致对方于死地了!

文学理论课程常常是处于两难的境地的。一方面,文学理论课主要在于传授关于文学的一定的知识,概述有关文学的总体发展,所以在对象的阐述上要求具有公认的普遍性,在知识上具有相对的稳定性,在理论上具有较高的科学性,在接受上具有多种启发性。并且由于它的理论观念为大学教学体制所规定,所以一般总要受到这一体制的影响。在理论的认识上和审美判断的共识上,与体制的规定之间,有时可能一致,有时可能发生矛盾,历来如此。另一方面,文学理论又要面对变幻多端的文学现实,需要面向世界,面向理论前沿,需要加强问题意识,不断更新自己的内容,扩大它的边界。就说理论需要面对的文学创作吧,文学创作发生激变是一种常态,在创作中出现了新的潮流,一种文学思潮替代了另一种文学思潮。新的文学体裁出现了,过去不受重视的体裁或文体,现在得到飞速的进展,比如今天出现的摄影文学,作为具有文学、摄影双重审美特性、沟通时空的新的文学体裁,与过去单纯的文学体裁与摄影艺术,就不能同日而语了。又如网络文学、影视文学、大众文学、图像艺术,甚至手机文学,有的过去不被重视,有的是随着科技、信息技术的普遍化而产生的,对于这些新的文学现象,文学理论无疑应当积极加以研究,并把已经出现的较为稳定的因素吸收进去,充实自己的内容,扩充自己的边界,更新原有的知识,进行观念的创新。

目前大学教学使用的文学理论教本,不能及时地用来阐明当前出现的文学、文化现象,而落后于现实,这种情况确实是严重存在的。这是由于在当今市场经济挂帅的条件下,创作自由度加大,相当部分写作已变为各种欲望写作、私人化写作,而且花样翻新,层出不穷,大大地逸出了原有的规范。同时当今资本与媒体共同制造文学时尚,左右舆论,进一步使原有的社会价值原则失范,评价体制紊乱与瓦解。由于这些文学时尚具有新颖的特征与面貌,并且还在进一步的演变之中,所以文学理论对于这些刚刚出现的新的文学现象,难以及时地、确切地、恰如其分地形成一些比较普遍认同的理论原则来,从而产生了严重的不适应性。在这种情况下,首先探讨这些新的文学现象,需要做出迅速反应的,最好是文学批评。文学批评可以追踪这些新出现的现象,利用多种不同的批评原则,来揭示文学现象的丰富性、多样性,及时讨论它们,阐述它们,进行争论。从这种意义上说,文学理论在对待众多复杂而新鲜的文学现象上,较之文学批评,相对地讲要滞后得多。但是当今的文学批评,相当部分与媒体联姻狂欢,失却了自身的独立性、反思性与批判性,很难为文学理论提供理论素材。而文学理论对于从文学现象出发,到观念的提炼与形成,又需要一个比较各种评论的得失,一个扬弃与积淀的过程。所以难以指望从刚刚出现的文学现象中,就能概括出一些普适性的原则,马上就写进文学理论教材。

对于今天一些走红的文学作品与一些热闹的文学现象,确实有个辨别过程,辨玉需待七日期。从文学整体发展来看,有相当部分作品和文学现象,很可能是一堆文化垃圾、文化泡沫,有时为一些批评所津津乐道,以为任何新的东西就是文学先锋现象。或是一些批评怀着反复无常的偏见与过量的热情,今天这样评述,明天那样论评,把一些合乎它们口味的作品与文学现象,塞进它们从西方某个大师那里搬来的某个哲学观念之中,然后在这个概念的框架里像揉捏面团一样揉来揉去,挤弄出一堆自以为十分得意的时髦话语来。看来它们得心应手,也顾不得说的前后矛盾,而对于它们所不赞成的观念,进行尖刻的抨击,还颇能赢得一些尚未进入文学大门的天真青少年听众的哄笑声。但时过境迁,这类批评却并未留下什么实质性的东西来,而同样成了泡沫,这种现象我们在近 20 年来见得不少了。这类浮躁的、应景式的、好像是一个生手翻译的批评话语汇集,怎么能一下就进入文学理论课程呢!

有的批评使用先锋批评话语,有时可以对适合于这种批评话语的某些作品说得头头是道,在这里它论及的仅仅是文学中的一小部分现象而已,而对于大量其他类型的文学作品,这种批评话语就力不从心,捉襟见肘,并不在行。一是可能自以为站在当今西方的某种批评的"高度",对它所不喜欢的并非前卫作品不屑一顾;一是可能是无能为力,根本无法将自己搬用的某个西方的观念,对那些不熟悉的作品,来一次从理论演绎到理论演绎,还要故意表示出一种高傲的蔑视来。这类批评一开口,就是只有少数同好懂得的那些观念:"存在、神话、当下、在场、向度",等等,从观念到观念,并以此为时尚,因此被当今有的批评家讥刺为"硬化了"的、"塑料化了"[①]的评论,也自在情理之中。

其实,不少使用非先锋批评话语来评论文学作品而很有成就的也大有人在。在这类批评家中间,年青的、中年的、年长的都有。他们的评论文风要明快得多,理论概括力要深刻得多,即使面对话语多义之变的文本,审美价值判断也要明确得多。所以在当今多元对话的时代,不宜标举一种单个的声音而唯我独尊,要考虑到当今是杂语共鸣的时代。说到在媒体、新术语面前显得六神无主、无所适从的人,那确实还是不少的。这主要恐怕是那些本来就没有什么主见,在文化批评的大力造势中,在把文化批评与文学理论的有意搅浑中,在以前者替代后者的纷纷攘攘的氛围中,而觉得晕头转向的人,是那些在媒体的阵阵炒作中又见新风袭来、唯恐赶不上趟的人。

至于时至今日,对于一般的文学理论研究,还把它说成是属于"前苏联体系",我以为更是相当偏颇的了。文章所提出的"前苏联体系",如前所说,大概就是指经济决定论,就是文艺本质论,文艺与政治并为政治服务等一套吧。就拿经济决定论来说,过去在解释这一观点时,不少人确实把它绝对化了。在文学与经济之间,存在着不少中介因素,它们是隐蔽地、曲折地相互

[①] 《文学报》2004 年 8 月 26 日。

反映的,文学问题直接从经济中去寻找动因,结果把问题庸俗化了,当然经济条件在文学发展中又是不可低估的因素。但是现在谁在提倡这种理论呢！比如,詹姆逊提出,早期资本主义时期是文学现实主义,垄断资本主义时期相应地是现代主义,跨国资本主义时期是后现代主义,不仅是经济,还有信息技术起着决定作用。可是没有听说哪位先锋学者把这类观点当作经济决定论的,反倒是被他们经常引用,作为文化批评的出发点的。又如文学与政治的关系,过去搞到文学从属于政治而被引入了极"左"的政治的死胡同。80年代由于文学理论中内在研究的兴起,文学与政治算是"离了婚"了。90年代到现在呢？如前所说,现今文化批评通过自己的各种话语,可以积极地介入政治,扩大了话语的自由度,可以使用美妙的文化批评话语,操演着自己的政治观念,与权力共享了政治话语的资源,虽然明显地存在着不可克服的等级关系,不同的政治观点也不免南辕北辙。在这种情况下,于是就抛弃了文学与政治无关的观点,倒是铁定两者是不可分离的了。

非课堂的文学理论,在研究范围上要宽阔得多,自由得多。近20年来,文学理论研究,广泛地探讨了与文学创作实践密切相关的各种问题,理论自身的建设问题,出现了多样性的趋势。有基础理论问题的拓展,有古代文论研究的深入,有外国文论的大规模的译介与运用,有多种文论综合性的探讨。再具体一些,有一类是过去曾经讨论过、在新时期重新深入讨论的问题,如文学与人道主义、人性、共同美、形象思维的问题；有文学和政治关系,文学的典型性、真实性问题；有现实主义、浪漫主义、所谓两结合问题等,这在讨论的理论深度上,过去是难以比拟的,在相当程度上纠正了过去的偏颇。除此而外,还有一类是面对新的文学实践提出来的新问题,如文艺美学研究,文学理论的新方法研究,现代主义,"自我表现",文学主体性,文学审美特征,审美反映,审美意识形态论,文学象征论,文学艺术生产论,文学心理学,文学文体研究,文学语言研究,文学修辞研究,古代文学理论体系和各种问题研究,古代文论的现代转化问题,大众文学,文学雅俗问题讨论,文学与人文精神,文学的新理性精神,文学与文学理论的现代性问题,生态文艺学,网络文艺研究,后现代主义文论,文化诗学,全球化语境与文学的民族性和世界性[①]问题等。这类问题的讨论,深度、认识不一,但都属新的理论探索,并且是近20年来文学理论的主流,怎么可以算入"前苏联体系"的文学理

---

① 可参见童庆炳:《再论中华古代文论研究的现代视野》,《中国文化研究》2002年第4期。

论呢？

这类文学理论问题的研究，实际上综合了中外多种不同学派的观点和方法，它们本着实事求是的精神，而并未拘泥于马克思主义的词句，使文学理论研究表现出应有的宽广与多样性来。20年来的文学理论研究，继承老一辈学者的传统，继续尝试中外古今的融会，可以说这是近百年来最出成果的时代，出现了一批优秀的论著。比如，有胡经之的《文艺美学》，童庆炳的《文学审美特征论》，孙绍振的《美的结构》，朱立元的《理解与对话》，王元骧的《探寻综合创造之路》，陆贵山的《人论与文学》，敏泽、党圣元的《文学价值论》，王岳川的《文化话语与意义踪迹》，王先霈的《圆形批评与圆形思维》，饶芃子的《比较诗学》，高楠的《艺术的生存意蕴》，杜书瀛的《文学创作论》，李衍柱的《路与灯》，王向峰的《美的艺术显形》，畅广元的《主体论文艺学》，陈传才的《审美实践文学论》，曾繁仁的审美教育研究，许明的新意识形态论，夏之放的《审美意象论》，谭好哲《文学与意识形态》，林兴宅的《文艺象征论》，徐岱的《艺术的精神》，王一川的《审美体验论》，鲁枢元的《超越语言——文学语言学刍议》，周宪的《现代性的张力》，赵宪章的《文体与形式》，南帆的《文本生产与意识形态》，曹顺庆的《跨文化比较诗学论稿》，蒋述卓的《宗教文艺审美创造论》，黄鸣奋的《超文本诗学》，姚文放的《当代性与文学传统的重建》，王杰的《审美幻象研究》，唐代兴的《当代语义美学论纲》，还有一批中年学者如杨守森、郑元者、傅修延、李咏吟、赖大仁、吴予敏等人的论著。在古代文论研究方面，不算多卷本的批评史、理论史、文学思想史在内，则有黄霖、刘明今、汪涌豪等人的《原人论》《范畴论》《方法论》三卷，组成自成系统的中国古代文学理论体系，有陈良运的《中国诗学体系论》，袁行霈等人的《中国诗学通论》，张少康的古代文论研究，蔡钟翔等人主编的"中国美学范畴丛书"多种专著，还有其他不少专题性论著如关于神韵、意境、意象的研究，生态文学理论研究；在外国文学理论方面，有盛宁的《人文困惑与反思：西方后现代主义思潮批判》、周小仪的《唯美主义与消费文化》，王宁的《全球化：文学研究与文化研究》等。这类著作在理论水平上可能参差不齐，但都是中国学者自己的学术观点的表达，恐怕是不能给它们随意贴上"前苏联体系"的标签的吧。

对于这类研究和成果如果缺少感性知识，甚至并不了解文学理论的进展及其范围，仅凭着一些西方后现代文化观念，说中国闭门造车半个多世纪，一直在前苏联的阴影底下匍匐前进，把它们定性为"前苏联体系"，从整体上对中国文学理论痛加贬斥,对于人们近20年来的探索视而不见、一笔勾销。这类话语,肯定会有轰动效应,但并不符合文学理论研究的实际情况。带着情绪的发泄,是无助于问题的讨论的!

古代文论现代转化并不是对"前苏联体系"的"眷恋"

批评文章认为,当今文学理论中的所谓中国学派的诉求,根本原因在于对当代文艺学偏离了原来的传统深怀焦虑。"文学理论批评在西方无疑是一门成熟且发达的学科,现在,如果匆忙中就想建构'中国学派',中国'自己的'文艺学,仅仅依靠前苏联的体系,加上中国文论的现代转化,再加入一点西方现代理论,那只能是一个不伦不类的拼盘,结果只能是弄巧成拙。"

要在文学理论中建立"中国学派",以我的孤陋寡闻,似乎未曾听说,但这一口号在八九十年代的比较文学研究界讲得比较多。反对的人说,这是中国人的民族主义情绪,学术是不分国界的,至于外国人那自然另当别论。提出要建立中国学派的学者说,国际比较文学界有法国的影响学派、美国的平行学派,它们都无视东方文学经验,而现在中国比较文学研究力量迅速成长,在原有的几个学派的基础上,特别是当今在进入跨文明研究、东西方文学文化比较研究的新阶段,是可以走出自己的路而会有所超越的,我以为这一说法是合乎情理的。

希望建立有中国作风、中国气派的文学理论,或有"中国特色"的文学理论的说法,倒是有的。这后一种说法流行于八九十年代,我也是赞成的。主要是七八十年来,我国文学理论一直在西化与本土化之间来回冲突,卷入的人们各不相让,彼此十分痛苦。主张西化的人,总是认为西方文论成熟而发达。50年代之后,西化中的欧美文论被冠以资产阶级帽子,受到批判与冷落;而西化中的前苏联文论,被冠以马克思主义,人为地使之占有了绝对优势;同时某些政治人物,把某个人的文艺观点,奉为"真经",一时间要我们天天诵念。80年代初以后,这类庸俗化的文学理论包括前苏联文学理论受到清算后,西方文论、主要后来是文化批评,一波接一波地压了过来,一些学者由文学理论转向文化批评,扩大了话语的领域,乐此不疲。但是,历史与现实的经验是,要把它们视为我们当代的文学理论形态与规范,就很麻烦了。

第一,近三四十年来,西方文化批评往往是西方某种哲学、文化思潮的衍生物,如前所说,其中确实存在许多积极的因素,但是近期它们的反理性主义,特别是虚无主义成分十分浓重,因此从整体上恐怕难以成为我们文化、文学理论的规范。第二,西方的文化批评是建立在西方后现代社会的文化基础上的理论描述,在整体上它们难以解释当今中国社会的文化、文学经验,它们可能局部地适应于当前的中国文化与文学。如其不然,那么我们翻译、搬用它们也就可以了,像上世纪50年代,那时前苏联三四流的著作大批地译成了中文,"丰富"了我国的文化,为此原作者与译者双方都深感荣幸!但是翻译、搬用不能代替文化的创造。近10年来,在西方文化批评在我国的流行中,倒是少数对于文化批评有着分析、吸收而不是盲目颂扬、全盘照收的学者,成了探讨中有着真正独立的学术品格的"他者";而有的人还只是在诘屈聱牙、难知其所云的西方观念翻译话语中腾来倒去,用中国的某些文学、文化现象,注释着它们。看来好像不断地在更新话语,左右逢源,实则今天以这一学派的话语为准则,明天则奉另一学派的话语为圭臬,进行演绎,学术上难有增值,这是一个方面。自然,我不是一概反对新术语的输入,因为新术语往往反映了某种新思想的。

另一方面,80年代初,当庸俗社会学受到批判,有的研究古代文论的学者尝试提出,是否可以用古代文论来替代文学理论学科,这在那时自在情理之中。但是完全用古代文论来替代当代文论,难度也很大。主要是"五四"以后,现代文学理论是在新的文学理念上建立起来的,它的一套迅速发展起来的话语,与古代文论术语很不相同,如果不对在古代文学经验上形成的古代文学理论话语进行适当的现代的转化,不对那些极多歧义的文论观念与术语的涵义,进行梳理与重新界定,古代文学思想就不易融入现代文学理论。当然,不少古代文学理论观念,甚至古代文论的核心观念——政教型文学观,实际上被现代文论所接受,也可以说融入了现代文论的骨髓,但古代文论在整体上是被排斥的,50年代后尤其如此,形成了深刻的时空的隔阂。因此可以说,出现了现代文论与古代文论传统既有继承、但又有隔阂甚至断裂的奇特现象。在这种情况下,如果使用古代文论观念及其一套话语,来全面阐述现代文学与当代文学,那是难以与现代文学、当代文学研究接轨的。这样很可能我们又割裂了一个离我们最近的现代文学理论传统,以致难以进入操作,到后来又得来做弥补、联结的工作。

正是在这种西化难以通达、古代文论替代也难以如愿的情况下,学者们提出了要建立有中国特色的文学理论,即如何建设不同于过去的、新的文学理论的当代形态。这里就出现了传统、继承与创新的问题。传统、继承与创新是一种客观的存在,是我们无法摆脱的生存状态。十分明显,新的文学理论形态的建立,如果不弥合与传统之间的分离,就难以收到成效。主要是任何文学理论的创新,既是反传统的,甚至很可能是亵渎传统的,又是传统的继续。传统是创新的未来,而创新则是过去传统的继承、改造与发展,否则传统将失去自己的生命力。继承传统,传统必须融入创新,不断地被激活,否则传统就是死的传统,传统的继承也无从说起,而创新就只能成为无根的创新。创新实际上必须在原有的基础上,吸取本民族文化甚至他民族文化传统中的积极因素,在激活中形成新思想、新文化、新传统,而且这是一个不断演化的过程。不认识、不承认自己的文化传统,也不想继承自己的文化传统,那必然会去寻找他人的文化传统,继承他人的文化传统,不如此就无所依附,就只能依靠纯粹地引进外国文化与西方强势文化的传统,就造成文化断裂。就像一个人身处异国他乡,他要么固守自己原有的文化传统,那会与周围环境格格不入。要么保留自己原有的一些文化传统,吸收一些周围环境的文化传统,改造了自己原有的文化传统,并对周围文化环境有所影响。要么抛弃原有文化传统的心理压力,完全融入新的社会环境、文化环境,进入新的文化及其传统之中,改变原有的身份。

近百年来,引进、西化与传统的关系始终在争论之中。每到社会转折关头,在西化与传统之间,总是要爆发形形色色的冲突。"五四"前后大转折时期,打倒了传统,但遗留了不少问题,至今使我们咀嚼着、回味着。50年代后几十年,对于传统一律批判与打倒,瓦解了一个社会赖以生存和发展的最起码的人性关系与准则,至今深感创痛犹存。90年代,当市场经济全面定位与实施,于是西化之风又劲吹起来,与传统之争又不可避免,在文学理论建设中也是如此。

1992年秋天,我在开封的全国文学理论会议上提交的论文中,对近十年的文学理论的各个方面研究所获得的成绩,做了评述与展望,提出在当代文论的建设中,一个重要方面是"文学理论与古代文论的融合。要建设有中国特色的文学理论,必须融合古代文论,这是一项十分艰巨的工作。有几个方面困难需要克服。一是表现在最近几十年来,自引进了苏联的文学理论体系后,文学理论的研究始终是与我国古代文论的阐释相分离的……二是由于几十年来对我国古典遗产一直持警惕、轻视、批判态度,所以在很长时期内古代文论研究几乎无甚进展,直到 80 年代才又复兴",①希望古今中外融会起来。1996 年初,作者在《会当凌绝顶——回眸 20 世纪文学理论》②一文的最后部分,明确提出"古代文论的现代转换",文论建设有三种资源,即作为我们出发点的现代文论传统,需要融合古代文论与外国文论。同年秋天在西安召开了"中国古代文论现代转换全国学术研讨会",会后有文集出版,学者之间存有意见分歧,都属正常。后来这一专题,在《文学评论》上进一步展开讨论有一年半之久,意在推进古代文论对于当代文论的融入。1998 年《文学遗产》第 3 期发表了《中国古代文论研究的民族性与现代转换》陈伯海、黄霖、曹旭三人谈。三位学者高屋建瓴,深入细致,对古代文论的现代转化发表了不少精彩的意见,提出了实现转换的关节之点——比较和分解,即既要"在古今与中外文论沟通的大视野里加以审视,这就形成了比较研究",同时"还有赖于对古代文论现代诠释,使古文论获得现代意义……立足于古文论自身意义的解析和阐发,剥离和扬弃其外表的、比较暂时的意义层面,使其潜在的具有持久生命力的内涵充分显露出来"③。

2002 年开始,古代文论的现代转化这一策略,受到几位古代文学研究者的批评,其中有说到,"'现代转换'也好,'失语'也好,都是一种漠视传统的'无根心态'的表现,是一种崇拜西学的'殖民心态'的显露"④。而上面提及的批评文章却说:想从古代文论中吸取精华来营建中国当代文论,正是由于对"前苏联体系的眷恋","根本原因在于对文艺学偏离传统深怀焦虑!"明明我是主张,要将传统文论融入当代文论,应该说是重视传统文论吧,却被赐予了"无根心态""崇拜西学的'殖民心态'"的两顶帽子!明明是我在批评自 50 年代引入苏联文论后,文学理论的研究始终与我国古代文论的传统相分离的,现在却被说成是,提倡古代文论的现代转化就是对前苏联体系的眷恋了!对于从两个方面来的、截然相反的批评,真让我不知说什么是好!这种对他人话语任意颠覆与颠倒,之后痛加贬斥和嘲弄的挥斥方遒的激扬文字,怎么能令人信服呢!

其实,古代文论与现、当代文论的融合,一些前贤早就这么做了,而且成绩卓著。早一些有梁启超、王国维、陈钟凡、朱东润、罗根泽的著述,有朱光

---

① 见拙文《文艺理论:回顾与展望》书名同,河南大学出版社 1993 年版,第 5 页。
② 见拙文《会当凌绝顶——回眸 20 世纪文学理论》,载《文学评论》1996 年第 1 期。
③ 陈伯海、黄霖、曹旭:《中国古代文论研究的民族性与现代转换问题》,载《文学遗产》1998 年第 3 期。
④ 郭英德:《文学传统的价值与意义》,载《中国文化研究》2002 年第 1 期。

潜的《诗论》,宗白华的《美学与意境》,有钱锺书的《谈艺录》,王元化的《文心雕龙讲疏》。现在则有蒋孔阳的《美学新论》,李泽厚的《美的历程》,胡经之的《文艺美学》,童庆炳的《中国古代文论的现代意义》,郁沅、倪进的《感应美学》,张少康、蔡钟翔、陈良运、郑敏、吴功正、袁济喜、顾祖钊、蒲震元、古风等人的论著,有曹顺庆等人的《中国古代文论话语》,梁道礼的《古代文论的现代阐释》。更有一些年轻的学者,进一步梳理了古代文论话语,力图为打通古今而撰写了一批很见功力的论著,其中有李思屈的《中国诗学话语》,杨玉华的《文化转型与中国古代文论的嬗变》,李清良的《中国阐释学》,代迅的《断裂与延续——中国古代文论现代转换的历史回顾》等。如果老学者们的著作,未能赶上对"前苏联体系"眷恋的荣幸,那么年轻一些的学者的著作难道就是表现了对"前苏联体系"的眷恋?

要建设有中国特色的文学理论这样的课题,就像重写文学史那样,20年来一直受到文学理论工作者的关注。围绕这一课题,既有理论的探讨,又有实践的深入。现在的批评文章说:企图建立"中国'自己的'文学理论",那不过是用"前苏联体系"即老马克思主义,加上中国古代文论的转化,再加点西方文学理论作料而成,所以这只能是一个弄巧成拙的不伦不类的拼盘!这里似乎需要说一说现代文学理论传统问题,即百年来我们是否只有"前苏联体系"。

如果我们把20世纪初以后80年的时代算做现代,那么现代文学理论较之马克思主义文学理论在空间与时间上既宽且长。现代文论是由"五四"前后一个各种文学思想争相竞妍的阶段和马克思主义文论在中国的引进与发展阶段组成的,它们都是20世纪中国现代文论的组成部分,并共同组成了现代文学理传统论。现代文学理论虽然面目奇特,甚至扭曲,发育不全,但无可否认,它自身已成了传统,并且成了现代文学传统的组成部分,虽然现在的20世纪的中国文学史对此大都避而不谈。从这一传统使用的基本话语来说,现在我们大量使用的文学理论话语以及一些核心观念,除一小部分来自马克思主义文学理论,极大部分来自现代文学理论传统。比如,梁启超移植、创化的"新文体""新小说""写实派""理想派""象征派""浪漫派""文学的本质和作用""人生观""幻想""想象力""趣味""境界"以及熏、浸、提、刺等,我们仍在使用。而王国维移植、创化的"美学""美术""艺术""纯文学""艺术之美""自然之美""优美""古雅""宏壮""美雅""高尚";"感情""想象""形式""抒情""悲剧""叙事""欲望""游戏""消遣""发泄""解脱""能动""受动""目的""手段""价值""他律""自律""天才""直观""顿悟""创造""世界""自然""现象""意志""实践理性""人生主观""人生客观""自然主义""境界""隔与不隔"等,以及徐念慈的"审美""体裁""形象性""理想化""美之快感"等,它们与"五四"运动时期增加的不少理论话语,与后来引入的马克思主义文学理论的部分话语,组成了现代文学理论的话语系统。如今,现代文学理论现今正在融入当代文学理论之中,并且在此基础上广泛接受、融合外国文学理论与古代文学理论中的有用成分,甚至包括某些后现代文化批评话语,组成了当代文学理论话语系统,这难道就一定会成为不伦不类的理论拼盘?其实,只知一些文化批评思想话语,或是相反,只知一些古代文论话语,或是只知一些现代文论话语,要让他拼凑也是拼凑不起来的。新的理论形态的求索,不是拼凑,更不是移植一下,而是融合。批评文章的思想是,利用不同的理论资源,在它看来一定就是拼凑,而不见还有同一、融合与创新,主要是在于不认同本国有什么有用的文学思想,而只认同引入的文化研究思想。因此批评文章看来是先锋、激进,但在80年代初这类话语还是很有效力的,现在还用这种思维方式与话语,就实在显得过时了!对于建立新的文学理论的诉求,恐怕不是用后现代文化批评惯用的"颠覆"手段,贴上"前苏联体系"的标签,就可使现代文学理论传统和近20年来文论建设的努力消弭于无形的。

至于说建立有中国特色的文学理论的呼吁,与其说试图从中国古代文论中吸取精华来重建当代文艺学,不如说仅仅是"对西方发达资本主义文化体系的警惕","就是针对当代文艺学的西化倾向的一种抵制和修正",而现在"中国的经济已与欧美接轨,科技产业、经济管理,甚至行政管理也努力吸取欧盟与美国的优秀经验,但思想意识显然还对'西欧北美'持深刻的歧见"等等说法,就更使人不敢苟同了。

其实,80年代中期以后,除了极少数人,仍在著述中使用资产阶级和无产阶级、唯心主义与唯物主义对待西方文论外,不少学者则早就摆脱了这类绝对化了的思维方式,在西方文论中吸收了不少有用的东西。90年代,后现代文化研究思潮大举进入我国,不排除少数人把它们视为资产阶级文化思潮。但是这时评价西方文化思想的准则,大多数人已不再使用狭隘的阶级标准,而是看它们对于我们社会、生活、文化、文学现象的说明的程度。如果认为当今只有"前苏联体系",至于古代文学理论与现代文学理论传统不过是几个苍白的影子,那还留下什么呢,自然只有西化可走!既然只有西化,那干吗人们还要对西方发达资本主义文化体系持有警惕态度,用什么中国特色来抵制西化的文化理论呢!

但是实际上中国学界并未抵制文化批评的输入,现今出版最为热门的著述,正是那些文化批评读物的译本。一些学者对"西方发达资本主义文化体系"持有警惕,倒是有的,不过这并不在于它的知识的传播方面,和许多可供学习、借鉴的方面,而是警惕它还是不是一个"吃素"的文化体系,在于它是一个利用普世主义侵袭、破坏和并吞其他文明、文化的文化体系。英国人吉登斯对于体现了发达资本主义文化体系价值观的全球化观念说:全球化是西方现代性发展的后果之一,"它不仅仅只是西方制度向全世界的蔓延,在这种蔓延过程中,其他的文化遭到了毁灭性的破坏;全球化是一个发展不平衡的过程,它既在碎化也在整合,它引入了世界互相依赖的新形式,在这些新形式中,'他人'又一次不存在了"[①]。特别在欧美舆论对经济全球化,甚至文化一体化的大力鼓吹下,西化就成了一股强大的思潮,渗入我们文化的各个角落。所以有的学者对后现代主义文化研究、批评持有警惕,不在于它是什么资产阶级思想和知识体系,不在于它为我们提供了多少可以学习的东西,而是警惕它与生俱来的、善于颠覆种种价值的文化虚无主义,使我们最终成为不再存在的"他人",仅此而已!

遗憾的是,一些文化批评学者,对于他们热衷的作业的指导思想,就像我们社会里的很多官员,喜欢报喜不报忧。在这一点上,吉登斯似乎更为坦白一些。

存在什么"后现代真经"吗?

既然我们无须建立自己的当代文学理论,那么我国文学理论的出路何在呢?批评文章最后提出,就是"需要下大力研究西方当代的理论与批评,真正能把别人的优秀成熟的成果吃透,在这个基础上再谈创建中国的文艺学不迟……我们并没有能力在短期内改变它,我们唯一能做的,就是老老实实学习、研究,再学习再研究"。如果说"民族国家的身份障碍"不那么严重,那么"就可以壮着胆子与国际接轨"。这在学科体制方面也可以有所变动,就是按照西方的模式,使文学理论"历史化"与"批评化"。文化研究已经使

[①] 吉登斯:《现代性的后果》,商务印书馆2000年版,第152页。

欧美大学母语文学系变得异常活跃,而中国的文艺学则已"从文化研究那里取得后现代真经","文化研究既直接与西方当代理论批评接轨,使它轻易就越过了历史断裂或差距,同时又获得了崭新的形象……经历过文化研究的洗礼,当代文艺学又重新踌躇满志,从历史与现实多方面切进各种现象,既显出包罗万象的气魄,又不乏游刃有余的自得"①。

如果唐代高僧历尽千辛万苦到西天取经,取回了一部佛经——真经,那么我们的现代学者(高僧),则从今天的西天抱回了一部新的真经——"后现代真经"!如今文学理论在这部真经的指导下,不过几天锋芒小试,就在我们眼前呈现了一幅文学理论欣欣向荣的美妙图景,而且具有包罗万象的气魄,游刃有余的自得,这恐怕说得太乐观了。对于这部真经,我们要学习、学习再学习,研究、研究再研究,学深、吃透,那需要多长时间呢?"随着全球化时代的到来,知识与思想的民族本位性的绝对界线已经难以确认,学术的国际化趋势,在相当长的一段时间内,不得不以西学为主导"。看来,对于这部"后现代真经",我们自然只有学好、吃透的份儿了。但这里要求学深、吃透的如此热诚且富有激情的语言,我们在30年前学习红宝书时就听到过了。那时人们足有10多年时间学习"革命真经",结果把人们弄得傻头傻脑,不会思想了。现在要求我们在相当长的一段时间里来学习、研究一部"后现代真经",并且又是"以西学为主导",又是"学术的国际化趋势"使然,一旦学成了,我们真不知会变成什么样子了,可能化为一滩再也站不起来的水了!到那时,大概可以彻底地和欧美文化真正接轨,历史传统、历史断裂、差距等等,不仅可以轻易地越过,而且可以泯灭不见了。

但是用学深、吃透的"后现代真经"来跨越历史断裂、差距和传统,使人觉得这又是在制造新的历史断裂,这恰恰是文化研究的后现代性的非历史主义一面,很可能是一种类似于要求标准化的美国式的思维。

詹姆逊在一篇采访录里说到:"美国人看问题无须任何历史角度,也许连阶级观点也不需要。这在'文化研究'这一学术形式中亦有表现。他们不在自身特定的环境中看待自己。"②这段话我曾在一篇论文中引用过,以为他是在批评美国的思维方式,因为美国人的历史很短,就200多年吧,因此没法"历史感"起来的。他们谈论问题,不跟你谈什么历史、传统,谈论这些问题,他们自知没有什么底气。他们只是给他国立法,强要他国遵守、执行由他们

---

① 引文均见《历史断裂与接轨之后——对当代文艺学的反思》,载《文艺研究》2004年第4期。
② 詹姆逊(詹明信):《晚期资本主义的文化逻辑》,三联书店1997年版,第41页。

制订的准则和有利于他们自己的普世主义规范,不管他国具体情况与历史条件如何,如果你不同意,那就诉诸枪炮、导弹!但是当我读到詹姆逊的另一篇访谈录时,发现他原来就是一位具有标准的美国思维的学者。"现代性的口号在我看来是个错误的口号。我认为它产生于某种意识形态的境遇,其中资产阶级关于进步、现代化、工业发展以及诸如此类事物的看法,最终一无所获,而且社会主义的观念也从中消失。"他进一步说:"我真的不认为每个国家有它自己独特的现代性的条件……我想强调的是世界各国正在变得相似或标准化的方式,而不是赞颂这些文化差异的方式。人们还可以证明,文化差异不论有多么深刻的社会基础,现在也正在变成平面化的,正在转变成一些形象或幻象,而那些深厚的传统不论是否曾经存在,今天也不再以那种形式存在,而是成了一种现时的发明。人们因此而谴责传媒,但它看来确实是后现代性的一种逻辑,是它内部深层历史的消解。"①本文在前面引述他关于中国的城市正在迅速"变成后现代过程,尤其在后现代性意味着历史或历史感或历史性消失的那种意义上"。这种美国式的后现代主义批评的思维方式,是一种使社会科学美国式的一体化、标准化的方式,有人用美国"麦当劳化"②的思维方式,来形容美国式的一体化与标准化,是个十分形象的说法;当然我们看到高档一些饭店里的厕所洁具也到处标志"美国标准"。这种美国的标准化、一体化思想,深刻地影响着我国的文化批评研究。詹姆逊说,英国过去曾是美国的传送带,"而如今的美国又好像成了中国的传送带",说得十分实在。好像作为呼应,我们的批评文章告诉我们不能再强调"民族国家身份",否则"无非是想走终南捷径,无法与别人共同起跑,平等对话。而幻想以民族特色来在国际学界争一席之地,以其'特殊的身份'获得承认,那本身就是打了折扣的承认,这不过是一种自欺欺人的心理"。"不是'中国的'又何妨?"在去"中国的"之后,自然就和西方接轨了,和西方的差距弥合了,一滩水和乳汁交融了。但这恐怕就不止是"终南捷径",而是"麦当劳捷径"了!我国的文化批评的某种方面(我说的只是某些方面),实际上用这种使历史再度断裂的思维,来弥合原有的断裂,但最终是否会使文化传统,化为一溜历史青烟呢!

那么真的存在什么"后现代真经"的吗?像上世纪50年代以后的30年

---

① 谢少波、王逢振编:《文化研究访谈录》,中国社会科学出版社2003年版,第104、105页。
② 这里借用了苏国勋:《抵制社会科学的"麦当劳化"》一文的术语,载《中华读书报》2004年9月8日。

间,"真经"是剥夺我们一切表述的话语权的东西,是使我们扎米亚金"我们"化的东西,所以现在再度听到欢呼"真经",就不由得使人们满身要起鸡皮疙瘩的。其实如前所说,后现代文化批评理论派别众多,理论上十分芜杂,自有它的长处和局限。对于这点批评文章也是承认的:"文化研究、全球化理论、后殖民学说、媒体研究等等,分门别类又相互交叉重复,混乱不堪又泾渭分明,左派的批判理论在资本主义搭建的舞台上表现得淋漓尽致而又漏洞百出。"那么,既然认为这类是"混乱不堪""漏洞百出"的东西,怎么一下子就变成了"真经"了呢!这里恐怕就难说是学术因素在起作用了!后现代以解构逻各斯中心为己任的,现在中国的学者不仅要把后现代视为中心,而且把它提到了"真经"的吓人地步,这就大大有违后现代主义多元化的初衷了。也许,给人不少启迪,主张思想解放,力图拆去凝固不变的教条框框,反对逻各斯中心的后现代文化研究,与解构以往的文化的价值与精神,确立自己的绝对权威的"真经"地位,到处消解别人,而唯独不肯消解自己,看来这本来就是它的双重本质特征的表现吧。西方的文化批评本身自然并非教条,可是像橘生于淮而成枳,在它移植到中国后,我们一些学者,是不是使它成了新的"真经"和新的教条了呢!

利查德·罗蒂作为美国的后现代主义哲学的一位代表人物,是位反本质主义的、反一元论的、主张多元文化的哲学家。最近他访华时说:美国的新左派,"关切身处边缘的弱势群体有其合理性的一面,但往往置国家理念、民族认同和社会凝聚力于不顾,就非常危险了"。又说,"后现代主义因其建设性的薄弱在美国并未占据主流地位,而中国却将后现代主义奉为圭臬,这是有问题的"[1]。引语录自一篇报道,虽是报道,但估计与罗蒂的原意出入不大。罗蒂批评了美国新左派的那些思想,相当曲折而又真实地反映了一些中国学者(自然并非新左派)的理念。可贵的是他还讲出了在美国后现代并不占有主流地位的真情,而在我们这里却炒得如此之热。因此,这位后现代哲学家的话语,对于我,对于在文学理论建设中提出去"中国的"、去民族特色和失却历史感的人们,是多少会有一些启迪的。

(原载于《文学评论》2005 年第 1 期,原标题
为《文学理论反思与"前苏联体系"问题》)

---

[1] 《社会科学报》2004 年 7 月 27 日。

论文学审美意识形态的逻辑起点及其历史生成

十多年来,"文学审美意识形态论"在文论界较为流行,最近一段时间受到质疑。当今文学观念多种多样,比如文学可以是感情的表现,焦虑情绪的记录,内心忧伤的回忆,压抑情绪的发泄,都有道理,或是说文学什么都不是,可以是美男、美女的下半身写作,也会有人附和。1994 年我在《面向新世纪:八九十年代中外文学理论新变》[①]一文中,就论述了当时我国文学观念流行的多种形态,如有:认识论文学观,主体论文学观,象征论文学观,艺术生产论文学观,审美意识形态论文学观,此外还有其他文学观等等,它们在不同层次、不同方面涉及文学的本质,都有各自的道理;要提出一个十全十美、面面俱到、人人都能接受的文学本质观,那是有很大难度的。特别是今天已进入信息、媒介时代,文学形式不断翻新,思想多元,学者们各有各的知识谱系,各有各的思维方法,各说各有理。在真理的长河中,任何理论观点都会存留着那个时代的特点,历来如此。对于"文学审美意识形态论"我也持这种不断反思的态度。

一

有些人一谈审美意识形态,不看问题的来龙去脉,就把它当成审美加意识形态进行批判,这是几十年来形成的思维惯性使然了。

"文学审美意识形态"的逻辑起点不是意识形态,而是"审美意识"。上世纪 80 年代提出把"审美意识"作为"文学审美意识形态"的逻辑起点的初衷,就是想改变一下半个多世纪以来我们已经习以为常的横向思维方式,即总是凭借过去先贤的多种既定的文学理论观念,或是以某种现成的学说

---

① 见拙著《文学理论:走向交往对话的时代》,北京大学出版社 1999 年版。

来界定文学本质。提出文学审美意识形态说，试图从发生学、人类学的视角，揭示文学的原生点及其在历史发展生成中的自然形态。讨论人类审美意识的形成和发展，历史地生成口头语言形式的审美意识形式——前文学；遂后融入蕴涵了文化精神的语言文字结构，进而历史地生成为现代意义上的文学审美意识形态的，期望在文学本质特性的探讨中和文学观念的形成中找回其自身的历史感。

黑格尔在《小逻辑》中讲到："在我的《精神现象学》一书里，我是采取这样的进程，从最初、最简单的精神现象，直接意识开始，进而从直接意识的辩证进展（Dialektik）逐步发展以达到哲学的观点，完全从意识辩证的进展的过程去指出达到哲学观点的必然性……因为哲学知识的观点的本身同时就是内容最丰富和最具体的观点，是许多过程达到的结果。所以哲学知识须以意识的许多具体的形态，如道德、伦理、艺术、宗教等为前提。"[①]精神现象学就是"关于意识的经验的科学"。精神在其历史发展中展开自身的每一个环节，"意识本身就是出现于它自己与这些环节的关系中的；因为这个缘故，全体的各个环节就是意识的各个形态"[②]。马克思对这种建立在抽象精神基础之上的意识指出，在黑格尔那里，"意识的对象无非就是自我意识；或者说，对象不过是对象化的自我意识、作为对象的自我意识（把人和自我意识等同起来）"；"正像本质、对象表现为思想的本质一样，主体也始终是意识或自我意识，或者更正确些说，对象仅仅表现为抽象的意识，而人仅仅表现为自我意识"。所以黑格尔的学说是以纯粹的思辨的思想开始，又是以绝对的抽象精神结束的。但是马克思恩格斯充分肯定了黑格尔辩证法的"伟大的历史感"，在《德意志意识形态》中开始营建他们的思想理论时，正是通过人类社会实践的基础，从批判、分析"意识"这一最根本的范畴开始的。

就人类的意识、语言、思维的形成与审美意识的生成来说，这些现象都是长期劳动实践过程的产物，是在现实基础之上发生的。自然，最初级的原始思维尚不具备意识的所有形式，语言意义的范畴与生物本能无意识的范畴，处于共存状态，自觉意识极为模糊，被意识到的东西极为有限。当人类还不具有真正意义上的语言时，他就只能依靠身体动作、手势、表情、叫喊、呼号等符号手段来交流感情。这时的意识融合了主体与客体，各种粗糙的感知觉、感情、想象，它们相互渗透，共处一体。意识起初不过"是对自然

---

① 黑格尔：《小逻辑》，贺麟译，商务印书馆1981年版，第93、94页。
② 黑格尔：《精神现象学》上卷，贺麟等译，商务印书馆1979年版，第62页。

界的一种意识,自然界起初是作为一种完全异己的、有无限威力的不可制服的力量与人们对立的,人们同它的关系完全像动物同它的关系一样,人们就像牲畜一样服从它的权力,因而,这是对自然界的一种纯粹动物式的意识(自然宗教)"①。意大利学者维科讲到,原始初民的本性还类似于动物本性,他们尚不具备推理能力,但浑身充满了旺盛的感觉力和生气勃勃的想象力,"各种感官是他们认识事物的唯一渠道……他们还按照自己的观念,使自己感到惊奇的事物各有一种实体存在"。维柯把初民的这种思维称做"诗性智慧"②。意识的起源,实际也就是思维的起源。由于初民这种充沛的感觉力与想象力的不断进化,由于知觉的不断形成,由于记忆的不断积累,由于形成了具有协调性、初级概括力的思维能力,他们就慢慢地感到外在于自己的世界,同自己一样是有生命的东西,以此来认识周围环境,进入所谓泛灵论阶段。意识的进一步发展,是实践活动发展的结果,它使人把"自己的生命活动本身变成自己的意志和意识的对象"。人的有意识的生命活动把自己同动物的生命活动区别开来,而成为类存在物。"正因为人是类存在物,他才是有意识的存在物,也就是说,他自己的生活是他的对象。仅仅由于这一点,他的活动才是自由的活动"③。人与人的交往、人与其他对象的关系不断扩大开来,形成了相互的关系即社会关系物。"人们参与这种社会关系,而这种社会关系只有通过人们的大脑感官以及行为器官才能够实现。在由这种关系所产生的过程中,还把客体以及主观影像的形式以意识的形式纳入人脑中"④,成为人类共同的初级知识。同时,意识又是通过语言来获得表现的一种心理形式,意识无法脱离开语言。意识、思想、观念的发生,"最初是直接与人们的物质活动,与人们的物质交往,与现实生活的语言交织在一起的";"语言和意识具有同样长久的历史;语言是一种实践的、既为别人存在并仅仅因此也为我自己存在的现实的意识"⑤。在人们的共同劳动、相互交往的过程中,语言不断获得发展。这样,意识成了人的感觉、知觉、记忆、想象等心理活动的表现,是人的头脑对于客观物质世界相互关系的反映。"意识的存在方式,以及对意识说来某个东西的存在方式,这就是

---

① 《马克思恩格斯全集》第3卷,人民出版社1960年版,第34—35页。
② 维柯:《新科学》,朱光潜译,商务印书馆1986年版,第161、162、155页。
③ 《马克思恩格斯全集》第42卷,人民出版社1979年版,第96页。
④ 列昂捷夫:《活动 意识 个性》,李沂等译,上海译文出版社1982年版,第12页。
⑤ 《马克思恩格斯全集》第3卷,人民出版社1960年版,第34页。

知识。……只要意识知道某个东西,那么这个东西就成为意识的对象了"①。在意识的活动中,思维起着主要的作用,思维是以感知觉的发生为前提的,有了思维,就有了意识。"思维是要把一定的事物内部不同部分相互之间某种客观联系和区别探索清楚,取得这些事物或这些事物的不同部分,如何一定地相互联系又相互区分着的如实图景……取得一个尽可能的确切的'映像'"②。思维是在感性的表象、初步形成的概念的基础上,进行分析、综合、判断、推理等认识活动的过程,使意识连成完整的图景,成了人类特有的反映的高级形式。

作为原始初民通过意识活动而认识世界的原始思维,实际上是一种因语言而获得表现的混合型的思维,它既是"诗性智慧",又是神话思维,虽然关于原始思维、神话思维、巫术、宗教,人类学家有着不同的说法。诗性智慧、神话思维都包含了审美意识在内,而审美则是人的本性的表现。普列汉诺夫曾经说到:"人的本性使他能够有审美的趣味和概念。他周围的条件决定着这个可能性怎样转变为现实。"③这"周围的条件"就是原初社会、劳动实践中的各种活动,如劳动、劳动工具的制作、模仿游乐、巫术活动等。泛灵的神话思维崇尚相似性,"对于神话思维来说,每一项领悟的相似性都是本质之同一性的直接表现。这种相似性绝非纯粹的关系概念和反思概念,而是一种现实力量——它是绝对现实的,因为它绝对有效。一切所谓类推式巫术都显露出这种基本的神话意识"④。"巫术"是原始初民的生存信仰,是原始社会的主要文化现象。初民用以沟通神秘的不可知的自然力,以改变自己的生存状态。"巫术是一套动作,具有实用的价值,是达到目的的工具。现代宗教中有许多仪式,甚至伦理,其实都该归入巫术一类中的"⑤。巫术操作中的模仿性、拟人化原则,表现为通过"互渗律"、"接触律"、"相似律"⑥,把各种对象与事物,想象为有生命的东西,以此来认识自己所处的世界。在巫术的操作中,"每一次都能表现出在巫术与审美模仿的统一中的偶然

---

① 《马克思恩格斯全集》第20卷,人民出版社1979年版,第170页。
② 潘菽主编:《意识——心理学的研究》,商务印书馆1998年版,第30页。
③ 普列汉诺夫:《没有地址的信:艺术与社会生活》,曹葆华译,人民文学出版社1962年版,第17页。
④ 卡西尔:《神话思维》,黄龙保等译,中国社会科学出版社1992年版,第76页。
⑤ 马林诺夫斯基:《文化论》,费孝通等译,中国民间文艺出版社1987年版,第51页。
⑥ 参阅列维-布留尔《原始思维》,丁由译,商务印书馆1985年版。

性"①。神话思维通过虚幻的但把虚幻当作真实的巫术的操作过程,相当集中地显示了具有审美特性的模仿性、拟人化原则,使得审美意识得以自然的形态显现于这种思维的过程与巫术活动之中,促使人的审美的可能性转为现实。这样,神话思维一方面具有感性的特征,是一个想象充沛的感性系统,并在操作中激发审美感情,从而构成审美意识与审美反映的最初形态;另一方面,它又具有认知的特征,是一个初级认识的概念系统,具有认识与理论的原初萌芽。这两个方面组成了神话思维的统一结构,即它既具审美的和非审美的、同时又具有认识的功利性特征。卡西尔说:"神话兼有理论的要素和一个艺术创造的要素。"②当然,由于初民的这种对世界的认识往往缺乏科学性,所以他们的认识总是充满了臆想与虚假的。

随着长期的生活实践的进一步发展,神话思维的统一结构,不断走向瓦解与重构。一方面因人的劳动分工,生存经验的积累,认识能力的加深,不断增强了理性因素,从而使神话思维的拟人化原则不断减弱,独立出了以认识为主的理论思维,并进而不断清除拟人化原则;另一方面,拟人化原则张扬非理性因素的同时,吸收了进一步增强了理性的人的想象性,发展成为宗教思维与艺术思维。这两种思维都包容着充满了感性特征的审美意识,从而使审美意识发展到了一个新的水平。从人类社会发展来说,这一时期大体上是母系氏族社会走向父系氏族社会的过渡阶段,在我国即将进入夏商周三代的阶段。

巫术和在巫术文化基础之上形成起来的原始宗教的拟人化,崇尚自然神灵,继续着包含有审美意识特性的巫术与原始神话的精神,把对超验世界的、彼岸世界的神秘的想象,神主宰的世界,当做人的理想的现实,并把它作为认识世界的手段,激发宗教的神性,获得信仰的满足。同时,在传说、故事、巫卜、游乐、吟唱之中,拟人化原则又被逐渐被纯化而走向了世俗化,进一步开掘了人身上的虚构、想象的潜能,拓展了人的不断发展的自由、自觉的审美创造力,丰富着审美意识的涵义,从而使人面向自己,面向人性,面向此岸世界,创造了他心灵向往的虚构的真实,并通过他的想象创造物,来审美地观照自己,审美地激发自己,获得精神的愉悦。当然,原始时代的宗教意识与艺术意识,在很长的时期内相互渗透,是难分难解的,即使在进入文明时期之后的很长阶段内也是如此。

---

① 卢卡契:《审美特性》第 1 卷,徐恒醇译,中国社会科学出版社 1986 年版,第 387 页。
② 卡西尔:《人论》,甘阳译,上海译文出版社 1985 年版,第 97 页。

就审美意识与人通过本性的改造而成为人化的自然界的关系来说。人类的长期劳动实践、社会大分工的出现，进一步的发展和生存的适应与改变，加上天赋、体力、偶然性等因素的影响，不断改造着人的本性，最终使自然界的产物——人，渐渐变成了人化的自然界。人因适应与改造环境而同时促进了自身本性的重大变化，而人的本性的演变，进一步构成了审美意识的心理的内在化，而必然地导致审美意识的演变。其中最具影响力的因素是人的想象力的飞速进步。想象力固然是人的本身的特性，但它的突飞猛进，反过来又促使人的本性的演变，并形成了思维和生存状况的全面的重大转折。摩尔根在《古代社会》一书中，具体说到在人类的低级的野蛮时期，人类的高级属性已经开始出现时，特别推重这时期人的想象力的发展。他说："个人的尊严、语言的流利、宗教的感情，以及正直、刚毅和勇敢已开始成为其性格的共同特点；但是，残忍、诡诈和狂热也同样是共同的特性。"在这一阶段，产生了偶婚制家族，氏族、胞族组成的部落联盟等。"在宗教方面对自然力的崇拜，对于人格化的神和伟大的神灵的模糊概念、原始的诗歌创作、公共的住宅、由玉米做成的面包，也都属于这个阶段"。"野蛮时期"发展了人类蒙昧时期原始初民的语言、政治、宗教、建筑技巧等；"对于人类进步贡献极大的想象力这一伟大的才能此时已经创造出神话、故事和传说等等口头文学，这种文学已经对人类产生了强大的刺激作用"[①]。人类通过以日益发展的想象力所形成的审美意识，创造了可以审美地观照自身、激发自身、欣赏自身的审美对象。"从这时候起意识才能真实地这样想象：它是同对现存实践的意识不同的某种其他的东西；它不想象某种真实的东西而能够真实地想象某种东西。从这时候起，意识才能摆脱世界去构造'纯粹的'理论、神学、哲学、道德等等"[②]。

不去想象某种真实的东西，而能真实地想象某种东西，这一不断积累、富于开创意义的人的意识的变化，其实质标志着人类"自我意识"形成的过程。"自我意识"是人在社会交往中逐渐把自我与对象区别了开来的能力，它使人意识到后者成了自己感觉与认识的对象，并又通过对象来认识自己，于是促成了人对自己本质的全面占有。在感觉、思维等方面，人的五官成了"人化的"五官，可以通过对象的人化，来复现自己的心灵，审美地观照自己。马克思说："人以一种全面的方式，也就是说，作为一个完整的人，占有

[①] 摩尔根：《古代社会》下册，杨东莼等译，商务印书馆1983年版，第539页。
[②] 《马克思恩格斯全集》第3卷，人民出版社1960年版，第35—36页。

自己全面的本质。人同世界的任何一种人的关系——视觉、听觉、嗅觉、味觉、触觉、思维、直观、感觉、愿望、活动、爱,——总之,他的个体的一切器官,正像在形式上直接是社会的器官的那些器官一样,通过自己的对象性关系,即通过自己同对象的关系而占有对象。……只是由于人的本质的客观地展开的丰富性,主体的、人的感性的丰富性,如有音乐感的耳朵、能感受形式美的眼睛,总之,那些能成为人的享受的感觉即确证自己是人的本质力量的感觉,才一部分发展起来,一部分产生出来。……人的感觉,感觉的人性,都只是由于它的对象的存在,由于人化的自然界,才产生出来的。五官感觉的形成是以往全部世界历史的产物。"①要是我们把黑格尔的意识与现实的关系颠倒过来了解,那么黑格尔的话说得确是十分深刻的:"人是一种能思考的意识,这就是说,他由自己而且为自己造成他自己是什么。自然界的事物只是直接的、一次的,而人作为心灵却复现他自己,因为他首先作为自然物而存在,其次他还为自己而存在,观照自己,思考自己,只有通过这种自为的存在,人才是心灵";"人通过改变外在事物来达到这个目的,在这些外在事物上面刻下他自己内心生活的烙印。而且发现他自己的性格在这些外在事物中复现了。人这样做,目的在于要由自由人的身份,去消除外在世界的那种顽强的疏远性,在事物的形状中他欣赏的只是他自己的外在的现实。"②人在自己造就自己是什么样的人,以及在观照自己、欣赏自己的过程中,自然也就显示了其感情的趋向,反映了其意图与评价。这就是审美活动、审美意识的自身展现。只有审美活动、审美意识的展现,最能消除世界对他的疏远性,而与之发生心灵的交织与亲近。

二

多种美感具体样式的生成,促进了审美意识的不断丰富,同时由于社会制度的进步,伦理关系的确立,又促成审美意识文化因素的不断提升。生存环境的递变、社会关系的剧烈变动、命运的激烈变迁,如前所说,使得人们自身的器官渐渐演化而为"社会的器官",人的所有的感觉演化成了"人的感觉"。人的感觉、感情,通过与自然、社会、人与人之间相互联系和作用,

---

① 《马克思恩格斯全集》第42卷,人民出版社1979年版,第123页、第124页、第126页。
② 黑格尔:《美学》第1卷,朱光潜译,商务印书馆1979年版,第38—39页。

变得复杂起来，他以全部感觉，在对象世界中肯定自己，而显示着他的本质力量；同时通过各种感觉器官的综合功能，使审美意识日益丰富起来。比如，从社会关系、现象来说，形成了多种美感样式的具体性，有对于氏族所崇拜的图腾的崇敬的感情；对于先祖开创世界为子孙后代造福而献身的景仰之情，由此而激发的神圣、庄严的感受与感恩之情；或因战争杀戮、掠夺奴隶而引起的生离死别的感受；由于集体狩猎的成功，获得食物的欢庆与喜悦，祭祀的神秘与庄重，娱神的戏谑与自娱的欢乐，人生哲理的感悟的悬想等。从人和自然的关系来说，例如有面对宇宙的无穷，日月星辰的循环往复，对于崇山峻岭、滔滔江河，产生神秘的敬畏之感；遭遇人力难以抗拒的自然灾变所引发的惊惧心理，或因狂风暴雨、漫漫水患灾难所带来的恐怖之感，或是对于自然死亡引起的悲伤，等等，都在自己心里，逐渐积淀成为复杂的美感形态，进而演化为集体无意识，积累成为多种美感的原型，如悲剧、喜剧、叙事、游乐的美感，逐渐形成了心理上的审美意识的内形式。它们是人的感觉与感觉了的人性，是有音乐感的耳朵、有形式美的眼睛和其他感觉的联结物，是人化的对象在自己心灵中的再现，是人能够在对象上留下自己内心生活烙印的创造力的体现。与此同时，人们由于在劳动实践、生存斗争、氏族征战中经验教训的不断积累、认识能力的不断加强，加上原初性的国家体制力量的催化，于是出现了功利、追求价值、评价的活动，进而促成了功利、价值、评价观念的形成。这样，渗入了各种美感和评价，从而被不断丰富、不断提高了文明程度的审美意识，既是充分感性的、审美的，同时又是具有不同的意义和价值的。

　　特别是低级野蛮时代而后过渡到文明时代的初期，父系氏族社会逐渐确立，私有制在孳生，阶级也在萌芽状态中发展，国家的雏形正在形成，文明程度大大提高。社会组织日渐严密起来，政治、军事、宗教、艺术在功能上开始分离开来，它们在整体上为氏族、部落联盟、国家所拥有，渐渐成为群体意识的生存原则。祭祀、巫术是这一时期的文化生活中的主要现象。"祀，国之大事也。"原始宗教流行时期，崇拜自然，崇拜祖先，人神共通。传说尧将人神分开，"命羲和世掌天地四时之官，使人神不扰，各得其序，是谓绝地天通"[①]。这种在人神之间进行了更大的社会分工，也即专业、职业的

---

① 《尚书正义》，《十三经注疏》，北京大学出版社1999年版，第539页。

分工①，就把与神沟通的权力赋予了极少数人——巫史。因此殷商西周，巫史盛行，地位显赫，"王前巫而后史，卜筮瞽侑皆在左右。王中心无为也，以守至正"②。巫史既管政治，又掌祭祀、宗教、文化，订制礼仪、制度，使社会的统治秩序进一步制度化。这样，文化的创造，包括艺术、文学的创造，就落入了少数特殊人物之手。巫史聚政权、神权、军权于一身，既是当时的文化精英，又是专制式的领袖人物。商周青铜器上以精湛技巧雕刻出来的饕餮纹、龙纹、凤纹，眼珠突视，巨口怒张，准备随时吞噬什么的造型，表现了凶狠、恐怖、残忍的特点，看来它们都是巫史的设计，以显示权力、神力的绝对威严，同时它们又是巫史"通天的工具之一的艺术"，而青铜器本身，则成了"政治权力的工具"③与象征。西周封建制度的建立，也随之建立起来的各种复杂的礼仪制度与伦理关系，规范着统治者与被统治者的各自地位，人与人之间的行为举止。"何谓人义？父慈、子孝、兄良、弟弟、父义、妇听、长惠、幼顺、君仁、臣忠，十者谓之人义。讲信修睦，谓之人利，争夺相杀谓之人患。故圣人之所以治人七情，修十义，讲信修睦，尚辞让，去争夺，舍礼何以治之？"至于最为讲究的祭祀，在其仪式上人物列队贵贱等级有分，供品酒浆陈列有序，"陈其牺牲，备其鼎俎，列其琴、瑟、管、磬、钟、鼓，修其祝、嘏，以降上神与其先祖，以正君臣，以笃父子，以睦兄弟，以齐上下，夫妇有所，是谓承天之祜"④。这十义、信睦、辞让、人利、人患等等，无不显示了政治、宗教伦理体制的森然秩序，人际关系中应具的伦理的意义与价值的追求，并以这些政治、宗教伦理秩序的意义、价值、功利等观念，施教于贵族子弟，灌施于奴隶百姓。逐渐出现了初始状态的社会意识形态的形式，如政治、宗教、伦理、艺术、文学的雏形，虽然它们在形式上还难分难解。同时在各种节庆与日常生活中，在不同场合通过图腾、图像制作，以及在听觉性、视觉性的语言符号系统的运作中，进行着或是庄严的或是戏谑的在场性的相互交流。

---

① 按照马克思恩格斯的说法，精神生产劳动分工的结果，是在剩余劳动创造剩余产品的基础上形成的，剩余产品把一部分劳动时间游离出来，成为"自由时间"，去创造"享受"与"发展"的资料（见《马克思恩格斯全集》第47卷，人民出版社1979年版，第287页）。到了文明时代，"生产力的提高、交换的扩大、国家和法律的发展、艺术和科学的创立，都只有通过更大的分工才有可能，这种分工的基础是，从事纯体力劳动的群众同管理劳动、经营商业和掌管国事以及后来从事艺术和科学的少数特权分子之间的大分工"（见《马克思恩格斯全集》第20卷，人民出版社1971年版，第197页）。
② 《礼记正义》中，《十三经注疏》，北京大学出版社1999年版，第705页。
③ 张光直：《中国青铜时代》二集，三联书店1990年版，第113页、第123页。
④ 《礼记正义》中，《十三经注疏》，北京大学出版社1999年版，第689、670页。

就文学艺术而论，它们同样存身于有声性的、听觉性的语言符号系统之中。就后世出现的多种文学艺术形式发生而论，在它们形成之前，从神话总源的分化并过渡到文学艺术形式的过程中，在渗入了各种美感的审美意识的不断演化中，可以设想，其中必然存在着众多的中介环节，必然存在着与之融合为一体的形式因素，例如节奏、音韵、歌唱、叙事、仪式程序等，而它们的萌芽无不显示于有声的巫唱、神话传说之中，存身于有关先祖、英雄、创世故事、祭祀、巫卜、舞蹈游乐的视听并举的叙事、演唱的审美活动之中。在这一漫长的过程中，人的审美意识原型的生成、演变与积淀，在心理层次上构成了审美意识的内形式，在多种方式、具体场合的审美活动中通过语言的表述，外化而为原初的有声性的审美意识形式——前文学形式。那些具有多种美感样式的演唱、表述、传说、记事、带有某些哲理感悟的思考等审美活动，大体都使用了口头的、有声语言的、乃至赋以多样的人的形体舞蹈动作的形式。由于这种传说演唱只能即兴表演，只能口头代代相传，或私相传授，因此这种口头审美意识形式，估计必然会有大量流失，比如当这些氏族或部落遭到自然灾难或战争灾祸而覆灭，这些口头传说与演唱性的审美意识形式，也即审美意识形态的初始性形式，也就会随之湮没无闻，使得今人难以见到它们的实在形态。现今我国边远地区的有语言而无文字的少数民族的史诗演唱，由原来祭祀、娱神仪式转变而为今天的地方性的戏曲表现，可能渗入了不少现代因素，但其原生态风貌依稀可见。

审美意识发展中的重大的转折，表现为不断演变的审美意识与日趋精致的语言的融合，表现为审美意识与不断出现、逐步完善的文字的融合，表现为审美活动中的心理意识时时生成的审美表现的偶然性，逐渐走向有序化的表现形式——赋、比、兴，就使得在原始审美活动中产生的审美意识形式，获得了质的飞跃，体现了象征符号的自由创造和美的规律的真正的实现。

生活实践、口头传唱、记事、故事的拟人化原则的不断更新，促使语言发生了重大的变化，即语言不仅发展了自身的陈述功能，而增强了语言的表述功能，也即增强了想象、虚构的功能。语言的表述功能由语意的游离现象即"语义游离"与"语义抑制"现象所组成。所谓"语义游离"，即语言可分为属类名称和专有名称，属类名称的词汇组织，形成含义的结构系统，这种含义结构具有广泛、普适的特点，即与它所指的对象形成脱节，造成一种不确定性。这不是为了认识，却是为感情所把握的语义游离，广泛地造成了描述中的"空洞幻想的自由"。这类描写,形似写实,但无实指。另一类情况是,"人们可能有意无意地使含义结构失去根基,切断了它与所指对象之间的指称关系"①。于是符号与对象之间的正确无误的关系不复存在,形成所谓"语义抑制"。例如历史人物、地名都可能是实在的,但进入语义游离的语境中,变成了实存的虚饰与象征,其语义本身受到了抑制。语义游离、语义抑制情况的形成,使得语言可以不同程度地脱离其所指对象,而引向语义的模糊与多义,为走向新的虚构创造提供了可能,从而使其成为艺术的语言、文学的语言。"文学的语言通过词、句的组合,构成最基本的审美单位,进而形成与单个词义截然不同的语言的审美结构,造成种种审美意象"②;同时,语言与音乐韵律的关系有了发展。仪式、舞蹈中的呼喊、应和形成节奏,节奏确实与劳动有关,开始的节奏就是劳动的节奏,但是日趋复杂的诗歌的节奏只是在超越了劳动,与劳动相分离之后,才能成为具有更高形态审美意义的节奏。节奏引起了人们的审美趣味,也培养了人的审美的形式感,即把对生活的各种感受通过一定的节奏表现出来,因而节奏可能是最早的审美形式,如游乐、仪式上的呼喊、重复等等。节奏形成音顿,促使诗歌用韵,形成诗歌的韵律。出现了叠字、叠句、双声叠韵、重章叠唱,造成了诗歌的节律感与音乐感,使诗歌随舞能颂能唱,抑扬起伏,回环往复,韵味无穷。

　　文字的出现使人类改变了其生存的方式,传说面貌奇特的仓颉造字,"天为雨粟,鬼为夜哭,龙乃潜藏"。传说中的这些惊天动地的天象的发生,大约是由于文字的创造与使用,使得先人认为具有魔力般的文字咒语,可以制约、制裁鬼神,在很大程度上解蔽了生存的盲目与神秘,可以使人类在把握自己命运方面增加了自由度。他的历史的存在、生活情状、感情状态从此可以通过文字而相互交流,或被记载下来而为后人所了解,而不必再受制于神鬼。文字创始于商代,它的出现自然不是个人的发明,而是集体的创造。当思维依附于语言的时候,思维就是语言,作为言说或表述,这时主客体渐渐开始分离。但当文字发明之后,文字以象征的符号记录了语言所说而被物化,这样人们就可以对语言进行思考与分析,从而使"自我意识"获得了生动的体现。我国语言学家认为,当人类能通过文字来思考语言的时候,也就意味着人类能够思考自我,思考自己的思维状况,反思自己的精

---

① 贝克:《艺术中的意义判断》,见李普曼编:《当代美学》,光明日报出版社1986年版,第183、184页。

② 见拙著《文学原理——发展论》,社会科学文献出版社1989年版,第40页。

神世界。"语言在文字那里发现了自己,思维在文字中获得了存在,人类在文字中实现了自己的理性和主体性。"主客体在文字里真正分离了开来,思维通过文字而投向对象。我国的文字主要是汉字,象形汉字可以取自图画类符号、造型类符号、记号类符号以及综合类符号等,这使得象形汉字这种符号的模仿力大于对象临摹的性质,而具有明显的写意性。写意性强的象形符号构成了汉字的意象性原则,即"符号形体与临摹的原型制件存在既像又不像的言此意彼的关系"。"汉字的象揭示了在汉字形体与汉语中间存在着一个意义世界,这个意义世界是建立在作为能指的汉字与作为所指的汉语之间的相似性即'象'的基础上的,这种'象'的意指方式更强调造字者在记录汉语时的动机选择性,以能指系统的'象'造成汉语意义仿佛在场的效果,但实际在场的是汉字自身的意义系统。……汉语书写者借助于声音的不在场,使书写者的自我意识成为语言意义的在场形式。"这样,"文字作为一种集体文化的记忆、储存、交流代码系统,在文化的整合和交流中发挥着重大的作用"[①]。汉字本身就是具象而像又不像、言此而意彼、极富象征意义的符号,而其语义就是汉字符号及其组合的形象的自身。因此如果我们丢弃了汉字,那就等于丢失了我国几千年来的文化创造与典籍,失去了我国独创的文化传承的基础。至此,长期发展中不断积累下来审美意识,蕴涵着人的生存感受与感悟,包含着认识、意义、哲理等因素,及其原来口头表现的、多种极富感性色彩的形式因素,现在融入了作为承载着人的生存意义与体验而成为象征符号的文字,融入了具有独特的节奏、韵律的诗性语言的文字结构,这就使其自身获得了书写、物化的形式。这种审美意识的物化的实在形式,并非一种只具纯粹线条、色彩的"有意味的形式",而是一种在诗性语言的文字结构中凸显着意义之流的"有意味的形式"。初始阶段通过文字记载而流传下来的民歌、巫唱、巫卜、叙事、历史记述等,不仅供人娱乐游唱,感情发泄,而且也承载了对原初的自然现象与生活现象的描述与认识,部落变迁的记事。

赋、比、兴的生成、积淀与成形,则是审美心理意识表现中不断出现的偶然性,逐步走向有序化的表现。这当然不是说审美意识活动中的偶然性被减弱了,而是说不断生成的偶然性,在表现方式上被纳入了开始有序化的赋、比、兴的规范,使审美意识的内形式,找到了外化的范式。其实,赋、比、

[①] 孟华:《汉字:汉语和华夏文明的内在形式》,中国社会科学出版社 2004 年版,第 48 页、第 59 页、第 72 页、第 73 页、第 74 页。

兴不仅是审美意识的表现方式,而且是创作主体审美能力的质的飞跃,是文学初始形态诗歌的审美特性的组成与显现,是文学审美特性有序的形成,是由前文学走向文学的审美中介的确立,是美的规律的进一步生成与完美的实现。上古歌谣言简意赅,重在记事,作为一种生命律动的自由创造表现,应该说大体上也是通过赋、比、兴来获得其表现形式的,但比、兴在《周易》前的古歌中成分还不很发达与丰富。《周易》的卦爻辞中,比兴成分已大大增加,它们本身成了从前文学走向文学的过渡的"活化石"。"赋、比、兴的融合,是人对自然与社会审美观照的不断深入与把握的结果,是从对自然、社会的无意识的人化,走向自然、社会的有意识的人化的标志,是人由无意识的生命本能的创造,走向自由、自觉的审美创造"①的表现。由于这种审美能力的发展,人自觉地沟通了自然与社会,在心理感受中使之交融,找到契合,而后形成多种意象的排比与广泛的叙事与抒情构成因素。赋、比、兴的相互融合,促成了审美意识的心理内形式,转向全新的审美结构,转向美的规律生成与实现,即流传下来的最早的抒情诗与叙事诗的出现。就抒情诗来说,赋、比、兴的融合,扩大了创作者的主体因素,使人的审美感受力逐渐走向精细化,特别是人的感情、情绪与思想,在语言、节奏、文字的丰富中,具有了个性化的感情的血肉,并使主体原来的原始野性的呼喊,变成了音韵多变、有唱有演的感情抒发。就叙事诗来说,赋、比、兴的融合,由于创作主体性的强化,改变了叙事与表达的单一方式,形成了具有个性特征的多种叙述角度,如有描写、对话、设问性的层次递进的叙述,等等。

过去把《诗经》视为文学的源头,实际上在它之前编辑而成的《周易》中的作品,和散见于其他典籍中的同时期的古歌、民谣,在数量上十分可观,已经具备后世观念上的相当严整的初期诗歌形式了。《周易》历来被认为是占卜之书或哲学著作,它的复杂的内容通过巫卜化、神学化才被记录下来。郭沫若抹去了《周易》的神秘性,几乎是把它当作《周易》时代社会生活的反映进行考证的。在谈及《周易》与时代的社会生活关系的《生活的基础》一节中,他列举不少卦爻辞描述了先人"渔猎"、"牧畜"、"商旅"、"农耕"、"工艺"等活动情状。在《社会的结构》一节中,认为不少作品涉及了先人的"家族关系"、"政治组织"、"行政事项"(其中有祭祀、战争、赏罚等)、"阶级"划分等内容。在《精神生产》一节里,指出了先人的"宗教"、"艺术"活动与"思想"观念

---

① 见拙著《文学原理——发展论》,社会科学文献出版社 1989 年版,第 48 页、第 110 页。

的表现等；并对《易传》中的辩证观念进行了分析与批判[1]。这一考古与文学社会学相结合的分析真是振聋发聩。综合《周易》所表述的这些思想，已俨然是建立在当时阶级社会现实基础之上的各种初始形式的意识形态的汇集，成为当时上至统治者商议国是、征战、狩猎、祭祀的守规，下至黎民百姓盖房、出门、行走、婚嫁、劳作的各种行动的指南。其后我国学者不断对《周易》的卦爻辞以新的角度进行解秘、还原，又获得了令人耳目一新的发现。一旦揭去其巫卜、宗教的神秘外衣，原来这些卦爻辞皆为古代的谚语、俗语、成语、完整的古歌或古歌的断章与断句的引用，先民的日常生活、婚丧喜庆、农耕狩猎、征战离散、天象洪水、占卜宗教等内容，在这些简朴、古奥的诗语文字中清晰可见[2]。《周易》历来被推为群经之首，是中华民族智慧的最初的光辉体现，它提出的人文精神、忧患意识，以及表现了东方特色的世界观，至今影响着我们民族的文化精神的发展。而后来的《诗经》，各个方面更趋成熟，较之《周易》在感情表现方面已经极大的精细化，语言文字虽然古朴，但用语数量已大大增加，韵律开始多变而复杂，内涵则显得更为丰富多彩，博大深厚。风、雅、颂三大类诗作，作为风土之音、朝廷之音与宗庙之音，其中所出现的大量语词，至今在我们日常生活中仍然广为使用[3]，令人叹赏。诗三百大体以诗歌形式，记录、反映了西周初年至春秋末期前后五百多年间这一漫长阶段的生活情状，如历史、政治、伦理、征战、祭祀、宗教、劳作、爱情、离愁、商旅、各类民风民俗，而且还成了传授知识、授人经验，甚至成为部落与国家之间"不学诗，无以言"的相互交往的外交工具。它们是从奴隶制转向封建制时代不同社会关系之上的观念上层建筑，即诸种意识形态，从各个方面指导、影响着社会以及人们的思想。但是它们又被冠名为"诗经"，是一种融入了诗性语言文字构形，并以"兴、观、群、怨"的作用深入了人们各种感情生活。《诗经》同《周易》一样，这是经过千百年传唱的审美意识形态，藉助于语言节奏的复杂生成，由二言、三言发展而为四言的诗式，

---

[1] 见郭沫若：《中国古代社会研究》第一篇《〈周易〉时代的社会生活》，河北教育出版社2004年版，第25—69页。

[2] 著名学者高亨的《周易杂论》（齐鲁出版社1987年版），李镜池的《周易探源》（中华书局1991年版）等著作，都指出了《周易》中部分卦爻辞，具有古诗歌形式特征，给人以启迪。今人王振复的《周易与美学智慧》（湖南人民出版社1991年版），傅道彬的《〈诗〉外诗论笺》（黑龙江教育出版社1993年版），黄玉顺的《易经古歌考释》（巴蜀书社1995年版），陈良运的《周易与中国文学》（百花洲文艺出版社1999年版）等著作，进一步扩大了我国古诗源的探索，从文学的角度打开了《周易》的宝库，确认它们多为古代谚语、成语、俗语、民谣、完整的古歌或古歌的断章断句，极有特色。

[3] 可参见夏传才《诗经语言艺术新编》一书的《〈诗经〉的语言》部分，语文出版社1998年版。

通过赋、比、兴的有序化的表现形式,自然地、历史地生成的审美意识形态。作为诗性智慧、诗性文化的高度发展,这种审美意识形态具备了审美意识及其形式所具有的与生俱来的、最为根本的复式构成的特性。一是它的审美诗意特性,人的五官感觉已经不断提升为人的"享受的感觉",而且已将人性的感觉、人的感情、感受、体悟,融入了被掌握了的有序化的审美表现形式与具有象征符号意义的语言文字的诗性结构;二是这种人的享受的感觉,人的感性、感受,又是与人的初始阶段的生存意识、对世界认识、人的感性与伦理关系、哲理意识、哲学观念,也即他所意识到的生存的意义和价值,在汉字的构形之中融为一体的。这两个方面的融合,实现了人对美的规律的深入把握与自由自觉的审美创造。

这样,审美意识随着社会生活的演进,社会结构的日渐成熟与发展,人文意识的进步与强化,特别是文字的出现与完善和审美特性的丰富与表现形式的有序化,美的规律的进步的生成与掌握,于是由口头的审美意识形式,自然地、历史地生成而为审美意识形态。文学从自己的原生态,经历了不断的演变而走向自觉的创造,成为文学自身而接近了现代意义上的文学形式,为后世文学的生成提供了一个基本的样式。

三

两千多年来,不少卓有声誉的中外作家与学者有关文学的说明多种多样,他们相当普遍地认识到了文学与生活、社会制度的关系,或多或少地触及了文学的本质方面。就外国学者来说,比如斯达尔夫人出版于 1800 年的《论文学》一书,它的全称为《从社会制度与文学的关系论文学》,这里所说的社会制度包括了政治、经济、文化等方面。《论文学》一书,从不同的社会制度的视角,论述了欧洲古代文学以及当代欧洲主要国家文学的各自特征。19 世纪中叶,艺术理论家丹纳深受当时自然科学、进化论思想的影响,出版了《艺术哲学》一书,从唯物主义的观点研究了艺术发展的线索,提出种族、环境、时代三要素说,认为这是决定物质文明与精神文明的决定因素。又如巴尔扎克说:"法国社会将要作历史家,我只能当他的书记。"文学在他们那里就是社会意识形式的表现。又如 20 世纪初的俄国学者佩平的《俄国文学史》把文学史视为社会的组成部分,以为通过文学可以"考察社会的自我意识的增长"①,同样也是把文学视为一种社会意识形式的。他们的理论与创作具有重要的时代意义,但是在整体思想上,他们都未能达到唯物史观的高度来理解文学艺术在整个社会生活中的地位及其作用。把文学视为"社会意识形式",一些外国的理论家早在 19 世纪中叶前后就已做到了的。

马克思恩格斯的唯物史观和文学艺术意识形态论的思想,阐明了文学艺术在整个社会结构中的地位,以及与其他意识形态的共同特性。这样,19 世纪末开始,探讨文学的本质的时候,就不可能回避意识形态之维,但这并不是说,意识形态就是文学的定义。也是从这一时期开始,文学审美特性的探讨,因美学研究的日益发展而凸显出来,意识形态问题也是如此。20 世纪无产阶级革命运动高涨的时期,意识形态理论是被普遍使用的观念,用来阐明各种社会现象。在讨论文学艺术的本质特征时,前苏联和中国等国家的政治家、理论家,由于政治斗争的需要,常常强调文学是社会意识形态,以意识形态的普遍的共性特征和文学在阶级斗争中地位,来突出、规范文学艺术的本质,而较少论及文学的审美特性,这是事实。但是当文学被认作意识形态,并以意识形态的共性,也即意识形态性,来替代文学的本质特性时,文学本身就被架空了,进而造成了后来对文学庸俗化、简单化的理解,遮蔽了文学的本性,这也是事实。当然,讨论文学本质特性,如果又忽视其意识形态的社会功利特性的要求,又会在理论上走向唯美主义的偏颇。

新时期初期,在对文学中的庸俗社会学的批判声中,一些学者强调文学的根本特性在于审美,文学必须回归自身,这是完全必要的。但是那种认为文学的特性唯有审美,并用审美来排除、嘲弄、挞伐、否定文学的其他本质特性、功能,也未免矫枉过正而失之偏颇,这样做,并不符合文学的真实情况,但是这种说法在那时并不少见,在文学评论中,社会学研究、历史研究都曾受到贬抑与嘲弄。在现实生活里,审美的现象极多,但是它们并非只为文学所特有,而且审美、审美现象也并不就是文学。我国原有的文学观念,明显已不符合文学自身的特性,而外国几种著作所张扬的文学观念也未能使我满意,如韦勒克的"虚构性"、"内在研究"说,波斯彼洛夫的"意识形态本性论"等。还有如稍后不断涌入的外国学者和我国学者自己提出的如结构主义文学观,解构主义文论,文学符号论,文学语言学,文学心理学,精神分析论,文学感情论,文学表现论,文学生产论,文学接受论,读

---

① 见拙著《文学发展论》,高等教育出版社 2005 年版,第 300 页。

者反应论，文学现象学，文学是人学，文学心学论，主体性文学论，文学象征论，文学数学化论，信息论控制论系统论的文学论，它们都只是接触了文学本质特征的某一方面，在文学本质的不同层次上都自有意义，但总觉得缺乏总体的涵盖力；或是它们只是一种研究文学的方法与切入点，而非文学理论本身。于是我在文学观念大讨论时期提出了文学审美意识形态论。

1987年、1988年我发表了《论文学形式的发生》与《论文学观念的系统性特征》[①]两篇长文。就文学作为审美意识形态而论，我的认识较以前已有深入。《论文学形式的发生》一文将"审美意识"确立为文学审美意识形态的逻辑起点，从逻辑起点及其历史生成加以探讨，试图恢复文学观念自身的历史感。文学的发展是从"前文学"到文学，从中导出审美意识形态的结论性的观念，这在上文已做了说明和简要的补充。而意识形态这一观念，是后来才出现的现象，讨论文学本质问题一开始就把意识形态作为中心范畴加以探讨，自然也是可行的，但往往缺失了历史的生成与发展的过程性即历史感。后一篇论文讨论了文学本质特性的多层次性，和作为文学最根本特性的审美与意识形态性的不可分离性。出版于1989年的《文学原理——发展论》(2、3版改为《文学发展论》)讨论文学观念的第一编共四章，整合了这些想法，其中用了两章的篇幅，专门阐释了"审美意识"的演变。书出版后，正值展开对文化领域里的"资产阶级自由化"批判。几位马克思主义文学理论家和注释家把审美反映与审美意识形态论，当作文艺学中的资产阶级自由化现象趋势进行不点名的、喊话式的批判，说这些说法已滑到资产阶级自由化的边缘，然后加以开导：反映论就是反映论，还有什么审美加反映的！意识形态论就是意识形态论，还有什么审美加意识形态的！我知道学术界中的庸俗社会学、机械论已经批判了十来年，但这类思想、学风确实顽固得很。于是我在90年代的一篇文章中回答说：看看这类批判，我们还要到哪里去寻找庸俗社会学与机械论呢！现在又遭遇到硬拼凑这类批判，这较之十多年前的批判，大概可以看作是一种时过境迁的回声与巧合吧！

提出审美与意识形态的融合，正在于使文学回归自身，回到文学自身的逻辑起点、它的与生俱来的复合性特性、它的历史的生成形态——审美意识形态。审美意识形态不是单纯的审美，也不是单纯的意识形态，而是审美意识的自然的历史生成。它把文学作为相对的独立形态，讨论的是这种

[①] 拙文《论文学形式的发生》，《文艺研究》1988年第4期；《论文学观念的系统性特征》，《文艺研究》1987年第6期。

独立形态自身的本质特性。一，如前所说，多年来以意识形态定性文学，这一提法重视了文学与其他意识形态的共同特性，而往往忽视文学另一方面的本身特性，即审美特性。把政治、法律、宗教、哲学、艺术、文学称为意识形态，强调的是它们作为不同形式的意识形态，对于产生它们的社会经济基础发生不同作用的共同性一面，以及它们在社会结构中的地位。因此当文学被称做意识形态时，要求说明的不是它的审美特性，而强调的正是它与政治、哲学、法律所共有的意识形态性质、价值与功能。被抽象出来的意识形态性即意识形态的共同性本身，并不含有什么审美特性，而且正是排除了审美特性的结果，否则它就不是意识形态性了。二，多年来由于强调意识形态性而忽视文学本身固有的审美本性，以致在阐释文学本质的时候，不能一开始就把审美特性看作文学本质特性的有机组成部分，而总要把审美特性当作第二位的东西、附属性的东西，致使文学本身变成依附于政治的部门，最终使文学丧失了自身的独立性与自主性。十分遗憾的是，一些人一如过去，对审美是如此恐惧，以为审美消解了意识形态，而大量地重复使用着旧时的话语与表述着旧时的观点，这就把这场讨论拉回到上世纪 80 年代初的大讨论去了。三，审美与审美现象普遍存在于现实生活之中，如前所说，它们并非文学，极具主体性特征的文学的审美，必须与多种多样的生活形式的描写和表现融合一起才能存身下来，并成为文学这种形态的不可分割的组成部分。

审美与意识形态的融合，强调的正是文学本质复合特性的有机融合与统一，并在融合与统一的关系中使得各自的特性和功能有所改变，形成文学本质的新的系统质。一，文学的审美描写，确实反映了一定人群、集团乃至阶级的感情思想和一定时代的精神特征，显示了审美意识形态的一种具有较强倾向性形式。二，与此同时，文学的审美描写，又可以揭示人类共同人性的要求，重现人们的普遍的感情和愿望，从而超越一定人群、集团乃至阶级的感情思想倾向，在这里审美意识具有共同人性的品格，而成为审美意识形态的另一种表现形式。三，在文学中，有很大部分作品，它们描写自然景物，寄情山水之间，有的固然明显地寓有作者的情愫，有的却不甚分明；同时由于描写对象的特殊性，审美描写方面的特殊处理，不少作品只以优美的状物写景见长而吸引各个时代的读者，在接受上具有极大的普适性而流传千古，而具有全人类性，成为又一种形式的审美意识形态。审美意识形态由于客观地存在着内涵的差异与不同，呈现了形式的多层次性和涵义的丰富性。

综合审美意识形态的系统质,实际也就是我们在上面论及的以审美意识为逻辑起点、历史地生成的审美意识形态所显示的最基本的复合特性:即在文字多种结构的样式中,文学的诗意审美与社会意义、价值、功能两者的融合,并在这两个方面保持高度的张力与平衡。文学蕴涵着人的生存意义的积淀,显示了对被意识到的历史深度、意义的探求,具有多种多样的不同维度的价值与功能。但是在寻找诗意的审美和价值、意义与功能之间的高度张力,并不总是平衡的,对于不同时期、不同作者与具体的创作来说,有的可能侧向前者,有的可能侧向后者,有的深沉、厚重,有的只是淡淡的几笔生活情趣,其间佳作同样不少。当然也有相当多的作品,虽具一定审美因素,却沉醉于生活的卑微与恶俗之中,这可能就是文学中的低级文学了,虽然也是存在着的东西。至于那些不具审美意味品性的文字,那就无所谓是不是文学。因此,从总体上说,"文学作为审美的意识形态,以感情为中心,但它是感情和思想认识的结合;它是一种虚构,但又具有特殊形态的真实性;它是有目的的,但又具有不以实利为目的无目的性;它具有阶级性,但又是一种具有广泛的社会性以及全人类性的审美意识形态"[①]。文学作为审美意识形态不是单纯的审美,也不是单纯的意识形态,而是审美意识的自然的历史生成。意识形态理论讨论的是文学与其他意识形态在社会结构中的地位和作用,在实现方式上不同而又具有共同的意识形态性,而审美意识形态则是把文学作为相对的独立形态,讨论的是这种独立形态自身的本质特性。

当然,文学的本质问题,也可以从其他方面进行探讨,方式很多,难于定于一说。一个观念实在难于穷尽问题的方方面面,而且任何理论观点,都有自身的特点,有的说明问题多一些,有的就少一些,只是程度不同罢了!

(原载《文学评论》2007年第1期)

[①] 见拙著《文学原理——发展论》,社会科学文献出版社1989年版,第110页。

三十年间

人民共和国成立已60年了,60年又十分自然地划为两个30年。前30年是以阶级斗争为纲、探索社会主义建设的30年,后30年是改革开放、进行经济建设的30年。改革开放30年来,我国的社会主义政治、文化、经济发生了重大变化。这是一个在解放思想、实事求是、贯彻科学发展观、以人为本的思想指引下,逐渐走向一个物质文明急剧发展、精神文明不断需要提升的时代,这是我们民族走向伟大复兴的时代。

我国文学理论在前30年间,曾被当作阶级斗争的风雨表和工具而有悖自身学理,经历了十分艰难的过程。文学理论中偶有新鲜的思想出现,都要被教条主义所扼杀。前30年间,文学理论并非一无所有。从现代的目光看,那些从1950年代初直到文化大革命被批判的文艺思想中,就不乏闪光的有价值的东西,需要我们给以实事求是的评说。

这后30年,文学理论获得了前所未有的思想活力和学术发展的空间,建设有中国特色的文学理论,已成为我国文学理论界的共识。"有中国特色的当代文学理论新形态,是一种以马克思主义为指导,以现代性的追求为动力,在全球化的语境中充分立足于本土,在现代文论传统的基础上,不断地自我反思与批判,广采博取中外古今思想资料中的有用成分,鉴别创新,以形成一种具有科学的和人文精神的、开放的、动态的、形式复合多样的形态。"①

新时期的文学理论,在解放思想、改革开放的思想指导下,在不同阶段不断提出新问题,讨论新问题,进行理论的探索与建设,大体经历了几个发展阶段,同时,这也是我们自己亲身地、历史地、完整地经历过来的。

第一阶段是从1978年到1989年之间,文学理论从拨乱反正走向独立自主阶段。此时文学理论中的各种错误思想特别是文革中的独霸一时的错误文艺思想被提了出来,受到激烈的批判。同时中断已久的外国文学理论被

---

① 参考拙文《文学理论:三十年成就、格局与问题》,载《华中师范大学学报》2007年第5期。

大力介绍过来,促进了文学理论新形态的探索,取得了初步的成绩。第二阶段是从1990年到世纪末之间,不少人经历了几年的冷静反思,同时在文化市场中形成的文学创作出现了许多消极因素,从而引发了人文精神讨论与新理性精神的倡导,和在文化研究的输入与大力影响下,努力探讨具有中国特色的文学理论新形态,出现了理论著作多样化的实绩。第三阶段是新世纪开始至今,在全球化语境中,在后现代主义文化思潮传播、文学与文学理论的消亡声中和"文化一体化"的讨论中,我国文学理论加强了本土化也即中国特色的进一步的探讨,继续文学理论多样化的建构。一些学者对30年不同阶段的划分不尽相同,但在观点、内容上比较一致。当然,也有对30年的估计不同而结论殊异,这也十分自然。这个总体过程的各个阶段,各有联系,相互交织,难以截然分开。它们的主要宗旨是,要使文学回归自身,符合自身特征,发展多样化的文学创作;建设有中国特色的文学理论,发展文学理论的多样化形态。

解放思想,首先要解决文学理论中的文学和政治关系问题,恢复文学与文学理论自身的身份,其次是恢复文学的灵魂,也即恢复文学的人性与人道主义。这两个问题涉及文学理论的全局。教条主义与极"左"思想,剥夺了文学自己的独立身份,使它失去了自身的灵魂,并且在文学理论中谈人色变,迫使文学理论走到"文革"时期的绝路的地步。

文艺和政治关系早在上世纪初的中国文学理论中就已提出,到了文革年代,文艺完全被等同于政治,使文艺与文学理论走向了极端荒谬的境地。1978年的"实践是检验真理的唯一标准"的大讨论,触动了文学与政治关系的这条主导神经,所以次年年初,就有文艺是"工具论"还是"反映论"、为"文艺正名"说等,展开了对文艺从属政治、文艺是阶级斗争的工具的质疑与批判。1980年初,邓小平在《目前的形势和任务》中提出,今后"不继续提文艺从属于政治这样的口号,因为这个口号容易成为对文艺横加干涉的理论根据"。说文艺不从属于政治,"这当然不是说文艺可以脱离政治。文艺是不可能脱离政治的。"[①]之后提出文艺要为人民服务,要为社会主义服务,则是发展的必然。后来这一问题争论甚多,甚至有人宣称文学和政治无关,走到了另一极端。其实作家写作,可以不涉政治,不写政治,但是创作实践告诉我们,在中国,大量作品往往既涉及写作者的政治态度,又涉及被写的内容

---

① 《邓小平论文学艺术》,作家出版社1998年版,第27页。

中的政治生活、政治成分,因为整个生活包括政治在内都进入了文学创作,所以说文艺与政治无关就缺乏根据。有的作家作品中的政治、道德倾向很露骨,甚至是不健康的、很坏的倾向,可是要求评论只谈谈它的叙事策略、技巧特色,这也是强人所难。由于文艺与政治关系这一问题在马克思主义文艺思想中占有特殊的地位,所以它的理论上的解决,在我国只能通过自上而下的政治机制的操作而得以缓解,后来有学者认为,这是"当时马克思主义文艺理论中国化的重要标志"①是有道理的。

和文学与政治关系具有同等全局性的文学理论中的又一关键问题,则是文学中的人性与人道主义问题,它们关乎文学艺术的灵魂。新时期文学中最早发表的作品,描写的是人性被严重扭曲的现象,那时的优秀电影,表现的是由于社会运动导致人性的严重异化。文学呼唤人性、人的价值、人的尊严与人道主义,呼唤人的本性的复归,揭示人与非人的界限。这一讨论在文学理论、批评中是自动发起的,后来哲学方面的学者也不断介入这一问题的讨论。文学与人性、人道主义问题,特别是前者,自上世纪 1920 年代末开始,就引起了争论;四十年代毛泽东在《讲话》中对人性论进行了批判,认为现今人性只存在具体的资产阶级的阶级性或无产阶级的阶级性。1950 年代教条主义的流行,使得描写人性问题成了创作禁区。鉴于文学作品对人的简单化的描写和庸俗化的理解,有的学者提出作家不能把人当作现成的工具来写,而应当作活生生的人来写,于是提出了"文学是人学"的主张。教条主义与极"左"思潮把人性观念绝对化,给主张文学与人性有着密切关系的学者、作家,戴上了资产阶级人性论的帽子。不分青红皂白地反对人性,尔后导致"文革"中出现一批文学、戏剧怪胎,绝非偶然。1980 年代初,在文学与政治关系讨论的推动下,人性、人道主义的讨论就提上了日程,实际上这是为文学招魂的讨论。文学不通人性,不具人道主义品格,也就不成其为文学,人性、人道主义是文学的灵魂。这一讨论使人们认识到人除了阶级性,他还在自身的历史交往、演化中,积累了共同的精神素质、心理、感情、审美意识等共同人性现象,它们是现实人的根本特征和现实关系的组成部分,因此"不存在文学能不能描写共同人性的问题,而是如何认识和描写的问题"②。只是由于后来这一讨论涉及政治异化,又一次出现了政治干预,就被迫停止了。

---

① 朱立元:《新时期文论大发展与马克思主义外来中国化》,载《文艺争鸣》2008 年第 7 期。
② 见拙文《论人性共同形态描写及其评价问题》,载《文学评论》1982 年第 6 期。

文学与政治、文学与人性和人道主义的大讨论,是使人重新认识自己的一次启蒙,恢复扭曲了的人,恢复人的本性,使其成为现实的真实的人,是文学思想的大解放,是使文学回归自身的重大举措。随着上面两个根本问题的被触动与在相当程度上的清理,促使人的审美意识发生激变,文学自身原有的种种问题立即活跃起来。1970年代末,有些学者就马克思的艺术生产与物质生产的相互关系展开了论争,同时文学和生活的关系、文学审美特征问题、形象思维问题、艺术真实和艺术理想、感情与思想的关系、现实主义和现代主义、现代主义的各种流派、两结合问题、文学意象、境界论、文学典型问题、文艺心理学、文学创作的"向内转"、对认识论与反映论的激烈批判等等,都是当时的热门话题,它们有如决堤之水,奔进流泻,汪洋一片,引发了文学理论界前所未有的热烈争论。

但是这些众多问题,实际上都涉及一个根本性的问题,这就是这一时期不断触及的文学观念的探讨,即在解放思想、改革开放、文学回归自身获得独立身份和恢复自己的灵魂过程之中,我们如何重新来理解文学现象,探讨文学的本质,调整原有的对文学的认识,建立具有现代性意识的文学观念。文学观念的更新,因为必然会影响对于其他问题的认识。1970年代末,有的学者坚持文学是意识形态,但不属上层建筑,并就马克思的艺术生产与物质生产相互关系发生争论(1878—1980年);有的学者继承过去的文学观念,认为文学是社会意识形态,接着下去认为是一种特殊的意识形态,这种特殊性表现为文学的形象性,或是文学是用形象思维的,再下去文学是语言艺术,这种文学观念通过新的"三段论法"联结而成。或是有的马列文论研究者从逆反心理出发,认为既然文学意识形态学说过去造成了那么多的混乱,于是干脆否定马克思主义的文学意识形态说;或是说马克思从来没有讲过文学是意识形态,在马克思的著作里,从来没有这样的文字记载,可见把文学看做意识形态是错误的,文学只是一种社会意识形式。1980年代初开始,文艺心理学研究开始兴起,这一问题的探索连绵不断,中期达到高潮;同时也有学者从"精神分析"学说来探讨文学本质问题、或是对这一问题进行批判;而这时英国女作家伍尔芙和我国学者的"向内转"说相当流行,而贯穿于整个1980年代后期。1980年代上半期,美国的"新批评"文学观被介绍过来以后,那种认为文学不过是一种虚构,只与语言、意象、隐喻、象征、修辞、叙事等种种审美成分、因素有关,而排斥文学与社会、思想的联系,使得"内部研究"的风气一时大为流行,"内部研究"确实是需要的,给以必要的重视也在情理之中。但是这种"新批评"文学观，以作品本体论代替了文学本体论，它强调了作品的内在结构成分、因素的分析，而不见作品结构的种种因素与社会、思想有着不可分割的内在联系，对此我在1980年代初就有评述。在文学观念的讨论中，有的作家、学者主张文学就是文学，或是文学什么也不是，和政治、思想、伦理道德无关；或是文学只是作家感情的表现，文学是语言艺术，于是有的作家提出了无功利、无目的的"纯文学"文学观。而且"纯文学"文学思想很快得到了一些年轻作家的响应，加之在当时颇为流行的法国"新小说"理论的影响下，出现了一批专注于"叙事策略"的"先锋小说"，持续了好几年，直到1980年代末这种任意摆弄叙事策略、使读者阅读兴味索然的小说难以为继时才发生转向。也有学者从"三论"即信息论、控制论、系统论出发，讨论文学本质现象。有的学者从文学的象征特征，提出了象征论文学理论。有的学者对"文学是人学"的原有观念，进行了新的解释。有的学者从文学主体论出发，提出了主体论文学理论。除了上述多种理论观点，还有一些学者强调了过去完全被忽视的文学审美特征，进行了深刻的阐释，同时提出了审美反映论，并把文学界定为审美意识形态，等等。从上面情况看来，文学现象极为复杂，它自身呈现了多层次性，而每个层次都可以表现为自身的本质方面，因此文学本质观念本身就具有多本质性。加上人们对文学的理解不尽相同，切入点各异，所以必然造成文学观念的多样性。其中理论上的多种导向，促成了这一时期的"审美主义"与"纯文学"文学观的形成。其实，从总体上说，这一时期各种文学观念的提出，包括纯文学观在内，都是对过去文学从属于政治的文学思想的反拨、批判与新的探索。与此同时，我们不能忘记这一时期文学研究新方法的大力介绍，出现了介绍外国文学研究的方法论热，而且连续了好几年，为当时各种文学观念的出现做了铺垫。

但是从1980年代不同层次的、多样的文学观念来看，较有影响的"文学是人学"说，认识论文学观，和文学意识形态论相反的文学意识形态否定论，以为文学只是虚构，与社会生活真实无关的"纯文学"论，只强调审美特征的"审美主义"文学理论，张扬文学表现人的内宇宙的主体论文学理论，以及审美反映论与审美意识形态论文学观。

"文学是人学"是针对教条主义把人当作描写的工具而说的，文学应该描写活生生的人，张扬了文学的人道主义，这一很有针对性的观点，开了解放文学思想风气之先，扩大了人们对文学的认识，使文学与真实的人结合起来，有力地批判了高大全、假大空这类虚假的文学主张，功莫大焉。主体性文学论是人性、人道主义讨论的必然继续与具体表述,与"文学是人学"也是相互呼应的。文学主体论认为过去主体在反映论中完全是消极被动因素,所以那是客体文学,是没有主体的文学,现在要重建具有首创精神的创作主体,建立新的主体文学。纠正过去创作中创作主体的缺失,强调创作主体的创造地位与巨大功能,这是文学理论的一大进步,有的作家有感于此,后来说读了阐释文学主体论的文章,真有一种解放之感;同时这一观念对于促进文学理论框架的反思,影响很大,这都是应该肯定的。然而庸俗社会学派对此理论至今仍然耿耿于怀,予以贬低。自然,论述文学主体论的文章,理论自身有许多缺陷:首先它自称是一种政治批判,批判的对象是反映论,并且它不顾反映论的应有之义,没有弄清反映论的原义,却对被长期庸俗化的反映论再度庸俗化地大加挞伐,从而使得对反映论的批判变成双重庸俗化的批判;其次,把现实主义文学不分青红皂白地当成一种僵死的反映论的代表,这自然与大量创作实践不符,在理论上缺乏必要的知识支撑。再次,它把作者主体实际建立在浪漫的想象之上,把主体变成不受客体任何约束、无所不能的主体了。关于马克思的艺术生产的研究,1980年代影响不大,或者说没有什么影响,主要在计划经济时期,一般认为资本主义与艺术生产是敌对的而未顾及其复杂性。但是进入1990年代,当我国转入市场经济轨道之后,这一问题就显得复杂化了,特别是文化产业的兴起与实施,与艺术生产的关系如何协调,物质生产、精神生产、艺术生产与商品生产以及各种生产目的之间的相互关系,成了不断争论的问题。这方面西方马克思主义文论虽有不少理论著作、经验可供借鉴,但毕竟语境不同。整体来说,由于思想准备的不足,这一问题尚待进一步通过文化建设与艺术实践给以充实与提高。

至于文学审美意识形态说,早在1980年代初就有几位学者提出来了[①]。文学审美意识形态论的提出,是有历史原因与历史过程的。一些学者针对过去文学理论忽视文学审美特性的弊端,提出了文学审美特征论,击中了旧有的文学理论的简单化特点,所以冲击力很大,这对于进一步探讨文学本质特征是完全必要的。同时持有类似观点的这些学者,几乎参与了当时发生的各种理论问题的批判与讨论,如文学和政治的关系、形象思维、生活真实

[①] 1982年,两位学者在自己的论文里,不约而同地提出了文学是"审美意识形态"的概念,有钱中文的《论人性共同形态描写及其评价问题》,载《文学评论》1982年第6期;孔智光:《试论艺术时空》,载《文史哲》1982年第6期。

与艺术真实的讨论。他们肯定了文学作品对于人性与共同人性描写的多种形态；揭示了认为文学只描写感情，与思想无关的偏颇，强调了它们之间的内在的相互关系，并在艺术创作心理研究方面下了很大工夫，出版了心理美学丛书。他们针对否定现实主义的倾向，展现了作为创作原则的现实主义是不断的综合与创新，同时肯定了现代主义的创新特征，但不同意一些学者对现代主义的过分张扬，批评了"新批评"的"内部研究"文学观的失误，等等。特别针对长久以来把文学意识形态的理论进行简单化的阐释，只突出文学的认识功能，或是针对当时出现的文学意识形态否定论，或是针对只重主体表现而鄙视客体，或是针对只重形式因素与否定社会思想而主张无功利、无目的的"纯文学"论与"唯美主义"理论，这些学者在吸收不同学派长处的基础之上，坚持被一些人不断批判的反映论，在阐述文学创作问题上，不约而同地提出了审美反映。他们探讨了反映论如何被简单化、庸俗化，其能动性是如何被阉割的；并从发生认识论的观点描述了在审美反映的心理过程中，主客体相互的转换和审美主体的创造性特征；进而探讨了审美、审美意识与意识形态之间较为复杂的关系，提出了审美意识形态论。审美意识形态论这一观念，力图克服过去文学意识形态观念简单化以至庸俗化的倾向，同时也抵御了"纯文学""审美主义"的势利俗气，使文学本质特征中最为基本的方面融为一体。我曾在《论文学观念的系统性特征》一文中，提出"作为语言艺术的文学的特性既非单纯的意识形态性，也非单纯的审美。强调意识形态性是必要的，但如果局限于这点，会使其审美特性变为附属物；强调、突出审美特性是必要的，但如果只见这一特性，又会砍削了文学的另一本质特性"。"文学作为审美的意识形态，以感情为中心，但它是感情和思想认识的结合；它是一种自由想象的虚构，但又具有特殊形态的多样的真实性；它是有目的的，但又具有不以实利为目的的无目的性；它具有社会性，但又是一种具有广泛的全人类性的审美意识的形态。"[①]尝试就文学本质作出这样的概括，对其不同方面看作互为表里而又是相反相成的融合，其实都是针对1980年代上半期文学理论论争中出现的各种思想的片面强调和理论上的偏颇所进行的比较持中的阐述。因为上述各种现象，都是文学自身特征不同层次的组成部分，各执一端，必然片面，无助于问题的深入。文学审美意识形态论凸显了意识形态理论共性的方面和文学自身的审美本质特征，

[①] 见拙作《论文学观念的系统性特征》，载《文艺研究》1987年第6期。

而这正是那时有关文学本质问题争论的焦点所在。我个人就这一问题的表述，在不同场合的文字上存在一定的差异，但其本意有如上述。这种把文学最为本质的特征融合一起的观念，较之其他单一化的文学观念更具概括力一些。之后其他学者以自己的独到的识见与教学实践的经验，对文学审美意识形态进行了充实与丰富。不同学者的表述可能各自有所侧重，但总的观念、目的是同一的，可为互补，后来大体上趋于一致，成为1980、1990年代一些学者的共同建构。这一文学观念后来被不少高校老师在教学中所采用，也与这一情况有关。但是，对于文学本质的复合特征而只作单方面的片面的强调，在文学理论中至今并未得到彻底的改变。马克思说，各种意识形态可以历史地从其产生的现实基础之上"追溯它们产生的过程"①。这说明马克思的意识形态理论不是从天上掉下来，就其自身来说，它既是对于当时意识形态理论的一种接受并作了质的改造，同时也是充分认识到它是贯穿历史过程的产物。本文作者力图按照这种历史唯物主义原则，即"追溯它们的产生的过程"的方法，曾经描述了文学作为审美意识形态的历史源起及其逻辑、历史的生成过程。当然，人们可以不用马克思主义的意识形态理论来讨论文学本质问题，认为意识形态这种说法已经过时，这都是学术自由。但是对于有点马克思主义常识的学者，能够完整读懂马克思的《〈政治经济学批判〉序言》中有关唯物史观的那段著名的论述，即既读完上半段又读完下半段的人，讨论文学本质问题，意识形态理论恐怕是难以违避的。但是到了新世纪，有的人说马克思从来就没有说过文学是意识形态，所以文学是意识形态说是根本错误的，只可提提文学有意识形态性，云云；或是说现在要"淡化意识形态"了，所以以后文学理论不应再提意识形态，云云。这说明这类马列文论论家只读了马克思《序言》中有关基础、上层建筑和意识形态学识那段著名文字的上半段，下半段因不合自己心意，就不念下去了，或是只当没有看见一样。这样一来，就从马克思主义的唯物史观退到没有历史主义的唯物主义，或者只是半截子的唯物史观了。按他们的说法，提出问题，要按马克思说过的和没有说过为准则，否则就是根本错误的。可是，马克思明明说过艺术是一种意识形态的形式，文学是艺术中的一种形态，怎么就不算意识形态了呢？这样，对于这类学者来说，意识形态理论不具学理性，不是一个完整的科学形态，不过是某种临时应对的策略而已，可以应时而需，让

---

① 《马克思恩格斯全集》第3卷，人民出版社1960年版，第43页。该书第42页的"意识形式"，现新版已改译为"意识形态"。

它缩水或是任意抻长，可以说这是学术中的典型的无原则性的表现了。意识形态理论不是淡化不淡化的问题，却是需要科学地予以阐明的。如前所说，有的外国政治家、学者所说的意识形态，其实主要指的是他们反对的政治，其他的意识形态门类他们怎么反呀？针对文学现状，不要用政治来代替文学，或是用权力干预文学，这里才谈得上"淡化"问题。可是那些要淡化意识形态的文论家，十分明显地，以为只有政治才是意识形态了！这样的文论有什么科学性呢！

第二个时期是在经过了1980年代的大讨论、1990年代初的沉静的反思，特别在1992年之后，我国继续坚持解放思想、改革开放，市场经济的确立，全球化思潮的不断激荡，使得人的思想包括审美意识进一步发生激变，文学创作、市场需求，需要重新布局。这一时期文论研究特别是马克思文学理论的中国化，取得了重大的成绩，而文学基础理论也得到了前所未有的发展。不少学者对于涉及文学艺术的马克思的《1844年经济学哲学手稿》，做了很多阐发，有的学者成绩斐然。马克思主义的人学思想的研究也获得了一定程度的深化，同时也出现了语言学转向的影响。就学科性的著作而言，在文学文体学、文学叙事学、文学语言学、文学修辞学、文学社会学方面，出现了许多很有分量的专著，讨论问题的范围有所拓宽。2000年到2002年间出版的"新时期文艺学建设丛书"收入了36种论著，当然，还有相当数量的学者包括一些中青年学者，他们的著作都有很高的学术含量，只是由于出版方面的原因，未能使丛书延续下去。"丛书"与这些未能收入的著作，无疑显示了30年来文学理论实绩的重要部分。就基础理论中的专题著作、文论来说，1980至1990年代，有关文学审美特征的问题的研究十分突出，学者们提出了"文学审美特征论""审美意识论""审美反映论""审美意识形态论""审美价值结构论""审美中介论""审美的文化选择""审美体验论""审美实践与文艺学""宗教文艺与审美创造""审美教育""审美超越""真善美的感悟""审美功利主义""审美与道德本源""审美幻象""审美现代性""审美人类学""审美文化""文学价值论"等，还有不少这方面的论述。我们从来没有说过审美就是文学，审美本身含义复杂与多样。审美现象超出文学，其实这种现象早就存在几千年，现今更是如此而已。但我们如果要讲文学，那么没有审美特征的东西是难以称做文学的；同时，也不好把有的西方马克思主义者的观点搬来就用，简单地说审美就是意识形态，这里需要阐明两者关系的复杂性。文学审美特征论是1980年代批判极"左"文艺思潮中形成的共识。尽管上面提及的有关审美问题的研究,由于思想不一,观点不尽相同,甚至大不相同,但是它们通过比较,相互切磋,共获进步,促使在整体上形成互补,而且有些著作有着较高的理论深度和创新精神。纯粹审美论者只承认文学的"内部研究",可以导向"纯文学""审美主义"与"唯美主义"。像文学审美意识形态论正是针对这些思想和庸俗社会学思想而提出来的。因此现在受到来自两边的夹击,自在情理之中。

再就文学基础理论中的其他问题研究来说,这时期有大型的"文学文体研究"丛书研究,有"文学艺术本体论""文艺学范畴""文艺学的人文视界""文学作品论""文学创作论""文学发展论""文学思潮论""文学人类学""艺术人类学""美的艺术显形""文学美探源""文学语言学""超越语言""创作心理研究""作家心态研究""文学修辞学""文学文本研究""艺术本体论""文艺人学论""艺术的精神""艺术文化论""艺术文化学""现代诗学""文学接受理论"、中外"阐释学""文学批评理论""圆形批评"。还有"文学风格流派论""典型问题研究""形式理论""文学与道德""文学意义生成研究""隐喻""形象诗学""小说形态学""意识形态与文艺研究""新意识形态批评""文艺学的民族传统""原型与跨文化阐释""比较诗学""范式与阐释""艺术与商品""中国现代文论传统""中国现代文学价值观的演变""自律与他律""中西文学理论融合研究""文学作品存在的方式""人与自然""人的诗化与自然人化"方面的研究,等等。从上面的所提及的方方面面可以看到,文学理论讨论所涉及的范围之广前所未有,显示了文学理论问题形态的丰富。上面所说的各种文学基础理论问题,在文学理论的更新过程中发挥着不同的影响。还有这方面的不少论著由于手头资料缺乏,只好暂付阙如。

市场经济的建立,经济的转轨,促使文学艺术进入了市场化机制,使得原有的文学艺术的价值与精神发生裂变,于是促成了1990年代一场有关文学滑坡、重振"人文精神"的讨论,但分歧极多。随后提出了"新理性精神文学论",它综合了特别是20世纪以来在哲学思潮、社会实践、唯科学主义、科技霸权、人文科学、文学艺术中反复出现、不断重复、具有导向性、互有联系的几种规律性现象,给以综合阐释的一种理论观念。它以现代性为指导,以新的人文精神为内涵与核心,通过交往对话精神,协调人与社会、自然、科技、人与人的相互关系,确立一种新的思维方式,包容了感性的理性精神,关注人的生存处境及其健全的、自由的全面发展,以克服不断出现的文化危机与人的异化。这是一种文化观念,一种学术立场。这也是一种在中外文化、文学理论交往关系中以我为主导的、对人类一切有价值的东西实行兼容并包的、开放的实践理性。

中国古代文论的研究也已开始走向繁荣。古代文学理论体系与不少这方面的专题研究,质量厚重,并且始终保持了强劲的势头。一些青年学者的这方面的著作,也很显功力。至于古代文论的现代转化的问题,这一时期出现了探讨"中国古代文论的现代意义""中国诗学之现代观"的专著,分量厚实,此外还有"古代文论的现代阐释""中国古代文论现代转化的历史回顾"等专题研究,都对转化的研究有所深入。实际上,古代文论中的许多思想,已经转化为我国当代文论的有机组成部分。至于与文学理论关系密切的文艺美学、审美文化研究,如"文艺美学""中国审美文化史""华夏审美风尚史""当代审美文化研究",这里难以细说,它们的构思与问题的提出,都具有原创精神,开辟了新的学科,拓展了美学与文学理论的新视野。此外如外国文论研究、中西文论比较研究、比较文学理论的研究,已大大不同于1980、1990年代前期,而显示了中国学者独立的个性,多种成果已令人耳目一新。

我在上面所描述的文学理论研究,所列问题只是一个大概,并不全面,其中不乏高水平的著作,它们思想新颖,充满生机,显示了我国文学理论的主体精神、创新精神。从总体上说,古代文论富有原创性,而当代文论锐意创新,也是新论迭出。

第三个阶段大体可以从新世纪算始,呈现了文学理论多样化的形态和中国化特色的继续追求与深化。由于后现代文化思潮进一步深入中国学界,中外交往对话的不断加强,大量新的文化、理论信息不断涌现,文化研究理论进一步地大力输入,文学理论特别是高校文学理论教学中的众多问题的凸现,于是就文学理论自身的现状和改革引起了讨论,加上参与讨论的人,学术取向不尽相同,也必然歧义丛生。例如有艺术终结论、文学消亡论之争;有文学载体的巨大变革、图像艺术、网络文学的扩展与原有文学阅读、图书领地的缩小的矛盾之争;有消费性阅读的普及与经典阅读的弱化之争;有日常生活审美化理论与现有的文学理论原理之争;有文学理论的扩容和扩向哪里之争;有要求文学理论批评化和坚持文学理论原理化之争;有民族文学与世界文学之争;有文学本质问题研究与反本质主义之争;有文学不是意识形态、文学意识形态否定论和关于文学审美意识形态之争,等等。这里需要特别着重提出的是世纪之交,在图像艺术、互联网文化的兴起和文学消亡论流播声中,文化诗学、生态文学批评与网络文学理论三大方面,却是异军突起,它们开拓了文学理论和批评的新境地,都有相当深度的学理阐释,出版了文化诗学①、网络文学新视野丛书②和多种生态文学理论专题研究,获得了突出的成绩,形成了文学理论的新的生长点。这些文学理论新形态的研究,我们可以说,既采用了西方文学理论中的资源,又继承了我国古代传统与结合了当代我国文学理论的实际情况,成为我国建设具有中国特色的文学理论中的新因素、新部门,从而与外国文学理论处于真正同步发展的地位。此外,还有如审美文化、大众文化、城市文化理论研究,其发展势头也是蒸蒸日上。一些专著如审美与道德的本源、文艺美学的研究,都有明显的进展。

世纪之初几年内,出现了几种体例各异的文学理论教科书式的编著,它们一改以往的编写方法,吸收了西方哲学思想和文论教程中不少新的因素,以后现代主义思想为理论主导,倡导反本质主义,着重知识形态的介绍。此外还有标举走向全球化时代的文学理论著作问世。上述种种论著涉及的范围广泛,各有特色③,不乏新见,特别是扩充了当前文学的知识状况,新的文学形式的探讨,它们无疑拓展了文学理论的视野,显示了文学理论的生机、日益多样和与日俱进的实绩。但是反对文学理论的本质观的探讨,并把本质观探讨说成是本质主义的这种说法,大可商榷。其实从根本上说,反本质主义同样是一种标举文学本质观的追求,只是在追求另一些类型的本质观,即把原有的各种文学本质观拆解为零星碎片的本质观而已。因而这些著作,一面在拆解原有的文学观,同时又在使用各种方式悄悄阐发自己的文学本质观,表现在对设置的各种章节的论述尤其如此,即既在拆解,又在规范;而且章节的设置也有较大的任意性,很多也是老问题。同时即使那种自认

---

① 此外全文参阅了陈传才:《文艺学百年》,北京出版社1999年版;童庆炳等主编:《新中国文学理论50年》,安徽大学出版社2000年版;谭好哲等主编:《文艺学前沿问题综论》,山东大学出版社2001年版;杜书瀛等主编:《中国20世纪文艺学学术史》,上海文艺出版社2001年版;王春荣等著:《中国文艺思想史论》当代卷,辽海出版社2001年版;庄锡华:《文学理论的世纪风标》,江苏文艺出版社2001年版;张晶主编:《交叉与融通》,中国传媒大学出版社2006年版;张艺声:《比较学理论》,中国社会科学出版社2006年版;葛红兵主编:《20世纪中国文艺思想史论》,上海大学出版社2006年版;黄鸣奋:《互联网艺术》文化艺术出版社2006年版。
② 欧阳友权主编:《网络文学新视野丛书》,中国文史出版社2007年版。
③ 这方面的编著有童庆炳主编:《文学理论教程》,修订二版,高等教育出版社2004年版;刘安海孙文宪主编:《文学理论》,华中师范大学出版社1999年版;南帆主编:《文学理论新读本》,浙江文艺出版社2002年版;王一川:《文学理论》,四川人民出版社2003年版;陶东风主编:《文学理论基本问题》,北京大学出版社2004年版;杨铸:《文学概论》,北京大学出版社2005年版;张法:《走向全球化时代的文学理论》,安徽教育出版社2005年版。

为远离文学抽象本质、只从形式观点切入文学的研究也未能例外,其实它也是在追求一种形式论的文学本质观。这种文学观的论者无度颂扬外国人的文学观念多么高明啊,多么好啊,而责斥我国学者的文学观不过是些"陈词滥调",这就暴露了那种十足的挟洋自重的心态。改革开放已30年过去了,居然还会出现这种极端偏执的思想,真是令人惊异。这样说,当然没有排斥这些文学观存在的价值。上面说到的各类文学理论研究,层次各异,深度不一,不同意见与分歧自然存在,许多问题随着认识的进步,将会得到进一步的展开。看来在当今极端复杂的文学现象中,要找出一个囊括无遗、统一的文学观念是相当困难的,一劳永逸的文学观是不可能存在的,我们只能追求那种更多一些能够说明文学现实发展的文学思想;同时也要容忍、宽容可以在不同程度上说明文学现象的文学观念。

文化研究经过1980年代的输入、酝酿,到1990年代文化面向市场的时候就很快升温,在新旧世纪交替之际,出现了以文化研究理论替代文学理论研究的倾向,由此而引发了争议。但是经过讨论,文论研究与文化研究的关系有了进一步的厘清,一方面密切了相互之间的关系,就个人兴趣来说,两者研究自然也可以融合一起,成为一种个人风格。但另一方面,也明确了二者并不是一回事,它们各自认同了自己的界限。这时期介绍过来的西方文论,给我们很大启迪,它们有现象学文论、心理分析文论、存在主义文论、接受美学文论、阐释学文论,结构、解构文论、后殖民主义文论、女权主义文论、新历史主义文论等等,它们看重问题而不追求整体,实现了文化理论的零散化、知识化的后现代主义文化精神。这些不同形态的文论,价值、层次不尽相同,需要区别对待。文化研究的输入与大力介绍,使人们的知识得到更新,甚至可能导致文学理论中某些范式的转换。但是文化研究的长期热心倡导的倾向似乎掩盖了另一种倾向,即外国美学、文学理论中有着较为深厚学理的有价值的著作,被疏忽以致被遮蔽了,直至近期才重新引起注意。新的选择与译介,使人们对于当代外国文化理论、美学与文学理论面貌有了较为完整的了解。

近几年来,出版了多种总结近百年来文学理论的历史进程和新时期30年文学理论的论著、论文。有些论著学术含量较为厚重,史论并重;有的论文对于近30年来文学理论进程似乎不甚熟悉,以致对于80、90年代文学理论中所经历的事件相当模糊,对各种文学观念的历史出场都很隔膜。有的论著,只看文学年鉴的综论所提供的线索,只关心热闹的论争,却并不在意那些较具深厚分量的学术著作。当然,也不能一概而论,有的论文质量很高,有的专著质量平平也是常有的事。

我国当代文学理论在科学发展观的指导下,以建设中国特色的文学理论为目标,需要在出发点上形成一些共识。

一,对现代性的强烈追求,面向实践的需求,这与科学发展观是一致的。现代性涵义各别,但我们在这里讨论的是我们根据实际情况与需求所给以规范的现代性,是我国文学理论所要求的现代性,是文学理论自身科学化所要求的现代性,是使文学理论走向自律,获得自主性,并与他律相融合,使文学理论走向开放、对话与多元,在继承中形成理论自身的创新的现代性。现代性的强烈追求,促使学者们看到文学理论中不断呈现的、层出不穷的问题,需要面向当代文学发展的需求,使得理论自身不断演化、更新与发展。后现代主义文化思潮在把知识零散化中提出了许多新观点,在点的深入方面极有启发性,但从总体上说并未发生它们引以为荣的颠覆,消灭了大叙事与整体性,所谓颠覆的愉快不过是它们一种并不牢靠的一时快感,因为大叙事与整体性仍然在继续着,虽然大叙事并不是研究中的唯一方面。以此来观照我国当代文学理论,如前所说,我以为近 30 年来当代的文学理论,正是把文学理论自身当作一个矛盾体的,不少学者充满了自我反思与自我批判精神,有意识地在文学理论传统、特别在现代文论的基础之上,在批判、鉴别之中进行创新。例如中国现代文论传统的确立,中国古代文学理论体系研究,文学人学研究,文学审美特性的讨论与建树,文学观念、文学研究方法的大讨论,文学心理学、文学文体学的研究,就是贯穿了现代性的反思与自我反思、批判与自我批判,面向文学实践的需求的产物。古代文学理论的现代转化的提出,意在提出近百年来对于理论遗产的割裂,而力图通过批判与鉴别,激活古代文论,进一步把优秀的理论传统中的有用成分,有机地融合到当代文论的创新中去,所以完全是一个充满现代意识精神的命题。这样做,自然很有难度,这是一个长期的过程,不能指望一加提倡就可一蹴而就,但是在建设当代文学理论中极有意义。

二,需要加强创新意识与原创精神,不断突破原有的理论认识与框架而有所更新。有的人至今还在用马克思说过的话和没有说过的话为准则,来批判别人提出的问题的是与非,得与失,这种"凡是派"学风早就该被抛弃了。文学理论中的有着不同理解的理论范式的转变,随着我国文化的转型,将会不断出现,或是正在逐渐生成。一个观念、一个范式的提出与阐发以及它们的生命力,一是在于它们生成的深刻的现实性,即它们与现实需求的关系,它们是针对现实中的什么问题而说的?为什么这时提出了这个观念?这些抽象化了的观念,能否反映被它们概括了的复杂现象的真实性与实在性?评判它们的价值,在于把它同过去的观念进行比较,看看增添了什么新东西,而不是随手拿些在知识背景上完全不同的、不同领域的、不在同一层次上的观念,以总是符合自己意图的拆字办法,进行衡量,如果不合自己的身材与自己的知识背景,就宣布被批判的观念不能成立、不合法,就算清除了对方,这就使得问题的讨论南辕北辙了。二是在于它们的深刻的历史性,它们是否按照其自身逻辑、学理提出来的,它们是否有着自身的历史演变的轨迹、发展的前景,以及它们与其他相关观念之间的内在联系,从而成为观念系统中一个组成部分,并能否被读者所接受?或是为什么不少读者接受的是这一观念,而不是别的观念?学理顺了,被认知的东西就多一些,被说明的方面就更会宽阔一些。

在这里,历史性和现实性是结合在一起的。历史性也就是历史意识、历史观与历史生成意识,脱离了历史意识、历史发展观,唯物史观就是简单的、直观的唯物主义。其实,被有的人不断反复标榜的唯物史观、科学观,不过是半截子唯物史观,因为他们阉割了它们。任何观念都是在历史中发生的,反映着历史的、现实的需求,或是反映得多一些,或是反映得少一些,一旦在当时现实生活中发生影响,它就成了历史的存在。评价这种历史存在,如果不顾历史的语境及其演变,排除历史主义,使用半截子的唯物史观去进行批判,那就会把被批判的观念当作是天上掉下来的东西,徒然显出批判者不过是个历史不在场的角色,并使批判变成一种故意的同义反复、而又似是而非、玩弄空洞概念的演绎,变成一种乏味的宣传。人文科学的思维是两个意识的对话与理解的思维,而非单一的解释和判决,更非既当运动员又当裁判员的判决;它是价值的积累与增值,而非压制、绞杀与消灭。我不断强调的交往对话精神,正是针对几十年来学术中的那种不断压制、绞杀、消灭而说的。需要建立一种良好的学术氛围,培养一种开放的、对话的、宽容的、有价值判断的即非此即彼的,而在总体上却是亦此亦彼的思维方式,兼容并蓄他者的长处,为理论创新创造良好的条件,开辟文学理论的创新时代。学术中的原创意识,只能产生于良好的学术氛围中。

三,在全球化的语境中坚实地立足于本土。前面已经论及,上世纪1980年代初,我国文学理论界不少学者对当代文学理论也即1980年前的文学理论进行了全面批判,而对于那时被介绍过来的而知之甚少的西方文学理论、不少文学流派的宣言与主张,则充满了好奇与崇敬之情,如象征主义、唯美主义、形式主义、纯文学观、现代派文学等。美国学者威勒克等人的新批评派文学观,一时影响很大,促进了创作、批评中的"纯文学"与"唯美主义"思潮的形成。西方文学理论一些方面可以参考,但是照搬却是难以奏效。重要原因在于,一本好的外国文学理论著作,虽然不少成分具有知识的公认度,但它们终究是在它们自己国家传统文学的基础上总结出来的文学经验,或是只就文学中的某个方面展开论述,应该给以鉴别,所以我们必须坚实地立足于本土之上建设我们自己的当代文学理论。一些学者1980年代就开始就把理论建设的重点移置于本土,在全球化的语境中,他们以马克思主义为指导,立足本土,以我为主,确立自己的主体性,即从中国自身的文学现实出发,用中国人的眼光、知识来探讨理论问题,吸取外国文化中的各种有用成分,为我所用。文学基础理论每个时期的发展,与引进的外国文学理论的关系极为密切,它的中国化是个严重问题。在文学审美特征、文学本质观念、文学文体学、文学语言、文学修辞、文学理论范畴等探讨中,本土化意识是十分清晰的。就是到了1990年代中期以后,即全球化思想逐渐扩散,后现代文化思潮日益深入我国学界,世界文化、文学与民族文化、文学引起争论时,很多学者在全球化的语境中,同样坚持本土立场,力主民族文学,但又主张融入世界文学,使两者相辅相成,相得益彰,提出今后的文学既是民族的,又是世界的文学的主张。那时当一些学者力主将文化研究替代文学理论研究时,有的学者却以独到的眼光,丰富的经验,提出了立足本土的有我国特色的"文化诗学",这是值得肯定的。文学生态批评、网络文学批评同样如此。这些方面既是外来的,又是本土的。说是外来的,它们已在外国文化中兴盛起来,因此可以作为我们的借鉴;说是本土的,因为我们当今同样面临生态、网络时代,这些理论一旦借鉴过来,也就成了我们自己文化、文论的组成部分。新世纪开始,全球化的话语很有影响,有的学者提出了"文化一体化"问题。这是一个悖论,"文化一体化"的现象确实是存在的,特别在物质文化方面,简单地否定是不现实的。但是"文化一体化"又是不可能的,就是说一个民族的文化存在着深层的价值与精神,即使融入了外国文化的成分,促进了原有深层文化的更新,但也会使其变为本民族文化的精粹的组成部分,而成为本民族文化的新的传统。世界文化、文学应是多元共存的。

四,当代文学理论的科学化与人文精神。上世纪1980年代以来,西方文学理论的大量引进,特别是形式文论、结构主义文论、新批评文论、文学四要素说和现象学美学思想的引进,对于促进我国当代文论的科学化,起了有利的作用。参考上述理论,我国学者将组成文学的各种因素——语言、修辞、象征和社会、历史、思想等方面有机地融为一体,确立了文学研究的整体方法,建立了文学本体论,即文学存在的形式。但也如前所说,其中有的理论也助长了我国文学、文学理论中的"纯文学观"、"唯美主义"倾向。

文学理论是人文科学,作为科学理论,自然需要通过实证知识与一定方法进行讨论,同时任何人文科学又必然渗透着作者的主观导向,两者必须有机地结合在一起而使文学科学有所进步。外国的人文主义美学、文学理论思想是甚为丰富的,其中一个中心思想就是贯穿着人的思想。我们的文学理论的人文精神渗透着对于人的命运的关注与叩问,对于民族命运的关怀,这就是贯穿于我们民族在其生存、发展中形成的民族文化精神,就是以人为本的人文意识。综观这一时期的文学理论,其主导倾向是充溢着人文精神的,虽然也有一些文学实践是反文化的。从1980年代开始的人道主义、人性问题的大讨论,文学是人学的肯定,文学理论主体性的争论,文学人文精神大讨论,新理性精神文学论,文化诗学,文学与道德,文艺学的人文视界等,都显示了我国文艺学的人文精神与忧患意识,我国的民族文化精神。流淌于我们当代的文学理论的人文精神与忧患意识的以人为本的思想,是我国优秀文化源头的主导精神,而与当代理论的科学性相结合,组成了我国当代文学理论的又一特色。

上面所描绘的30年来我国文学理论的特征、问题与获得的巨大成绩,仅是一个概貌,事实本身远为丰富得多。我国文学理论在科学发展观的指引下,大体正在形成一种有着我国特色、具有一定独创精神的、开放的、动态的、多形式的格局。文学理论需要的是原创与不断的更新,这是它的生命所系,也是我们民族伟大复兴中社会主义新文化建设的特征。

(原载《文学评论》2009年第4期)

辑三　理论研究生长点

◎ 文学理论提供知识，也创造思想
　　——钱中文先生访谈
◎ 理解的欣悦
　　——论巴赫金的诠释学思想

文学理论提供知识,也创造思想
——钱中文先生访谈

丁国旗:1980年代初,外国的各种文艺思想纷纷被介绍到我国,文学理论、批评界十分热闹,你当时是大力支持这一活动的,是如何对待它们的?

钱中文:外国文艺思想进入我国之后开始,就产生一个重大的问题,就是现实主义与现代主义的关系问题。1970年代末1980年代初开始,西方文艺思想特别是现代主义文艺思想大量输入,使人感到十分新鲜。但是一些现代主义文艺思想的介绍者,往往被现代主义文艺思想所介绍,对现实主义采取了排挤甚至嘲弄谩骂的态度,正像爱因斯坦批评现代主义者无度张扬自己的主张时所说的那种"势利俗气"。我对现代主义作品并不反感,觉得陌生新奇,但对它的宣传者的理论观点则不以为然,比如说现实主义文学已经落后,只是模仿,不具主观创造精神,今后将是现代主义文学的时代,将被现代主义文学替代等等。但是现实创作情况并非如此,这时我花了不少力气探讨了现实主义与现代主义理论,它们各自的诗学原则,并对它们进行了细致的比较,提出文学的发展不是一种文学替代另一种文学。比如文学史上,不是现实主义文学替代浪漫主义文学,也不是现代主义文学替代现实主义文学,更迭的是文学思潮、流派,而文学创作原则是难以更迭的,文学创作原则一旦形成,是会长期存在下去的。所以现实主义文学兴盛起来时,浪漫主义文学张扬照样存在,现代主义者兴起时,现实主义文学照样流行。不断变化、更新的是文学思潮,而作为创作原则,现实主义是不断的创新与综合。1980年代初,文论界对过去的文学基本原理、文学概论颇有微词,这时理论室获得一个国家项目:撰写一部以马克思主义思想为指导、适合新时期的《文学概论》,我也参与其中。商量的结果是,不能重复过去编写的同类书籍,要有超越,这样先要了解我国已有的几十种文学理论书籍的问题所在,以及其他国家的文学理论的最新成果。于是我去北京的几个图书馆多次,找到了美国韦勒克、沃伦合著的《文学理论》(1977年版,初版于40年代末),后来得知此书在国外已经流行多年,苏联波斯彼洛夫的《文学原理》(1978年版),荷兰佛克马与易布思合著的《20世纪文学理论》(1977版)以及美国、英国、法国作家论文学的俄译本。经我提议,组织翻译多种外国文学理论著作,以扩大国内学者的视界,出版"现代外国文艺理论译丛",作为《文学概论》的副产品,由王春元与我任丛书主编,后来加入了不少外国美学、文学理论著作,共出版了14种,在文论界很有影响。《文学概论》一书的提纲经反复商量,最后分成五部分,即"作品论""创作论""欣赏论""批评论"与"发展论",将作品的研究作为文学理论的起点,这在当时不失为文学理论的一种新的构成。分工时最后剩下"发展论",归我来写。一般文学概论中的文学发展部分写得比较简单,资料不多,其他几部分不涉及文学本质问题,而"发展论"部分不探讨文学本质问题是不可能的,所以让我颇费思量。过去文学理论把文学看做是一种意识形态,或称认识论文学观,但是这种文学观后来被简单化了。1980年代初一些人对这种哲学认识论、反映论文学观进行了大力批判,也促进了我对文学基本问题的反思。在外国的各种文学研究方法、文学观念的影响下,各种方法、文学观念蜂拥而来。有认识论、反映论、表现论、感情论、心学论、性本能、无意识、生产论、象征论、符号论、原型说、控制论、系统论、信息论、形式论、修辞论、主体论、文学是人学、新批评、现代主义等文学理论,其中有的是方法问题,有的属于文学观念,它们处在不同的层次上面。我就文学观念做了反复的比较,上面一些有关文学观念的说法,都有一定道理,随便选择一个十分容易,但还是认为马克思主义文学观最能宏观地把握文学的本质特性。历史唯物主义的社会结构理论是令人信服的,在这个结构里,文学艺术作为一种意识形态,和其他意识形态如哲学、政治学、法学等有着共同性即意识形态性也是正确的。问题是后来一些人在阐述文学时,把各种意识形态的共性当成文学的唯一本性,而忽略了文学作为一种独立的艺术样式的审美特性,或是把审美特性当作附属性的、第二性的东西,因此需要强调对于文学审美特性的研究。马克思的意识形态理论自然是现代性的理论,但是意识形态现象却是各个社会经济结构共有的现象。歌德提出一些问题的研究,要从发生学的观点出发,同样马克思在《德意志意识形态》的《关于意识的生产》一节中谈到,在一定社会经济基础之上产生的各种意识形态,都可以"追溯它们产生的过程"。因此在《文学原理——发展论》一书中,就探讨了原始思维、神话意识而至审美意识的关系,审美意识的发生、发展而至审美反映的创造,审美意识形式的产生,最终形成现代意义上的审美意识形态。文学是审美意识形态,力图做到论从史出。

后来审美反映与审美意识形态观念在文论界流行起来。1990年代初,这些观念受到"左倾"文艺势力的批判,过不多久就悄无声息,前几年却是死灰复燃,批判更为猛烈。但是这次批判都是在马克思没有说过文学是意识形态的"凡是"的指导思想基础上进行的,或是讨厌文学与意识形态有着联系的基础上进行的。这类批判罔顾原典、历史与传统,不承认文学本体与作品本体的差异,就很难在同一层次上进行对话了。

丁国旗:90年代以来,市场经济的确立,引发了社会生活与文化生活的重大变化,一时理论与批评都失去了重心。人文学者的立场与态度一时显得十分突出,您觉得一个人文学者在现实社会中应该有一个什么样的立场、确立什么样的价值观,来为自己的人生和学术安身立命?(萨义德"知识分子向权势说真话")

钱中文:90年代文学创作进入了市场经济,追求物质、金钱成为社会理想,贬抑人文理性,进一步引发极为深刻的文化、精神危机,失去信仰与诚信。一切稳固的东西都破碎了,一切都处在不确定中,人的精神家园败落不堪。而人文理性在社会物化中经历着普遍的危机,使人类生存的底线屡遭破坏。一些哲学思潮推波助澜,有的人一听解构就惊惶异常,其实思想需要不断推进,新的思想需要不断建立,这个社会才有生气与活力。一些文学思想,在反对崇高与满纸谎言的时候,采取了消极的态度,贬抑人文精神,助长了社会腐朽的弥漫。文学艺术的感性,变成了性感的流行。面对这样的社会处境,我以为一个人文知识分子不能随波逐流,而应有一个建设性的立足点,反思人文、艺术创造的立足点,因此提出了"新理性精神"。新理性精神是一种以现代性为指导,以新的人文精神为内涵与核心,以交往对话精神确立人与人的新的相互关系与实现它们,建立新的思维方式,即提倡一种可以去蔽的、历史的整体性观念,一种走向宽容、对话、综合、创新的包含了必要的非此即彼、一定的价值判断、总体上亦此亦彼的思维,并包容了感性的理性精神。这几个方面,是文学创作、文学理论批评中不断重复、反复出现的现象,而且对于人文科学来说,基本方面也是如此。至于有人批判我说的现代性问题,不合他的马克思主义,其实批判时还是需要浏览一下我的《新理性精神与文学理论研究》一文,就会明白我所说的现代性是什么意思。新理性精神意在探讨人的生存与文化艺术的意义,在物的挤压中,在反文化、反艺术的氛围中重建文化艺术的价值与精神,寻找人的精神家园。这是以我为主导、一种对人类一切有价值的东西实行兼容并包、开放的实践理性,是一种文化、文学艺术的价值观。此说拓展了文学理论的思维,加强文学理论人文精神的一个观点,也是我试图使文学理论介入当下社会生活的一个想法。有了这种立足点,我在人生与学术中确是有了一个安身立命之处。

丁国旗:我记得希利斯·米勒在《文学评论》(2001年第1期)上发表文章《全球化时代文学研究还会继续存在吗?》,借助新的电信时代的特点,米勒提出了"文学终结"思想。您是怎么看这一问题的?

钱中文:"文学终结"是个流行一时的问题,其实类似的问题在历史上早就发生过了,黑格尔的艺术终结就不说了。20世纪初50年代到60年代,"小说死了"的说法在外国著名的作家之间相当流行,说作为文学主干的长篇小说死了无疑是说文学死了,这在现代主义文学兴起后又甚。主要是一些人把看到的新的文学样式的出现,看作是文学自身的终结或死亡(这里混用了)。比如一些现代主义作家对现实主义文学的理解十分肤浅,认为它是对现实的僵死的反映,这是一种庸俗化的理解,奇怪的是,认为现实主义文学就是模仿现实,在我国也很有市场。难道20世纪的许多现实主义文学巨著都是模仿吗?都是僵死的反映吗?上世纪下半期起,在信息科技的影响下,不仅原有的文学样式变了,而且文学的载体变了,真如希利斯·米勒文章里提到的未来可能情书也不会再存在了。20世纪初,一些自然科学家看到物质微观化了,以为物质消灭了,其实由于科学的发现,物质仅仅改变了其存在的形式,文学也是如此。文学所以会照样存在下去,在于文学创作是人的本质属性的一个方面,是人的审美的精神需要。人需要通过话语、文字的诗意结构,进行审美的创造,审美的欣赏,审美的阅读,审美的接受,同时从中反观自身,进行审美的观照,观照自己的精神,它的提升。我们还可以说,优秀的伟大的文学创作,是我们民族文化的传承,它维系着我们民族文化精神的发展与更新。因此,纸质印刷的文学作品未来会缩小市场,但通过高技术的载体而出现的文学会照样存在与发展。只是表现的形式变了,文学不会死亡,或是终结。我似乎看到,我们如果不采取措施,今后的人们在信息技术、图像艺术、偏好省力的图像阅读的影响下,审美趣味将会变得肤浅、粗俗,需要牢记心头的价值与精神,将为逐渐淡化,娱乐至死的现象会层出不穷。不过,文学还会照样存在。

丁国旗:英国马克思主义理论家特里·伊格尔顿则通过《理论之后》(2003)一书,宣布了"理论的终结":"文化理论的黄金时期早已消失。"Egleton,2003:1)2009年国内出版了伊格尔顿的《理论之后》(商务出版社),

如果可以随性地将"文学的终结"的观点嫁接在一起，那么，也就可以直观地得出"文学理论终结"了？其实从后现代思潮兴起以来，我们似乎的确看到了价值的被颠覆、中心的被消解，一切都进入到平面化之中，理论的终结与消亡当然也应该是顺理成章了？

钱中文：这些问题，十分现实，也很尖锐。先说一下我对《理论之后》的理解。我以为伊格尔顿所说的理论，是针对上世纪欧美1980年代前兴起的"文化批评"或"文化理论"而说的。文化理论到了1990年代和新世纪，在喜好花样不断翻新的西方文化界已难以为继，于是盛极一时的"结构主义、马克思主义、后结构主义以及类似的种种主义已风光不再。相反，吸引人的是性"。"在阅读文化的学生中，人体是非常时髦的话题，不过通常是色情肉体，而不是饥饿的肉体。对交欢的人体兴趣盎然，对劳作的身体兴趣索然……中产阶级出身的学生们在图书馆里扎成一堆，勤奋地研究着像吸血鬼迷信、挖眼睛、电子人、淫秽电影这样耸人听闻的题目。"某种意义上可以说是"理论的终结"，而这种文化理论终结之后怎么办？所以叫做"理论之后"。虽然在西方文化理论把文学理论也包括了进去，但实际上在研究与课堂中脱离开了文学，而大谈泛文化现象，诸如伊格尔顿所说的那些现象。上世纪末萨义德这样的文化批评的始作俑者面对空虚、无聊的文学课程，进行了深刻的反思，认为文化批评研究把文学理论架空了，把从文学讲授、研究中所应获得的精神、价值掏空了，提出文学课程仍应回到文本，回到细读，当然是一种新的回归。这样说来，我以为不存在"文学理论的终结"，文化理论或批评还会存在下去，发展下去，而文学理论将会吸收其中合理成分而丰富自己。

更重要的是，人的审美意识将会进一步发展，文学创作将会继续存在下去，而文学不可能没有理论思维，文学理论同样也会发展下去，研究文学的规律性现象，它的兴衰流变，供作家、读者阅读。其实，不少大作家也写理论文章，思想精深，如托尔斯泰、巴尔扎克、歌德、雨果、司汤达、席勒、鲁迅。伟大作家的理论著作都是每个民族的精神财富与民族文化的组成部分。没有这种财富，我们在精神上将会变得十分贫困、落后。此外，有些作家还有应对教学需要而写出文学理论这类著作的，也别具一格，如老舍、郁达夫的文学概论等。上世纪80年代，文学理论的作用特别明显，那时候的文学理论批判，为1980年代以来文学艺术的繁荣，开辟了道路，它起到了导向的作用，如关于写真实论、英雄人物论、文学与政治关系、政治要求与艺术本性、文学的人道主义、人性问题,现实主义与现代主义等。有些作家声称,我从来不读什么理论。一是现今的文学课本确是存在问题,老一套的政治观念太多,引不起人们兴趣;二是讲授者有个技巧的问题;三是这类作家一般说来理论思考的能力不高,可以平面地去编织故事,但是难以切入具有震撼力的人的生存处境,所以他们的口气很大,但他们的写作水平一般不高。

丁国旗:在今天,由于我们处于信息社会、全球化、消费社会的条件中,文艺理论的处境的确举步维艰,它的不断扩容、越界也都证明了这一点。一方面,我们可以说它发展了,但另一面我们似乎也看到它正在被自身所消解。你是怎么看待这种现象的呢?

钱中文:我对当今文学理论举步维艰的处境,深有同感,但我又有自己的一些想法。其实,一般文学理论大体可包括马列文论、基础理论、古代文论、外国文论、比较文论等,现在又大大拓宽了范围:比如生态文学理论、网络文学文论、视觉文学理论,等等。

现在常常谈到文学理论的危机、理论死了、或是将陷入凋灵与绝境。我以为这多半是指文学基础理论而说的,其他理论部门,也各有各的问题,但态势似乎比较缓和一些,因为相对来讲,它们都有研究的基本对象。文学基础理论为何问题多多?一,在当今文学形态发生大变化的时期,比如一般的文学创作,现今变得形式多样,光小说一年就出版几千部,海量的作品难以使人一一阅读,不少作品价值不高,思想并不丰满,不易选择。同时,网络文学、视觉文学的大力发展、生态文论的大力呼唤,作品数量的激增,非过去所能想象。如果纸质刊物不登,那网络上自有一席之地,其想象之自由,形式的多样奇特,真是前所未有,人们更难以深入阅读它们,据闻也有佳作,那也是凤毛麟角。总的所来,文学创作趋向多样,而审美趣味变得粗俗、廉价,因而难以确切了解它们的问题所在。所以文学批评滞后,而文学理论就更是如此,显得无能为力,严重地跟不上文学创作的实践。

文学理论中的反本质主义问题。文化批评传入我国之后,这一思潮到新世纪更为活跃,它的反独断论,去中心化,很有影响,鼓舞了很多人。但是中国学者接过来后,他们自己的独断性、盲目性也很明显,如把文学理论对于文学现象本质的研究,当作本质主义加以批判,一时"反本质主义"呼声大作。对于本质主义要做具体分析,事物现象的本质研究与本质主义是有联系而又不同的两码事。个别事物现象的本质研究,在于弄清楚这一现象的性质、揭示现象后面隐蔽着的东西,它的真实形态与功能,它与其他事物之间的相互关系与发展前景,它在社会生活中的作用,等等。本质主义则是我怎么说都是对的,是一种自我定义为永恒真理的教条主义,是一种抱残守缺、不思进步的僵化思想,因此怎么可以把本质研究与本质主义等量齐观呢？说实在,很多事物本质的东西,我们不是研究得太多,而是难以研究。文学研究既可以去探讨象征与修辞现象,多种体裁与形式现象,文学和其他学科的共性特征,那么文学研究为什么就不能研究它的自身的本质特性呢？你说本质特性说不清楚,那么其他诸如象征、修辞、形式、体裁、流派、思潮都说清楚了吗？事物的真理性只能被不断地接近与认识,终极性的真理我们暂时还未见到。你不愿意研究文学本质,难道别人也不能研究吗？况且文学现象的本质研究,十分艰难,形成一个观念,极为不易,很可能是某些学者一生的心血的凝聚。这样的学者怎么会像有的人,今天写出这种倾向的文章,明天刊出相反倾向的论文,评奖了,就看着评奖人员的组成,掏出他们让领导人喜欢的文章,搞得皆大欢喜！这种现象难道不存在吗？

　　既然事物本质研究被贬为反本质主义,于是随着反本质主义的传播,事物的不确定性、平面化思潮大为流行。文化研究对象的不确定性与随意性被奉为文学理论研究的创新规则。可是反本质主义的创新原则,使事物失去了质的规定性。文学是什么,它的边界在哪里,使得一些人模糊起来,于是掺和着不少外国人的观点,大声宣布今天的文学还未有定论,不少生活、物质现象还未装入进去。这样,一时要以文化批评代替文学理论的呼声大为高涨。这种紧跟外国"诸子百家"的理论,使得文学理论特别是基础理论的探讨,一时处于变幻不定的状态,而日益走向后现代主义的碎片与拼贴。其实,如果这种做法也算是文学理论的"扩容"的话,那美国早就做过,如前所说,一些文化批评的始作俑者早就做过深刻的反省了。针对这些文化现象,当然可以开设讲座,但它们不是文学理论课程所要扩大的内容,如果把这些现象的讲解当作文学理论来讲,文学理论本身就给掏空了,它原有的那些价值,都被转换了,被诸如时装设计、时尚打扮、服装展览、香车美女所替代了。现在一些朋友出版了好几种有关审美文化的著作,写得很有分量,也有前卫性,我很欣赏。设置审美文化的课程,倒正是适应了文学课程扩容、补充的需求。

　　一些学者认为,既然文学本质观念永远也说不清楚,那就应该放弃这类研究,进行看得见、摸得到的文学现象研究就可,于是一些浅表性的实证主义研究得到了过分的重视。也有学者认为,现在已进入信息化的时代,认为老师的责任不在于给学生以观念、定义，只需传授各种知识、任其自然即可。但是对于知识不予系统的梳理与综合，不予概括与定性，那么它们可能只是一些毫无联系的散乱现象，只能使之成为一堆知识的拼贴，失去了知识应有的深度。由于文学中的泛文化研究的转向，放弃了理论的定性与归纳，甚至连文学本身也早被碎片化、拼贴化了。例如 2009 年哈佛大学出版的一部 1 000 多页的《新美国文学史》，其别开生面之处，就是这部文学史把小说家、诗人与拳击比赛、电影、私刑、控制论、里根、奥巴马等社会文化现象、政治人物和歌手，都当作文学史的写作对象，这种写法可能有着他们的理由。目前，这种现象在我国虽然还未出现，但说不定哪天我们也会看到这类著作的。

丁国旗：您认为文学理论在今天的合法性究竟在哪里呢？我们该从哪里给自己找到合适的定位？这个定位是什么？

钱中文：在后现代的解构主义的盛行之中，上述现象流行于我国文化、文学理论中，也有它的合理成分，它毕竟扩大了我们的知识，使我们获得思想上的某种解放，这是最重要的方面。同时，也仍有避免了它的极端性而表现出当代建构性的一面，比如近期出版的几种文学概论一类的著作就是。它们普遍地就文学现象论述文学现象，建构各种关系，贴近当代现实，实用性强，视角新颖，力图有所出新，具有了不同的特点，显示了文学理论的多样化与进步，改变了原来的文学理论的面貌。当然，大叙事化倒是去掉了，而小叙事显出了平面化的特点，不易达到深思熟虑的哲理化的高度，也许这原本就不在考虑之内。当然，还有一些原有的《文学理论》修订本的出版，有的著作仍不失其权威性，还有马工教材中的《文学理论》的出版。此外审美文化研究、网络文化理论研究、生态文学理论研究以及不少文学理论的专题性研究，都是很有成绩的，它们都要借助于文学基础理论而获得丰富。基础理论在艰难中行进，也显示了它的存在及其价值。

近几年来，我国外国马克思主义文艺理论研究取得了重大的成果，7 大卷"20 世纪马克思主义文艺理论国别研究"丛书就是实绩之一。这套丛书，应该说是对 20 世纪世界范围的马克思主义文艺理论成就、问题的一个总体性的详尽描述、一个综合性的理论总结，一部 20 世纪全景性的马克思主义文艺理论发展史。这样全面性的介绍、大规模的综合研究，在中国自然是第一次，在世界范围内也更属首创。总主编说，20 世纪马克思主义文艺理论在各个国家的新的历史条件下，提出了一系列的新命题，显示了马克思主义文论的多样性、当代性与开放性等特征。在我翻读过后的第一个印象是,世界范围内的马克思主义文艺理论确实表现出了蓬勃的生命力及其发展形态的多样性。中国式的与外国式的马克思主义研究如果有所不同,那就是在我国马克思主义是被奉为国家意识形态的。在外国则是知识分子群体中的一部分人,在马克思主义思想的指导下,各自针对自己所处的社会文化问题,进行研究,从而丰富了马克思主义,使得马克思主义在各种新的形态中持续地发展。

改革开放之后,外国马克思主义文艺理论研究被介绍到我国,在唯我独马的思想阴影下,那也是西马非马。现在看来,这是我们没有在世界范围内把马克思主义文学理论当做一个整体去了解的缘故。一百多年来,我们看到各国的马克思主义文学理论提出了许多新问题,它们因国别、地域与文化传统而各自不同,英国的马克思主义文学理论不同于法国马克思主义文学理论,德国的又迥异于美国的,什么缘故?在于马克思主义文学理论都要与该国的文化实际中出现的问题相结合,需要回答时代的要求;如果不与实际相结合,不能使自己成为本土化的研究与本土化的理论,那它本身哪会有什么实际意义呢?哪会有什么生命力呢?现在对外国马克思主义文学理论研究刚刚开始,就有人在放风,已经出现新马化倾向了,天要坍下来了!

此外还有多卷本研究外国马克思主义文学理论专题性的丛书,很有新锐精神。这几套丛书出版,一改上世纪八九十年代那种死气沉沉的注释派和唯我独马派的文风,它们提出了新的思想、新的思路,从而也显示了中国马克思主义文学理论研究的独创性、中国气派和强大的生命力。

文学理论中的消解现象是存在的,但只是某些人自身的消解。其实,文学理论不仅需要提供知识,也应提供思想。我以为文学理论研究中上述的成绩,就是文学理论存在的合法性理由,以及我们在文学理论中的定位,这里因篇幅所限,不好展开了。

丁国旗:你在文论界跨越了50多年,一定会有自己的体验与感悟,你对当前文学理论研究有些什么建议?未来会是什么样子?如何看待当前文学理论的发展?

钱中文:面对新的世纪,既有对当下文学理论处境的焦虑与不安,也有对于文学理论未来命运的期待与展望。但是,无论焦虑与不安,期待与展望,我们理论界需要进行自我反省,自我批判。

文学理论需要加强它的实践品格与时代特色。文学理论究竟为何、何为？这一问题从新时期到新世纪，出现过多次讨论。当今我们已处于网络文化之中，面对今天这样复杂而多样的文学现象、文化现象，文学基础理论确实身处窘境。如果我们肯定自己要在这块园地工作下去，那就需要有前沿性的问题感、现实感与时代感，去理解社会的转型，文学的转型，文学的多样性。文学理论需要贴近生活，贴近实际，在今后的研究中，需要多向文学批评家请教，实事求是地去阐明文学活动中出现的各种各样的新形式、新倾向，并在理论上给以恰当的概括。理论具有预言的功能，但它的常态则是去阐明已经发生的现象，确立相对稳定的规则。这需要我们在历史的发展中，努力去了解中外文学、理论的历史与现状，培养那种高屋建瓴的综合能力。当然，面对当今琳琅满目的文学现象，也需要有一个不断认识、梳理、消化与积淀的过程，现在看来这个过程会相当漫长。需要心向实际，同时又要避免当今相当流行的急功近利的学风。最近一些自然科学家谈到，理论问题搞出成果来（不是一般的成果），是要有时间的，而且一个成果当时可能不见实用价值，可后来在那个领域里发挥了无穷威力，要在学术研究中反对有我无他的"一刀切"的学风，一刀切和多样化是对立的。自然科学尚且如此，何况人文科学。

在外国文论的吸收中，需要反省我国文学理论的民族特色、本土意识与国际视域的关系。当今，外国文论的介绍十分普遍，国别文论、文论家的个案研究很有特色，相当深入。但是也要防止那种在介绍外国文论时，介绍者已被外国文论所介绍的现象，我们不能把我们的文学理论看成是外国文论的各种拼贴，任由感觉无选择地自由泛滥，跟在外国学者之后，拿他们的观点去引领我国文学理论的潮流，这极有可能成为各种无选择的理论的狂欢。自然，外国文学理论具有相对的普遍意义的品格，我们每每阅读外国文学理论著作时总会发现，它们都是针对本国的文学或是文化渊源相近的文学而展开的，最近出版的一套"当代国外文论教材精品系列"，也是如此，都与自身文论传统紧密相连的。因此我们建设具有我国民族特色和本土化的文学理论时，必须汇入世界的文明，吸收与融化外国文论的优点，在国际视域中进行。我国具有民族特色的本土资源十分丰富，在这方面，不少学者已提出了值得思考的建议。

在自我反省与自我批判中，也要检验我们的著述，是否具有历史感的品格，真诚与诚信的品格。无论理论研究，还是文学史，缺乏深刻的历史感，就会缺乏科学性与理论性，就会失去真诚与诚信，而难以取信于人。对于文学理论来说，历史感就是论从史出，论史并重，就是重视问题产生的现实性，它的历史文化语境、历史生成及其发展，它的历史传统。历史感要求作者的真诚，在实事求是的理论展开中，使其成果获得科学性，进而获得诚信。对于文学史来说，历史感就是尽可能地显示史实，揭示事实的真实面貌，它同样需要论从史出，使之史论相映。真诚是学者的一种主观品格，缺乏真诚，就有可能遮蔽历史真相，就有可能利用外力与话语权，歪曲历史，另有所图。这种恶劣作风，已经成为我国社会中极为普遍的生活风习，所以导致社会诚信丧尽，失却了凝聚力。当今某些新时期文学理论史著作，看似史作，实则缺乏历史感，让人感到历史似乎不是他们写的那个样子。由于作者缺乏真诚，因此对于读者来说，这类文学理论史作，便只能是利用了话语权的缺乏诚信之作。

丁国旗：你如何评价当前的学术环境，如何使学术获得良性发展？

钱中文：学术的良性发展，是需要良好的环境的。课题费多了当然很好，但很可能使学术变为依附。学术需要说出真话，不说假话，使真诚融入于自由的思想、独立的精神之中，那时才会产生具有独创精神的、原创性的有价值的文化产品。有的人把重复、宣传当作学术，旧习难改。不过我在这里也要重复一下自己说过的一段话：一个伟大的民族自然要拥有丰富的物质财富，但是最终昭示于世人、传之久远的，则是其充溢着民族文化精神的文化创造。生产这种精神财富，应该在文化、学术中，从发出自己的声音做起，进行原创性的创造。要坚持自己的声音，坚持那种具有学理精神的原创性声音，因为学术认同的只是独创。学术回应时代，也坚持自身的需求：学理的深化、完善与丰富。但是这种回应，应是绝对的个性化的，而不是重复与雷同。

当今文学理论介入的领域实在太多，中心问题是文学理论中的"国际视域"与"中国问题"。我国的文学理论，在国际视域、传统资源与中国问题的相互激荡中，会不断地出现动态的、多样的理论新形态，这是我们所热切期望的。

（原载于《文艺报》2012年10月26日）

理解的欣悦
——论巴赫金的诠释学思想

本文把巴赫金对诠释学的基本观点即"理解""解释"等所做的大量论述,结合他的交流对话思想,提到交往对话诠释学(或超语言学诠释学)的水平上来理解,并把它放到诠释学的各个流派思想背景之上,加以探讨。围绕认识论诠释学、本体论诠释学、哲学诠释学中"理解""解释"等基本感观点的不同论述,本文进行了比较的研究,揭示它们的继承性和各自特征,强调了巴赫金的诠释学思想的独创性所在,提出了后起的以普遍语用学为基础的批判诠释学与巴赫金诠释学的很多共同之处,它们相异的着力点与不同方向。同时也指出了巴赫金把其交往对话的诠释学思想,贯彻到了他的作家研究之中,他的关于陀思妥耶夫斯基和拉伯雷的两部著作,就是他的交往对话诠释学的研究实例与典范,是一种新型的文学诠释学。诠释学思想把巴赫金的各个方面的创新理论,沟通与融会起来,使我们可以从整体上把握与理解巴赫金的复杂思想与艺术观念。本文从总体上显示了诠释学的多样性的狂欢。

关于人文科学的思考

把巴赫金的名字与文学诠释学放在一起,可能会使一些人觉得有些唐突。在巴赫金的著述中,我们并未见到过他要依附这类学说的表述,他不过是在探讨一些理论问题,比如关于人文科学、语言学、美学、文学理论和进行一些作家研究等。但是,他还留下了与上述诸多问题相互呼应的有关文本、言语体裁、外位性、他人话语、文化与文学理论、长远时间、人文科学方法论等论文和笔记,其中还有关于"理解"与"解释"的大量论述。

在德国哲学中,近二百年来存在一条诠释学路线的走向是十分明显的。在这里,我无意对这一学说进行来龙去脉的梳理,因为这一工作国内外学者已做得很多。但是,无论是施莱尔马赫、狄尔泰,还是海德格尔、伽达默尔、哈贝马斯的诠释学论著或是探索性论述,还有加入论争的欧美学者,无一例外地都将"理解"与"解释"这些范畴作为它们探讨的中心问题,而且各人说的互有不同。联系巴赫金有关这方面的论述,使我有理由认为,巴赫金实际上在做着关于人文科学的一种总体性的思考,也即一种诠释学的构想,只是他没有标出这学说来罢了。这种有关人文科学的总体性的诠释学思考,就是关于人的生存状态与方式的思考,有关人文科学与自然科学各自的特征、如何理解与接受、人文科学文本的思考,就是对待传统与创造、艺术作品进入长远时间的思考,就是实践、应用的思考。等等。

巴赫金接受过德国哲学、美学的影响,但是在哪些点上、哪些方面,这还是一个有待深入探讨的问题。研究巴赫金和德国诠释学理论家关于理解、解释的问题的见解,是一个十分有趣的问题。所以有趣,一方面,由于各人的哲学观点、出发点不同,结果使得这门学科在其历史发展中不断有所传承,有所出新,显出了这一学说的多姿多彩的特征。另一方面,巴赫金在上世纪1920年代末的著作和1950—1970年代的笔记中就曾多次谈及狄尔泰及其理解问题。从他的著作涉及的不少外国学者特别是德国学者来说,与其说他接受了什么影响,倒不如说他在人文科学中进行着独特的探讨,作出了独特的创新,形成了他自己的诠释学思想。

先就人文科学来说。17、18世纪欧洲随着科学的昌明与技术的发达,人们崇拜带来财富、实利的科学技术,科学主义思想受到大力张扬,以致渐渐形成了君临一切学科之上的局面。笛卡儿提出,从知识的源泉与教育的源泉来说,历史学与文学要低于数学与自然科学。这一量化的、实用主义的社会机械论思想、工具理性主义思想,一直流传至今,历久不衰。人们崇敬自然科学及其方法,以为自然科学知识与方法具有普遍的有效性。相比之下,人文科学较之自然科学在原则与方法的确立方面,不仅要晚起得多,不稳定得多,而且也复杂得多,甚至到现在也是如此,所以也不很成熟。于是社会科学与人文科学不得不屈从于自然科学,纷纷移入自然科学的方法,企图以此来开辟自身发展的新的研究途径。至今,科学主义的、要求立竿见影的、工具理性的量化方法,已经渗入并统制了各个人文科学领域,工具理性横行。对于那些有着数理化皮毛知识而在自己专业问题研究领域一无所长,或者根本没有多少知识而当上了教育、科研机构的学术官僚来说,使用这种方法显得尤为得心应手,这使得广大人文科学者真是只好徒呼奈何!但是一些具有远见卓识的哲学家认为,人文科学、社会科学与自然科学是互不相同的,在对象上和方法上也有异于自然科学的对象与方法,于是激发了新的学说的生成。19 世纪下半期到 20 世纪头 20 年,在德国思想界不断有关于社会科学、人文科学与自然科学这类著作出现。巴赫金提到的狄尔泰的"精神科学"学说就是其中之一。

狄尔泰力图把各类人文科学汇集一起,力图建立一种"精神科学"。他认为人文科学明显地区别于自然科学,而且不可通约①。"存在于各种精神世界中的各种事实之间的种种关系表明,它们本身是与各种自然科学过程的一致性不可通约的。因为人们不可能使这些精神世界的事实从属于那些根据机械论的自然观念建立起来的事实。"②自然科学面对的是物理世界,是人以外的存在,是物,是对象,没有感觉。认识自然,人们可以通过感觉、外在方式的观察加以研究,观察是认识的基础,最后导出因果关系。而人文科学作为精神活动的产物,则只能通过人的自身的内在领悟、体验和经验的概括而达其实质。"精神科学的对象不是在感觉中所给予的现象,不是意识中的每个单位的反映,而是直接的内在的实在本身,并且这种实在是作为一种被内心所体验的关系。可是,由于这种实在是在内在经验里被给出的这一方式,却造成了对它的客观把握具有极大的困难。"③无疑,狄尔泰对于自然科学与人文科学之间的不可同约性,强调得过于绝对了。

精神科学是以生命学说为基础的,它面对的是整个的精神世界也即生命世界。狄尔泰所说的生命是指人的生命,而不是狭义上的生命。他说"在人文科学中,我仅仅将'生命'一词用于人的世界"④。狄尔泰所说的生命,实际上是指人类共同的生命,是历史、社会的现实。"生命就是存在于某种持续存在的东西内部的、得到各个个体体验的这样一种完满状态、多样性状态,以及互动状态……历史都是由所有各种生命构成的。历史只不过是根据作为一个整体的人类所具有的连续性来看待的生命而已。"⑤生命就是各个个体体验汇成的客观化的人类精神活动,而具有本体论意义。生命与历史是具有意义的,意义是由各种事件的价值、行为目的以及相互关系所组成历史事件之间的关系,它不是物理事件之间的简单的因果关系。

---

① 关于这点,哲学家李凯尔特、文德尔班等人都曾谈过。
② 狄尔泰:《精神科学引论》第 1 卷,童奇志等译,中国城市出版社 2002 年版,第 27 页。
③ 狄尔泰:《诠释学起源》,见洪汉鼎主编:《理解与解释》,东方出版社 2001 年版,第 75 页。
④ 转引自里克曼:《狄尔泰》,中国社会科学出版社 1989 年版,第 84 页。
⑤ 狄尔泰:《历史中的意义》,艾彦等译,中国城市出版社 2002 年版,第 141 页。

如何探讨生命内涵的价值、行为、目的而达及意义,这就要通过"理解"与"解释"。它们探讨动机,追问理由,指向目的,确定尺度,制订原则,求取价值,使生命与历史的意义得以揭示。"如果说在自然科学中任何对规律性的认识只有通过计量的东西才有可能,……那么在精神科学中,每一抽象原理归根到底是是通过与精神生活的联系而获得论证,而这种联系是在体验与理解中获得的。"① 认识历史,使用自然科学的方法难以奏效,应该使用不同于自然科学的方法,而与各个人文科学相通的方法即理解,人文科学必须"从内在的经验出发",以生命的体验、表达和理解为基础,所以就此而言,理解是人文科学的有效的认识过程,具有普遍的方法论意义。是否可以这样说,在这里,狄尔泰重视的是人文科学与自然科学之间的差异,并为人文科学确立了一种方法论。

那么何谓理解,如何理解?狄尔泰十分重视心理学的作用,他以为理解的关键就是体验与经验。"我们把我们由感性上所给予的符号而认识一种心理状态——符号就是心理状态的表现过程,称之谓理解"②,理解,就是通过感官所给予的符号去认识一种内在思想的过程。理解产生于实际生活,在实际生活中人们依赖于相互交往,通过交往而达到。人们的行为具有目的性,他们必须相互理解,"一个人必须知道另一个人要干什么。这样,首先形成了理解的基本形式"。我对他人和对自己的理解,需要通过我的内在体验,"只有通过我自己与他们相比较,我才能体验到我自己的个体性,我才能意识到我自己此在中不同于他人的东西"③。"只要人们体验人类的各种状态,对他们的体验加以表达,并对这些表达加以理解,人类就会变成精神科学的主题。"他又说"生命和有关生命的体验,都是有关理解这个社会—历史世界的"④。

个人的自我理解也是如此。理解的过程,是一种转向自我的过程,是一种从外部的运动转向内部的运动。在这一过程中,"只有通过所有各种有关我们自己的生命和其他人的生命的表达,把我们实际上体验到的东西表现出来,才能理解我们自己"。同时"只有人所进行的那些活动、他那些经过系统表述的对生命的表达,以及这些行动和表达对其他人的影响,才能使他学

---

① 转引自刘放桐等编著《新编现代西方哲学》,人民出版社 2000 年版,第 125 页。
② 狄尔泰:《诠释学的起源》,见洪汉鼎主编:《理解与解释》,东方出版社 2001 年版,第 76 页。
③ 同上书,第 75 页。
④ 狄尔泰:《历史中的意义》,艾彦等译,中国城市出版社 2002 年版,第 8、24 页。

会认识自己。因此,他只有通过这种迂回曲折的理解过程,才能开始对自己进行认识"①,并且只有面对语言记录理解才能成为一种达到普遍有效性的阐释。

这样,狄尔泰阐释了人文科学与自然科学之别,提出人文科学以体验性的心理学基础的理解与解释为其基本方法,并以理解与解释贯穿于他的规范的人文科学,赋予了它们普遍的有效性,建立了他的认识论诠释学思想。

关于狄尔泰的心理学流派的思想,沃洛希诺夫(巴赫金)早在1927年《弗洛伊德主义批判纲要》中就已涉及。1929年,沃洛希诺夫(巴赫金)在《马克思主义与语言哲学》中,又探讨了狄尔泰及其学派的诠释学心理学,也即"理解和解释的心理学"。沃洛希诺夫(巴赫金)认为,要建立客观心理学,但这不是生理学的、生物学的,而是社会学的心理学。心理内容的决定,不是在人的内心完成,而是在它的外部完成的。因为人的主观心理不是自然性的客体,不是自然科学分析的客体,而是社会意识形态理解和阐释的客体。所以,只有社会因素决定着社会环境中的个体的具体生活,只有用这些因素才能理解和解释心理现象。狄尔泰认为,主观的心理感受起着意义的作用,感受产生感受,这是意义,话语制造话语,所以心理学的任务就是描述性的和解释性的心理学,并使之成为人文科学的基础。认为符号的外部躯体,只是一个外壳,只是一种技术手段,用以实现内部效果——理解。沃洛希诺夫(巴赫金)在这里指出,心理学派的失误在于,首先把心理学的意义凌驾于意识形态之上,用心理学来解释意识形态了,而不是相反。这是因为,"一切意识形态的东西都有意义;它代表、表现、替代着它之外存在的某个东西,也就是说,它是一个符号。"②进一步说,意识形态符号以自己心理实现而存在,而心理实现又为意识形态所充实而存在。"心理感受是内部的,逐渐转化为外部的;意识形态符号是外部的,逐渐转化成内部的……心理成为意识形态的过程中,自我消除,而意识形态成为心理的过程中,也自我消除。"在相互充实与融合中,成为一种新的符号,成为心理的与意识形态实现的共同形式。认为感受具有意义,当然是对的,但意义如何存在?其实意义属于符号,附丽于符号,符号之外的意义是虚假的。"意义是作为单个现实与其他的替换、反映和想象的现实之间关系的符号表现。意义是符号的功能,所以不能

---

① 狄尔泰:《历史中的意义》,艾彦等译,中国城市出版社2002年版,第9页。
② 沃洛希诺夫(巴赫金):《马克思主义与语言哲学》,见《巴赫金全集》中译第2卷,钱中文主编,河北教育出版社1998年版,第349页。

想象意义(是纯粹的关系、功能)是存在于符号之外作为某种特殊的、独立的东西……所以,如果感受有意义,如果它可以被理解和解释,那么它应该依据真正的、现实的符号材料。""理解本身也只有在某种符号材料中才能实现(例如,在内部语言中)。符号与符号是互相对应的,意识本身可以实现自己,并且只有在符号体现的材料中成为现实的事实……符号的理解是把这一要理解的符号归入熟悉的符号群中,换句话说,理解就是要用熟悉的符号来弄清新符号。"①因此,心理学派没有考虑到意义的社会特性。这样,我们看到,狄尔泰把理解视为人文科学根本的方法,固然具有重大的理论意义,但是,由于从其生命哲学、特别是仅从心理体验出发,所以他提出的"理解""解释"的理论内涵,在理论基础上显得并不坚实。

其后巴赫金关于人文科学的论述,与狄尔泰的观点有着相同之处,他承认人文科学是精神科学、语文科学;自然科学研究的是无声之物,是自然界,是纯粹的客体体系,人文科学是研究人及其特性的科学,需要使用理解的方法,在这些方面,巴赫金大体上是接受了狄尔泰的理论的。但是巴赫金马上就说,人通过自身的行为表现自己,创造文本,如果研究人而不依赖文本,那不是人文科学而是自然科学,这就变成了一种独白型的认识状态,精密科学就是一种独白型的认识状态。巴赫金说:"人以智力观察物体,并表达对它的看法。这里只有一个主体——认识(观照)和说话者。与他相对的是不具声音的物体。任何的认识客体(包括人)均可被当作物来感知与认识。但主体本身不可能作为物来感知和研究,因为作为主体不能既是主体而又不具声音。所以对他的认识只能是对话性的。"②在《文本问题》一文中,巴赫金摘录了一位德国学者的话,对人文科学与自然科学的特性做了进一步的探讨。这位德国学者说:"人文科学对自然科学方法的责难,我可以概括如下:自然科学不知道'你'。这里指的是:对精神现象需要的不是解释其因果,而是理解。当我作为一个语文学家试图理解作者贯注于文本中的涵义时,当我作为一个历史学家试图理解人类活动的目的时,我作为'我'要同某个'你'进入对话之中。物理学不知道与自己对象会有这样的交锋,因为它的对象不是作为主体出现在它面前的。这种个人的理解,是我们经验的形式;

---

① 沃洛希诺夫(巴赫金):《马克思主义与语言哲学》,见《巴赫金全集》中译第 2 卷,钱中文主编,河北教育出版社 1998 年版,第 384、370、351 页。
② 巴赫金:《人文科学方法论》,见《巴赫金全集》中译第 4 卷,河北教育出版社,钱中文主编,河北教育出版社 1998 年版,第 379 页。

这种经验形式可施于我们亲近的人,但不能施于石头、星斗与原子。"①应该说,这种区别的论述是极有说服力的,它在论证的明确性方面是不容置疑的。对于人文科学,人们往往会用它是否具有准确性的观点来提出诘难,这似乎正是人文科学的软肋,最易受非议之处。但是由于学科性质不同,要在意识形态学科中追求自然科学严格意义上的科学性,是根本办不到的,在这一领域里,只能最大限度地达到科学性。当然,在人文科学中也可以说存在精确性的问题,但与自然科学所要求的精确性是很不相同的。巴赫金指出:如果"自然科学中的准确性标准是证明同一($A=A$)。在人文科学中,准确性就是克服他人东西的异己性,却又不把它变成纯粹自己的东西(各种性质的替换,使之现代化,看不出是他人的东西等等)"②。克服他人的异己性,但克服却不是为了同一,把对象消灭,或把他变为纯粹的我,这正是人文科学精确性所要求的特征。但是这种追求同一而又保持甚至保护必要的差异的复杂性,又正是独白型思维往往所不予认可的。具有独白型思维人只知道要求你拿出 $A=A$ 的证明,只承认一种精确性,或者说一种绝对的精确性。但另一种精确性则是通过对知识的积累与继承、对历史与现实的历史性思索、通过与文本的对话而达到共识又各自保留己见,相互融会而曲折地迈向新的高度的。在这种情况下,一般说来,在学者之中,形成两者对立的情绪是完全可以理解的。如果狄尔泰比较倾向于自然科学与人文科学的异质对立,那么巴赫金则是避免了两者之间的对立的绝对性,他认为要拒绝承认两者之间具有不可逾越的界线,不存在两者之间的不可通约性,"把两者对立起来的做法(狄尔泰、李凯尔特)为人文科学后来的发展所推翻。引进数学方法与其他方法,是不可逆转的过程;但同时又发展着也应该发展特有的方法,以至整个特点(比如价值论方法)。"③这一观点非常正确。两类科学虽然性质上不同,但我们不能像不少自然科学研究者把他们绝对化起来,在社会科学、人文科学领域中,毕竟有不少方面,是可以引入自然科学方法的。其实,人文科学的人文性质,也应对于自然科学的探讨、结果,实施人文的影响。两类科学的交叉与交融,也极可能产生新兴的学科,这正是目前我们学科发展的趋势与方向,但是毕竟又不能把它们等同起来,人们绝对需要探讨

---

① 巴赫金:《文本问题》,见《巴赫金全集》中译第4卷,钱中文主编,河北教育出版社1998年版,第311页。
② 同上书,第390页。
③ 同上书,第409—410页。

与发展人文科学所"特有的方法"。

从自然科学与人文科学的比较上,我们已发现巴赫金与狄尔泰的观点是不同的。何以会形成这种差异?我们其实已在上面点到,主要在于对"对话""理解"与"解释"的不同理解。

如果说狄尔泰的建立在如理解、解释等基本点上的人文科学,是以主观的体验心理学为其基础的,那么巴赫金的理论则是以存在哲学思想和独树一帜的超语言学为其理论基础的。我们是否可以这样说,19世纪末20世纪初德国诠释学的核心思想,如理解、解释、对话等,和新康德主义者柯亨的哲学思想,正是巴赫金的思想的重要源头之一,但是它们在巴赫金的存在哲学与超语言学的转化的基础之上,获得了新的独创性。

巴赫金一开始就探讨了行为哲学。《论行为哲学》虽然并不是完整的著述,但它勾勒了他的最为基本的哲学认识。他使用的一些重要术语与柯亨的哲学术语有一定联系,就是从伦理学的角度,如存在、事件、责任、应分、参与性、在场、不在场等范畴,建立他的"第一哲学",确立人的位置,即在存在中的位置。我作为人是具体的存在,我因我的行为而存在着。"我以唯一的不可重复的方式参与存在,我在唯一存在中占据着唯一的、不可重复的、不可替代的、他人无法进入的位置。""行为具有最具体而唯一的应分性,以应分性为基础的我存在中在场(н e-алиби)这一事实,不需要我来了解和认识,而只须由我来承认和确证。"①存在是指个人行为的结果,而人的任何行为构成事件,因此,存在就被看作事件、行为,存在即事件。于是就出现了我对事件参与性与应分的问题。"参与性思维,也就是在具体的唯一性中、在存在之在场的基础上,对存在即事件所作的感情意志方面的理解,换言之,它是一种行动雕琢的思维,即对待自己犹如对待唯一负责的行动者的思维。"所以,任何时候,我不能不参与到生活中去,这是应分之事,这是我的价值所在,也是文化的价值所在。"生命哲学只能是一种道德哲学。要理解生命必须把它视为事件,而不可把它视为实有的存在。摆脱了责任的生命不可能有哲理,因为它从根本上就是偶然的和没有根基的。"同时,当我参与存在的时候,巴赫金将存在设置成了两人,即我与他人。"整个存在同等地包容着我们两人",即我和你,或我和他人的你;你和我,或你和他人的我。这种伦

---

① 巴赫金:《行为哲学》,见《巴赫金全集》中译第1卷,钱中文主编,河北教育出版社1998年版,第41页。

理哲学,我们可以把它看成存在哲学,虽然巴赫金自称是"生命哲学"①。巴赫金通过伦理学的探讨,确立了人的存在,同时通过他的"超语言学"建立了人赖以生存的交往对话方式,而达于理解。

巴赫金式的理解与解释

20世纪,诠释学经过海德格尔、伽达默尔等人的阐发,而显得多样。

海德格尔无疑受到狄尔泰的诠释学的影响,但他背离了狄尔泰的认识论的诠释学思想,对理解与解释作了另一种阐释,即本体论的阐释。海德格尔从其存在主义哲学的角度说:"理解是此在本身的本己能在的生存论意义上的存在,其情形是:这个于其本身的存在展开着随它本身一道存在的任何所在(Woran)。不过我们还应当更仔细地把握这个生存论环节的解构",理解本身被海德格尔赋予了一种生存论意义。这里所说的存在不是指世界实体的存在,而是一种新的在世方式,一种关系、意义以及可能性,一种筹划,"理解于它本身就具有我们称之为筹划的那种生存论结构。理解把此在之在向着此在的'为何之故'加以筹划"。理解的任务在于,"始终是从事情本身出发,来整理先有、先见和先把握"。海德格尔把理解的造就自身的活动称为解释。在解释中,理解把其理解的东西理解性地归结了自身。解释就是植根于理解的,但理解并不出自解释。"解释并不是要对被理解的东西有所认识,而是把理解中筹划的可能性加以整理"②。这样,海德格尔就把理解和解释看成是人类的一种生存的结构,理解就在于对此在的各种可能性进行筹划。而语言就是"存在之家园"。这自然不是方法论问题,而是把理解视为"筹划"出来的存在本体论思想了。

伽达默尔提出了哲学诠释学。他认为理解文本与解释文本,不仅是科学关切的事,而且也属于"人类的整个世界经验"。所以诠释学不是方法论问题。他说,"我们探究的不仅是科学及其经验方式的问题——我们探究的是人的世界经验和生活实践的问题",探讨的是:"理解怎样得以可能?这是

---

① 巴赫金:《行为哲学》,见《巴赫金全集》中译第1卷,钱中文主编,河北教育出版社1998年版,第45、56页。

② 海德格尔:《理解和解释》,见洪汉鼎主编:《理解与解释》,东方出版社2001年版,第112、113、117页。

一个先于主体性的一切理解行为的问题。"他同意海德格尔的观点,认为"理解不属于主体的行为方式,而是此在本身的存在方式"。他表示他的诠释学概念正是在这一意义上使用的。"它标志着此在的根本运动性,这种运动性构成此在的有限性和历史性,因而也包括此在的全部世界经验……事情的本性使得理解运动成为无所不包和无所不在。"①伽达默尔把诠释学现象,当作是研究人类世界经验的事,即人与世界最基本的方面,于是突出了理解的包罗万象的普遍性。同时,伽达默尔强调了理解与解释和语言的关系,认为理解的过程是一个语言的过程,"语言就是理解本身得以进行的普遍媒介。理解进行的方式就是解释……语言表达问题实际上已经是理解本身问题。一切理解都是解释,而一切解释都是通过语言的媒介而进行的,这种语言媒介既要把对象表述出来,同时又是解释者自己的语言"②我们只有通过语言来进行理解,世界进入语言才能存在,才能使我们呈现出来,从而将诠释学导向语言本体论。伽达默尔的诠释学涉及诸多问题,如传统、理解的对话形式、意义、时间距离等。

由巴赫金提出和发展起来的"超语言学",可谓独树一帜,对于语言学、语文科学、人文科学、文艺学来说,都是一个重大的推进。一般语言学研究的是将活生生的语言现象,总结、归纳为抽象的种种规则,建立了句法、语法、词语结构等等语言学科,如索绪尔的语言学,这自然是必要的。巴赫金的超语言学则避开了语言学的抽象规则,探讨了一般语言学所不感兴趣的方面,根据语言在实际生活中发生的根本性功能,即交往功能本性,通过话语、他人话语、表述的形成与它们之间的相互关系,形成对话而走向理解,这对于文化、文学研究产生了不可估量的影响。

在巴赫金的著作里,贯穿着一个长长的泛音——交往对话的理解。尧斯在 1980 年康茨坦大学召开的"文学交往过程中的对话性"国际学术研讨会上,作了长篇发言:《对话的理解问题》③,以巴赫金为开头与结束。巴赫金所阐释的理解的思想,和德国的诠释学中的理解相比较,显然是不很一致的,何况德国的诠释学中的理解含义也不尽一致。巴赫金在语言学著作里,提出了话语理论,指出,"语言-言语的真正现实不是语言形式的抽象体系,不是孤立的独白型表述,也不是它所实现的生物心理学行为,而是言语相互作用

---

① 伽达默尔:《真理与方法》上卷,《第二版序言》,洪汉鼎译,上海译文出版社 1999 年版,第 6 页。
② 伽达默尔:《真理与方法》下卷,洪汉鼎译,上海译文出版社 1999 年版,第 496 页。
③ 尧斯:《对话的理解问题》,见《巴赫金汇编》,莫斯科迷宫出版社 1997 年版。

的社会事件,是由表述及表述群来实现的。""在与具体环境这一联系之外,言语的交往任何时候都是不可理解与说清楚的。语言的交往与其他类型的交往是密不可分的,在生产交往与它们共同的土壤上成长着。"①这就是超语言学,它"研究的是活的语言中超出语言学范围的那些方面(说它超出了语言学范围,是完全恰当的),而这种研究尚未形成特定的学科"。在后期的著述、笔记中,巴赫金从超语言学的角度更为深入地探讨了文本、话语、对话、表述、理解、解释的问题。在这一出发点上,巴赫金完全显示了自身的独特性。

巴赫金设定过存在是两个人的存在,接着他从交往与语言的角度,来论证人的存在。"人的存在本身(外部的和内部的存在)就是最深刻的交际。存在就意味着交际……存在意味着为他人而存在,再通过他人为自己而存在。"交往自然是两人或两人以上的关系,这是人的存在的真实形态。"我离不开他人,离开他人我不成其为我;我应先在自己身上找到自己,再在他人身上发现自己(即在相互的反映中,在相互的接受中)。证明不可能自我证明,承认不可能自我承认。我的名字是我从别人那里获得的,它是为他人才存在的。"但是这种人的存在是通过话语、对话而被揭示的,实际上话语、对话就是人的存在的根本形式。因此人类生活本身就具有对话的本质:"生活就其本质是对话的。生活意味着参与对话:提问、聆听、应答、赞同等等。人是整个地以其全部生活参与到这一对话之中,包括眼睛、嘴巴、双手、心灵、整个躯体、行为。"②巴赫金在这里说得十分深刻,渗透着一种真诚的自我感受。语言的生命深深地依附于交往与对话,语言只能存在于使用者之间的交往与对话中。"语言的整个生命,不论是在哪一个使用领域里(日常生活、公事交往、科学、文艺等等),无不渗透着对话关系。"③实际上,我们完全有理由把它当作巴赫金式的语言本体论来看待的。

从1930年代末开始到1970年代,巴赫金在其论著里不断提出理解的问题。巴赫金关于理解的思想主要是针对人文科学而说的,他把理解视为人文科学方法论的基本问题,并将对话精神贯穿其中。巴赫金认为,理解就是

---

① 巴赫金:《马克思主义与语言哲学》,见《巴赫金全集》中译第2卷,钱中文主编,河北教育出版社1998年版,第447、448页。
② 巴赫金:《关于陀思妥耶夫斯基一书的修订》,见《巴赫金全集》中译第5卷,钱中文主编,河北教育出版社1998年版,第378、379、386、387、242页。
③ 巴赫金:《陀思妥耶夫斯基诗学问题》,见《巴赫金全集》中译第5卷,河北教育出版社1998年版,第242页。

力求使自己的言语为他人理解,理解就是进入对话。我们在前面提及,巴赫金认为自然科学不知道"你",自然科学要求的是因果性的解释,它难以对话,如果进行对话,结论就无法做出来了。在人文科学中,如果使用解说与释义的方法,那么它们主要被用来揭示可以重复的东西,已经熟悉的东西,这时说者的独特个性往往荡然无存,"一切可重复的已认出来的东西,完全消融在理解者一人的意识里,并为这一意识所同化;因为理解者在他人意识中所能见到、理解到的,只是自己的意识。他没有任何东西可以丰富自己。他在他人身上只能认出自己"①。说得十分实在。但是人文科学却必须对着"你"说话。巴赫金说,人文思想的诞生,总是作为他人思想、他人意志、他人态度、他人话语、他人符号的思想相互关系的结果,所以人文思想是指向他人思想、他人涵义、他人意义的,它们只能体现于文本中而呈现给研究者。不管研究的目的如何,出发点只能是文本。这样,"文本是这些学科和这一思维作为唯一出发点的直接现实(思想的和感情的现实)。没有文本也就没有了研究和思维的对象"。"我们所关注的是表现为话语的文本问题,这是相应的人文科学——首先是语言学、语文学、文学理论等的第一性实体。"巴赫金以为,人总是在表现自己,亦即说话,创造文本。文本所表现的人文思维是双重主体性的,"文本的生活事件,即它真正的本质,总是在两个意识、两个主体的交界线上展开"。人文思维中不可避免要出现的认识和评价,也总是表现为两个主体、两个意识。"这是两个文本的交锋,一个是现成的文本,另一个是创作出来的应答性的文本,因而也是两个主体、两个作者的交锋。"②

这样,理解文本就是在对话中理解文本,这种文本的理解,是与其他文本相互对照,所以一开始就具有两个意识,而解释只具一个意识。作为两个意识对话的理解,就赋予了理解以"应答性"。但是,文本与意识,并不是任意的结构,而是在具体的"统觉背景"也即具体的景遇中生成的。而且理解是在历史性展开的。他引用德国学者的话说,人文学科是一种历史的学科。"历史在我们的理解中,首先是时间进程的不可逆转、命运的一次性、一切景遇的不可重复性。第二,我们理解的历史性,是知道事情的确如此,即意识

---

① 巴赫金:《1970——1971年笔记》,见《巴赫金全集》中译第4卷,钱中文主编,河北教育出版社1998年版,第407页。

② 巴赫金:《文本问题》,见《巴赫金全集》中译第4卷,钱中文主编,河北教育出版社1998年版,第300、301、305页。

到生活是自己的一次性命运。"①

　　巴赫金认为,那种活生生的言语、活生生的表述中的任何理解,都带有积极应答的性质,虽然这里的积极的程度是千差万别的,但任何理解都孕育着回答,也必定以某种形式产生回答。这种积极的应答式的理解,使理解者成为对话的参与者。理解者的回应,可以表现在行动中,也可以是一种迟延式的应答,即非直接的那种经过了时间的跨度而发生的应答。在这种背景上,理解不是同义反复,不是照搬,不是重复说者,不是复制说者,"理解者要建立自己的想法、自己的内容;无论说话者还是理解者,各自都留在自己的世界中;话语仅仅表现出目标,显露锥体的顶尖"。理解不是追求一个意识,消解他人意识,归结为一个意识,变成一统的意识。理解也不是移情,使自己融入他人之中,把他人语言译成自己的语言,从而把自己放到他人位置之上,丧失自己的位置。

　　在对话中,"说者和理解者又绝非只留在各自的世界中,相反,他们相逢于新的第三世界,交际的世界里,相互交谈,进入积极的对话关系"②。这里强调的是,对话不仅仅是保留各自意见,或是同意性的复合,对对方各自有所理解,或是通过直观现实,进行补充,而且还应进入新的世界。所以理解是一种富于创造性的对话与应答,理解就是创新,这是更高层次意义上的理解了。"理解本身作为一个对因素,进入到对话体系中,并且要给对话体系的总体涵义带来某些变化。理解者不可避免地要成为对话中的第三者……而这个第三者的对话立场是一种完全特殊的立场。"③这个第三者是什么呢?他就是"超受话人"未来的理解者,我们在后面还要谈及。理解就是创造,那些"深刻有力的作品,多半是无意识而又多涵义的创作。作品在理解中获得意义的充实,显示出多种的涵义。于是,理解能充实文本,因为理解是能动的,带有创造的性质。创造性理解在继续创造,从而丰富了人类的艺术瑰宝。理解者参与共同的创造……与某种伟大的东西相会,而这种伟大东西决定着什么、赋予某种义务、施以某种约束——这是理解的最高境界。"而

---

　　① 巴赫金:《文本问题》,见《巴赫金全集》中译第 4 卷,钱中文主编,河北教育出版社 1998 年版,第 311 页,巴赫金的这段话引自德国学者卡尔·瓦伊杰克尔的《物理学中的世界图画》,斯图加特,1958 年。

　　② 巴赫金:《〈言语体裁问题〉相关笔记存稿》,见《巴赫金全集》中译第 4 卷,钱中文主编,河北教育出版社 1998 年版,第 190、191 页。

　　③ 巴赫金:《1961 年笔记》,见《巴赫金全集》中译第 4 卷,钱中文主编,河北教育出版社 1998 年版,第 335 页。

且,这是一个无限的过程,赓续不断的过程,因为"理解者和应答者的意识,是不可穷尽的,因为这一意义中存在着无可计数的回答、语言、代码"①。这是我们应该真正追求的最高意义的理解即新的创造。

理解者不可避免地要成为第三者——超受话人,这实际上表达的是接受美学的观点,虽然巴赫金自己并未这样标榜。作品的任何表述总是在寻找读者,即第二者。但从长远时间来说,还有一个隐蔽的第三者,即持续不断涌现的、未来的读者。"除了这个受话人(第二者)之外,表述作者在不同程度上自觉地预知存在着最高的'超受话人'(第三者);这第三者的绝对公正的应答性理解,预料在玄想莫测的远方,或者在遥远的历史时间中。(持有保留的受话人)在不同时代和不同世界观条件下,这个超受话人及其绝对正确的应答性理解,会采取不同的具体的意识形态来加以表现(如上帝、绝对真理、人类良心的公正审判、人民、历史的裁判、科学等等)。"一般来说,作者都不会把自己的作品交给近期的读者,由他们来进行裁判,而总是希望着一种最高层次的应答性理解。"在一场对话发生的背景上,都好像有个隐约存在的第三者,高踞于所有对话参与者(伙伴)之上而做着应答性的理解。"②

巴赫金的这一接受美学的思想,其实在1920年代的论著中就露端倪。

沃洛希诺夫(巴赫金)在《生活话语与艺术话语》(1926年)一文中,提出了"审美交往"以及审美交往中作者、作品与读者的问题。他当时认为,在艺术理论中存在两个错误观点,即艺术研究只局限于作品本身,创作者和观赏者被排斥于研究的视野之外。另一种观点正好相反,重点放在创作者与观赏者的心理方面,两者的心理感受决定艺术。巴赫金的观点是,艺术包容着三个方面。"艺术是创作者和观赏者关系固定在作品中的一种特殊形式。"他认为艺术作品只有在创作者和观赏者相互作用的过程中,作为这一事件的本质因素,才能获得艺术性。在形式主义主张的艺术作品材料中,那些不能把创作者和观赏者引入审美交往的东西,不能成为交往的中介,都不能获得艺术意义。"审美交往的特点就在于:它完全凭艺术品的创造,凭观赏中的再创造,而得以完成,而不要求其他的客体化。"③这种审美交往,参与社会

---

① 巴赫金:《1970—1971年笔记》,见《巴赫金全集》中译第4卷,钱中文主编,河北教育出版社1998年版,第406、406、398页。

② 巴赫金:《1961年笔记》,见《巴赫金全集》中译第4卷,钱中文主编,河北教育出版社1998年版,第335、336页。

③ 巴赫金:《生活话语与艺术话语》,见《巴赫金全集》中译第2卷,钱中文主编,河北教育出版社1998年版,第82、83页。

生活之流，而与其他交往形式发生有力的相互作用与交换。巴赫金的这一观点，触及了接受美学的重要特征，他的这些文字有如写于今天一般。"长远时间"是其后来从另一个方面所做的论述。

伟大的作品何以会长久地发生作用，打破自己时代的界限，进入世世代代的长远时间之中，而且还在不断扩大自己的意义？原因在于，它们与自己的过去与现在，有着广泛而深刻的联系，这是精神的联系，它们反映了人的精神的曲折的成长过程，反映了他们在道德的、伦理的、人性的、政治的、社会的、制度的探索中所产生的挫折、失败、痛苦与成功的感悟与体验。它们植根与过去，深入当今的时代，所以也必然地面向着未来，使其在后来获得生命，它们叙诉的是今天的具体的人的生存与命运，但却获得人类的意义。它们所提出的话题与包容的涵义，可以使未来的读者产生同感而获得接着说的可能，并去丰富它们。过去那些伟大的作家的作品，同时代人给了它们很高的评价，但是今天读者对他们的评价，则是他们所估计不到的了，何故？时代使然。新的时代的读者，根据它们原有的、与新时代共通的涵义，一面予以发扬，一面给以新的阐述与丰富。巴赫金指出，涵义现象可能以隐蔽的方法潜藏着，同时也可以在后世有利于文化内涵的语境中得到揭示。"文学作品首先须在它问世那一时代的文化统一体（有区分的统一体）中揭示出来。但也不能把它封闭在这个时代之中，因为充分揭示它只有在长远时间里。"①自然，长远时间只是提供了可能与环境，而真正的揭示者，无疑是读者，只有读者才能去丰富作品的涵义、充实作品的涵义，而且这个过程是在长远时间里不断展开的。

主人公与欣赏者的关系，是巴赫金早期研究中的一个重要方面，其中论及移情的问题，是很有特点的。显然，他不赞同德国学者提出的移情说，他使用的是审美活动中的"外位说"。他说在平常生活中，我在观察他人时，总能见到他自身所见不到的东西，要消灭这些差别，唯一的办法就是使两人变成一人，这显然是办不到的。所以我能见到他自身所见不到的东西，主要在于我处于"唯有我一个人处于这一位置上，所有他人全在我的身外"。这就是唯一之我的具体外位性，和由于外位性所决定的我多于任何他人之"超视"。人的内心感受，要么从"自为之我"出发，要么从"为我之他人"出发，即要么作为我的感受，要么作为唯一之他人出发。审美观照和伦理行为，都具

---

① 巴赫金：《答〈新世界〉编辑部问》，见《巴赫金全集》中译第 4 卷，钱中文主编，河北教育出版社 1998 年版，第 368 页。

有这种具体而唯一的位置,而超视则赋予了我以能动性,在他人看不到的地方,充实了他人。审美移情则要求我渗入到他人中去,与之融合一起,但这并没有使人达到审美目的。主要在于如果移情而失去外位性,我则与人物仅仅融合一致,感受、体验他人的痛苦现象而已。但是实际上,移情之后我必然要回归自我,回到自己外位于痛苦者的位置上,"只有从这一位置出发,移情的材料方能从伦理上、认识上或审美上加以把握"。所以,"审美活动真正开始,是在我们回归自身并占据了外位于痛苦者的自己位置之时,在组织并完成移情材料之时;而这种组织加工和最终完成的途径,就是用外位于他人痛苦的整个对象世界的诸因素,来充实移情所得的材料,来充实该人的痛苦感受"。以我自身为例。"用我这个范畴不可能把我外形作为包容我和完成我的一种价值来体验;只有用他人这一范畴才能这样来体验。必须把自己纳入他人这一范畴,才能看到自己是整个绘声绘影的外部世界的一个部分。"

巴赫金在批评表现主义的时候,使用了游戏的例子,是很有意思的。游戏本身不同于艺术,它不存在观众和作者。游戏者也不要求场外观众,所以不能构成事件。但是游戏如果要接近艺术,则要求有一个无涉利害关系的场外观众的加入,给以观照、欣赏,从而参与其中,把游戏视为一种审美事件,使原本是没有意义的活动,充实了新的因素。游戏者变成主人公,而观赏者成了观众,从而使游戏变为萌芽状态的艺术。

再拿舞蹈来说,我的为他人而设的外表,与我内心可以自我感觉到的积极性结合一起,在舞蹈中我的内心力求外现,与外形相吻合。"在舞蹈中我参与到他人存在里,同时最大限度地在存在中展现形态。在我身上翩翩起舞的是我的实体(从外部给以肯定的价值),是我的存在(софийность),是我身上的他人之舞。"[①]这些观点后来贯穿于巴赫金的整个语言哲学、文学理论、文化探索之中。如在论说作者与主人公的关系时,作者的立场是一种"外位的立场";"整体的统一和整体的完成(思想上和其他方面),都得自这种统摄一切的外位立场"。

巴赫金还将"外位性"运用于文化研究之中,提出了理解者的外位性而显得别具一格。这一问题的提出,和文化与文化之间的相互理解有关。他认为有一种错误观念,以为在更好地理解别人的文化时,似乎应该使自己融

---

① 巴赫金:《审美活动中的作者与主人公》,见《巴赫金全集》中译第 1 卷,钱中文主编,河北教育出版社 1998 年版,第 122、132、235 页。

入其中，用别人的眼光来理解他人文化。这当然是需要的，也是理解所不可缺少的一个环节。然而如果就算是理解的全部过程，那不过是一种没有新意的重复、复制而已。

理解他人的文化，在于丰富、更新自己的文化。"创造性的理解不排斥自身，不排斥自己在时间中占的位置，不摒弃自己的文化，也不忘记任何东西。理解者针对他想创造性地加以理解的东西而保持外位性，时间上、空间上、文化上的外位性，对理解来说是件了不起的事……外位性是理解的最强大的推动力。"这里提出，在文化交往中，我要投入他人文化，用他者眼光审视、理解他者文化，这是十分必要的。但我又应处于他者文化的外位，用我的眼光去理解他者文化。我所见到的他者文化，从外位的角度看，可以见到他者自身所见不到的部分，我所提出的问题，也是他者难以发现的，反之亦然。双方对于对方提出的问题，都是双方自身不易觉察到的问题，于是在这种交往中，就进入了真正意义上创造性的对话，在对话中相互提问、诘难、丰富与充实。所以属于我自身的文化，只有在他人文化即他者的眼中才能得到充分的揭示，反之亦然。不同文化在对话的交锋中，"保持着自己的统一性和开放的完整性。然而它们却相互得到了丰富和充实"[①]。这也就是他在著述中不断论及的他者、他性问题。

与巴赫金的诠释学思想比较接近得多一些的，大概是较巴赫金稍后一些的哈贝马斯的批判哲学或批判诠释学思想了。哈贝马斯的思想十分庞杂，他对狄尔泰、海德格尔、伽达默尔等人的诠释学思想都有批判，对于他的理论的种种来源，我们不拟在这里细究，这里只就他的思想的某些方面来谈。哈贝马斯用交往行为来解释社会的发展动力，企图重建历史唯物主义。他以为交往是可以达到人与人的相互理解的，要达到理解，就要通过对话。他把交往与理解建立在一种语言学的基础之上，即在1970年代中期提出的"普遍语用学"的基础之上。他说："普遍语用学的任务是确定并重建关于可能理解的普遍条件（在其他场合也被称之为'交往的一般假设前提'），而我更喜欢用'交往行为的一般假设前提'这个说法，因为我把达到理解为目的的行为看作是最根本的东西。"[②]这个普遍语用学与一般的语言学不同在什么地方呢？即不是从一般语言学，而是突出语言的交往特性这一方面，从言

---

① 巴赫金：《答〈新世界〉编辑部问》，见《巴赫金全集》中译第4卷，钱中文主编，河北教育出版社1998年版，第370、371页。

② 哈贝马斯：《什么是普遍语用学》，《交往与社会进化》，张博树译，重庆出版社1989年版，第1页。

语出发,建立理解的可能性,这和巴赫金的超语言学有同工异曲之妙。"我坚持这样的论点:不仅语言,而且言语——即在话语中对句子的使用——也是可以进行规范分析的。正如语言的要素单位(句子)一样,言语的要素单位(话语)能够在某种重建性科学方法论态度中加以分析。"①交往的话语导向对话,对话导向对话双方的主体间性的出现,而产生理解与普遍认同。但是对话真要达到理解,必须考虑这中间的要求,这就是哈贝马斯提出的对话双方必须要使话语具有交往性规则资质,即在话语中恰当使用语句的条件而付诸实施,因此要具有话语的真实性、真诚性与正确性,这点十分重要。

在巴赫金与哈贝马斯的理论中,既有同一,又有差异。两人的交往对话理论实际上都具有道德伦理色彩,但趋向不尽相同。如前所说,巴赫金的伦理观强调人的"应分""责任",强调人的各自独立、自有价值的自由之人、人与人的平等对话与权利,表现了其高度的人文精神。哈贝马斯的以理性见长的批判哲学,其道德伦理色彩也是十分强烈的。他在八九十年代撰有专著《道德意识与交往行为》《对话伦理学解说》等。他的《什么是普遍语用学》,显然着力于实际生活的语用行为的分析。哈贝马斯把在对话与理解基础上形成的交往行为,置于道德伦理规范之中,目的在于使对话者通过对话、语用的有效性手段,形成共识,承认资本主义的合法性危机,成为改造后期资本主义的策略手段,在理论的深度与人文理性的广泛性方面应是逊于巴赫金的。

在 20 世纪里,跨学科的研究、综合性的研究,成了不同学科整合和新的文化发展的需要。巴赫金使纯正的文学作品的诗学研究,变成了一种卓有成效的新型的文化研究。他认为,文学是文化的组成部分,所以"不应该把文学与其他的文化割裂开来,也不应该像通常所做的那样与社会联系起来,这些因素作用于整个文化,只是通过文化并与文化一起作用于文学"。巴赫金的整合的文化诗学思想,在今天是很有现实意义的。在当今的学科的整合中,一些西方的理论家,在消解罗各斯中心主义的时候,又模糊了文学与其他学科的界限,提倡文学哲学化、哲学文学化,并要以文学理论来规范其他学科。在这一点上,哈贝马斯认为,学科综合是发展必然,但学科的分类,又有其历史的合理性,在新的情况下,不可能都变成不确定的东西,从而丧失交往的可能性。

---

① 哈贝马斯:《什么是普遍语用学》,《交往与社会进化》,张博树译,重庆出版社 1989 年版,第 6 页。

巴赫金没有建立自己的诠释学,但是他所阐释、发挥的思想,正是诠释学的思想。他的有关陀思妥耶夫斯基、拉伯雷创作的研究,正是他的诠释学思想创造性的运用的结果,他以对话的理解贯彻他的理论探讨和对创作的研究。他确立了一种交往思想,以超语言学的理论,在陀思妥耶夫斯基的研究中,通过对欧洲文学体裁传统的深入把握与对小说本身创新的深切理解,建立了对话、复调小说的理论;他通过文化研究的方法,特别是对民间文化的强烈兴趣,找到了探讨拉伯雷的真正入口处,形成了他对拉伯雷的独特理解,而建立了狂欢化理论,展现了被人视为千年黑暗的欧洲中世纪与文艺复兴时期的活生生的民间生活状态。

这就是巴赫金的文学诠释学的具有独创性的实践与不同凡响的实绩了。

(原载王宁主编《文学理论前沿》,北京大学出版社 2004 年第 1 辑)

辑四　从作品到理论

◎ 历史题材创作，史识与史观
　　——文学理论中的现代性诉求与后现代性特征
◎ 文学的乡愁
　　——谈文学与人的精神生态
◎ "芳草何其芳"
　　——何其芳文艺典型理论的创新意义
◎ 真正的先锋性
　　——袁可嘉先生现代派文学研究的贡献

历史题材创作,史识与史观
——文学理论中的现代性诉求与后现代性特征

当前历史题材的小说创作十分繁荣,出现了一批佳作。至于历史题材的电视剧,则几乎占领了每天电视演播的黄金时段,帝王将相你方唱罢我登场,往来穿梭,很是热闹。这些历史小说与电视剧,在目前都达到了相当高的水平,从整体上看,短期内它们都难以被超越。

从历史题材写作的总体指导思想来看,过去的阶级斗争的历史观、历史唯心主义与历史唯物主义二元对立之争已被搁置,呈现了写作者多样的历史观与群众性的审美需求的多样性趋势。重新感知历史,大写历史,反思历史,这是当前时代的需要。同时,在这个消费的时代,大说历史,在历史的艺术形态的展现中获得娱乐,也是在消费历史。广泛的市场消费需求,导致了对历史消费的多样性。

在历史小说、电视剧中,大体有正说的历史写作和对历史"戏说"的写作,解构历史的写作,和以逆反心理来改写原来的小说或是剧作的多种模式。这最后一种的写作,实为胡乱改编,品位低俗,且往往要引发官司,是些不上台盘的东西。

正说的历史题材的写作,包括历史小说与历史电视剧,实际上因作者的史识、史观的不同,而出现了不同的类型。

我们先说一种大致适应了当今老百姓历史体认的"圣君贤相"的历史故事写作。过去广为流传的那些"太平盛世"的"圣君贤相"的事迹,自然格外受到当今不少作者的青睐,描绘这类历史人物、事迹的作品,可以说深受各阶层人士的喜爱"明镜高悬"这块匾额,不仅仅是戏仿性的装饰,却是地道的圣君贤相的威严象征;而宫闱秘闻、权谋较量、株连杀戮、征战讨伐,自然是十分讨好的素材。这类小说,通俗易懂,情节引人,印刷量大,卖点极好。当今社会中的种种黑暗、腐败现象,与历史中的黑暗、腐败现象惊人地一致,如今观众在历史戏里看到,那些贪赃枉法的皇亲国戚、腐败官员一一受到惩处,于是在休闲娱乐中感到了情绪上的满足。如果我们再深入一步,可以看到这类小说与电视剧,确实把众多的历史事件,大量虚构的情节加以审美化了,人物也不再简单化了,读者阅读起来很有兴致,观众看得很有趣味。不过,这类小说与电视剧,总让人感到少了些什么。这里历史场景是有的,情节的生动性是有的,而且热闹得很,但却是少了那么一种从生动的历史场景中流淌出来的历史的意味。

历史小说的创作,要具有一种意识到的巨大的历史内涵,和因此而自然获得的思想深度,产生一种意味,显示作品的较高品位,这是与作者的史识、史观密切联系着的。

史识产生于对史实的彻底的、独特的选择与认知中。这里所说的所谓彻底,不是指对于史料把握的详尽无遗,而是说透过重大的史实的观照,对被把握的史料有着独到的体认,理解到它们在整个历史发展中那种内在的和独特的意义,这是受到创作主体的历史观的制约的。比如《三国演义》开头的那阕词,显示了作者的一种历史轮回的史观,这种历史观在过去是极为普遍的。但是小说由于复杂地反映了历史特定时期的战乱,写得极为好看,充分显示了历史人物的智勇风貌,而揭示了作者史识的深度。挂在(1888年)昆明大观楼的孙髯翁的一副楹联所表述的史观,则要深刻得多。它的下联说到,历代帝王经营云南,费尽移山心力,建立了伟烈丰功,但"珠帘画栋,卷不及暮雨朝云,便断碣残碑,都付与苍烟落照。只赢得几杵疏钟,半江渔火,两行秋雁,一枕清霜"。作者意识到,几千年里历代王朝来收拾云南时,何等轰轰烈烈,如今它们自身却无可挽回地衰颓了。这是对几千年的历史兴衰的一种整体的把握,一声深藏着历史意味的长叹,从中显示了一种犀利的史识与深沉的历史感。清王朝几位"圣君"的盛世,其实已是整个几千年封建王朝走向彻底衰落时期的回光返照。但是现今的一些历史小说与电视剧,使那些"圣君贤相",在历史的苍烟落照与断碣残碑的缝隙中,一个个爬了起来,弹去了身上的王朝覆灭的烟尘,锦衣鲜着,风光无限地演绎着天朝盛世的故事,让人感佩他们,简直是在教人欣赏那"苹天苇地,点缀些翠羽丹霞。莫辜负四围香稻,万里晴沙,九夏芙蓉,三春杨柳"了!

在当今消费主义影响下出现的"戏说"的历史电视剧,把过去极端化了的阶级斗争的历史观完全翻了一个个儿,圣君贤相一个个都站到被奴役的人们一边来了。这类电视剧,在当今的历史消费中影响是最大的。目前对于"戏说"有几种说法,一是编剧人自己说的"戏说",是指他以戏剧形式来叙述历史人物与故事。另一种是观众心里的"戏说",就是指游戏的戏说,它的特征就是"娱乐交流"。这种戏说多半是一种针对现实的借古讽今,其中帝王作为主要人物,都是群众所熟悉的那么几个,叙述的事件与种种人物,则纯属虚构。编剧者有所谓"大事不拘,小事不虚"的说法,而不是相反。这就注定它是一种游戏、娱乐之说。它有意避开历史,不在乎描写历史重大事件的真实与否,而是借用历史人物作为壳子,游戏般地、自然是十分投入地充塞着编剧自己的观念,奉行"现代史都是历史的再现"的原则。其实这一原则,有时会与历史相合,有时却相背而行,如果把它绝对化了,就成了历史循环论了。

这类"戏说"的人物性格、特征与活动场地,由作者随意安排。帝王由宫廷而深入民间,城镇商栈,官府旅店,村舍杂院,必要时伴有皇宫后院、皇后嫔妃做些点缀。皇帝老子一旦到了平常陌生的下层社会,自然感到十分新鲜,戏剧冲突可说俯拾即是。他们生就一副平民心肠,关心民间疾苦;明察暗访,演绎侦探跟踪;惩治赃官污吏,大纠冤假错案;制服恶霸地痞,屡屡救人于水火;行侠仗义,为民伸张正义。由于帝王也是人,所以又都个个惜香怜玉,风流倜傥,又会来几手拳脚,可说风度翩翩。于是黄尘古道,结识风尘女子,田园酒舍,寻遇"一夜皇后",花正开,人未嫁,可说占尽风流,格外的动人了。这类戏说,有人把它称做"古装戏"确实更为合适些。在这一点上,戏说也可以成为现实的一面镜子,让现实中受到压抑的人们舒一口气,畅笑几下,松懈一下精神,这也是有其积极意义的;同时它也符合老百姓几千年来形成的传统审美情趣,皇帝老子也是爱民如子,好抱打不平,还可看看他们的风流韵事,也就获得了精神上的满足。

但是悖论也就在这里,编剧者说,由于皇帝也是人,也有"人性","帝王性"也是人性,所以"帝王性"与"人民性"在他身上获得了高度的统一。而且编剧声言,为了把帝王戏编得好看,还应对帝王抑恶扬善,比如要稍稍配上一些他的瑕疵,但不能过火;要写得紧张,但不能让他冒出血腥味来。也就是说,要为帝皇讳,要化他们的残酷为一笑,要在血腥中熏香,真是爱护备至,体恤有加。在这种帝王史观支配下写出来的帝王形象,照剧作者的说法,一定会受到中国老百姓的欢迎的,因为帝王就是高峰,历史就是他们的历史,老百姓头下枕的就是帝王梦。但是话又要说回来,枕着帝王梦的老百姓,在这种帝王戏的熏陶下,他的帝王梦可能还会百年千年地做下去的!"文化大革命"中的山呼万岁声,虽然已渐渐远去,但看来我们现在对于主子、奴才、万岁万万岁的呼声,又会熟悉与习惯下来的!一个被封建思想浸润了几千年的民族，要使他清除自己身上帝王梦、奴才气，自己当自己的家，在思想上真正民主化起来，那是多么困难啊！

在另一种历史小说里，作者的史识是与现代意识精神有了结合。现代意识精神就是现代性的反思，一种历史的自我批判。这种反思与批判，就是在当今全球化的语境中，探究我国民族、文化趋向衰落的原因，那种深入我们民族骨髓的几千年的封建意识，以何种方式流贯于我们今天生活的方方面面，使我们在一百多年来的世界民族之林中，难以自立，受尽屈辱，以致在一个相当长的时期里，要生存下来都成了问题。直到今天就是在恢复民族自信和民族元气的过程中，仍是一路坎坷，荆棘丛生。

现代意识精神是一种具有历史高度的立足点，在这一立足点上感受历史的过程，就会使作家感性地体认到选择哪些历史关键时刻更为紧要，从而使他们变得更具人文关怀一些，气度会更宏放一些，对民族生存的命运的思考会更深沉一些，历史观会更开阔一些，民主气息会更多一些。自然，作家的史识与史观总是渗透于他所感受、体认到的历史的感性生活的，总是保持了其具体性与过程性。在《梦断关河》《曾国藩》等小说里，我们体验到了现代意识精神，那种带有历史的深刻反思与批判。《曾国藩》的深刻的史识，表现在时代的潮流将要对行将就木的封建王朝彻底摧毁，而主人公却想方设法企图在这块千空百疮的土地上"重建周公孔孟之业"。小说在历史情节的生动展现中，显示了那种被意识到的巨大的历史内容的意义，一种深刻的历史感，由此获得从中生发出来的深刻的思想性，从而使得小说阅读起来不仅具有动人的情趣，而且留下了令人心惊不止、久久不去的历史的意味。这里所说的历史感、历史意味，并不仅仅是指史实的真实，环境的渲染，细节的正确，而是指一种独特的历史的感受，它既是历史的，包含着我们民族昨天、过去的思虑的积淀，同时又是发展的，包含着今天的反思与自我认知的意绪，这是我国的悠长历史传统与现代意识的反思融合而成的一种进取的历史精神。

我们常常期望文学作品能够显示我们的民族文化精神，历史小说似乎更应如此。但要做到这点，作者是要具备进取的历史精神的。广大读者、观众的消费的审美需求是应予满足的，但是他们的趣味受到大众文化、影视文化的消极面的影响，使得他们的感性需求畸形扩张，感情变得粗俗不堪。在这种情况下，文学作品、电视剧的编写是投其所好，助其精神沉沦，还是应以新的理性精神、人文精神来平衡、抵御粗俗与精神的沉沦呢！

在后现代文化思潮影响下出现的所谓新历史主义小说,是商品经济下的又一种历史消费,这是一种新潮的历史观,它力图解构以往的权力话语和历史定论,参与历史的重新探讨。这种历史观大致都认同克罗齐或科林伍德的观点:历史都是当代的,即历史是没有自身的纯粹的形态的。所谓历史都是当代人解释的结果,主体如何解释,历史就是如何,纯属一些碎片与偶然。确实,这种历史观提醒人们,原生态的历史,随着时间而一起消逝,记录下来的历史都是掺入了记载者的主观因素在内的,纯粹的客观的历史记载是不存在的,所以历史都是当代的,由当代人说了算。这种历史观对于我们了解历史文献可信到什么程度是有启发作用的,一个历史事件有时会有不同的记载与说法,所以需要进行去伪存真的工作。不过,这种历史观实际上把历史记录中的主观性绝对化了,如果说历史不过是些人们记忆的碎片,其结果就把历史的客观性否定掉了。其实,重大的历史事件的客观性是一种真实的存在,在其自身的发展中有其自己的规定性,历史并不是那种互不相关的纯粹的碎片,如果一旦它失去了自身客观的规定性,那还有什么历史事件可言。比如,第二次世界大战、日本侵华战争、"文化大革命",历史记载者的主观性即使多样,角度取说不同,但能改变它们的客观存在的过程和性质的吗?

  后现代文化思潮认为,历史不过是一堆混沌的现象,并无规律可循,其主导思想是在破除本质主义的历史观,突出偶然因素,把人与人的关系,定位于人性本能因素,重找历史动因,重说历史现象。在这类思潮影响下的小说的作者,大体认同这种历史观念,于是把人的性、性本能、欲望、侵犯本能、暴力,当作历史事件的动因了。在他们的作品里,战争、屠杀、暴力、血腥、残忍、酷刑、欲望、善良、性本能表现,对于不同国家、集团的人群、人物来说,都是没有区分的。文学的叙述,不过是对不同人群的不同机缘巧合,进行随意组合。这种表述掺和着作者自己关于欲望、血腥、暴力、性本能的独特的奇思构想,写得津津有味。而在以捧为业的评论家那里,照例会赋予这类作品何等何等的深刻的文化内涵,如何如何精细的艺术感觉、创新,等等。确实,历史过程中存在着大量的碎片式的偶然。性本能、肉体欲望、侵犯性本能,还真的是不少事件发生的偶然动因与后果。比如现今社会上的大量情杀与凶杀,它们的动因往往是由那些性本能、性侵犯、肉体欲望构成的,是事件发生原因的直接方面。但是如果作为历史事件,实际上还有处于隐蔽状态的间接的深层的社会因素,有时却是主要的因素。比如近期发动的侵略战争,有人说是出于个人好战心理、暴力本能、家属复仇心理,等等。但是仔细一想,这些战争的动因不明明就是为了掠夺他国资源、控制他国政治与经济命脉、强迫他国接受所谓普世主义的文化原则吗!

自然,我们也要认真地看到我国作者们的无奈与苦衷。一般说来,当权力控制着历史的时候,历史确实像一个可以被随意打扮的小姑娘,成了一些握有权力话语的人士说了算的东西。主张唯物史观,但实施的往往是唯心史观。从历史上看,掩盖历史丑恶事实的人,总是和丑恶事件以及个人利益有联系的人。事实上那些被歪曲了的历史事件,以后还会被纠正过来,历史总是这样无情的。这样,是现实自身首先解构了历史,历史确实成了一种当代一些人的权力表述,现实奉行了随心所欲的历史相对主义。在这种意义上,一切历史都是当代史的那种理论,还真是派了用场。因此文学中的混沌式的历史写作,不具涵义的碎片式的历史写作,缺乏符号意义的纯粹偶然性的写作,不过是对现实的一种回应与投影,一种多样化的历史消费的形式而已,历史被多种形式消费着。

历史与现实的形态总是感性的,充满了偶然的,但是它们之间的相互联系的轨迹依然可寻。写作一旦使那种无处不在的、生动的偶然完全失去了符号的意义与所指,那么这类写作就不过是让人趣味索然的一种写作策略的表现。这类小说的致命之处在于,作者玩得投入,而读者人数极少,只有少数几位智力高的评论家,乐此不疲地对于这类写作策略津津乐道。作为历史小说的先锋实验来说,它们太相信话语能指的游戏功能了,结果聪明的、确实有相当威力的能指,在其重找历史的动因中,固然消解了历史,但同时也就耗尽了自己以及自己存在的艺术形式。

于是历史消费的快乐,也就变成了历史消解的无奈!

(原载《文学评论》2004 年第 2 期)

文学的乡愁
——谈文学与人的精神生态

乡愁——乡关何处

乡愁这种感情的形态,与诗歌结了不解之缘,诗歌赋予了乡愁以可感的生动的艺术形式。除了在文学作品中,哪里能见到乡愁这种生动的形态呢!

《诗经》作为西周出现后五百年间的周诗,有不少诗歌描述了后世人类社会所产生的一种普遍的感情——乡愁。这时的居民没有了过去"帝力于我何有哉"的那份自在与洒脱了。

在小农经济社会,家与乡联为一体,底层百姓要赋税、服役、戍边。服役、戍边就要他们离开生养之地,就要外出,并且难知归期。于是只得告别了长相厮守的土地、家乡、父母妻子,他们的生存之根,那离愁别绪自然油然而生,化成了点点的乡思——乡愁了。

乡愁是离开故土、远离亲人的游子,对故乡的思念之情,是对关山阻隔的故乡的人事的回忆,是游子对记忆中的故乡自然景物、风物变迁的深切思念,一种亲情的诉求与幻想的祈求!可以说,这时的乡愁主要是个人性的、地方性的,一旦克服了距离的阻隔,亲情的诉求便得到了满足。

《邶风》中的《击鼓》就是远戍边疆而引发思乡、思念妻子的情绪而显得忧心忡忡。"从孙子仲,平陈与宋。不我以归,忧心有忡。……死生契阔,与子成说。执子之手,与子偕老。于嗟阔兮,不我活兮!于嗟洵兮,不我信兮!"作者说曾与妻子立有誓言,永不分离,白头偕老,而今关山阻隔,相见无期,岂不令人怅惘!

《陟岵》一诗写的是远出的征人,思念家中的亲人,心里想,父亲要他勿滞留异地,母亲要他不要忘记养育他的娘亲,兄弟要他勿尸埋他乡:"犹来无止""犹来无弃""犹来无死!"

《东山》一诗写了一个士兵在归途中的思绪,各种细腻的感受:"我徂东山,慆慆不归。我来自东,零雨其濛。我东曰归,我心西悲。……鹳鸣于垤,妇叹于室。洒埽穹窒,我征聿至。有敦瓜苦,丞在栗薪。自我不见,于今三年。"《采薇》一诗,与《东山》一样,也是把乡愁描写得最为抒情、动人的了。此诗描述了士兵抵御外敌,转战异乡,信书难托,如今终于走上归途,沿途景物,引起了他的回忆和满怀愁绪:"昔我往兮,杨柳依依;今我来思,雨雪霏霏。行道迟迟,载渴载饥。我心伤悲,莫知我哀!"

如果我们在上面征引的是外出服役的征人的思乡情绪的描绘,那么《诗经》中还有姑娘远嫁他国而引起的对故乡之思,如《卫风》中的《竹竿》:"藋藋竹竿,以钓于淇。岂不尔思?远莫致之。……淇水滺滺,桧楫松舟。嘉言出游,以写我忧。"还有流落他国,难归家园的乡愁。

这一类乡愁,作为人们感情的原型,在后来的诗歌、散文中写得极多,得到了更为丰富的表现。唐诗中思乡之诗极多,思乡之中总是流淌着一片淡淡的忧绪。比如崔颢的《黄鹤楼》,说的是黄鹤已逝,白云千载,诗人发愁夜幕来临,而乡关遥远,思乡的情意在暮色苍茫与幽暗的朦胧中漫散开来,而显得意绪起伏,"晴川历历汉阳树,芳草萋萋鹦鹉洲。日暮乡关何处是,烟波江上使人愁"。使得后来游览黄鹤楼的李白见后大为激赏,以致不敢再在楼上题诗了。又如马致远的《天净沙—秋思》:"枯藤老树昏鸦,小桥流水平沙,古道凄风瘦马。夕阳西下,断肠人在天涯。"原是秋色平常的排比,已称佳绝,再经"断肠"一点,就使"前四句皆化愁痕",真的成了绝妙好词。

在后人的散文里,这类乡愁的描写也俯拾即是。例如鲁迅的《故乡》,一开始就表达了回乡路上的愁绪,给小说定了调子:"时候既然是深冬,渐近故乡时,天气又阴晦了,冷风吹进船舱中,呜呜的响,从缝隙向外一望,苍黄的天底下,远近横着几个萧索的荒村,没有一些活气。我的心禁不住悲凉起来了。"故乡也就是一个悲凉的故事。

在文学作品里,故乡、故园、家园,常常与国家的命运联系在一起。把故乡扩大开来,那么这种乡愁往往是自我放逐者或被放逐者对家园的铭心刻骨的思念,对于家园与国家富强、安危的期望,是身系国家命运的巨大的乡愁。或是由于战祸而失去家园,辗转流离,引起离散者的对家国命运的无尽的焦灼的忧虑,是对可望而不可即的乡关何处的无奈的慨叹!

《离骚》是屈原遭遇忧愁、忧患,"忧愁幽思而作"。"长太息以掩涕兮,哀民生之多艰。……亦余心之所善兮,虽九死其犹未悔!"这里描写的乡愁已是一种大乡愁意识,为百姓的家园、家国的命运而忧愁,它已上升到了忧国忧民的忧患意识,成为后世中国文化精神的源头之一。

杜甫的诗作有不少是乡愁的描写。他把乡愁与国恨糅杂在一起,描述乡愁也就是展现国之殇。《春望》写道:"国破山河在,城春草木深。感时花溅泪,恨别鸟惊心。烽火连三月,家书抵万金。白头搔更短,浑欲不胜簪。"《月夜忆舍弟》:"戍鼓断人行,边秋一雁声。露从今夜白,月是故乡明。有弟皆分散,无家问死生。寄书长不达,况乃未休兵。"他的感时伤怀的诗,由于是他自身的所见所闻,或是自身的亲身经历,所以具有极大的艺术穿透力。他的有关这方面的不少诗作,简直是对艰难生存的陈诉了。

李后主作为亡国之君,他的后期作品表现的几乎都是离愁别恨。如《清平乐》里,说"离恨恰如春草,更行更远还生"。又如《虞美人》:"问君能有几多愁,恰是一江春水向东流。"又如《乌夜啼》说:"剪不断,理还乱,是离愁,别是一般滋味在心头。"古语云:"亡国之音哀以思。"李煜描写的是他的小朝廷覆亡之后的哀伤之音,似乎只是一个亡国之君的离愁。但是这种哀伤的离愁,又具有一般的人的感情的共通性,因为广大人民在历史、现实中,也有这种亡国之痛、失去家园之恨,由于进入了特定的阅读语境,所以对于这种丧失家园的离愁、离恨,对于失落的故国的深切的回忆的艺术描写,是完全可以被我们接受的。李煜把离愁比做更行更远还生的春草,是剪不断、理还乱的绵密的愁绪,恰如一江滚滚东流去的春水的低吟,都是传诵千载的。

李清照自称"愁人",在后期词作中所表现的既是离乱中亲人生离死别的悲痛,也是思念故园、家乡的深沉的乡愁,在它们的背后,则分明是国破家亡之伤痛。如《声声慢》说的是诗人乍暖还寒时的复杂愁绪,再加上几杯淡酒与面对窗前满地憔悴的黄花,黄昏时的斜风细雨,梧桐落叶中点点滴滴的雨声,突然南飞归雁的一声哀鸣,怎不使诗人更添乡愁而愁肠百结呢!又如《武陵春》:"物是人非事事休,欲语泪先流。闻说双溪春尚好,也拟泛轻舟。只恐双溪舴艋舟,载不动许多愁。"愁是多么沉重?一叶小小的舴艋舟何能承载!

在日本侵略者对我国的占领期,国家与人民遭受日本鬼子的铁蹄践踏,造成了我国亿万居民离井背乡、弃家逃亡、生活无着、到处流浪、客死异乡的惨状,乡愁就是被压迫人群的普遍情绪。故乡、家园与国家联成一体,乡愁就是国之愁。诗歌、小说、戏剧,特别是歌曲,通过对人民悲惨境遇的诉说,强烈地表达了我国人民的这种悲怆而又激昂慷慨的普遍情绪。这种乡愁所引起的普遍的爱国主义的强烈抗争,谱写了一支支抗日斗争的交响乐,至今激励着我们。

乡愁是对国家分裂而引发的痛惜感,这时家园也就是家国,命运相同;或是由于家国暂时分裂,引起家园破碎、亲人难以团聚的痛苦感情。这时深情无比的乡愁,就变成了一种家国情的倾诉,对国家统一的热切的期待,如诗人余光中的《乡愁》:"小时候,/乡愁是一枚小小的邮票。/我在这一头,/母亲在那头。/长大后,乡愁是一张窄窄的船票。/我在这头,/新娘在那头。/后来啊,/乡愁是一方矮矮的坟墓。/我在外头,/母亲在里头。/而现在,/乡愁是一湾浅浅的海峡,/我在这头,/大陆在那头。"一湾浅浅的海峡,在瞬息可以跨达的两岸,却成了阻挡亲人相聚的深渊,成了国之大殇。

乡愁可以覆盖个人、亲人、故乡、家园而至于国家,它是对故乡的怀念,是乡恋,是亲情与故园情,是家国情的召唤,也可演化而为忧国忧民的忧患意识的一个方面,是弥合国家创伤、共创统一的凝聚力的诉求,而成为几千年来我国文学创作的主题原型。

刘鹗在《老残游记自序》中谈到,人有灵性,乃生感情,感情生哭泣。哭泣分无力类和有力类,无力的哭泣如痴儿娇女之哭泣,有力类的哭泣分为二,一是以哭泣为哭泣者,如竹染湘妃之泪之类,二是不以哭泣为哭泣者,"其力甚劲,其行乃弥远"。如《离骚》为屈大夫之哭泣;《庄子》为蒙叟之哭泣;《史记》为太史公之哭泣;《草堂诗集》为杜工部之哭泣;李后主以词哭;八大山人以画哭;王实甫寄哭泣于《西厢》,曹雪芹寄哭泣于《红楼梦》"。"吾人生今之时,有身世之感情,有家国之感情,有社会之感情,有种教之感情;其感情愈深者,其哭泣愈痛。"《离骚》写的是"离忧";《史记》乃是充满家国愁绪的、汇入了自己的身世之叹的"发愤"之作;八大山人因清兵入关而遭受国破家亡之痛,他的画每每是"墨点无多泪点多"的。

文学艺术以自己丰富的形式而表现了乡愁,乡愁则引起丰富的历史、文化的意味,丰富了文学艺术的蕴涵,提升了文学艺术的品格,成了文学创作的母题之一。

乡愁——栖居艰辛

今天的乡愁,在很大程度上已经改变了其性质与面貌,原有的形态仍然存在,但同时新的形态已经出现。这是一种涉及人的生存的乡愁,是人的精神飘零无依、栖居艰辛的乡愁了。

在今天的全球化的语境中,世界成了"地球村"。高科技的发展使物质无限丰富,它代替了上帝、神性、旧式的理性和天道,变得无所不能,成为万物的新的主宰。人的欲望促成思想的更新与创造,与高科技的结合,汇成了巨大的生产力;同时欲望的无限度的需求,也促成了人的物欲享受的极度膨胀,一切以身体感性的享乐、物的无尽的满足的享乐主义为准则。

既然上帝已经死亡,旧的天道已经崩溃,于是霸权盲从,技术主宰一切,思想被变价出卖,"百事可为"就成了人的行为准则。在现代化的过程中,在财富的原始积累过程中,人们可以为所欲为,掠夺自然资源,生态环境不断遭到难以修复的毁灭性的破坏,大肆盗窃国有财产。最现实的报应是,大雨伴随着山洪暴发、泥石流与山体坍方,无情地、大面积地吞噬着无数"伐木者"和他们家人的生命与财产,而严重的污染则不断毁掉养育他们的生命水源!贫困与简单的技术,摧毁了人的自身。至于高科技,它使神州大地高楼林立,道路通达,财源滚滚,赐福于人。但一味的技术至上,人定胜天,也会造成福无双至,天降灾祸于人。海德格尔对当今西方技术真理观进行了细致的反思与批判,并且表示了深刻的忧虑,他说:"我们还找不到适应技术控制的道路;技术不断运转起来,把人从地球上脱离开来,并且连根拔起。我们根本不需要原子弹,现在人已被连根拔起。我们现在只有纯技术的关系。这已经不再是人今天生活于其上的地球了。一位法国诗人与抵抗战士对他说:如果思想和诗歌再不成为不用暴力的力量,那么现在正在出现的人被连根拔起就是末日了。要防止思想被变价出卖。"[①]在良好的理性社会环境下,科技运转起来,自然可以得到合理的控制与进展,例如神舟六号上天,经济高速发展。但在另一种社会条件下,思想被变价出卖,进而与霸权政治结合,技术的运转轨道可以改变方向,就会酿成伊拉克式的悲剧,科技是能够把人从土地上也即地球上连根拔起的!

人的物质生存状态的严重破坏,引起了人们的乡愁,那么他们的精神生态呢?人的精神家园何在?难道它注定要成为艾略特式的一片零落、败破的"荒原"吗?

弥漫性的精神生态中的乡愁

20世纪几次重大的社会灾祸,毁灭了无数人的生存的物质家园,同时也

---

① 海德格尔语,参阅《人,诗意地安居——海德格尔语要》,上海远东出版社2004年版,第148—150页。

使人在精神上深受创伤,失去了社会信仰与理想,使他们变得内心惶惶,成为缺失思想血色的扁型的人。而科技的进步与发展,欲望的追求,使他们把生存的愿望,主要倾注于不断满足物质的丰富、身体物欲的享受,这看来似乎无可厚非。问题在于在天下攘攘皆为利往、皆为物欲的追逐中,人们的道德却不断下滑甚至沦丧,成为无数失去了血性与良心、同情与怜悯的丑陋的人。一百多年来,在私室和公共场所,演出了一场又一场的只求满足身体感性快感、歌唱物欲的狂欢。也许人们期望,在信仰的缺失与理想的空白中,这类狂欢可以补偿精神的缺憾,使内心欲望的压抑,在轰鸣的呼喊与尖叫声中,获得释放与发泄,但是正常的人的社会精神生态,则处于极端的非理性的窒息之中。在这个过程中,不少人被物化与异化,人的精神生态不断走向平面,削平深度,意义被掏空,趋向平庸甚至恶俗。这使不少人产生了人的生存的艰辛与失去了精神家园的飘零感,并形成了20世纪与新世纪的文化危机,显得持久而又深刻。

当今的乡愁除却个人性的、距离性的、地方性的、家国性的一面,还是一种弥漫性的、进入各个国家、社会、文化、精神生态的人的生存的乡愁。

人要生存下去,需要共同营造适合于自己栖居的精神家园,虽然从来就没有存在过理想的家园,但无疑值得向往并设法不断地追求它。自然,这不完全是哲学家们的家园,哲学家可以把语言视为人的存在的家园,他回归家园,就是到语言中去诗意地栖居。而通过语言的途径以创造普通人的家园,使人得以诗意地栖居,需要探讨各种中介因素,路途是曲折又漫长的。目前人所栖居的家园是现实的,他的需求是物质的,现实的,又是精神的。欲望的满足与精神的需求,都是合理的,问题在于重新给予合乎理性的规范,确立平衡,建立科技、欲望与人文共同协调的新思想。

在这场深刻的、持久的文化危机中,人文界的部分知识分子,在不断顺应这种局面,大力张扬消费社会的消费主义原则和消费文化,一种能够充分满足人的身体感性的快感需求的消费文化。他们追求享受物欲快乐的消费观念,认为当今审美判断已经不再可能,这实际上是一种富裕阶层的生活哲学和美学原则。我以为西方的消费社会、消费文化、消费主义这类理论,十分需要研究,但如果不予批判,直接移植我国并使用,这不是贴近了我国的国情,而是脱离我国的社会实际了。我国自然资源相当贫乏,人为的破坏十分严重,目前除了少数暴富起来的阶层能够像西方富人大肆挥霍之外,大多数人的消费水平十分可怜。据媒体报道,仅京津地区周围,目前有二百余万人平均年收入就 625 元,与一些大力倡导西方消费文化的大学教授的收入相比,大约有一二百倍,甚至更多！富裕的京津地区周围如此,其他地域贫富差别更大,比例已经严重失调。因为自然环境和人口的重负,我们难以建立西方的消费型社会,而只能建设以节约型消费观念为指导的可持续发展的社会,这是比较理性、实在的举措。其实我们不是不要消费,而且要努力扩大消费,丰富消费,并用消费来拉动经济的发展,但消费者手里要有钱币,而且也不是西方的消费主义。我国要达到物质普遍富裕的中等水平,真正完成我国的现代化建设,大约还需要 50 来年,而西方发达国家,早在百年之前就已实现现代化了。同时,我们所建设的文化,自然包括文化的需求、消费在内,例如文化产业,但还有更高的精神需求的建设。因此,在我看来,我们不宜对现时西方消费社会、消费主义的消费文化理论,不加分析、批判,就作为思想资源和理论指导加以运用,以为我们的文化,就应像西方消费社会如此这般建设,否则就是理论的滞后,难以和西方学者对话,赶不上趟,用超支、透支的消费主义理论,再次给此岸的人们,以非理性的、可望而不可及的美丽彼岸的乌托邦许诺,而使他们大失所望！至于现今的理想的人,据说不过就是那些新型的媒体中介人形象,他们是不对暴政说不,也不问人文精神为何物的人,他们是一群穿梭于各个文化商业集团、往来自如、收入丰厚的人。但是在实利主义、技术主宰一切教育出来的、只求满足物欲、尽情享乐的人,往往是一群品格平庸的食利主义者,甚至可能是一群泯灭了人性与血性、怜悯与同情、失去了善恶底线的人。美国、英国为我们提供了这类教育实例:不少美、英大兵,在被他们侵略的土地上,伊拉克的阿布特莱卜监狱和其他集中营里,就演出了 21 世纪初一幕一幕的"最伟大"也是最丑恶的"行为艺术"或是人体艺术！不久前去世的美国批评家苏珊·桑塔格撰写了《玩乐》一文,对这种卑劣的行径进行了严厉的抨击,其实这就是审美判断了。因此,我们不能说现在审美判断已不再可能了。自然,在不少方面,审美是无利害性的,我们可以判断高低上下,但是不能判断是非曲直。比如你的家居装修可以欧风时尚为主调,我的则以东方情调为本色,那是个人兴趣、文化涵养所致,无可厚非。

　　当旧的天道、理想崩溃之后,我们恐怕不能任其自然,无所事事,需要根据新的发展观,寻求新的思想。这就是需要去努力建构适合于今天社会健康发展的人文精神,就是人的精神的依托和栖居之地。其实,人文学者的行为、行动的准则与特性,就在于人文,以人为本,对人的终极关怀,这是最为深刻的人道主义思想。"人通过其自身的实践活动,总是指向什么而被赋予目的性,形成其活动的意义与价值,改造自己的生存,实现自我,超越自我。人有肉体生存的需要,要有安居的住所,因此他不断设法利用自然与科技,创造财富,改善与满足自己的物质条件,同时他还有精神的需要,还要在其物质家园中营造精神安居的家园,还要有精神文化的建构与提高。人与社会大概只能在这两种需要同时获得丰富的情况下才能和谐与发展。在人的精神家园里,支撑着这无形大厦的就是人文精神,就是使人何以成为人,要成为什么样的人,确立哪种生存方式更符合人的需求的那种理想、关系和准则。人文精神就是对民族、对人的关怀,对人的生存意义、价值的追求与确认。"[1] 人文精神具有强烈的理想品格。即使是自然科学家也应如此。爱因斯坦晚年说:"在长时期内,我对社会上那些我认为是非常恶劣的和不幸的情况公开发表了意见;对它们保持沉默,就会使我觉得是在犯同谋罪。"[2] 作者认为,能够对非常恶劣和不幸的情况说不,这就是科学家的良知了。针对今天人文精神的下滑,王元化先生十分痛心地说,在"当前学校中,许多人甚至完全不懂人文精神对人的素养培养的重要……教育的品质某种程度上决定着社会的文化气质。所以人文精神在这里有了至关重要的作用"。[3] 遗憾的是,在当前的大学里,确实存在着完全不懂人文精神为何物的人,那种抛弃了探讨使人何以成为人,要成为什么样的人,不谈人的需求的理想、关系和准则,回避对人的生存价值、意义追求的课程,能算是人文科学吗?但是有的人在课堂上高谈阔论的,还正是这种所谓的人文科学!

文学竟是要面对自身的乡愁

后现代主义文化思潮兴起后,出现了文化整合的思潮。当人因其生存及其精神生态成了问题而面对生存栖居的乡愁的时候,处于后现代社会的外国学者,又提出了充满争议的文学的终结、艺术的终结的预言。上世纪90年代中期,美国人大卫·辛普森提出,在后现代学术中,也即各种社会科学、人文科学中,由于渗入了文学的方式,所以实际上已形成了"文学的统治",

---

[1] 见拙文《文学艺术价值、精神的重建:新理性精神》,载《文学评论》1995年第5期。
[2] 《文汇报》2005年8月8日。
[3] 王元化语,载《文汇报》2005年8月4日报道。

"文学方式和文学批评方式有效转换成其他学科"[①],而文学本身则已微不足道了;随后乔纳森·卡勒提出"将'文学性'注入了各种文化对象,从而保留了文学成分的某种中心性"。又说"文学可能失去了其作为研究对象的中心性,但文学模式已经获得胜利,在人文学术和人文社会科学中,所有的一切都是文学性的"。"这便是文学性成分的统治。"[②]哲学写作成了文学方式的写作,"文学文化"一直"在使其他学科规范化",这类说法在80年代、90年代初的哲学与文学理论中早就存在过。于是人文科学、社会科学都文学化了,文学则被泛化到社会科学中去,结果这不是抬高了文学,却使文学自身终结了,但是文学性保留了下来,并在社会生活中无处不在。这个在日常生活中原是作为修饰语词使用的文学性,与那个使文学作品何以成为文学作品的文学性合而为一,没有了区别,文学艺术与社会生活之间也失去了界限,二者之间的差异也不再存在,于是提出后现代文学研究的任务不是研究文学作品自身,因为文学自身已无可研究,而是要研究无处不在的文学性。确实,文学性成了一个十分重要的话题,它被赋予了极为广泛的涵义,出现了新的情况,需要深入研究,但它现在成了文学终结的象征。这样,文学与艺术,不仅面对着人的生存的乡愁,而且也面对着文学自身何以生存、乡关何处的乡愁了!

提升精神生态的文学的乡愁

其实,有关文学的终结,从本世纪初开始,已经形成了新一轮的论争。这里所说的"新一轮",讲的是涉及文学的终结的论争,已经在19、20世纪出现过多次,可能论争还会继续下去。在我看来,今天图像艺术的行时和它的难以抗拒的优势,无疑使文学作品的阅读减弱了势头,不过文学自会适应新的情况,不断演变与更新,但是不会终结。这里要弄清楚终结说的是什么。一,在当今文学的发展中,其实所谓终结的只是某种文学思潮、某种文学体裁、某种文学形式的消失、转换与更迭,而不是文学自身的终结,把它当成文学的终结,是大可商榷的。文学思潮、体裁、形式,即使终结于一时,一旦时

---

① 大卫·辛普森:《学术后现代?》,见《问题》,中央编译出版社2003年第1期,第132、143页。
② 乔纳森·卡勒:《理论的文学性成分》,见《问题》,中央编译出版社2003年第1期,第118、129页。

机成熟,它们又会在形式的演变中得到复苏,这是文学发展中的更迭与非更迭现象。二,在所谓终结声中,其实新的文学体裁却在不断新生,如影视文学、网络文学(超文本写作)、摄影文学、通俗歌词创作、市民口头创作,甚至手机文学等。它们的出现,改变了文学存在的形式与载体,但都依附于语言与文字。原有的文学样式吸入了不少其他非文学的成分,如哲学、社会性因素,其他的人文科学学科,如哲学等也引入了文学因素,但是以现有的知识谱系来看,无论是利查德·罗蒂的《后现代哲学》与《自然之镜》,德里达的《论文字学》与《书写与差异》,还是利奥塔的《后现代状况》与波德里亚的《消费社会》等著述,读者都是把它们作为极为艰涩的哲学著作和社会学著作来读的,这些著作并未提供文学阅读所特有的审美愉悦,它们讨论的是哲学、社会学问题。三,在文学的终结声中,耐人寻味的是在世界范围内,即无论是国内还是国外,各种文学颁奖包括极有声誉的大奖颁发,照常进行着,未有中断。人们即使在图像艺术开始迅速发展的时代,仍然需要文学,这是因为,视觉感官的接受方式与产生的愉悦,和文学阅读的接受方式与所给予的愉悦,是并不完全等同的。关于这点,歌德就曾说过:眼睛也许可以称作最清澈的感官,通过它最能客观传达事物,但是内在的感官比它更清澈,通过语言的途径事物最完善最迅速地被传达给内在的感官;因为语言是真能开花结果的,而眼睛所看见的东西是外在的,对我们并不发生那么深的影响。歌德的话是很有道理的,的确,人在审美的接受过程中出现的审美的内视与审美的外视两种心理现象,都是客观的存在,两者作用有别。如今人们天天接触图像艺术,但也并未改变两者之间的差异。图像艺术满足了视觉感官的愉悦、身体感性享受的需要,愈来愈使审美需求肉体化了,但那些不断涌来的闪烁即逝的视觉片断与仿真图像,使人在接受中失去了深入思索的可能与回味的余地,形成一个接一个的视觉碎片的转换与追逐,使人在感性、体认的接受上满足于浅俗与平面,在精神上走向浅薄与平庸。当然,单纯的视觉图像接受,对人们深刻的影响是存在的,不容忽视的。

　　同时,从总体上说,我觉得文学研究是不可能定位于后现代文学研究的任务上的。后现代主义实际上是个十分笼统、混杂的文化思潮,说法很多。英国学者费塞斯通讲到后现代主义时概括它的一些特征:"首先,后现代主义攻击艺术的自主性和制度化特征,否定它的基础和宗旨。艺术并不源自创造性天才或特殊才干的艺术家的高雅体验。……艺术家并非独具慧眼,他是命定了从事复制罢了,……并有意模糊艺术与日常生活之间的界限。

事实上,艺术无处不在:大街小巷、废弃物、身体、偶发性事件。高雅或严肃艺术与大众流行及肤浅艺术的区别,大概已不再有充分的根据。其次,后现代主义发展了一种感官审美,一种强调对初级过程的直接沉浸和非反思的身体美学,……使专注于身体(外表和内脏)……第三,后现代主义无论是处在科学、宗教、哲学、人本主义、马克思主义中,还是在其他知识体系中,在文学界、评论界和学术界,它都暗含着对一切元叙事进行着反基础论的批判。……戏剧性地强调非连续性、开放性、任意性、反讽、反身性、非一致性和文本精神分裂特质,而不能带着系统阐释的目的来解读它们……第四,在日常文化体验的层次上,后现代主义暗含着将现实转化为形象,将时间碎化为一系列永恒的当下片段。……后现代的日常文化是一种形式多样的与异质性的文化,有着过多的虚构和仿真,现实的原形消失了,真实的意义也不复存在。……第五,后现代主义所喜好的就是以审美的形式呈现人们的感知方式和日常生活。因此,艺术和审美体验就成为知识及生活价值意义的主要范式。"[1]

大体看来,这就是后现代主义文化思潮的元理论。它反对过去僵化的中心论、单一论,提倡多元、异质、多样,文化的世俗化,提出了现实生活中的无数新问题,增强了人们的反思力,扩大了思想、知识的视野,极有启发性。但是它作为一种元理论,实际上在不断颠覆任何理论基础,消解其他元理论、元叙事。其实,只有元理论才能抵制、消解另一种元理论。如反对对事物本质的了解,一涉及对事物本质的研究,立刻就给别人扣上本质主义的帽子,而只强调对事物某个现象的研究,以为现象的研究与事物的本质无关。其实它将事物的某个方面,十分投入地当作事物整体的主要特征时,就隐瞒了这正是一种本质的研究了。如将科技仿真混同真实,用世俗文化抵制高雅、严肃艺术,以为两者的区别不再有充分根据,这实际上并不完全符合现实的生活真实,因为雅俗区别仍然存在的,严肃文化与文学对于民族文化的继承与发展是极为必要的。如任意性、开放性的后面,它使原有的有用的知识解体,而其自身只是提供了知识的极端相对主义的碎片。如在对文学的文化研究中,它专注于政治、经济、阶级、性别、种族、压迫这类文化现象,却是掏空了文学自身的价值与精神。其中如对文学作品的阶级问题研究,简单化现象就相当突出,它不去解释那些流传下来的被称做"资产阶级"的作

---

[1] 迈克·费塞斯通:《消费文化与后现代主义》,译林出版社2000年版,第179—180页。

品,何以具有属于未来的成分,有着与后人共通的东西,而仅仅满足于阶级划分。又如涉及经济、政治问题,西方这方面的力作不少,但是否都属于后现代主义文化范畴,就有争议。在我们这里,对于政治、经济、性别、压迫的研究,一般是表态性的居多,与真正研究政治、经济的学者的著述相比,显得相当表面。当然,一般性的表态性的通俗论说也是需要的,是一种发泄,自有它们的读者群。鉴于这种教训,不少外国学者呼吁文学研究还是要回到文本的深入阅读与研究,而文化研究自然应在其自身宽阔的领域、文化产业等方面大展身手。

文学艺术所以不会终结,主要在于其自身的人文品格。一个民族所以能够独立于世界民族之林,不仅以其科学的物质文明著称于世,同时必然也以其独特的民族文化精神维系其自身的存在,并对整个世界文明有所贡献,而文学艺术正是蕴涵着这种民族文化精神的重要载体,是体现民族文化精神的重要组成部分,这也正是维系着我们民族生存的东西。

我们在上面描述的各种乡愁,正是这种民族文化精神的品格之一,是平衡与提升我们精神生态的必需物。因此在文化的分类构成中,文学的存在与发展,对于整个民族文化精神的传承与更新来说,不是可有可无的东西,而是整个民族文化不可或缺的。

文学是难以替代的,也是不会终结的。

(原载《社会科学报》2006年1月12日,《中国社会科学院学术咨询委员会集刊》第二辑2005年,社会科学文献出版社2006年版)

"芳草何其芳"
——何其芳文艺典型理论的创新意义

我最初知道何其芳先生的名字是在1946年左右。那时我在中学读书，一次在上海《大公报》的副刊上读到一篇文章，是写抗日战争后期不不少作家云集重庆的盛况，它把当时不少作家的名字汇集在一起，编成一首诗歌，其中有两句是"芳草何其芳，长歌穆木天"，因为好记，所以到现在我还记得。但是我那时并未读过何其芳与穆木天的作品，及至10多年之后，我到了文学所工作，才真正认识了何其芳先生。

在文学所，我在何其芳先生领导下工作，如果跨年度算的话有19年之久，自然其中有10多年的"文化大革命"时间。同何其芳先生交往，使我了解了他的热心事业的崇高信念和一心为公的高尚人格。他是一位虚怀若谷、平等待人、真诚坦率、特别认真的人，说实在我真拥戴这样的让你心服口服的内行领导，从他那里让我在思想上、研究工作上获益良多。何其芳先生与蔡仪先生是我走入文艺理论大门的引路人，对他们我总是怀着一种感激之情的。1986年我曾写过一篇回忆何其芳先生的文章《7月，这潮湿而闷热的7月》，是写他的去世前后的情况的。

何其芳先生是一位独具风格、成就卓越的诗人、散文家、文学理论家与批评家。这里我只就他的一个方面，即在文艺典型理论方面所作出的贡献，谈一些我的想法。

上世纪50、60年代，这是把学术问题当做政治问题的时代，也即学术的政治化时代。当时所进行的一场一场的文艺批判，都是阶级斗争理论极端化的产物，表现为粗暴、简单、庸俗、戴政治帽子。这种以政治代替文艺和政治批判，严重地阻碍了学术的进步。1950年代初，何其芳先生参与过对胡适、俞平伯、胡风、丁玲、冯雪峰、右派分子等人的批判的。由于时代、地位与身份关系，他无法置身于"左"倾的文化思潮之外，并且还必须认真地投入其中。但是我亲自听他说过，他并不喜欢写作这类文章，他更喜欢写作《论〈红楼梦〉》这样的文章与作品评论，就是说，他喜欢写作学术探讨的研究性的文章。如果说,作为文学研究所的领导人,前一类文章是他相当自觉而又不得不写的文章,是政治批判的文章,那么后一类文章则在十分肃杀的氛围中,他同样作为文学研究所的领导人,努力自觉地表现一个学者的本色,深入地探讨学术问题,积极评论文学现象,批判文学研究中简单化、庸俗化现象与教条主义文艺思想。在这些研究著作与评论文章里,显示了他对马克思主义文艺思想的深刻理解和高超的艺术鉴赏力,做出了真正的理论贡献。这在上世纪批判运动连年不断的五六十年代真是难能可贵、十分艰苦的。

解放初期,我国的文艺思想受到当时苏联文艺思想的严重影响,苏联的文艺思想,被我国文艺界奉为圭臬,文艺的典型问题就是如此。1952年苏共中央书记马林科夫在苏共19次代表大会的报告中说到:文学艺术的典型,"是最充分、最尖锐地表现一定社会力量的本质事物","典型性是和一定社会历史现象的本质相一致的","典型是党性在现实主义艺术中的表现的基本范畴。典型问题任何时候都是一个政治性的问题"。这些说法是,一,把艺术典型当成了历史社会现象本质化的东西,二,典型是党性的基本范畴,三,典型问题任何时候都是政治问题。这种政治化的典型论,一时在我国文艺界大行其道。

两年多后,苏共书记下台,按照惯例,他的有关典型问题的思想自然跟着也要"下台"。1955年2月,苏联的党刊《共产党人》第18期,发表有关典型问题的专论《关于文学艺术中的典型问题》,初步批判了政治化的典型论,把典型等同于党性、政治的片面化倾向。1956年苏共20大后,文艺思想继续解冻。这一年,我国文化界、文艺界在进行了多年的一系列的大批判,"清除了胡风反革命集团"之后,适时地提出了"双百方针",以减弱文学艺术界的肃杀气氛。正是在这种情况下,我国文艺思想有些活跃起来,1956年《文艺报》第8、9、10期发表了一组讨论典型问题的文章,其中有张光年的《艺术典型与社会本质》,林默涵的《关于典型问题的初步理解》,巴人的《典型问题随感》等。这年,何其芳写了两篇涉及典型问题的重要文章:一篇是《论〈红楼梦〉》,全文13节,前8节写于1956年8月至9月初,表现了全文的主旨,后几节写于同年的10月至11月20日,后收入了他关于我国古典文学研究的论文集《论〈红楼梦〉》一书。一篇是《论阿Q》,写于1956年9月24日,发表于10月6日的《人民日报》。这两篇涉及文艺典型的文章,都写于8、9月间,相互连接,几乎是同时构思完成的,当然,它们的酝酿时间自然是已很久了。

在《论〈红楼梦〉》里,何其芳说到,多年来在典型问题的讨论中,简单化现象十分严重。具体表现为在古典文学的研究中,人物"典型被归结为一定社会历史现象的本质,典型问题任何时候都是政治性的",这样一些片面的简单化的公式在不久以前的《红楼梦》问题讨论中十分流行。许多论文都重复地引用这些公式,并根据它们来说明贾宝玉和林黛玉这样一些人物"。在《论阿Q》一文中,何其芳说,有的人认为典型性就是阶级性的集中表现,"企图单纯从阶级成分来解释文学典型",或是说,"阿Q是中国人精神方面各种毛病的综合,或者说他是一种精神的性格化和典型化,说他主要是一个思想性的典型,……是一个在身上集合着各阶级的各色各样的阿Q主义的集合体",也即是一个精神的性格化的典型,思想性的典型。也有人认为,阿Q是个过去的落后的农民的典型。针对上述各种典型的说法,何其芳提出了著名的典型"共名说"。何其芳的典型"共名说"是对公式主义、教条主义文艺思想的一个突破。

论文《论阿Q》发表后,在文学研究所召开了一次学术讨论会,会上有人提出不同看法,指出何其芳把阿Q精神看做可以出现在失败的剥削阶级身上和落后的人民中间的这种说法,是离开阶级分析的做法;同时也有人提出了典型的共性和个性统一的观点,认为"典型的共性就是阶级性,典型的个性就是阶级性的具体表现"。这些说法与当时张光年、巴人的观点大致相近。张光年在《艺术典型与社会本质》一文中提到,艺术典型必然要反映生活本质,社会力量的本质,生活中最为本质的事物。巴人则在《典型问题随感》一文中先是批评了错误的典型说,即"典型+个性=典型人物",之后他说,典型"是一个整体,是共性和个性的统一体,是社会的本质和个人的事物的统一体,是阶级特征和个人特性的统一体";"典型性是什么呢? 就是代表性,典型形象是什么呢? 就是代表人物。人物既然是代表,那就有他所代表的社会力量;而代表既然是人物,那就有属于他自己个人的东西,即个人的命运与个性"(巴人这篇文章谈及阶级性与共同人性时,比较复杂,我们不在这里详谈)。1963年,何其芳在《文学艺术的春天》一书的《序》①文中,相当部分篇幅仍在讨论阿Q的典型共性问题。

综述起来,何其芳回应了下面几个主要问题:既然流行的人物典型说是片面的、简单化的、公式化的,那么怎样分析才不是简单化、公式化的呢? 对

---

① 下文引用何其芳有关典型的文字,大部分出自该文,少数引用了《论〈红楼梦〉》,不再一一注明。

典型如何进行正确的阶级分析呢？如何评论关于典型人物表现社会力量的本质，典型性就是阶级性的集中表现呢？如何理解典型的共性与个性的统一问题，典型的共性和阶级性问题呢？何其芳是不是像别人批评的那样陷入了人性论了呢？

艺术典型是个相当复杂的问题，所以纷争不断。我们通常所说的简单化，就是不顾问题的具体性、复杂性，大而化之的套用一般的哲学、社会学或者一个政治公式，来给复杂的文艺问题定性，抹煞问题所呈现的多样性，把问题简单化了，结果使事物失去了本相，失去了事物的特征。如果可以拿党性、政治性、社会本质力量来加以规范，那实际上以政治代替了文学艺术，有关方面只需发个通知就解决了。但是恰恰在典型问题上，文学艺术更显得是不同于政治的纲领、方针、政策的要求的。政治关心的社会制度、体制的事，是千百万人的事，是维护社会集团共同利益的事，是制订各种政策给以规定、实施、提倡、限制的事，它关乎集团、阶层的物质利益，集体的命运。艺术典型的创造，关心的恰恰是个人在社会中的独特的遭遇与命运的思索，他的独特的生存状态与生活情状，他的个性和心理的特征。

何其芳在复杂的典型形象引起众多的纷争中，确立了分析复杂现象的方法。他说："理论要说明复杂的事物，就得把它的复杂性加以分析，就得把它有联系又有区别的各个侧面加以分析，然后才可能说清楚事物的本来的面貌和它的各个侧面的关系。""如果根本不考虑典型人物的情况的复杂，只是想当然地给他们规定一些公式，一些貌似理论的框子，认为典型性就完全等于阶级性，或者一切典型人物的一切共性的概括都只能限于一个时代，等等，那倒真是有些'现实和概念被颠倒起来了'。"何其芳这些观点十分重要，主要是，评价文学典型，是从既定的概念出发、一般的公式与教条出发，还是从文学自身出发，从典型人物在感性的生活中所表现的实际出发。他的《论〈红楼梦〉》的开头几部分，描述了广大读者的阅读经验和他自己亲身的阅读体验，自然而然地从读者反应与接受的角度出发的。从大量读者的阅读故事与审美反应中，从自身的阅读体验中，使何其芳看到贾宝玉这个人物不同寻常的独特性："同中国的和世界的许多著名的典型一样，贾宝玉这个名字一直流行在生活中，成为了一个共名。"他说，鲁迅"创造了阿Q这个不朽的典型。一个虚构的人物，不仅活在书本上，而且流行在生活中，成为人们用来称呼某些人的共名，成为人们愿意仿效或者不愿意仿效的榜样，这是作品中的人物所能达到的最高的成功的标志"。何其芳这种切入文学典型问题研究的出发点,使他能够深度地介入典型问题的探讨,他的典型的"共名说"及其理论的演绎,在当时众多的典型理论中,可说是独树一帜。

当时人物典型争议中最为关键的方面就是阶级性的问题。比如有人给阿Q作阶级成分的划分,认为阿Q的典型性就是他所属阶级的阶级性的集中表现,或是说阿Q是一种精神的性格化的典型,某个特定时代思想性的典型,等等。但是这种硬要用政治性、阶级性来解释典型性,就必然会遮蔽典型性的复杂性。何其芳说:在阶级社会里,人自然是有阶级性的。但复杂性在于,一,任何一个人都决不是抽象的公式和政治倾向的化身。至于那些成功的典型人物,更是如此,何其芳说,这些典型人物那样容易为人们所记住,正是他们不仅概括性很高,不仅概括一定阶级的人物的特征以至某些不同阶级的人物的某些共同的东西,而且总是个性和特点异常鲜明,异常突出,而且两者总是紧密地结合在一起的。同时他强调,二,复杂性还在于文学中的典型人物在我们的生活中常常只是他的性格的某一种特点,也即他的个性在起着作用,并不是他的全部性格,而他的全部性格又并不全等于他的阶级性。如果典型性就是阶级性,如果人物是一个阶级思想的典型,那么就会形成一个阶级一个典型和一个阶级思想的典型的荒谬现象,这必然阉割了文艺典型的具体性,而使典型人物变为一个没有生命血肉的抽象物。三,而且复杂性还在于,实际上同一个阶级中间还有不同阶层、不同政治倾向、不同思想、性格的特点的人物,所以从一个阶级里的人物也可以写出不同的典型来。某些典型性格上的特点,是可以在不同的阶级的人物身上见到的。他反复指出,文学上的典型人物在我们生活中常常只是他性格的某一种特点在起着作用,并不是他的全部性格,而全部性格又并不全等于他的阶级性。四,典型人物的复杂性,还表现为他们的类型性。何其芳认为要研究和区分各种不同的成功典型,而成功的典型多种多样,他们各有特征,互有差异,但可以从中区分他们的类的不同,他们的概括力度也各有大小,他们具有相互关系的多层次性。何其芳提出评论者应该了解"不同的类型的典型人物的差异和特点,并从他们概括出一些共同的规律"。

那么这个规律是什么呢?他以为那些最成功最有思想意义的典型,"都并不等于他们的阶级、阶层或职业的共性。他们之成为不朽的典型人物并不仅仅由于他们有阶级、阶层或职业的共性。这类典型有这样一个标志:他们性格上的最突出的特点常常有很深刻的思想意义,这种思想意义可以用一句话或一个短语来概括。"比如唐·吉诃德可以是主观主义者的"共名",

诸葛亮是表示智慧与预见的"共名"。另一些典型人物,如曹操、葛朗台、奥勃洛摩夫等人,又是一种类型,"他们性格上的最突出的特点常常只是属于相同或相近似的阶级、阶层、集团"。"他们的典型性(即个性特征——引者注)也并不完全等于他们的阶级、阶层或职业的共性",比如奸诈、悭吝或者懒惰等。又如奥涅金、罗亭等作为"多余的人"的人物形象的典型性,只是表现了一个阶层的人物特点。这些典型概括的力度有着显著的差异,但是在典型性上,他们的个性所体现的共性,也是明白不过的,那就是,"这些典型人物性格上最突出的特点作为一种共性来说,我们只能说无一例外地浸透了他们的阶级性,却并不等于他们的阶级性",但同样可以将他们最为突出的特点用一句具有深刻思想意义的短语加以表达。比如,谈到贾宝玉、林黛玉互相爱悦中所显示的人物特征,何其芳说这不是一个时代、一个阶级的现象。这些人物的身份自然有所归属,他们的时代和阶级也已过去,但贾宝玉、林黛玉这些共名却仍然可能在生活中存在着。贾宝玉的个性特点是"对于少女们的爱悦、同情、尊重和一往情深,亦即是对于封建礼教和封建社会的男尊女卑的观念的大胆的违背上"。而林黛玉作为共名,一般认为她的个性特点是身体瘦弱、多愁善感、容易流泪的女孩子。还有另一些不同的类型的人物,他们普遍地流传于民间,"他们的典型性并不一定是他们的阶级、阶层或职业的共性,而常常只是突出他们的全部性格的一个方面,整个为人的一个特点"。这些"一个方面"或"一个特点",常常体现在人物的年龄、性别、脾气的特征方面,他们同样包含了一定的思想意义。这样,何其芳的细致入微的层层解剖,对人物典型达到较为合理的阐述,他反复强调典型性并不完全等于阶级性,典型性也不等于他们所属阶层或职业的共性,"他们性格上最突出的特点常常只是从一个方面表现了他们的阶级、阶层和集团的本质……他们性格上最突出的特点都可以用一句有深刻思想意义的话或一个短语来概括",或以人物的姓名,或以人物的特征命名。

何其芳善于从一般中见到特殊,在特殊中见到区别,在区别中见到细微的差异。他将整个人物和他性格上的某种特点加以适当的区别,也即对典型的复杂内容,进行多层次的展现,使得人物的复杂性在多侧面的解析中而得以阐明。就阿Q的典型现象的复杂性来说,他说:"我把阿Q这个人物、阿Q的多方面的性格和他性格上的最突出的特点加以适当的区别;我把他性格上的最突出的特点即阿Q精神的共性和个性也加以适当的区别;我认为阿Q这个人物、阿Q的多方面的性格和他性格上的最突出的特点,他性格上最突出的特点即阿Q精神的共性和个性,这些事物是既有联系又有区别的。"这一"既有联系又有区别"的各个层面的层层递进说,十分精彩,它充分地顾及了对多层次的复杂现象进行层层区别而又确立它们之间相互的联系,在总体的混沌的共性现象之中善于凸现不同层面的各自特征。

何其芳不同意简单地把典型看做共性和个性的统一的说法。他认为世上一切具体的事物都有共性和个性,是两者的统一,使用这个一般的公式,难以说明典型问题。他以为讨论人物典型不是讨论一般的事物的共性和个性,而是需要说明属于文学艺术典型的共性和个性是什么。这里既有联系,又有区别,各个侧面是不同的。就以典型的共性来说,在他看来,"文学上的许多典型人物,特别是那些影响很大的典型人物,都不只是有他们隶属的阶级和阶层的共性,而且有他们性格上最突出的特点这样一种共性,甚至我们讲他们的典型性常常就是指的这后一种共性",但是,"如果只承认他们的阶级性和阶层性是共性,把这后一种共性仅仅当作他们的个性,那就无法解释为什么我们常常把后一种共性叫作典型性,为什么他们的概括性和思想意义是那样大了"。何其芳对阿Q身上的精神胜利法的个性与共性的复杂性,区分了各个侧面。阿Q精神作为阿Q的个性特征来说自然是辛亥革命时期一个雇农的精神胜利法,是属于农民的,但从其涵盖面极为丰富的共性来说,它还概括了鸦片战争以后中国封建统治阶级及其士大夫的精神胜利法,不仅仅属于农民中的雇农。再进一步,问题还不止于此,根据对于现实、历史的观察,何其芳认为,它还可以概括这个时代以前和以后的一部分落后人民的精神状态,这又是其共性的一个侧面。从小说与现实的关系来看,这是完全符合事实的历史经验。显然,如果在这里使用一般的阶级分析、共性与个性相结合的理论与方法,那必然会推导出阿Q的典型性就是农民雇农的阶级性,只是某个特定时代的精神现象,这就难以阐明典型的复杂性与丰富性了。

何其芳善于使用"联系说""区别说""同又不同说""层次说"来剥开典型的复杂性,我以为具有方法论的意义。这种恪守原则与善于对事物特征进行层层区别与剥离的细致的分析相结合理论探讨,与当时流行的庸俗化、简单化了的阶级分析大相径庭,他从不套用大而化之的公式,他的辩证的、实事求是的探索与论述,使他的文章具有理论的魅力和巨大的说服力,进而也使他的力排众议的理论上升为一种创见。同时我们看到,他所论证的典型共性并非等于阶级性以及他对于共性多方面的论述,如典型的共性大于一般阶级分析公式所导出的共性、阶级性,明显地具有超越阶级性和超越时代的一面,这正是那个时代典型问题的症结所在。这也就是他多方论证与总结出来的有关典型问题的"规律"。

但是,何其芳的典型"共名说",很快就遭到批判,批判者认为何其芳"把典型论引入了人性论的陷阱",为此何其芳也做了有力的回驳。但在"文化大革命"的70年代初,在《红楼梦》是"阶级斗争形象历史"的嘈杂声中,"共名说"再次遭到歪曲与大批判。这在阶级斗争盛行的时代,也是势所必然。何其芳极为不平,曾经多次申述想做学术上的回应,这就"不识时务"了,因为他那时还是"非人",未获"解放",因此,他只能保留着强烈的抗辩的愿望,郁郁而终。

其实,典型"共名说"的超越阶级性的一面,已经涉及共同的人性问题。让人有些蹊跷的是,在上世纪50年代中期及稍后的几次人性论的大批判中,居然都没有狠狠触及何其芳的由典型共性引申出来的"共名说",按照当时的阶级分析方法,超越阶级与超越时代的典型共名说应该是"难辞其咎"的,完全符合批判人性论的评价标准。是什么原因使他躲开了这些批判的呢?也许是网开一面?这可能有些道理。但是更有道理的是,如前所说,他的理论本身和论证方法表现了一种独特性。何其芳是一位很有特色的诗人、散文家,他有着艺术直观的洞察力和灵动的感悟的品格。他也写过《关于写诗和读诗》与《诗歌欣赏》等一类著作,具有独特的艺术感悟力,深知创作的甘苦,对文学创作有深刻的理解。他又是理论家,分析问题总是要求从具体到概括,以达理论的彻底。所以他对作品的评论与对古典文学的论述与理解,总是要比同行深入一层。从他的一些著作的行文来看,特别是他对于我国古典文学如对《儒林外史》和李煜词的评论来看,他是理解人与人之间存在着共同的或类似的人类感情的,有着共同的人性的一面。但是"人性"一词当时却不能说出来,于是他另辟蹊径,从众多具体的艺术典型形象入手,进行分类概括。既然不能提出共同的人性,那阿Q精神不仅仅是阿Q个人的特征吧,那奸诈不仅仅是曹操身上的特征吧。于是他对典型的共性做了独特的阐释,同时他深知批判的锋芒所向,如前所说,他不得不处处设防。

1963年何其芳在《文学艺术的春天》的《序》文中,进一步加强了对典型的大于阶级性的共性的艺术分析。1961年初,何其芳在私人场合听到毛泽东说过,"各个阶级有各个阶级的美,各个阶级也有共同的美。'口之于味,有同嗜焉'"。那时正是提出阶级斗争要年年讲、月月讲、日日讲的时期,同时又正在讨论山水诗、共同美的问题,现在毛泽东就共同美的问题说出了自己的意见,这无疑是一个表态,何其芳深感问题的重要性,所以当场就这句话专门做了记录。我想这一关于不同阶级之间存在"共同美"的思想,可能会对何其芳1963年写的《序》文,发生潜在的积极的影响,促成了他坚持典型所表现的共性一面的独到而深刻的分析,他本可把共性——人的共同人性的方面直接地表达出来。但是大约由于毛泽东的这一指示当时没有正式公布,所以我觉得何其芳在论述典型的共性层层特征和类型时,在探讨典型的规律性现象时,一面敢于提出典型的共性,类似于共同人性的一面,可同时又不敢多加引申,并且总是时时以阶级性作为前提加以限制,不给潜在的批判者以可乘之机,因此在论述典型人物时,也表现了一定的局限与难处。比如,他在前面讲到奸诈、贪婪、悭吝、懒惰等人的特性,认为这不是人性的表现,而只是一些个人习性,只是从一个方面表现了剥削阶级的本质,这种说法可能含有防身的意思,但无疑限制了自己的观点的应有内容。其实,这类典型身上的这类特点,在各个阶级、阶层的人物身上是普遍存在的,剥削阶级有,无产阶级、农民阶级身上也有,性质是共同的。它们自然有一定的区别,但也具有共同人性的一面。区别它们,主要是看它们在不同阶层的人物身上、在具体的环境、不同的情境中是如何形成、定型的,各类具体人物的具体特征需要具体分析的。

  1950、1960年代的典型理论,其中时评性的随想居多,都未能摆脱苏联文艺思想的影响和难以走出"左倾"文艺思想的阴影,所以也都未能达到具有独创性的"共名说"的高度,它们没有多少学理,在理论的深度上难以与"共名说"相提并论。因此,无论从那时和现在来看,典型"共名说"成功地解构了当时十分风行的典型的唯阶级论的公式而有所发明,是上世纪50年代文学理论的硕果之一,它努力让文学艺术问题回归文学艺术自身。"共名说"可以与别林斯基的典型是"熟悉的陌生人"的提法相媲美。何其芳当时相当开放地探讨了文学典型问题中的大于阶级性的共性方面,但是他未敢进入典型身上的共同人性问题,对于优秀的文艺创作必然会表现共同人性的普遍性问题,更未敢论述,这是可以理解的。正是这种难处,使他停步于共同的人性理论之前。

  "共同美"的思想是何其芳去世之后通过他的回忆文章才公布出来的。"共同美"的说法一经公布,立时激活了不少文艺理论批评工作者麻木者的头脑,他们的思维开始活跃起来,在思想上才获得解放。

新时期开始阶段五六年间,文艺典型问题在拨乱反正中论争不断,但是普遍地批判了典型共性就是阶级性的说法,多层次地展开了对典型问题的探讨,获得不少成果。创造文艺典型曾经被作为现实主义文学中的最高成就,这类文学艺术的确提供了众多的典型人物形象。在这一方面,何其芳所作出的努力与他所创造的理论成果,是值得我们记取与借鉴的。

当今社会已转型为经济社会,天下熙熙,皆为利来,天下攘攘,皆为利往。这个"利"被简化为对权力、金钱与物质财富的普遍追求,成为引领潮流的社会理想与信仰。生活的急速的、跳跃式的发展,促使不确定性日益弥漫,原来似乎存在一种生存的整体性构想现已日益破碎,现在思想可以买卖,它的整体性的观念似乎也已荡然无存。这样的社会生存状态自然影响文艺创作,加之现代主义、后现代主义文化思潮传播,我国文艺创作的面貌也发生了重大的转变,原先制约着文学生存的阶级性日益淡化,更遑论典型的阶级性了。人物性格的描写,被代之以情绪的抒发,而人物也被日益符号化。

但是不管文艺典型的理论瓦解与否,文学艺术还是应该表现人的人性中最为独特而又共同的深层的东西,表现人的血性与良心,对人的同情与怜悯,显示人的最基本的底线与共同追求,倾情于对人的命运的叩问,构建人的精神家园,而使其获得巨大的历史文化内涵,超越时代跨越时代。

他们既是属于现在,也会属于未来,而生存于历史的长远时间里。

(原载中国社会科学院文学研究所编:《岁月熔金》(二编),中国社会科学出版社2013年版)

真正的先锋性

——袁可嘉先生现代派文学研究的贡献

1959年秋,我被分配到文学研究所工作。那时运动连年,不断要开全所大会,或听领导传达上级报告,或再三再四地听领导检讨,检讨思想如何严重右倾,没有绷紧阶级斗争的弦,等等。一开这种会,全所人员都要来,挤在二楼会议室接受教育。当时文学研究所汇集了国内许多文学研究名家,阵容空前。古代文学组、现代文学组、文艺理论组、东方文学组与苏东文学组的老专家们就不说了,而西方文学组的老专家就像古代文学组的老专家一样多,有卞之琳、李健吾、杨绛、罗念生、潘家洵、罗大冈、缪朗山等。说老专家,其实他们中间不少人也不过50来岁,藉着一起开会的机会,我就逐渐认识了各个文学组的专家们。

至于袁可嘉先生,那时40出头,放在老专家行列不老,列入20多岁的青年人中间不年轻,同他年龄相仿的人,有女诗人郑敏、杨耀民、夏森,再往下排就是朱虹、徐育新、董衡巽等人了。文学所的老专家、中年专家中间,有不少是作家、诗人与翻译家,他们的经历使我们年轻人感到好奇与崇敬,但与他们接触、交往不多,关系一般。当年曾经听朱寨先生说过,作协有的人刻薄地认为,一些作家创作不下去了,才改行去做文学研究的,文学研究搞不下去了,就去当行政领导和翻译。但是我知道"五四"后有个普遍现象,不少作家常常一身多任:既是作家、诗人,又是评论家,或是翻译家,甚至画家与教育家。

听说袁可嘉先生是诗人,写过诗。但是那时人们在"左倾"文艺思潮的影响下普遍认为,解放前的文学、诗歌,都是小资文学,不值一提,所以觉得50年代前的老作家、老诗人的作品已经"过时"。我自己是深受这种时尚影响,刚到文学所,正值"反右倾"运动高潮,老先生们和袁可嘉先生的诗作自然也未留意过。1962年,在袁可嘉先生主持下编选翻译出版的两册《现代英美资产阶级文艺理论文选》,让我初步认识了袁先生。这部书由作家出版社出版,为什么由作家出版社出版,大概由于当时作家出版社在不断批判"毒草"声中已无书可印,所以外国文艺理论的翻译书籍也可以出版了。由于那时文化方面"无产阶级"与"资产阶级"界限分明,文学理论非"无"即"资",所以这段时期的美英文学理论,统统被称为"资产阶级"的东西,它们所表述的观点,都是要被批判的。既是"资产阶级"的理论,估计印数不多,但文学研究所的人员可以自由订购,我研究文学理论,自然需要。打开这部书一看目录,发现书中所选编的文章和我们那时热衷于大批判的文学理论观念完全是两回事。这里收有从第一次世界大战前后到1960年为止的欧美各个流派的文学理论代表作,有新批评派、心理分析学派、神话仪式学派、民族文化派、新人道主义学派、角度学派、左倾批评、历史学派、类型批评等流派。这是我初次接触美英文学理论知识,只觉得新奇、特别,不仅与我们所理解的那个时代的文学理论观点大异其趣,而且感到无论在知识方面还是实践方面,离我国文学现状很远,所以那时未能深入阅读。倒是袁可嘉先生的长篇《后记》,我读过几遍,得知外国文学理论有那么多的"花样"和初步了解它们的来龙去脉,使我长了见识。自然袁可嘉先生的《后记》里的"批判"痕迹也随处可见,这也是时代使然,不可苛求。这样,我对袁先生有了几分印象。随后不久,文学研究所各个外国文艺组与原属作协的《世界文学》杂志合并,成立了外国文学研究所,搬了地方,我则继续留在文学研究所,与外国文学所朋友见面的机会就少了。

  文革结束后,对于被封锁了几十年的现、当代外国文学,人们急需了解到底是怎么回事?不少外国文学研究者全力投入翻译介绍,各种文学作品与理论著作纷纷出版,读者们如饥似渴地阅读它们,随后很快就发生了争论,争论的主要焦点集中在如何对待西方现代派文学问题上。袁可嘉先生在介绍、评论现代派文学方面,态度平和,胸有成竹,既显示了一种勇敢的进取精神,又表现了一种具有远见卓识的理论自信。我的这篇回忆,主要谈谈袁可嘉先生在介绍、研究欧美现代派文学方面的贡献。

  在对待现代派文学问题上所引起的争论大体有三类观点,一类是完全肯定西方现代派文学的,其中有的人认为现代派文学是当今外国文学发展的高峰,而现实主义文学不过是对现实的僵死的反映,已经完全过时、没落,早为现代派文学所取代,现代派文学意蕴高妙,技巧高超多样,所以比之现实主义文学要高出万倍。其实这类观点,都是西方现代派作家创作时发表的一些宣言、理论的回声。现代派中有的作家的观点,有的是与他们的创作相呼应的,有的则是宣言归宣言,创作归创作,宣言、观点与创作不完全是一回事。爱因斯坦曾经批评说,现代派表现出了一种"势利俗气",我想这不是针对现代派的作品而言,而主要是针对某些现代派作家心浮气躁、不可一世的毛病而说的。在1978年之后关于现代派文学的介绍中,中国有的翻译工作者饥不择食,有的人就像盲人摸象,抓住什么就翻译什么,就说这就是现代派文学,且随声附和。所以或是一叶障目,以偏概全,或是介绍者似懂非懂,自己倒是被现代派文学作品介绍了。同时也有人出于对我国长期政治文学统治的反感,认为西方的现代派文学,应该成为我国文学中的主流文学,或建立社会主义现代派文学。持第二类观点的人士沿用旧说,他们对于现代西方文学十分隔膜,并未读过多少现代派的作品,只是套用过去的阶级划分的观念说事,认为西方现代派文学不过是欧美的资产阶级文学、颓废派文学,而颓废派是没落阶级的文学,与我们先进的社会主义文学格格不入的,所以他们继续采取批判、排斥态度。在这方面,苏联文学思想对西方现代派文学简单化的评价在我国影响甚大,它们早就把现代派文学当作资产阶级颓废文学;而且评论者还以个别无产阶级革命领导人的艺术趣味的好恶为标准,来批判现代派。50年代末,茅盾先生在其《夜读偶记》里,完全否定了欧美现代派文学。茅盾先生的观点无疑十分偏颇,照我们看来,茅盾先生作为一个大作家,有着深厚的理论修养,似乎不应作出这种简单化的评价,但是几十年的"左"倾文艺思潮,影响茅盾先生竟是如此之深。这样,争论一开始就带有相当浓厚的概念化倾向。

袁可嘉先生关于欧美现代派文学的论述则持第三类观点。他对欧美国家的现代派文学早有研究,他早年进行诗歌创作的时候,就受过现代派诗风的影响;如前所说,1950—1960年代他对现代派之前的欧美文学理论相当熟悉。从1981至1985年间,由他主要参与编选的四册、每册各分上下的《外国现代派作品选》出版,并冠有他的长篇《前言》。在我看来,袁先生是以8本外国现代派作品选和他对现代派文学的介绍、研究、评介、鉴别、吸收而介入了这场争论的,这8本外国现代派作品选,虽然只是欧美现代派文学作品的一小部分,但是它们提供了现代派文学的代表性文本,让读者看到现代派文学的真实面貌,从中就现代派文学获得了一个全景性的、整体性的概念,使我国读者对欧美现代派文学的认识为之一变,使我国在介绍、研究欧美现代派文学方面,走上了卓有成效的道路,进而改变了人们关于西方文学的知识结构,具有开创性的意义。

袁先生认为,现代派文学是西方现代文学中的"富有时代特征、深刻而广泛地反映了现代西方社会矛盾和人们心理的一个重要流派"。它虽确立于20世纪20年代,但却萌芽于19世纪中叶的唯美主义。唯美主义倾向"反自然、反说教的主张,对形式美的暗示、音乐性的强调,为后来的象征派诗人开了先声"。象征派主张"用有声有色的物象来暗示启发微妙的内心世界,打破了浪漫主义和现实主义者直抒心情、白描风景的老方法。这种导向内心和主观世界的倾向和反陈述、重联想和暗示的方法后来就发展成为象征派和整个现代派文学的基本倾向和特征"。之后,唯美主义在自己的发展中,又接受了自然主义的某些病态描写与细节影响,"溶合成为象征主义和现代主义文学的部分因素";诗人们企图探索内心的"最高真实",并赋予概念以形式。"他们的作品中有反映现实生活的一面,主要却是书写直觉和幻想,也有唯美的形式主义、神秘主义的倾向。"袁先生指出,上世纪20年代,劳资冲突加剧,社会矛盾深化,也是现代派获得重大发展的时期,出现了新的流派,如意识流、表现主义、未来主义与超现实主义等,"他们的共同倾向是对资本主义的怀疑与否定,对内心世界和无意识领域的开掘,在艺术手法上进行了广泛的实验,既有成功的经验,也有失败的教训"。1930年代的复杂政治斗争,使得现代派分化为左中右几派,这使典型的现代派处于相对的停顿时期。袁先生说:"这是现代作家向左转、向外转的时期,与1920年代现代派作家的向右转、向内转很不相同;现代派技巧的影响扩散了,但作为一种倾向却受到了进步文艺界的抵制和批判。这种批判有合理的成分也有教条主义的极左表现,是需要具体分析的。"袁先生继续说到,1930年代后期,"由于(苏联——引者注)清党扩大化以及欧美各国共产党内部的斗争和分裂……革命文学运动出现了深刻的分化,受到了严重的挫折。以存在主义哲学为基础的现代派文学的新品种逐渐抬起头来,最后在战后的悲观气氛中占领了文学舞台的中心地位。"荒诞文学、新小说、垮掉的一代和黑色幽默虽然各有特点,却无不带有存在主义的烙印。这些流派的作家"反映了当代西方人对世界和人类的存在意义的深刻怀疑,对中产阶级传统价值观念的全面否定,也描绘了西方社会的种种现实矛盾,具有很大的认识价值,虽然同时也散布种种错误思想,常常采用荒诞不经的手法。他们可以看作现代派文学的又一高潮"。

　　我在这里转述了袁先生对现代派文学的主要评价与对它的发展过程的简要的描述,他的这些文字现在看来似乎十分平常,几十年来不少评论现代派文学的著作其实都是这么说的。但是要知道,袁先生的这些观点写于

1979年12月,发表于1980年10月,稍后三四年间他还写过类似的文章。那时我国刚刚提出改革开放的口号,文艺界正在开始拨乱反正,外国文学界对19世纪和以前的外国作品大力进行介绍,而对于现当代外国文学作品,主要是现代派的作品,则意见分歧,莫衷一是,争论激烈。袁先生对外国现代派文学的评论,观点鲜明,评价中肯,绝无浮躁习气,也富有历史感。初读袁先生的文章,好些文艺工作者可能并不十分理解,主要是他们那时的思想尚未获得解放,还处在教条主义、庸俗社会学的阴影之下。长期的社会动乱,使得他们已不了解欧美社会现状,也不了解外国人竟有各种各样的思想的存在以及它们的多维发展。而在我国,只容许存在一种思想,这种思想明明变成了谬论,也不许你进行思想评论,脑子完全僵化了,唯一的可能就是接受愚蠢,从而也失去了思维的主体性,这是一。二,过去只提倡现实主义文学,因而读惯了中外现实主义的文学作品,对文学作品各种书写形式,已经形成了一种程式化的观念。加之不少人在庸俗机械论影响下写作,为残酷的现实涂脂抹粉,令人厌烦。欧美现代派文学是长达半个多世纪里的文化产物,国别不同,派别众多;它们广泛地受到各自时代哲学、社会思潮的影响,确立了新的创新原则,描述与表现资本主义社会中人的普遍的生存状态,他们的艰辛与挣扎,抗争与失望,无望与绝望,与现实主义文学的主题大异其趣。

就我自己来说,觉得现代派文学标新立异,形式多样,是一种新事物,但由于旧思想的束缚,阅读它们,一时总觉得不很适应,艺术感受上觉得怪怪的,在感情上有一定距离。但从理性方面讲,我很同意袁先生对现代派文学的分析与评价,反对那种盲目颂扬与简单否定的态度,所以我大体上是附和袁先生的观点的。我对现代派文学所持态度的根本变化,则是在1980年代初经历了一场自我批判之后发生的,是重新认识了自我和在精神上获得了重生之后发生的。所以我在开始评论现代主义文艺思想时极力采取历史的分析、审美的评价的态度,但还是不自觉地偏向现实主义一边。而后当我再次阅读那些现代派文学的代表作,特别是80年代中期一次学术出差巴黎,专门观看了一些荒诞派的戏剧之后,看到它们以非理性的手段极其深刻地揭示了人性的扭曲与所受到的摧残,使我体会到了欧美现代派文学更为深刻的震撼力量。我后来写道,那些优秀的欧美现代派作品,倾情于人的生存的艰辛与伤痛的开掘,有如一首首悲怆交响曲,令人回味无穷!一次在钱锺书先生家里,谈起西方文学,又回顾曾经经历过的"文革"生活时,我说,我们都是穿越了卡夫卡的"城堡"与"审判"过来的,活得不容易啊!他听后和我相对一笑,他说就现代派作家而言,他不大喜欢萨特,而喜欢卡夫卡,卡夫卡可以深入研究,当然这只是先生个人的艺术趣味的表达。

袁先生考察了欧美社会一百多年来的社会变动,各种社会、哲学思潮的流变与影响,同时吸取了欧美学者研究的成果,介绍与描述了现代派文学所描绘的特有的"世界图景"。他说:"现代派在思想内容方面的典型特征是它在四种基本关系上所表现出来的扭曲和严重的异化:在人与社会、人与人、人与自然(包括大自然、人性和物质世界)和人与自我四种关系上的尖锐矛盾和畸形脱节,以及由之产生的精神创伤和变态心理,悲观绝望的情绪和虚无主义的思想。这四种关系的全面异化是由现代资本主义关系的腐蚀作用所造成的,它们是在巨大的压力下被扭曲的。现代派文学的社会意义和认识价值也正在于此。"袁先生对人的四种关系和它们的异化的描述与概括是十分深刻的,其中在"文革"之后明确提出"异化"的概念当属首次,它们增加了我们对于社会的人的复杂关系的认识。过去研究作品的人物,主要用人是一切社会关系的总和的思想作为指导,主要涉及人与人、人与社会的关系,而且社会关系又往往是指阶级关系。由于把一切社会关系简单化了,所以理论往往难以去说明人性的复杂性。其实,人的关系不仅仅是社会关系,更不只是阶级关系,比如还有伦理、道德关系、亲情关系,甚至宗教关系等等。人与人的关系,人与自我的关系、人与自然的关系等等,有时可以是社会关系,有时就不一定是社会关系。文学对于人的关系的认识,也是有一个过程的。比如浪漫主义文学、现实主义文学主要涉及个人与社会,即使有的作品重点在于描写人与人的关系,但也往往倾向于人与社会。当才华出众、魄力强大的个性受到社会势力、权力的压抑,他最后只好走向自然,去自然寻找慰藉,而形成对社会的抗议,如部分浪漫主义文学。或是人的个性受到另一类人思想、权力的摧残,使其变为非人,借此来控诉、批判社会,如现实主义文学。如果以这些标准来研究现代派文学,则就不易做出恰如其分的判断来。

袁先生指出,就创作的整体来说,现代派作家主要在四个方面描写了人的关系。在我看来,这确实充实了文学的内涵。现代派作家借助于现代心理学、哲学思潮,而深入人的内心,像英国女作家如伍尔夫提出了描写的"向内转",转向意识的变幻,直觉与无意识,在总体上确是如此。在人与个人方面,现代派作家分解自我,强调直觉、无意识与本能,显示自我意识的不确定性与复杂性。同时"对自我的稳定性、可靠性和意义产生了严重的怀疑",他们的人物不断"寻找自我",并在自我的三棵树之间迷失,以致无法确认自我,最终连自我的身份也丧失不见了。在人与人的关系方面,过去文学常常描写他们的对立、权力、专制与压迫。但现代派作家提出人与人不可沟通,天然敌对,冷漠与残酷,皆为人性使然,甚至发展到亲人之间也剩下阴险与狠毒,把人与人的对立关系普遍地非人性化。这种描写动人心魄,但把这种关系绝对化,就又会走向极端与谬误。在人与社会关系方面,现代派作家不仅批判资产阶级社会制度,不义与压迫,同时他们又批判、否定一切传统观念,一切社会组织形式,而显示了强烈的反社会倾向。在人与自然方面,原有文学作品中的自然描写在现代派文学作品中已不多见,自然被当成丑与恶,它们不过是人的意识的外化,所以认为艺术家的首要任务"是向自然抗议"。随后是物代替了人,排挤了人,有强烈抗议的一面,也有贬抑、丑化人与自然的一面。袁先生所介绍、概括的这四种关系,对于我们认识人的本身的复杂性很有启发,对于我们分析文学作品特别是现代派文学作品同样很有帮助。

袁先生对欧美现代派文学的艺术特征的研究,是深入细致的,有说服力的。他将现代派的艺术方法与社会生活联系起来,指出现代派奉行"心理现实主义",通过梦幻和无意识,人的本能意识,表现人的内心、主观性与内向性,即人的心理真实,形成"向内转"倾向。他以为"重主观表现、重艺术想象、重形式创新"等观点,应是现代派艺术方法的主要特征。它们具体表现为"思想的知觉化",即把思想还原为知觉,广泛使用"自由联想",这自然会影响到作品的"语言形式、叙事方法、结构安排、故事情节、人物塑造和作品寓意",因此常常看到现代派作品的"故事情节的似有若无,人物形象的扑朔迷离以及作品意义的抽象性、象征性"。广泛使用内心独白、多层次结构、现实与幻想的结合等,成为通常的表现形式。袁先生更将现代派的艺术方法与现代哲学思潮联系起来,特别是现代心理哲学、弗洛伊德的无意识理论、柏格森的直觉主义等等,影响是十分明显的。他说:"总是先有非理性的社会生活和思潮,才会有非理性的艺术方法和表现;总是先有非人化的社会现象,才会产生非人化的艺术形象。"我在上面指出,袁先生的上述观念提出于1979年,那时在我国文学理论界讨论人的阶级性、社会性、人性等问题,还刚刚起步,异化问题还未被提出,直到1982年后才明白一些,但是不久之后,这场讨论又被人为地停止了。

1980年代初,随着文学创作的发展,我国文学界出现了新一轮(较之解放前)的现代派作品的创作。出现这类作品,一方面是对社会巨大的灾难、变动的生活强烈反思使然,另一方面,《外国现代派作品选》和不断翻译过来的现代派作品的影响也是不容忽视的。我们看到,中国式的意识流、内心独白、荒诞、情节飘忽、故事淡化、叙事变化的作品在不断涌现,从而开创了我国当代文学创作的新气象。不少青年学者在评论中外现代派文学中,也无疑在袁先生的文章里吸取了教益。

1985年,袁先生出版了《现代派论·英美诗论》,该书的前半部分是他1979年至1983年间而且主要是1979年间写就的多篇有关现代派文学论述的结集。1993年又出版了《欧美现代派文学概论》,这是袁先生探讨欧美现代派文学的一部系统性的论著,更见其研究的功力。1990年代初,我和袁先生建立了良好的同事关系,相互赠送各自的著作,在一些会议中交流思想。1994年"中国中外文艺理论学会"成立,我们邀请一些著名学者来当学会的学术顾问,其中有季羡林、钟敬文、蒋孔阳先生,还有袁可嘉先生。袁先生后来幽默地说,几十年里,他从未当过什么"官",连个小组长都不是,这次当了个顾问,可是个"大官"了!

自然科学理论与人文科学理论都是有准确性可以遵循的,前者通过量化统计、科学实验的绝对性而获得,后者则在历史比较、相互阐述、实践体验的相对性中而显现,并在历史的长远时间中逐渐得到确认。袁先生有关欧美现代派文学的最早的论述,已经30多年了,但是今天读来仍然新鲜,具有理论的感染力,使人感到它们体现了理论的深刻性与先锋性,袁先生无疑是我国现代派文学的先行者。

袁先生的那些写于1970年代末与1980年代初有关欧美现代派文学的论述和他所主编的现代派文学选,无疑启迪了我国新时期文学的转型与理论的更新。

注:本文所引袁可嘉先生的论点,均见于他的《前言》一文,载《外国现代派作品选》第一册(上),上海文艺出版社1980年版

(原载《斯人可嘉——袁可嘉先生纪念文集》,浙江文艺出版社2014年版)

图书在版编目(CIP)数据

理论的时空/钱中文著. —上海:复旦大学出版社,2016.6
(当代中国文艺学研究文库)
ISBN 978-7-309-11395-2

Ⅰ. 理… Ⅱ. 钱… Ⅲ. 文艺理论-文集 Ⅳ. I0-53

中国版本图书馆 CIP 数据核字(2015)第 080605 号

理论的时空
钱中文 著
责任编辑/郑越文

复旦大学出版社有限公司出版发行
上海市国权路 579 号 邮编:200433
网址:fupnet@fudanpress.com　http://www.fudanpress.com
门市零售:86-21-65642857　　团体订购:86-21-65118853
外埠邮购:86-21-65109143
常熟市华顺印刷有限公司

开本 787×960　1/16　印张 15　字数 233 千
2016 年 6 月第 1 版第 1 次印刷

ISBN 978-7-309-11395-2/I·908
定价:40.00 元

如有印装质量问题,请向复旦大学出版社有限公司发行部调换。
版权所有　　侵权必究